Todo está iluminado

Novela

Jonathan Safran Foer
Todo está iluminado

Traducción de Toni Hill

Seix Barral

No se permite la reproducción total o parcial de este libro,
Obra editada en colaboración con Editorial Planeta – España

Título original: *Everything is Illuminated*

© 2002, Jonathan Safran Foer
© 2002, 2016, Toni Hill, por la traducción

© 2016, Editorial Planeta, S.A. – Barcelona, España

Derechos reservados

© 2016, Editorial Planeta Mexicana, S.A. de C.V.
Bajo el sello editorial BOOKET M.R.
Avenida Presidente Masarik núm. 111, Piso 2
Colonia Polanco V Sección
Deleg. Miguel Hidalgo
C.P. 11560, Ciudad de México
www.planetadelibros.com.mx

Diseño de portada: Booket / Área Editorial Grupo Planeta
Imagen de portada: © Shutterstock
Fotografía del autor: © Jeff Mermelstein

Primera edición impresa en España en colección Booket: octubre de 2016
ISBN: 978-84-322-2967-1

Primera edición impresa en México en Booket: octubre de 2016
ISBN: 978-607-07-3668-1

No se permite la reproducción total o parcial de este libro ni su incorporación a un sistema informático, ni su transmisión en cualquier forma o por cualquier medio, sea éste electrónico, mecánico, por fotocopia, por grabación u otros métodos, sin el permiso previo y por escrito de los titulares del *copyright*.
La infracción de los derechos mencionados puede ser constitutiva de delito contra la propiedad intelectual (Arts. 229 y siguientes de la Ley Federal de Derechos de Autor y Arts. 424 y siguientes del Código Penal).

Impreso en los talleres de Impresora y Editora Infagón, S.A. de C.V.
Escobillería número 3, colonia Paseos de Churubusco, Ciudad de México
Impreso en México - *Printed in Mexico*

Biografía

Jonathan Safran Foer nació en Washington D. C. en 1977. Es autor de las novelas *Todo está iluminado* (2002) y *Tan fuerte, tan cerca* (2005), ambas adaptadas al cine y protagonizadas por Elijah Wood y Tom Hanks, respectivamente. Es también autor del ensayo *Comer animales* (Seix Barral, 2011), en el que apela a la moralidad y la responsabilidad que hay detrás de nuestros hábitos alimentarios. Ha sido galardonado con los premios Zoetrope: All-Story Fiction, el Guardian First Book y el New York Public Library's Young Lions Fiction. Fue elegido por Barack Obama como miembro del Consejo Conmemorativo del Holocausto de Estados Unidos. Ha trabajado como profesor de escritura creativa en Yale y en la Universidad de Nueva York, y su obra ha sido traducida a treinta y seis idiomas. Vive en Brooklyn, Nueva York.

Sencilla e imposiblemente:
para mi familia

OBERTURA AL COMIENZO DE UN VIAJE MUY RÍGIDO

Mi nombre legítimo es Alexander Perchov. Pero todos mis muchos amigos me llaman Alex, porque resulta una versión más flácida de pronunciar que mi nombre legítimo. Madre me llama ¡Alexi-no-me-fastidies!, porque siempre la estoy fastidiando. Si queréis saber por qué siempre la estoy fastidiando, os diré que es porque me paso el día por ahí con mis amigos, dispersando el dinero, y realizando toda una serie de cosas que pueden fastidiar a una madre. Padre solía llamarme Shapka, por el sombrero de piel que llevaba incluso en verano. Dejó de llamarme así porque le ordené que dejara de llamarme así. Me sonaba infantil, y yo siempre me he considerado un individuo muy potente y vigorizante. Creedme si os digo que tengo muchas muchas chicas, y que cada una de ellas me llama por un nombre distinto. Una me llama Baby, no porque sea un bebé, sino porque me cuida. Otra me llama Noche Entera. ¿Queréis saber por qué? Tengo una chica que me llama Dinero, por la gran cantidad que disperso a su alrededor. Es capaz de relamerme por él. Tengo un hermano minúsculo que me llama Alli. Este nombre no resulta de mi agrado, pero a él sí, así que accedo y le dejo llamarme Alli. Por lo que se refiere a él, su nombre es Pequeño Igor, pero Padre le llama el Torpe, porque siempre está tropezando con las cosas. Han pasado solo cuatro días desde que un desacuerdo con un muro de ladrillos le dejó un ojo morado. Si os estáis preguntando cuál es el nombre de mi perra, os diré que es Sammy Davis, Junior, Junior. Lleva este nombre porque Sammy Davis, Junior era el cantante preferido del Abuelo, y la perra es suya, no mía, porque no soy yo el que se cree que está ciego.

En cuanto a mí, fui engendrado en 1977, el mismo año que Jonathan Safran Foer, mi extraordinario amigo y héroe de esta historia. En verdad mi vida ha sido de lo más corriente. Como he mencionado antes hago muchas cosas buenas conmigo mismo y con otros, pero todas son cosas corrientes. Me chiflan las películas americanas. Me chiflan los negros, en especial Michael Jackson. Me chifla dispersar mucho dinero en famosos clubes nocturnos de Odessa. Los Lamborgini Countaches son excelentes, y también los capuchinos. Muchas chicas se las arreglan para mantener conmigo trato carnal, a pesar del Canguro Borracho, el Gorky Tickle, y el Inflexible Guardián del Zoo. Si queréis saber por qué tantas chicas quieren estar conmigo, os diré que es porque soy una persona muy extraordinaria. Soy acogedor y también rigurosamente divertido, y esos son puntos favorables. No obstante, conozco a mucha gente a la que le chiflan los coches rápidos y las discotecas famosas. También son tantos los que practican los Juegos-de-Tetas-Sputnik —que siempre te dejan la barbilla llena de babas— que no soy capaz de contarlos con las manos. Incluso hay muchos tipos que se llaman Alex. (¡Solo en mi casa ya somos tres!) Es por eso que acepté con efervescencia la propuesta de ir a Lutsk como traductor para Jonathan Safran Foer. Eso sí que se escaparía de lo corriente.

Mis resultados en el segundo año de inglés en la universidad habían sido tremendamente buenos. Fue algo majestuoso que logré porque mi instructor tenía el cerebro lleno de mierda. Madre estaba tan orgullosa de mí. Me dijo: «¡Alexi-no-me-fastidies! Estoy tan orgullosa de ti». Le pedí que me comprara unos pantalones de cuero, pero dijo que no. «¿Unos cortos?» «No.» Padre también estaba orgulloso. Me dijo, «Shapka», y yo le dije: «No me llames así», y él dijo: «Alex, Madre está muy orgullosa de ti».

Madre es una mujer humilde. Muy muy humilde. Trabaja en un pequeño café a una hora de distancia de casa, donde sirve comida y bebida a los clientes. Siempre me dice: «Me subo cada día al autobús durante una hora y paso el día haciendo cosas que odio. ¿Quieres saber por qué? Pues por ti, ¡Alexi-no-me-fastidies! Un día tú harás cosas que odies por mí. Eso es lo que significa ser una familia». Lo que no pesca es que ya hago por ella cosas que odio. La escucho cuando me habla. Me resisto a quejarme sobre mi pigmea asignación. ¿Y he mencionado que no la fastidio tanto como desearía? Pero no hago todas estas cosas porque seamos una familia. Las hago porque obedecen a la decencia más elemental. Es una expresión que me enseñó el héroe. Las hago porque no soy un capullo de mierda. Esta otra expresión también me la enseñó el héroe.

Padre trabaja en una agencia de viajes llamada Turismo Ancestral. Es para judíos, como el héroe, que sienten deseos de abandonar ese ennoblecido país que es América y visitar humildes pueblos en Polonia y Ucrania. La agencia de Padre consigue un traductor, un guía y un chófer para todos esos judíos que intentan desenterrar los lugares donde vivieron sus antepasados. Bien, debo admitirlo: yo no había conocido a ningún judío hasta el viaje. Pero eso era culpa suya, no mía, ya que siempre había estado deseoso, y podría decir que hasta indiferente, de conocer a uno. Seré sincero de nuevo y mencionaré que antes del viaje pensaba que los judíos tenían el cerebro lleno de mierda. Esto es debido a que lo único que sabía de los judíos era que pagaban a Padre un montón de dinero con el fin de viajar en vacaciones *de* América *a* Ucrania. Pero entonces conocí a Jonathan Safran Foer, y les diré que él no tiene el cerebro lleno de mierda. Es un judío ingenioso.

Por lo que se refiere al Torpe, al que yo nunca llamo el Torpe, sino Pequeño Igor, os diré que es un tipo primordial. Ahora me resulta evidente que se convertirá en un hombre potente y vigorizante, con el cerebro desbordante de músculos. No hablamos en cantidad, porque es una persona silenciosa, pero tengo la certeza de que somos amigos, y no creo que mintiera si escribiera que somos amigos intrínsecos. He educado a Pequeño Igor para que sea un hombre de este mundo. Por poner un ejemplo, hace tres días le exhibí una revista verde para que apreciara las muchas posiciones en que sostengo citas carnales. «Esto es un sesenta y nueve», le dije, depositando la revista ante sus ojos. Coloqué mis dedos, dos de ellos, en el lugar de la acción, para que no le pasara desapercibida. «¿Por qué se le llama sesenta y nueve?», preguntó, ya que es una persona ardiente de curiosidad. «Se inventó en 1969. Mi amigo Gregory conoce a un amigo del sobrino del inventor.» «¿Y qué hacía la gente antes de 1969?» «Se masturbaban y mascaban chicle, pero no a la vez.»

Si está en mi mano, mi hermano llegará a ser un VIP. Es aquí donde empieza la historia.

Pero primero me veo gravado por la obligación de constatar mi buena apariencia. Soy inequívocamente alto. No conozco a ninguna mujer que sea más alta que yo. Las mujeres que conozco más altas que yo son lesbianas, para las que 1969 fue un año decisivo. Tengo bonitos pelos, peinados con raya en medio. Esto es porque Madre solía peinarlos con la raya a un lado, y para fastidiarla yo la pasé al centro. «¡Alexi-no-me-fastidies! —dijo—. Pareces un desequilibrado mental con el pelo peinado así.»

No pretendía decir eso, ya lo sé. Madre se inclina a pronunciar cosas que no pretende muy a menudo. Tengo una sonrisa aristocrática y me gusta golpear a la gente. Mi estómago es muy fuerte, aunque en la actualidad carece de músculos. Padre es un hombre gordo, y Madre también. Esto no me inquieta, porque mi estómago está muy fuerte, incluso aunque parezca gordo. Describo mis ojos y luego empiezo con la historia. Mis ojos son azules y resplandecientes. Ahora ya puedo empezar con la historia.

Padre recibió una llamada telefónica de la Oficina Americana de Turismo Ancestral. Requerirían conductor, guía y traductor para un joven que estaría en Lutsk en los albores del mes de julio. Era una súplica muy peliaguda, porque en los albores del mes de julio Ucrania tenía que celebrar el primer cumpleaños de su ultramoderna constitución, hecho que despierta en nosotros el sentimiento del nacionalismo y que mucha gente, por tanto, celebra viajando al extranjero. Era una situación imposible, como las Olimpiadas de 1984. Pero Padre es un hombre persecutorio que siempre obtiene lo que desea.

«Shapka», me dijo por teléfono. Yo estaba en casa disfrutando del mayor documental de la historia: *Cómo se rodó el videoclip «Thriller»*. «¿Cuál fue el idioma que estudiaste este año en el colegio?» «No me llames Shapka», dije yo. «Alex —dijo él—, ¿cuál fue el idioma que estudiaste este año en el colegio?» «El idioma inglés», le expliqué. «¿Y eres bueno en él?», me preguntó. «Soy fluido», le dije, esperando que eso le hiciera sentirse lo bastante orgulloso como para comprarme las fundas de piel de cebra para los asientos del coche con las que soñaba desde hacía tiempo. «Excelente, Shapka», dijo. «No me llames así», dije yo. «Excelente, Alex. Excelente. Debes cancelar todos los planes que poseas para la primera semana de julio.» «No dispongo de ningún plan», le dije. «Ahora sí», dijo él.

Este sería un buen momento para mencionar al Abuelo, que también está gordo, incluso más que mis padres. Pues bien, le mencionaré. Tiene los dientes dorados y cultiva en su rostro una extensa pelambrera que se peina cada día al atardecer. Trabajó durante cincuenta años en muchos empleos, principalmente como granjero y luego manipulando maquinaria. Su último empleo fue en Turismo Ancestral, donde comenzó su labor en los años cincuenta, y perseveró hasta el final. Pero ahora está retardado y vive en nuestra calle. Desde que mi abuela murió hace dos años de un cáncer en el cerebro, el Abuelo se ha vuelto muy melancólico, y también, según dice, ciego. Padre no le cree, pero pese a ello le adquirió a Sammy Davis, Junior, Junior, ya que los perros para ciegos no sirven solo para ciegos, sino para personas que se consumen por la soledad. (No debería haber usado el verbo *adquirir*, ya que en verdad Padre no compró a Sammy Davis, Junior, Junior, sino que la recibió del hogar de perros olvidadizos. Por ello, no es una verdadera perra para ciegos y además está mentalmente desquiciada.) El Abuelo invierte la mayor parte del día en nuestra casa, mirando la televisión. A menudo me grita. «¡Sasha! —exclama—. ¡Sasha, no seas tan vago! ¡No seas tan inútil! ¡Haz algo! ¡Haz algo útil!» Yo nunca le replico ni le fastidio intencionadamente, y nunca sé qué entiende por útil. Antes de que la Abuela muriera, él no tenía el repugnante hábito de gritarnos a Pequeño Igor ni a mí. Es por eso que sabemos con seguridad que no lo hace a propósito, y es por eso que le perdonamos. Un día le sorprendí llorando en frente de la televisión. (Jonathan, esta parte acerca del Abuelo debe quedar entre tú y yo, ¿de acuerdo?) Exhibían el pronóstico del tiempo, así que supe con seguridad que no había nada melancólico en la televisión que le hiciera llorar. Nunca lo mencioné, porque es de una decencia elemental no mencionarlo.

El nombre del Abuelo es también Alexander. Adicionalmente, también el de Padre. Todos somos los primogénitos de nuestras familias, lo cual nos supone un tremendo honor, a escala del que supone que el béisbol fuera inventado en Ucrania. Yo llamaré a mi primer hijo Alexander. Si queréis saber qué sucederá si mi primer hijo es una niña, yo os lo diré. No será niña. El Abuelo fue engendrado en Odessa en 1918. Nunca ha salido de Ucrania. El lugar más remoto al que ha viajado nunca es Kiev, y eso fue para cuando mi tío se casó con la Vaca. Cuando yo era niño, el Abuelo me enseñó que Odessa es la ciudad más bonita del mundo, porque el vodka es barato y las mujeres también. Antes de que la Abuela muriera él solía producir bromas diciendo que estaba enamorado de otras mujeres que no eran ella. Ella sabía que era broma y se reía en cantidad. «Anna —le decía—, creo que voy a desposar a esa del sombrero rosa.» Y ella le decía: «¿Con quién dices que vas a casarla?». Y él decía: «Conmigo». Yo me reía mucho en el asiento de atrás y ella le decía: «Pero tú no eres ningún cura». Y él decía: «Hoy sí». Y ella decía: «¿Hoy crees en Dios?». Y él decía: «Hoy creo en el amor». Padre me ordenó que nunca mencionara a la Abuela delante del Abuelo. «Eso le pondría melancólico, Shapka», me dijo Padre. «No me llames así», le dije. «Eso le pondría melancólico, Alex, y le haría creer que está aún más ciego. Déjale que olvide.» Así que no la menciono, porque, lo quiera o no, hago lo que Padre dice que haga. Adicionalmente, es un boxeador primordial.

Después de llamarme por teléfono, Padre telefoneó al Abuelo para informarle de que sería el chófer en nuestro viaje. Si queréis saber quién sería el guía, la respuesta es que no habría guía. Padre decía que los guías no eran indispensables, porque el Abuelo, después de tantos años en Turismo Ancestral, ya sabía un corpulento montón de cosas. Padre le llamó experto. (En el momento en que lo decía, sonaba como razonable. Pero ¿cómo te hace sentir esto, Jonathan, al alumbramiento de todo lo que ocurrió?)

Cuando los tres, los tres hombres llamados Alex, nos reunimos en casa de Padre esa noche para conversar sobre el viaje, el Abuelo dijo: «No quiero hacerlo.

Estoy retardado, y no me retardé con el fin de tener que verme metido en mierdas como esta. Ya no más». «Lo que quieras no me interesa», le dijo Padre. El Abuelo dio un puñetazo en la mesa con mucha violencia y gritó: «¡No te olvides de quién manda aquí!». Yo pensé que ese sería el final de la conversación. Pero entonces Padre dijo algo extraño. «Por favor —dijo. Y luego dijo algo aún más extraño—: Padre.» Debo confesar que hay muchas cosas que no entendí. El Abuelo volvió a su silla y dijo: «Este es el viaje final. No volveré a hacerlo».

Así que hicimos esquemas para recoger al héroe el 2 de julio a las tres de la tarde en la estación de trenes de Lvov. Estaríamos dos días en el área de Lutsk. «¿Lutsk? —dijo el Abuelo—. No dijiste nada de Lutsk.» «Pues es Lutsk», dijo Padre. El Abuelo se puso pensador. «Está buscando la ciudad de la que procede su abuelo —dijo Padre—, y una mujer, Augustine, que rescató a su abuelo de la guerra. Desea escribir un libro sobre el pueblo de su abuelo.» «¡Oh —dije yo—. Entonces, ¿es un hombre inteligente?» «No —aclaró Padre—. Tiene el cerebro a medio gas. La Oficina Americana me informa de que les llama cada día para producir numerosas preguntas medio en broma sobre si encontrará comida apropiada.» «Encontrará salchichas», dije yo. «Por supuesto —dijo Padre—. Solo es medio en broma.» Repetiré aquí que el héroe es un judío muy ingenioso. «¿Dónde está la ciudad?», pregunté. «El nombre de la ciudad es Trachimbrod.» «¿Trachimbrod? —preguntó el Abuelo—. Eso está a unos cincuenta kilómetros de Lutsk. Él posee un mapa y es optimista con las coordenadas. No debería haber problemas.»

El Abuelo y yo contemplamos la televisión durante varias horas mientras Padre reposaba. Ambos somos personas que permanecemos conscientes hasta muy tarde. (He estado a punto de escribir que a ambos nos encanta permanecer conscientes hasta muy tarde, pero eso no es cierto.) Contemplamos un programa americano, con las palabras en ruso en la parte inferior de la pantalla. Era acerca de un chino de China que era muy diestro con la bazuca. También contemplamos el pronóstico del tiempo. El hombre del tiempo dijo que el tiempo sería muy anormal al día siguiente, pero que volvería a la normalidad un día más tarde. Entre el Abuelo y yo había un silencio que podías cortar con una cimitarra. La única vez que uno de los dos habló fue cuando él rotó hacia mí durante un anuncio del McDonald's McPorkburger y dijo: «No pienso conducir durante diez horas hasta una ciudad horrible, solo para acompañar a un judío muy consentido».

EL PRINCIPIO DEL MUNDO LLEGA A MENUDO

Corría el 18 de marzo de 1791 cuando el carro de doble eje en el que iba o no iba montado Trachim B se precipitó en las profundidades del río Brod. Las jóvenes gemelas W fueron las primeras en ver los curiosos restos que ascendían a la superficie: aros serpenteantes de cuerda blanca, un guante aplastado con los dedos extendidos, carretes de hilo vacíos, unos quevedos de intelectual, frambuesas y otras moras, heces, encajes, fragmentos de un vaporizador hecho trizas, tinta roja sangrando de una lista de buenos propósitos: *Voy a... voy a...*

Hannah sollozó. Chana se metió en el agua helada, atándose los cordones de los calzones por encima de la rodilla, y se abrió paso entre los escombros. *¿Qué estáis haciendo ahí?*, gritó el desgraciado usurero Yankel D, mientras su cojera salpicaba el aire de gotas de barro. Tendió una mano hacia Chana, y con la otra, como tenía por costumbre, se acarició la delatora cuenta de ábaco que, según la proclama del *shtetl*, debía llevar colgada al cuello. *¡Apartaos del agua! ¡Os haréis daño!*

El buen pescadero Bitzl Bitzl R observó la conmoción desde su barca de remos, que estaba sujeta con hilo de bramante a una de sus redes. *¿Qué está pasando ahí?*, gritó en dirección a la orilla. *¿Eres tú, Yankel? ¿Hay algún problema?*

¡Son las gemelas del Honorable Rabino, respondió Yankel, *están jugando en el agua y temo que se hagan daño!*

¡Están saliendo los objetos más raros del mundo!, se rio Chana, levantando con la mano la masa que crecía a su alrededor con la fuerza de un jardín. Recogió las manecillas de una muñeca y las de un reloj viejo. Nervios de un paraguas. Una llave de hueso. Los objetos ascendían montados en burbujas que estallaban al alcanzar la superficie. La ligeramente menor y menos cauta gemela paseó los dedos por el agua una y otra vez, sacando en cada ocasión algo nuevo: un alfiler redondo y amarillo, un espejo de mano sucio de barro, los pétalos de algún nomeolvides sumergido, un pimentero negro resquebrajado y cubierto de cieno, una caja de semillas...

Pero su ligeramente mayor y más cauta hermana Hannah —absolutamente idéntica, salvo por los pelos que unían sus cejas— la observaba desde la orilla, deshecha en llanto. El desgraciado usurero Yankel D la tomó entre sus brazos y atrajo la cabeza de la niña contra su pecho. *Tranquila, tranquila...* Y gritó dirigiéndose a Bitzl Bitzl: *Rema hacia la casa del Honorable Rabino y tráelo contigo. Trae también a Menasha, el médico, y a Isaac, el hombre de leyes. ¡Rápido!*

El hacendado loco Sofiowka N, cuyo nombre adoptaría el *shtetl* en el futuro para los mapas y los registros del censo mormón, surgió de detrás de un árbol. *Lo he visto todo*, dijo, en plena histeria. *Lo he presenciado todo. El carro iba demasiado deprisa por esta sucia carretera —si hay algo peor que llegar tarde a tu propia boda es llegar tarde a la boda de la chica que debía ser tu esposa— y de repente se elevó por los aires, y si no es del todo cierto, el carro no se elevó solo, sino que fue elevado por un viento procedente de Kiev o de Odessa, o de cualquier otro sitio, y si eso no os parece del todo correcto, entonces lo que sucedió fue —y podría jurarlo por la pureza de mi nombre— que un ángel provisto de alas rígidas como el mármol descendió de los cielos para llevarse consigo a Trachim, porque Trachim era demasiado bueno para este mundo. Claro que, ¿quién no lo es? Todos somos demasiado buenos para los demás.*

¿Trachim?, preguntó Yankel, dejando que Hannah tocara la cuenta delatora. *¿Trachim no era el zapatero de Lutsk que murió de neumonía hace medio año?*

¡Mirad esto!, gritó Chana, entre risas, mostrando un Joker Cunnilingus perteneciente a una obscena baraja de naipes.

No, dijo Sofiowka. *Ese era Trachum, con u. No con i. Ese Trachtim murió la Noche de la Noche más Larga. Espera, no. No, espera. Murió por ser un artista.*

¡Y esto! Chana, temblando de emoción, les mostró un aguado mapa del universo.

¡Sal del agua!, ordenó Yankel con voz ronca, en un tono más brusco del que habría deseado emplear con la hija del Honorable Rabino o con cualquier otra niña. *¡Te harás daño!*

Chana corrió hacia la orilla. Las oscuras y verdes aguas oscurecieron el zodíaco mientras la carta astral iba hundiéndose en el río, hasta ir a parar, como si de un velo se tratara, sobre la cabeza del caballo.

Los postigos de las ventanas del *shtetl* se abrieron

ante la conmoción. (Siendo la curiosidad lo único que compartían los vecinos.) El accidente había tenido lugar en las cascadas pequeñas, la parte de la orilla que delimitaba la actual división del *shtetl* en sus dos sectores: el «Cuarto Judío» y los «Tres Cuartos Humanos». Todas las actividades sagradas —la educación religiosa, la carnicería *kosher*, el regateo, etc.— quedaban comprendidas en el Cuarto Judío, mientras que los asuntos pertenecientes a la monótona vida cotidiana —la educación secular, la justicia comunal, compraventa, etc.— se desarrollaban en los Tres Cuartos Humanos. Asentada justo entre los dos se alzaba la Sinagoga Vertical. (El arca estaba construida a lo largo de la línea de errores judío-humana, de manera que cada parte poseyera uno de los dos pergaminos de la Torá.) Ya que el reparto entre lo sagrado y lo secular era de proporciones variables —alteraciones que nunca superaban el grosor de un cabello, si descontamos aquel momento excepcional, en 1764, que siguió al Pogromo de los Corazones Vencidos (donde perecieron 342 de los 721 ciudadanos), en que el *shtetl* fue completamente secular—, dicha distribución afectaba a la ubicación de la línea de error, que avanzaba, dibujada con tiza, desde el bosque Radziwell hasta el río. Y, en función de ese trazado, se elevaba y movía la sinagoga. Ardua tarea hasta que, en 1783, y con el propósito de facilitar las consecuencias prácticas de aquella constante negociación entre lo judío y lo humano, se decidió incorporar al lugar sagrado un juego de ruedas.

Creo entender que se ha producido un accidente, jadeó Shloim W, el humilde tratante de antigüedades que sobrevivía gracias a la caridad, ya que desde la prematura muerte de su esposa era incapaz de desprenderse de ninguno de sus candelabros, figuritas o relojes de arena.

¿Cómo te has enterado?, preguntó Yankel.

Bitzl Bitzl me lo dijo a gritos desde su barca cuando iba en busca del Honorable Rabino. Yo he llamado a tantas puertas como he encontrado de camino hasta aquí.

Bien, dijo Yankel. *El* shtetl *tendrá que hacer una proclama.*

¿Estamos seguros de que ha muerto?, preguntó una voz.

Bastante, constató Sofiowka. *Tan muerto como antes de que se conocieran sus padres. O aún más muerto, quizá, ya que entonces al menos era un proyectil en la polla de su padre y un hueco en el vientre de su madre.*

¿Intentaste salvarle?, inquirió Yankel.

No.

Tapadles los ojos, dijo Shloim señalando a las niñas. Se desvistió con rapidez —revelando así un vientre considerable y una espalda moteada de tirabuzones de grueso pelo negro— y se sumergió en el agua. Avanzó hacia el fondo, a través de las plumas que traía la corriente, de las sartas rotas de perlas y de las dentaduras postizas, de los coágulos de sangre, del Merlot y de fragmentos astillados de candelabros de cristal. Los restos del naufragio fueron haciéndose más densos, hasta impedirle ver a un palmo de sus narices. *¿Dónde? ¿Dónde?*

¿Le has encontrado?, preguntó Isaac L, el hombre de leyes, cuando Shloim regresó a la superficie. *¿Alguien sabe con exactitud cuánto tiempo lleva ahí abajo?*

¿Estaba solo o tenía esposa?, preguntó la llorosa Shanda T, viuda del fallecido filósofo Pinchas T, quien, en su único escrito notable: «Al polvo: Del hombre vie-

nes y en hombre te convertirás», adujo que, en teoría, era posible invertir el sentido de vida y arte.

Una fuerte corriente de viento silbó con fuerza por las calles del *shtetl*. Los que estaban en sus casas, estudiando oscuros textos a la luz de las velas, alzaron la mirada. Callaron los amantes que en ese momento pronunciaban propósitos y juramentos, enmiendas y disculpas. (El solitario fabricante de velas, Mordechai C, hundió sus manos en una tina de cálida cera azul.)

Tenía esposa, intervino Sofiowka, con la mano izquierda hurgando en el bolsillo del pantalón. *La recuerdo bien. Tenía un par de tetas de lo más voluptuoso. Por Dios que tenía unas tetas enormes. ¿Quién podría olvidarlas? Oh, Dios, eran inmensas. Cambiaría todas las palabras que he aprendido por ser joven de nuevo, oh, sí, y poder dar un buen repaso a esas tetas. ¡Claro que lo haría! ¡Sin dudarlo!*

¿Cómo sabes todo esto?, preguntó una voz.

Una vez, cuando era niño, fui a Rovno a cumplir un encargo para mi padre. Estuve en la casa de este Trachim. No consigo recordar su apellido, pero me acuerdo muy bien de que era Trachim con i, de que tenía una joven esposa de grandes tetas, un pequeño apartamento repleto de adornos, y una cicatriz que le iba del ojo a la boca, o de la boca al ojo, tanto da.

¿PUDISTE DISTINGUIR SU ROSTRO EN LO ALTO DEL CARRO?, inquirió a gritos el Honorable Rabino, mientras sus hijas corrían a refugiarse bajo los extremos de su capa. *¿LA CICATRIZ?*

Y entonces, ay ay ay, volví a verle años después cuando fui a Lvov. Trachim estaba haciendo la entrega de un cargamento de melocotones, si la memoria no me falla, o quizá de ciruelas, en la escuela femenina que hay cru-

zando la calle. ¿O era cartero? Sí, entregaba cartas de amor.

Lo que está claro es que ya no está vivo, dijo Menasha, el médico, abriendo su maletín de servicio. De él extrajo algunos certificados de defunción, que una nueva y súbita brisa le arrebató y esparció entre los árboles. Algunos cayeron con las hojas aquel septiembre. Otros caerían con los árboles, muchas generaciones después.

Y, aunque estuviera vivo, no podríamos sacarle, dijo Shloim, secándose detrás de una inmensa roca. *No podremos acceder al carro hasta que haya salido todo lo que contenía.*

EL SHTETL *DEBE HACER UNA PROCLAMA*, exclamó el Honorable Rabino, adoptando un tono más acorde con su autoridad.

¿Cuál era su nombre exacto?, preguntó Menasha, llevándose la pluma a la boca.

¿Podemos afirmar con seguridad que tuviera esposa?, preguntó la llorosa Shanda, llevándose la mano al corazón.

¿Las niñas vieron algo?, preguntó Avrum R, el marmolista que no llevaba alianza (pese a que el Honorable Rabino le había prometido que sabía de una joven de Lodz que podría hacerle feliz [para siempre]).

Las niñas no vieron nada, dijo Sofiowka. *Yo vi que no vieron nada.*

Y las gemelas, esta vez las dos, rompieron a llorar.

Pero no podemos fiarnos únicamente de su palabra, dijo Shloim, gesticulando en dirección a Sofiowka, quien respondió al comentario con uno de sus gestos predilectos.

No preguntéis a las niñas, dijo Yankel. *Dejadlas en paz. Ya han pasado bastante.*

Para entonces, casi la totalidad de los trescientos singulares habitantes del *shtetl* se había congregado con el resuelto propósito de debatir aquello de lo que nada sabían. Cuanto menos sabía un ciudadano, más fervor ponía en la discusión. Tampoco era la primera vez: el mes anterior, la discusión había versado sobre si el hecho de tapar para siempre el agujero del bajel comportaría una enseñanza positiva para los niños, y dos meses antes había tenido lugar el cruel y cómico debate acerca de la imprenta, y antes que ese fue la polémica controversia sobre la identidad polaca, que hizo que muchos prorrumpieran en lágrimas, otros en risas, y todos en mayores y nuevas dudas. Y todavía faltaban otros asuntos que ocuparían su atención, y aún otros muchos tras estos. Preguntas que se formulaban desde el inicio de los tiempos, cuandoquiera que fuese, hasta cuandoquiera que fuese el final. ¿De las *cenizas*? ¿A las *cenizas*?

TAL VEZ, dijo el Honorable Rabino, elevando las manos aún más, y también la voz, *NO TENGAMOS QUE DAR POR ZANJADO EL ASUNTO. ¿Y SI NUNCA RELLENAMOS EL CERTIFICADO DE DEFUNCIÓN? ¿Y SI DAMOS ADECUADA SEPULTURA AL CUERPO, QUEMAMOS TODO LO QUE LLEGUE HASTA LA ORILLA, Y DEJAMOS QUE LA VIDA SIGA ADELANTE PLANTANDO CARA A LA MUERTE?*

Pero necesitamos una proclama, dijo Froida Y, el confitero.

No, si el shtetl *decide lo contrario*, corrigió Isaac.

Quizá debiéramos ponernos en contacto con su esposa, dijo la llorosa Shanda.

Quizá debiéramos empezar a recoger los restos, dijo Eliezar Z, el dentista.

Y, en el calor de la discusión, casi nadie prestó atención a la voz de la niña Hannah, que observaba la escena medio escondida por los flecos que colgaban del hábito de su padre.

Veo algo.

¿QUÉ?, preguntó su padre, acallando al resto. *¿QUÉ ES LO QUE VES?*

Allí, y señaló la espuma del agua.

Entre la turba de cuerdas y plumas, rodeada de velas y cerillas empapadas, camarones, peones de ajedrez y retales de seda que se enredaban como medusas, flotaba un bebé muy pequeño, una niña con los ojos aún pegados, morada como el corazón de una ciruela.

Las gemelas, cual fantasmas, se escondieron tras la capa de su padre. El caballo del fondo del río, amortajado por el húmedo cielo nocturno, cerró sus fatigados ojos. Y la hormiga prehistórica del anillo de Yankel, que permanecía inmóvil en el ámbar color de miel desde mucho antes de que Noé clavara la primera tabla, ocultó la cabeza entre sus múltiples patas, muerta de vergüenza.

EL SORTEO, 1791

Bitzl Bitzl R logró recuperar el carro unos días más tarde, con la ayuda de un grupo de forzudos de Kolki, y sus redes tuvieron más movimiento que nunca. Pero no hallaron ni rastro del cuerpo. Durante los siguientes ciento cincuenta años, el *shtetl* organizaría un concurso anual para «encontrar» a Trachim, aunque una proclama del *shtetl* retiró la recompensa en 1793 —atendiendo al sabio consejo de Menasha de que cualquier cadáver normal y corriente habría empezado a desmembrarse tras dos años en el agua, de manera que la búsqueda no solo era absurda, sino que podía dar lugar a hallazgos de lo más ofensivo, o, todavía peor, a recompensas múltiples— y el concurso adoptó un cariz más festivo. Los P, el linaje de pasteleros de genio vivo, horneaban unos dulces muy especiales, y las chicas del *shtetl* se vestían con el mismo atuendo que llevaban las gemelas en aquella memorable jornada: calzones gruesos con cordones y blusas de lona con cuellos de organdí azul en forma de mariposa. Acudían hombres procedentes de muy lejos, dispuestos a bucear en busca de los sacos de algodón que la Reina del Cortejo arrojaba a las aguas del Brod, animados por la esperanza de hallar el saco dorado, el único que no contenía tan solo tierra.

Había quien decía que Trachim nunca sería encontrado, que la propia corriente le habría cubierto de sedimentos hasta proporcionarle adecuada sepultura. Una vez al mes, dichas personas celebraban un ritual funerario consistente en colocar piedras en la orilla y caminar a lo largo del cauce diciendo cosas al estilo de:

Pobre Trachim, no llegué a conocerle bien, pero estoy seguro de que podría haberlo hecho.

o

Te echo de menos, Trachim. Incluso sin haberte conocido, de verdad.

o

Descansa, Trachim, descansa. Y protege a quienes trabajan en el molino de harina.

También había quien sospechaba que el destino de Trachim no fue quedar aplastado bajo el peso del carro, sino que la corriente le arrastró hacia el mar, a la deriva, con los secretos de su vida aprisionados para siempre en su interior, cual carta de amor en una botella, hasta que una inocente pareja de enamorados entregados a un paseo romántico le encontrara en la playa un amanecer. Es posible que él, o al menos parte de él, hubiera alcanzado las arenas del mar Negro o las de Río o hubiera completado todo el viaje hasta la isla de Ellis.

O quizá una viuda le encontró y le llevó a su hogar: le compró una butaca, le cambió de suéter cada día, le afeitó hasta que el pelo dejó de crecer, le metió esperanzada en su cama cada noche, le susurró dulces naderías en lo que le quedaba de oreja, se rio junto a él ante una taza de café, lloró a su lado ante unas fotos amarillentas, le habló con avidez de sus deseos de tener hijos, empezó a añorarle antes de caer enferma, le dejó en su testamento todo lo que tenía, y pensó solo en él en el momento de su muerte, siempre consciente de que era una ficción pero creyendo en él de todos modos.

Algunos arguyeron que nunca hubo cadáver. Que Trachim, el rey del timo, quiso estar muerto sin morir. De manera que cargó todas sus pertenencias en el carro, lo condujo hasta el indescriptible y anónimo *shtetl* —que pronto sería célebre en toda Polonia por su festival anual, *Trachimday*, y adoptaría su nombre como si fuera un niño huérfano (excepto para los mapas y los censos mormones de población en los que aparecería bajo el de Sofiowka)—, dio a su anónimo caballo la última palmada y le azuzó en dirección a las aguas. ¿Acaso huía de alguna deuda pendiente? ¿De un matrimonio desgraciado? ¿Quizá se sintió atrapado en una red de mentiras? ¿Fue tal vez su muerte una etapa necesaria en la continuación de su vida?

Obviamente, otra explicación apuntaba a la locura de Sofiowka, recordando su afición a sentarse en la fuente de la sirena postrada, desnudo, acariciando con una mano las escamas del rabo de piedra como si fuera el brazo de un recién nacido y, con la otra, su propio rabo, como si no hubiera nada de malo en el mundo en meneársela donde y cuando le viniera en gana. O aquella ocasión en que apareció frente a la casa del Honorable Rabino envuelto con cuerda blanca de la cabeza a los pies, y dijo que había atado un trozo de cuerda a su dedo índice para recordar algo terriblemente importante, y, temiendo olvidarse del dedo índice, se ató una cuerda alrededor del pulgar y luego otra de la muñeca al cuello, y temiendo olvidarse de esta, se ató una cuerda de la oreja al diente, del diente al escroto y del escroto al talón, usando su cuerpo para recordar a su cuerpo, para al final recordar únicamente la cuerda. ¿Acaso parece alguien de cuyas historias puedes fiarte?

¿Y el bebé? ¿Mi tatara-tatara-tatara-tatarabuela? Nos enfrentamos a un problema bastante más difícil, ya que, si bien explicar la pérdida de una vida en un río resulta relativamente sencillo, justificar el hallazgo de otra ya es harina de otro costal.

Harry V, el maestro en lógica del *shtetl* y pervertido residente —que llevaba invertidos tantos y tan infructuosos años en su obra magna, *El anfitrión de los alzados*, que, según su autor, contenía las pruebas lógicas más irrefutables de que Dios ama indiscriminadamente al amante indiscriminado—, elaboró un prolongado argumento relativo a la presencia en el malogrado carro de una segunda persona: la esposa de Trachim. Tal vez, conjeturó Harry, ella rompió aguas mientras los dos sorbían huevos crudos en una de las praderas que separan los *shtetls*, y, tal vez, Trachim espoleó al caballo hasta alcanzar una velocidad vertiginosa con el fin de llegar a un médico antes de que el bebé naciera cual platija que se retuerce en el anzuelo del pescador. Cuando las olas provocadas por la marea de contracciones inundaron los sentidos de su esposa, Trachim se volvió hacia ella: tal vez llevó su callosa mano al suave rostro, tal vez apartó los ojos del camino por un momento, y tal vez, en ese instante fatídico, carro y pasajeros cayeron al río. Tal vez el carro volcó, tal vez los cuerpos se hundieron bajo su peso, y, tal vez, en algún momento, entre el último aliento de la madre y el último esfuerzo del padre por liberarse, nació el bebé. Tal vez. Pero ni siquiera Harry pudo explicar la ausencia del cordón umbilical.

Los Anillos de Ardisht —ese clan de fumadores artesanos de Rovno que fumaban tanto que fumaban incluso cuando no estaban fumando, y a los que una proclama del *shtetl* les desterró eternamente a los tejados, obligándoles a trabajar como deshollinadores y colocadores de rótulos— creían que mi tatara-tatara-tatara-tatarabuela era la reencarnación de Trachim. Cuando este se enfrentó al juicio final, cuando su flácido cuerpo se presentó ante el Guardián de esas gloriosas e incisivas Puertas, algo fue mal. Quedaban asuntos por resolver. Su alma no estaba lista para trascender, así que se le concedió la oportunidad de enmendar el mal de toda la generación previa volviendo a la tierra. Esto, por supuesto, es completamente absurdo. Pero ¿hay algo que no lo sea?

Más inquieto por el futuro de la niña que por su pasado, el Honorable Rabino no ofreció ninguna interpretación oficial de sus orígenes ni para el *shtetl* ni para el *Libro de antecedentes*, pero la tomó bajo su tutela hasta que se le asignara un hogar definitivo. La llevó a la Sinagoga Vertical —ya que ni siquiera un bebé, juró, debería poner un pie en la Sinagoga Oblicua (dondequiera que se encontrase en ese día concreto)— y metió la cuna artesana en el arca, mientras hombres de largos ropajes negros vociferaban plegarias a todo pulmón. *¡SANTO, SANTO, SANTO ES EL SEÑOR! ¡EL SEÑOR NOS LLENE DE SU GLORIA!*

Los fieles de la Sinagoga Vertical llevaban gritando más de doscientos años, desde que el Venerable Rabino tuvo la excelsa revelación de que siempre nos estamos ahogando y de que nuestras plegarias, por tanto, no son más que gritos de socorro procedentes de las profundas simas de las aguas espirituales. *Y SI NUESTRO RUEGO ES TAN DESESPERADO*, dijo (siguiendo su costumbre de empezar todas sus frases con un «y», como si lo que estaba diciendo fuese una continuación lógica de sus más íntimos pensamientos), *¿NO DEBERÍAMOS ACTUAR EN CONSECUENCIA? ¿Y GRITAR, POR TANTO, COMO DESESPERADOS?* De manera que optaron por gritar, y así llevaban unos doscientos años.

Y siguieron gritando, sin conceder al bebé ni un solo momento de descanso, colgados de las poleas que llevaban prendidas de sus cintos —una mano puesta en el libro de oración y la otra en la cuerda—, barriendo el techo con las copas de sus negros sombreros. *Y SI ASPIRAMOS A ESTAR MÁS CERCA DE DIOS*, había expuesto el Venerable Rabino, *¿NO DEBERÍAMOS ACASO ACTUAR EN CONSECUENCIA? ¿Y NO DEBERÍAMOS, PUES, SUBIR HACIA ÉL?* Lo cual, todo hay que decirlo, sonaba bastante lógico. El cisma tuvo lugar durante la víspera del Yom Kippur, el día más sagrado de todos los días sagrados, cuando una mosca se coló bajo la puerta de la sinagoga y comenzó a molestar a los fieles colgantes. Voló de cara en cara, sin dejar de zumbar, aterrizando en las largas narices, haciendo equilibrios sobre los pelos de las orejas. *Y SI ESTO ES UNA PRUEBA*, reveló el Venerable Rabino, intentando mantener el orden en su congregación, *¿NO DEBERÍAMOS ACEPTAR EL DESAFÍO? Y YO OS EXHORTO: ¡ANTES CAER AL SUELO QUE SOLTAR EL GRAN LIBRO!*

Pero la mosca persistió, haciendo cosquillas en los lugares más susceptibles. *Y, DE LA MISMA FORMA QUE DIOS PIDIÓ A ABRAHAM QUE MOSTRARA A ISAAC EL FILO DEL CUCHILLO, ¡NOS PIDE A NOSOTROS AHORA QUE NO NOS RASQUEMOS EL CULO! Y, SI NO PODEMOS*

EVITARLO, ¡USEMOS AL MENOS ÚNICAMENTE LA MANO IZQUIERDA! La mitad de los fieles obedeció las revelaciones del Venerable Rabino, optando por soltar la cuerda antes que el Gran Libro. Estos fueron los antepasados de la congregación Vertical, quienes durante doscientos años caminaron mostrando una afectada cojera, para recordarse a sí mismos —o, mejor dicho, para recordar a los otros— su respuesta a la Prueba: habían hecho prevalecer la Palabra Sagrada. *(PERDONE, RABINO, PERO ¿DE QUÉ PALABRA SE TRATA EXACTAMENTE?* El Venerable Rabino golpeó al discípulo con el extremo del puntero de la Torá: *¡Y SI TIENES QUE PREGUNTAR...!)* Algunos Verticales llegaron al extremo de negarse completamente a caminar, para enfatizar aún más el dramatismo de su caída. Lo cual implicaba, por supuesto, su incapacidad para asistir a la sinagoga. *REZAMOS SIN REZAR*, decían. *HONRAMOS LA LEY, TRANSGREDIÉNDOLA.*

Los que prefirieron soltar el libro de oraciones antes que caer al suelo darían lugar a la congregación de los Oblicuos, bautizados con ese nombre por los Verticales. Jugueteaban con los flecos cosidos a los extremos de las mangas de sus camisas, que ellos mismos pusieron para recordarse —o, siendo más exactos, para recordar a los otros— cuál había sido su respuesta a la Prueba: que son las cuerdas las que te siguen a ti, que es el *espíritu* de la Palabra Sagrada lo que siempre debería prevalecer. (*Perdonad, pero ¿hay alguien que sepa a qué Palabra se refiere exactamente?* Los demás se encogieron de hombros y volvieron a su discusión sobre cómo dividir trece *knishes*[1] entre cuarenta y tres perso-

---

1. Especie de empanada de carne típica de Ucrania. *(N. del t.)*

nas.) Fueron los Oblicuos quienes cambiaron las costumbres: las poleas fueron sustituidas por almohadas, el libro de oraciones hebreo por otro más comprensible escrito en yiddish, y el Rabino por un grupo de discusión, seguido, aunque sería más fiel a la verdad decir interrumpido, por un banquete compuesto de comida, bebida y cotilleos. La congregación Vertical despreciaba a los Oblicuos, quienes parecían dispuestos a sacrificar cualquier ley judía en aras de la salvación de eso que se ha dado en llamar, sin demasiado convencimiento, por cierto, *la gran y precisa reconciliación entre vida y religión*. Los Verticales les insultaban, augurándoles la agonía eterna en el otro mundo por sus ansias de estar cómodos en este. Pero lo cierto era que a Oblicuos como Shmul S, el lechero con los intestinos estrangulados, estas amenazas les importaban un comino. Salvo por las escasas ocasiones en que Verticales y Oblicuos tiraban de la sinagoga en direcciones opuestas, intentando hacer al *shtetl* más secular o más sagrado, cada grupo hacía su vida, sin prestar demasiada atención a las actividades del otro.

Durante seis días, los ciudadanos del *shtetl*, tanto Verticales como Oblicuos, se alinearon en el exterior de la Sinagoga Vertical con el fin de tener la oportunidad de ver a mi antepasada. Muchos regresaron muchas veces. Los hombres pudieron examinar al bebé, tocarlo, hablar con él e incluso sostenerlo en brazos. Las mujeres no estaban autorizadas a entrar en la Sinagoga Vertical, por supuesto, ya que como revelara años ha el Venerable Rabino: *¿Y CÓMO PUEDE ESPERARSE QUE MANTENGAMOS NUESTRAS MENTES Y NUESTROS CORAZONES FIJOS EN DIOS CUANDO ESA OTRA PARTE NOS APUNTA HACIA OBSCENOS PENSAMIENTOS DE YA SABÉIS QUÉ?*

Pero en 1763 se alcanzó una solución de compromiso, y las mujeres fueron autorizadas a rezar en un sótano lóbrego y húmedo bajo un suelo de vidrio especialmente instalado a tal efecto. Sin embargo, no tuvo que pasar mucho tiempo antes de que los hombres colgantes apartaran los ojos del Gran Libro para ponerlos en los múltiples escotes de abajo. La parte delantera de los pantalones negros adquirió una curiosa deformidad, los balanceos y sacudidas se hicieron más frecuentes que nunca a medida que esas *otras partes* se abandonaban a fantasías de *ya sabéis qué*, y nuevos pronombres se colaron en las plegarias: *¡QUE EL SEÑOR LAS LLENE DE NUESTRA GLORIA!*

El Venerable Rabino abordó el desconcertante asunto en uno de sus frecuentes sermones de media tarde. *Y TODOS DEBEMOS ESTAR FAMILIARIZADOS CON LA MÁS PORTENTOSA DE TODAS LAS PARÁBOLAS BÍBLICAS, LA PERFECCIÓN DE CIELO E INFIERNO. Y COMO TODOS SABEMOS, O DEBERÍAMOS SABER, FUE EN EL SEGUNDO DÍA CUANDO DIOS NUESTRO SEÑOR CREÓ LAS REGIONES OPUESTAS DE CIELO E INFIERNO, A LAS QUE NOSOTROS Y LOS OBLICUOS, ELLOS PROVISTOS ÚNICAMENTE DE GRUESOS ABRIGOS, SEREMOS ENVIADOS RESPECTIVAMENTE. Y PERO NO DEBEMOS OLVIDAR QUE AL DÍA SIGUIENTE, EL TERCERO, DIOS VIO QUE EL CIELO NO ERA TAN CELESTIAL COMO ÉL HABÍA DESEADO, NI EL INFIERNO TAN INFERNAL. Y ASÍ PUES, LOS TEXTOS MENORES Y MÁS DIFÍCILES DE ENCONTRAR NOS DICEN QUE ÉL, PADRE DE LOS PADRES, DERRIBÓ EL MURO DE SOMBRAS QUE SEPARABA LAS DOS REGIONES OPUESTAS, PERMITIENDO QUE LOS BENDITOS Y LOS CONDENADOS SE VIERAN UNOS A OTROS. Y COMO ESPERABA LOS BENDITOS SE REGOCIJARON AL CONTEMPLAR EL SUFRIMIENTO DE*

LOS CONDENADOS, Y SU ALEGRÍA SE HIZO MUCHO MAYOR ANTE LA VISIÓN DEL DOLOR. Y LOS CONDENADOS VIERON A LOS BENDITOS, VIERON SUS COLAS DE LANGOSTA Y SU JAMÓN, VIERON LO QUE PONÍAN EN LOS GENITALES DE LAS SHIKSAS MENSTRUANTES, Y SE SINTIERON MUCHO PEOR. Y DIOS SE SINTIÓ SATISFECHO. Y PERO LA LLAMADA DE LA VENTANA SE HIZO DEMASIADO FUERTE. Y MÁS QUE DISFRUTAR DEL REINO DE LOS CIELOS, LOS BENDITOS FUERON QUEDANDO FASCINADOS POR LAS CRUELDADES DEL INFIERNO. Y MÁS QUE SUFRIR POR ESAS CRUELDADES, LOS CONDENADOS DISFRUTABAN DE LOS VICARIOS PLACERES DEL CIELO. Y CON EL TIEMPO, AMBOS ALCANZARON UN EQUILIBRIO, MIRÁNDOSE MUTUAMENTE, MIRÁNDOSE A SÍ MISMOS. Y LA VENTANA SE CONVIRTIÓ EN ESPEJO, DEL CUAL BENDITOS Y CONDENADOS NO QUERÍAN, NI PODÍAN, APARTARSE. Y ASÍ DIOS DEVOLVIÓ EL MURO DE SOMBRAS, CERRANDO PARA SIEMPRE EL UMBRAL ENTRE LOS DOS REINOS, Y ASÍ DEBEMOS OBRAR TAMBIÉN NOSOTROS: ANTE NUESTRA PROPIA VENTANA TENTADORA, ENTRE LOS REINOS DEL HOMBRE Y LA MUJER, ¡DEBEMOS PONER UN MURO DE SOMBRAS!

Llenaron el sótano con basura del Brod, y se talló un orificio del tamaño de un huevo en el muro trasero de la sinagoga, a través del cual una mujer, y solo una, podía ver el arca y los pies de los hombres colgantes, algunos de los cuales, para hacer aún mayor el agravio, estaban rebozados de mierda.

Fue a través de ese agujero que las mujeres del *shtetl* tuvieron la oportunidad de visitar a mi tatara-tatara-tatara-tatarabuela, por turnos, claro. Muchas salieron convencidas, quizá debido a los rasgos absolutamente adultos del bebé, de su naturaleza maligna, creyéndola

Satán hecho carne. Pero es más probable que esos sentimientos encontrados fueran inspirados por el agujero en sí. Desde esa distancia —con las palmas de las manos pegadas a la abertura y el ojo clavado en una cría lejana— el instinto maternal de las mujeres quedaba frustrado. El agujero no era lo bastante grande como para abarcar a todo el bebé de una vez, de manera que se veían obligadas a formar un collage mental con los fragmentos dispersos que lograban vislumbrar: los dedos unidos a las palmas, que a su vez iba a continuación de la muñeca, que estaba al final del brazo, que partía directamente desde el hombro... Aprendieron a odiar el desconocimiento, la imposibilidad de tocarla, la imagen mental que se hicieron de ella.

En el séptimo día, el Honorable Rabino pagó cuatro cuartos de pollo y un puñado de mármoles de color verde azulado para que el boletín semanal de Shimon T publicara el siguiente anuncio: que, sin que la causa estuviera muy clara, un bebé había sido entregado al *shtetl*, que era una niña hermosa, se portaba bien y no hedía, y que él estaba resuelto, por el bien del bebé y de sí mismo, a darlo en adopción a cualquier hombre de bien que estuviera dispuesto a tratarla como a una hija propia.

A la mañana siguiente aparecieron cincuenta y dos notas, formando un abanico, como la cola de un pavo real, bajo la puerta de la Sinagoga Vertical.

Del fabricante de adornos de cobre y alambre Peshel S, que había perdido a su esposa cuando solo llevaban dos meses casados en el Pogromo de los Atuendos Rasgados: *Si no es por la niña, que sea por mí. Soy una persona de bien y merezco ciertas cosas.*

Del cerero solitario Mordechai C, cuyas manos habían quedado recubiertas de unos guantes de cera de los que nunca podría librarse: *Estoy tan solo en el taller. Cuando yo muera, se acabarán las velas. ¿Esto no significa nada?*

Del parado Oblicuo Lumpl W, que descansaba en Pascua no porque lo mandara la costumbre religiosa, sino porque ¿acaso había algo en esa noche que la diferenciara de las demás?: *Yo no soy la mejor persona del mundo, pero sería un buen padre y usted lo sabe.*

Del fallecido filósofo Pinchas T, quien murió al caerle en la cabeza una de las vigas del molino de harina: *Depositadla en el agua y dejad que regrese a mi lado.*

El Honorable Rabino poseía un inmenso conocimiento acerca de los misterios pequeños, medianos, grandes y supergrandes de la fe judía, y era capaz de citar los textos más oscuros e indescifrables como respuesta a enigmas religiosos aparentemente insolubles, pero su experiencia de la vida era prácticamente nula, y por esta razón, porque no logró hallar precedentes escritos del nacimiento del bebé, porque no podía pedir consejo a nadie —¿cómo iba a pedir consejo aquel a quien todos acudían cuando necesitaban uno?—, porque el bebé formaba parte de la vida, estaba vivo, no supo qué dirección tomar. *TODOS SON HOMBRES DECENTES*, pensó. *TODOS UN POCO INFERIORES A LA MEDIA QUIZÁ, PERO DE CORAZÓN RAZONABLEMENTE HONESTO. ¿QUIÉN ES EL MENOS INDIGNO?*

LA MEJOR DECISIÓN ES NO DECIDIR NADA, decidió, y esparció las notas por la cuna, prometiéndose a sí mismo que concedería a mi tatara-tatara-tatara-tatarabuela —y en cierto sentido también a mí— al autor de la primera nota que ella cogiera con la mano. Pero ella no cogió ninguna. No les prestó la menor atención. Se pasó dos días sin mover un solo músculo, sin tan siquiera llorar ni abrir la boca para comer. Los hombres de sombrero negro siguieron vociferando plegarias desde las poleas *(SANTO, SANTO, SANTO...)*, siguieron oscilando sobre los restos del Brod, sujetando con más fuerza el Gran Libro que la cuerda, rezando para que alguien escuchara sus plegarias, hasta que en mitad de uno de los servicios de última hora de la tarde, el buen pescadero Bitzl Bitzl R gritó lo que todos los hombres de la congregación habían estado pensando: *¡EL OLOR ES INSOPORTABLE! ¿CÓMO PUEDO ACTUAR COMO SI ESTUVIERA CERCA DE DIOS SI ME SIENTO COMO SI ESTUVIERA EN UN ESTERCOLERO!*

El Honorable Rabino, absolutamente de acuerdo con la opinión expresada, detuvo las plegarias. Descendió hasta el suelo de cristal y abrió el arca. Un tremendo hedor, imposible de ignorar, invadió el interior, impregnándolo todo. Esa muestra de la repugnancia más suprema, inhumana e imperdonable, salió del arca, barrió la sinagoga, recorrió todas y cada una de las calles y avenidas del *shtetl*, se coló bajo todas y cada una de las almohadas de todos y cada uno de los dormitorios —penetrando en las narices de los durmientes durante el tiempo suficiente como para contaminar sus sueños antes de ser expulsada por el siguiente aliento—, y fue a hundirse, finalmente, en las aguas del Brod.

El bebé, mientras tanto, seguía inmóvil y en absoluto silencio. El Honorable Rabino colocó la cuna en el suelo, eligió al azar un apestoso pedazo de papel y gritó: *¡PARECE SER QUE EL BEBÉ HA ESCOGIDO A YANKEL COMO PADRE!*

Habíamos caído en buenas manos.

20 de julio de 1997

Querido Jonathan:

He puesto mi mayor deseo en que esta carta esté bien. Como sabes, yo no soy un machete en inglés. En ruso mis ideas se establecen de forma anormalmente correcta, pero en mi segunda lengua no soy tan primordial. Me he esforzado por continuar tus consejos, y he fatigado al diccionario que me regalaste, tal y como me advertiste, cuando mis palabras me parecían demasiado insignificantes o carentes de adecuación. Si lo que he realizado no te complace, te solicito que me lo devuelvas. Persistiré en ello hasta que estés saciado.

He encerrado en el sobre los artículos que me pediste, sin ocultar las postales de Lutsk, los registros del censo anteriores a la guerra de los seis pueblos, y las fotografías que me imploraste que guardara por razones de cautela. Fue una idea muy muy buena, ¿no? Debo tragarme un trozo de orgullo por lo que te sucedió en el tren. Sé cuán trascendente era esa caja para ti, para nosotros dos, y cuán irreemplazable es su contenido. Robar es un hecho ignominioso, pero es algo que sucede repetidamente a las personas que viajan en tren por Ucrania. Y puesto que nunca tuviste en la punta de la lengua el nombre del guardia que robó la caja, será muy imposible que la recuperes, así que debes confesarte que se ha perdido para siempre. Pero, por favor, no permitas que esa experiencia en Ucrania contagie tu percepción de Ucrania, que debe ser la de una absolutamente impresionante antigua república soviética.

Aprovecho esta ocasión para proclamar mi agradecimiento por ser tan resignado y estoico conmigo durante el viaje. Tal vez contabas con un traductor con mayores facultades, pero estoy seguro de que realicé un trabajo mediocre. Debo tragarme un trozo de orgullo por no hallar a Augustine, pero ya comprendiste lo rígido que era. Quizá con más días la habríamos descubierto. Podríamos haber investigado en los seis pueblos, y haber interrogado a sus habitantes. Podríamos haber mirado debajo de cada piedra. Pero esto ya lo hemos dicho muchas veces.

Gracias por la reproducción de la fotografía de Augustine y su familia. He pensado hasta la saciedad sobre lo que me dijiste de enamorarse de ella. En verdad, cuando lo dijiste en Ucrania no llegué a descifrarlo, pero ahora estoy seguro de haberlo descifrado. La observo una vez por la mañana, y otra antes de exhalar zetas, y en cada instante veo algo nuevo: una sombra dibujada por sus cabellos, un nuevo ángulo resumido por sus labios.

Estoy muy contento porque quedaste saciado con la primera porción que te envié. Debes saber que he realizado las correcciones que me pedías. Me disculpo por la última línea, en la que digo que eres un judío muy consentido. Ha sido cambiada, y ahora dice: «No pienso conducir durante diez horas hasta una ciudad horrible solo para acompañar a un judío consentido». He prolongado la primera parte sobre mí, y he desechado la palabra *negro*, como me ordenaste, aunque sea cierto que me agradan. Me hace feliz que apreciaras la frase: «Un día harás cosas que odies por mí. Eso es lo que significa ser una familia». Sin embargo, debo hacerte una pregunta: ¿qué es altruismo?

He rumiado sobre lo que me dijiste de hacer más prolongada la parte de mi abuela. Dado que lo sentías con tanta solemnidad, acaté con gusto la incorporación de los fragmentos que me enviaste. No puedo decir que alumbrara esas cosas, pero puedo decir que admiraría ser la clase de persona capaz de alumbrar esas cosas. Eran muy hermosas, Jonathan, y las sentí como ciertas.

Y me siento forzado a proclamar mi agradecimiento hacia ti, por no mencionar la falta de verdad en lo referente a mi altura. Pensé que todo sonaría más trascendente si yo era alto.

He luchado denodadamente para realizar la próxima porción según tus órdenes, empezando por ordenar mis pensamientos como me enseñaste. He intentado también hacerte caso y no precipitarme en la obviedad, o ser excesivamente sutil. En cuanto al dinero que enviaste, debo informarte de que escribiría esto aun en su ausencia. Es para mí un honor colosal escribir para un escritor, especialmente para un escritor americano, como Ernest Hemingway o tú.

Y, ya que menciono tu escritura, «El principio del mundo llega a menudo» me pareció un principio muy elogiable. Hubo ciertas partes que no entendí, pero conjeturo que es debido a que eran muy judías, y a que solo una persona judía podría entender algo tan judío. ¿Es por eso que os creéis los elegidos de Dios, porque solo vosotros podéis comprender las bromas que hacéis sobre vosotros mismos? Tengo una pequeña duda acerca de esta porción, que es la siguiente: ¿sabes que muchos de los nombres que explotas no existen en Ucrania? He oído el nombre de Yankel y también el de Hannah, pero el resto es muy extraño. ¿Los inventaste? Te informo de que había muchos contratiempos como ese. ¿Es debido a que tratas de ser un escritor humorístico, o a simple desinformación?

No tengo ningún otro apunte luminoso, porque debo poseer más cantidad de novela con el fin de iluminarme. Por el momento, ten en cuenta que estoy embelesado. Te advierto que, aunque me envíes el resto, cabe la posibilidad de que no posea nada inteligente que pronunciar al respecto, pero, sin embargo, podría serte útil. Si veo que algo es muy tonto, te lo digo y tú acabas de enderezarlo. Me has informado tanto sobre ello que estoy seguro de que me encantará mucho leer los restos, y pensar en ti en términos más altos, si eso es posible. Ah, sí, ¿qué significa *cunnilingus*?

Y ahora paso a un pequeño asunto privado. (Tal vez decidas no leer esta parte, si eso te produce aburrimiento. Lo entendería, aunque, por favor, no me informes de ello.) El Abuelo no ha estado saludable. Se ha movido a nuestro domicilio de manera permanente. Reposa en la cama de Pequeño Igor con Sammy Davis, Junior, Junior, y Pequeño Igor reposa en el sofá. Esto no fastidia a Pequeño Igor, porque es un chico muy bueno que entiende muchas más cosas de las que nadie cree. Tengo la opinión de que es la melancolía la que pone al Abuelo poco saludable, y la que le deja ciego, aunque no está ciego de verdad, claro. Ha devenido tremendamente peor desde que regresamos de Lutsk. Como sabes, se sintió muy derrotado por lo de Augustine, más derrotado que tú o yo, estoy seguro. Resulta rígido no hablar con Padre de la melancolía del Abuelo, porque ambos le hemos descubierto llorando. La noche pasada estábamos de sobremesa en la mesa de la cocina. Comíamos pan negro y conversábamos sobre atletismo. Hubo un ruido sobre nuestras cabezas. La habitación de Pequeño Igor está encima. Estuve seguro de que era el llanto del Abuelo, y Padre también. Hubo también un tranquilo golpeteo contra el techo. (Por lo general, el golpeteo, como en el caso de la tripulación del *Dnipropetrovsk*, que eran completamente sordos, es hermoso, pero este sonaba de un modo que no aprecié.) Fingimos no hacerle caso. El sonido despertó a Pequeño Igor de su reposo, y vino a la cocina. «Hola, Torpe», dijo Padre, porque Pequeño Igor había vuelto a caerse, y se había puesto un ojo morado, esta vez el izquierdo. «Yo también quiero pan negro», dijo él sin mirar a Padre. Aunque solo tiene trece años yendo para catorce, es muy listo. (Tú eres la única persona a la que he señalado esto. Por favor, no se lo señales a ninguna otra persona.)

Espero que estés feliz, y que tu familia esté saludable y próspera. Nos hicimos amigos cuando estuviste en Ucrania, ¿verdad? En un mundo distinto, podríamos haber sido verdaderos amigos. Estaré en suspenso por tu próxima carta, y también por la siguiente porción de tu novela. Me siento de nuevo obligado a tragarme otro trozo de mi orgullo (mi estómago ya empieza a estar repleto) ante el nuevo fragmento que te ofrezco, pero entiende que he puesto mi mejor talento y me he esforzado al máximo, que es lo máximo que puedo esforzarme. Para mí es muy rígido. Por favor, sé sincero, y, a la vez, sé benévolo, por favor.

> Con todo mi candor,
> Alexander

OBERTURA AL ENCUENTRO CON EL HÉROE, Y LUEGO ENCUENTRO CON EL HÉROE

Como ya preveía, mis chicas se pusieron muy tristes al saber que no estaría con ellas para la celebración del primer cumpleaños de la nueva constitución. «Noche Entera —me dijo una de mis chicas—, ¿cómo se supone que voy a darme placer en tu vacío?» Yo tenía una liviana idea. «Baby —me dijo otra—, no está bien.» Yo dije a todas lo mismo: «Si fuera posible yo estaría aquí contigo, siempre. Pero soy un hombre que trabaja, ¿no?, y debo ir donde debo ir. Necesitamos dinero para los clubes famosos, ¿no? Estoy haciendo algo que odio por ti. Esto es lo que significa estar enamorado. Así que no me fastidies». Pero para ser sincero, yo no sentía el menor fragmento de tristeza por ir a Lutsk como traductor de Jonathan Safran Foer. Como mencioné antes, mi vida es corriente. Pero nunca he estado en Lutsk, ni en ninguno de los multitudinarios pueblecitos que aún persisten después de la guerra. Deseaba ver cosas nuevas. Deseaba experimentar masas. Y la perspectiva de conocer a un americano me electrificaba.

«Tendrás que llevar comida para el viaje, Shapka», me dijo Padre. «No me llames así», dije yo. «Y también bebida y mapas —dijo él—. Son casi diez horas hasta Lvov. El judío te esperará en la estación.» «¿Cuánto dinero voy a recibir por mi trabajo?», inquirí, porque esa duda ejercía una gran gravedad en mí. «Menos del que crees que mereces —dijo él—, y más del que mereces.» Esto me fastidió mucho y así lo dije a Padre: «Entonces quizá no quiera hacerlo». «No me importa lo que tu quieras», dijo él, y se extendió para poner su mano sobre mi hombro. En mi familia, Padre es el campeón mundial en terminar conversaciones.

Se acordó que el Abuelo y yo saldríamos a medianoche del 1 de julio. Esto nos daba quince horas de margen. Se acordó, por todos excepto el Abuelo y yo, que viajaríamos a la estación de trenes de Lvov tan pronto como entráramos en la ciudad de Lvov. Padre acordó que el Abuelo debería entretenerse pacientemente en el coche mientras yo me entretenía en el andén del tren que traía al héroe. No sabía cuál sería su apariencia, y él no sabía lo alto y aristocrático que era yo. Esto fue algo de lo que luego nos burlaríamos mucho. El estaba muy nervioso, dijo. Tenía los huevos por pañuelo. Yo le dije que también tenía los huevos por pañuelo, pero si queréis saber por qué, no era por miedo a no reconocerle. Un americano en Ucrania es algo que brinca a la vista. Yo tenía los huevos por pañuelo porque él era americano, y deseaba mostrarle que también yo podía ser americano.

He invertido una cantidad anormal de pensamientos a cambiar mi domicilio a América cuando tenga más años. Sé que tienen muchas escuelas superiores de contabilidad. Lo sé porque un amigo mío, Gregory, sociable con un sobrino de la persona que inventó el sesenta y nueve, me contó que en América tienen muchas escuelas superiores de contabilidad, y él lo sabe todo. Mis amigos ansían quedarse en Odessa toda su vida. Quieren cumplir años como sus padres, ser padres como sus padres. No desean nada distinto de lo que ya conocen. Vale, pero esto no es para mí, ni tampoco para Pequeño Igor.

Unos días antes de la llegada del héroe inquirí a Padre si podría ir a América cuando me eximiera de la universidad. «No», dijo él. «Pero yo quiero ir», le informé. «No me importa lo que tú quieras», dijo él, y ese suele ser el final de la conversación, pero aquella vez no fue así. «¿Por qué?», pregunté. «Porque lo que tú quieras no es importante para mí, Shapka.» «No —dije yo—, ¿por qué no puedo irme a América después de eximirme?» «Si quieres saber por qué no puedes irte a América —dijo él descerrando la nevera en busca de comida—, es porque el Bisabuelo era de Odessa, el Abuelo es de Odessa, Padre, que soy yo, es de Odessa, y tus hijos serán de Odessa. Además, cuando te eximas, trabajarás en Turismo Ancestral. Es un empleo necesario, lo bastante primordial para el Abuelo, lo bastante primordial para mí, y lo bastante primordial para ti.» «Pero ¿qué pasa si eso no es lo que yo deseo? —dije yo—. ¿Qué pasa si yo no quiero trabajar en Turismo Ancestral, sino en algún lugar donde pueda hacer algo inusitado y ganar mucho dinero en lugar de una minúscula cantidad? ¿Qué pasa si no quiero que mis hijos crezcan aquí, sino que crezcan en algún lugar primordial, con cosas primordiales, con más cosas? ¿Qué pasa si tengo hijas?» Padre cogió tres cubitos de la nevera, cerró la nevera y me pegó. «Póntelo en la cara —dijo, dándome el hielo—, así no producirás miedo en Lvov.» Este fue el final de la conversación. Debería haber sido más listo.

Y todavía no he mencionado que el Abuelo pidió llevar a Sammy Davis, Junior, Junior con nosotros. Esto ya era otra cosa. «Te comportas como un loco», le informó Padre. «La necesito para que me ayude a ver la carretera —dijo el Abuelo, apuntando a sus ojos con el dedo—. Estoy ciego.» «No estás ciego, y no vas a llevarte a la perra.» «Estoy ciego, y la perra viene con nosotros.» «No —dijo Padre—. No es profesional llevar a una perra.» Yo me habría aliado en el bando del Abuelo, pero ser dos veces estúpido en el mismo día ya era demasiado. «Está claro: o viene la perra, o no voy.» Padre estaba cautivo. No como en la extensión de la Casa de Letonia, sino como entre una roca y un lugar rígido, lo cual, la verdad, no es muy distinto a lo que pasa en la extensión de la Casa de Letonia. Entre ellos volaban descargas. No era la primera vez que lo veía, y nada en el mundo me asustaba más. Finalmente mi padre se retiró, aunque se acordó que Sammy Davis, Junior, Junior debía ponerse una camisa especial que Padre había fabricado, que decía: PERRO GUÍA OFICIAL DE TURISMO ANCESTRAL. Eso le daba un tono profesional.

Sin contar con la presencia en el coche de una perra desquiciada, cuya tendencia consistía a inclinar el cuerpo contra las ventanas, el camino también fue rígido porque el coche es una mierda que no pilla más velocidad que yo corriendo, es decir, sesenta kilómetros por hora. Nos adelantaban todos los coches, lo cual me hacía tragar indigestos trozos de orgullo, especialmente cuando los coches iban llenos de familias y cuando eran bicicletas. El Abuelo y yo no pronunciamos palabra durante el viaje, lo cual no es anormal ya que nunca hemos tenido tendencia a pronunciar multitud de palabras. Yo me esforcé por no fastidiarle, pero lo hice igual. Por ejemplo, olvidé examinar el mapa y nos saltamos la entrada a la supervía. «Por favor, no me pegues —dije yo—, pero he perpetrado un error diminuto con el mapa.» El Abuelo pisó el pedal del freno y mi cabeza se encontró aplastada en el cristal delantero. No dijo nada durante la mayor parte de un minuto. «¿Te pedí que condujeras el coche?», preguntó. «No tengo licencia para conducir», dije yo. (Esto lo conservas en secreto, ¿vale, Jonathan?) «¿Te pedí que me prepararas el desayuno mientras estés aquí?», preguntó. «No», dije yo. «¿Te pedí que inventaras un nuevo tipo de rueda?», preguntó. «No —dije yo—, no se me hubiera dado muy bien.» «¿Cuántas cosas te pedí que hicieras?», preguntó. «Solo una», dije yo, y noté que su leche se ponía cada vez más mala, que en cualquier momento empezaría a gritarme, y durante un fragmento de tiempo considerable, y que incluso quizá llegara a pegarme, como merecía, como siempre merezco. Pero no lo hizo. (De manera que ya lo sabes, Jonathan, él nunca me ha pegado. Ni a mí ni a Pequeño Igor.) Si queréis saber lo que hizo, dio la vuelta en redondo y volvimos al lugar donde perpetré el error. Nos cobró unos veinte minutos. Guando llegamos al lugar, le informé de que habíamos llegado. «Joder, ¿estás seguro?», preguntó. Le dije que, joder, sí que estaba seguro. Movió el coche a un lado de la carretera. «Pararemos a desayunar aquí», dijo. «¿Aquí?», pregunté, porque era un lugar corriente, con solo unos metros de suciedad entre la carretera y un muro de hormigón que partía la carretera de los campos. «Me parece un lugar primordial», dijo, y supe que sería de elemental decencia no discutir. Nos desplomamos en la hierba y comimos, mientras Sammy Davis, Junior, Junior se esforzaba por lamer las líneas amarillas de la supervía. «Si vuelves a equivocarte —dijo el Abuelo mientras mordía una salchicha—, pararé el coche y tú saldrás disparado de una patada en el trasero. Será mi pie. Será tu trasero. ¿Algo que inquirir?»

Llegamos a Lvov en solo once horas, pero de todos modos viajamos directamente a la estación como había ordenado Padre. Fue rígida de encontrar, y fuimos extraviados muchas veces. Esto llenó al Abuelo de ira. «¡Odio Lvov!», dijo. Llevábamos diez minutos allí. Lvov es grande y corriente, pero no como Odessa. Odessa es muy bonito, con playas famosas y chicas desplomadas de espaldas exhibiendo sus tetas primordiales al aire fresco. Lvov es una ciudad como Nueva York en Estados Unidos. En realidad, la ciudad de Nueva York fue diseñada siguiendo el modelo de Lvov. Tiene edificios altos (hasta seis pisos) y calles dilatadas (con espacio suficiente hasta para tres coches) y muchos teléfonos celulares. Hay muchas estatuas en Lvov, y muchos lugares con exestatuas. Nunca he presenciado un lugar modelado con tanto hormigón. Todo era hormigón, por todas partes, y os diré que hasta el cielo, que era gris, parecía de hormigón. Esto es algo que el héroe y yo comentaríamos más tarde, para interrumpir un silencio. «¿Recuerdas todo aquel hormigón de Lvov?», preguntó. «Sí», dije yo. «Yo también», dijo él. Lvov es una ciudad muy importante en la historia de Ucrania. Si queréis saber por qué, yo no lo sé, pero estoy seguro de que mi amigo Gregory sí lo sabe.

Desde el interior de la estación Lvov no resulta muy

impresionante. Es allí donde me entretuve durante más de cuatro horas. Su tren era moroso, así que fueron cinco horas. Me fastidió tener que entretenerme allí sin nada que hacer, sin ni siquiera un walkman de alta fidelidad, pero me alegraba no tener que entretenerme en el coche con el Abuelo, que estaba desquiciándose poco a poco, y con Sammy Davis, Junior, Junior, que ya estaba completamente desquiciada. No era una estación corriente, el techo estaba lleno de papeles rojos y azules. Era por el primer cumpleaños de la nueva constitución. Esto no me hizo sentir orgulloso, pero me agradó que el héroe los viera cuando desembarcara del tren de Praga. Se llevaría un retrato excelente de nuestro país. Quizá pensaría que los papeles rojos y azules eran por él, porque sé que el rojo y el azul son los colores de los judíos.

Cuando por fin llegó el tren, mis piernas tenían alfileres de estar en posición vertical durante tanto tiempo. Me habría desplomado, pero el suelo estaba muy sucio, y yo llevaba mis inigualables tejanos para imprimir bien al héroe. Sabía de qué coche desembarcaba porque Padre me lo había dicho, e intenté caminar hacia él cuando llegó el tren, pero los alfileres de las piernas me lo pusieron difícil. Llevaba un cartel con su nombre y lo sostuve ante mí. Me caí muchas veces, sin dejar de mirar a los ojos de todas las personas que pasaban.

Cuando nos encontramos, su apariencia me dejó estupefacto. ¿Esto es un americano?, pensé. Y, adicionalmente, ¿esto es un judío? Era rigurosamente bajo. Llevaba gafas y tenía pelos diminutos que no iban peinados hacia ningún lado, sino que envolvían su cabeza como si fuera un Shapka. (Si yo fuera como Padre, le habría llamado Shapka.) No parecía como los americanos de las revistas, con músculos y el pelo rubio, ni como los judíos de los libros de historia, sin pelo y con huesos protuberantes. No llevaba tejanos ni uniforme. En realidad, no parecía nada especial. Mi contracepción fue máxima.

Debió de ver el cartel que yo tenía en las manos, porque me dio una palmada en el hombro y dijo: «¿Alex? —Yo dije que sí—. Eres mi traductor, ¿verdad?». Le pedí que hablara más lento porque no podía entenderle. En realidad los huevos iban subiéndome hasta la altura del pañuelo. Fingí estar sedado. «Lección número uno. Hola. ¿Cómo estás?» «¿Qué?» «Lección número dos. Muy bien, ¿no hace un día maravilloso?» «Eres mi traductor —dijo, realizando multitudinarios gestos—, ¿no?» «Sí —dije, extendiendo la mano—. Soy Alexander Perchov. Su más humilde traductor.» «Encantado de conocerte... y de no tener ese ojo morado», dijo. «¿Qué?», dije yo. «Digo que estoy encantado de no tener el ojo como tú.» «Oh, sí —me reí—, a mí tampoco me gusta demasiado. Te imploro que perdones mi inglés. No soy muy primordial en él.» «Jonathan Safran Foer», dijo él, y me extendió la mano. «Cómo?» «Me llamo Jonathan Safran Foer.» «¿Jon-Zan?» «Safran Foer.» «Yo soy Alex», dije yo. «Ya lo sé —dijo él—. ¿Alguien te ha pegado?», perseveró, mirando mi ojo derecho. «Mi padre estuvo encantado de pegarme», dije yo. Cogí sus maletas y caminamos hacia el coche.

«¿Complacido por el viaje en tren?», pregunté. «Dios —dijo él—, la puta butaca me ha estado jodiendo durante las veintiséis horas.» Me pregunté cuánto cobraría esa puta, Butaca, por veintiséis horas consecutivas de trato carnal. «¿Conseguiste Z Z Z Z Z?», pregunté. «¿Qué?» «¿Exhalaste zetas?» «No entiendo.» «Reposar.» «¿Qué?» «¿Reposaste?» «Oh, no —dijo él—, no he reposado ni un minuto.» «¿Qué?» «No... he... reposado... ni... un... minuto.» «¿Y los guardias de la frontera?» «Ningún problema —dijo él—. Había oído hablar tanto de ellos, me habían dicho que podían..., bueno, ya sabes, hacerme pasar un mal rato. Pero solo entraron, comprobaron mi pasaporte y no volvieron a molestarme.» «¿Cómo?» «Que había oído que dan problemas, pero me dejaron en paz.» «¿Habías oído hablar de ellos?» «Oh, sí, había oído que son unos capullos de mierda.» Capullos de mierda. Lo anoté en mi mente.

En realidad, me dejaba estupefacto que el héroe no hubiera tenido ninguna tribulación con los guardias de la frontera. Tienen el insípido hábito de tomar las cosas de la gente del tren sin permiso. En una ocasión, Padre fue a Praga, en servicio para Turismo Ancestral, y mientras reposaba los guardias tomaron varias cosas primordiales de su maleta, lo cual es terrible porque no posee muchas cosas primordiales. (Resulta tan raro pensar en alguien haciendo daño a Padre. Tengo tendencia a creer en la inmutabilidad de los roles.) También he sido informado de historias sobre viajeros que tuvieron que dispersar dinero a los guardias con el fin de conseguir que les devolvieran su pasaporte. Para los americanos, la cosa puede ir mejor o peor. Es mejor si el guardia es un enamorado de América y quiere imprimir mucho a un americano siendo un guardia primordial. Este tipo de guardia está convencido de que un día encontrará a ese americano en América, y que ese americano se ofrecerá a llevarle a un partido de los Chicago Bulls, y le comprará unos tejanos y pan blanco y papel higiénico suave. Este guardia sueña con hablar inglés sin acento y conseguir una esposa de tetas inmutables. Este guardia confesará que no ama el lugar donde vive.

El otro tipo de guardia también está enamorado de América, pero odiará al americano por ser americano. Este es peor. Este guardia sabe que nunca irá a América, y sabe que nunca se volverá a encontrar al americano. Le robará, le aterrorizará, solo para demostrarle que puede hacerlo. Es la única ocasión de su vida en que Ucrania será más que América, y él será más que el americano. Padre me lo contó, y yo estoy seguro de que él está seguro de que es cierto.

Cuando llegamos al coche, el Abuelo se entretenía con paciencia como Padre le había ordenado. Con mucha paciencia. Roncaba. Roncaba a un volumen tan ensalzado que el héroe y yo pudimos oírle aunque las ventanas estaban corridas, y sonaba como si el coche estuviera en funcionamiento. «Este es nuestro chófer —dije yo—. Es un conductor experto.» Advertí angustia en la sonrisa de nuestro héroe. Era la segunda vez. Habían pasado cuatro minutos. «¿Se encuentra bien?», preguntó. «¿Qué? —dije yo—. No consigo entender. Habla más lento, por favor.» El héroe debió dudar de mi incompetencia. «¿El conductor... se encuentra... bien?» «Ciertamente —dije—. Pero debo decirle que estoy muy familiarizado con él. Es mi abuelo.» En ese momento, Sammy Davis, Junior, Junior se hizo evidente, saltando desde el asiento trasero y ladrando en masa. «¡Por Dios!», dijo el héroe, aterrado, y se apartó corriendo del coche. «No te angusties —le informé, mientras Sammy Davis, Junior, Junior se golpeaba la cabeza contra el cristal—. Es solo la perra guía del conductor.» Señalé la camisa que llevaba puesta, pero ya había mordido la mayor parte, de manera que solo se leía: PERRA OFICIAL. «Está desquiciada —dije—, pero le gusta mucho jugar.»

«Abuelo —dije, moviéndole el brazo para despertarle—. Abuelo, él está aquí.» El Abuelo rotó la cabeza de un lado a otro. «Se pasa el día en reposo», expliqué al héroe, con la esperanza de que esto redujera su cantidad de angustia. «Vaya, pues el coche debe irle como anillo al dedo», dijo el héroe. «¿Qué?» «He dicho que debe irle como anillo al dedo.» «¿Qué significa irle como anillo al dedo?» «Que le va bien, que lo aprovecha. Ya sabes, que le resulta útil. Pero ¿qué me dices del perro?» (Ahora uso esa frase americana muy a menudo. Una noche dije a una chica en un famoso club nocturno: «Tu culo me va como anillo al dedo». Pude percibir que ella percibía que yo era ingenioso. Más tarde nos hicimos íntimos, y ella se olió las rodillas, y también las mías.)

Conseguí mover al Abuelo de su reposo. Si queréis saber cómo, le apreté la nariz con los dedos para que no pudiera respirar. Él no supo dónde estaba. «¿Anna?», preguntó. Ese era el nombre de mi abuela, que había muerto dos años antes. «No, Abuelo —dije—, soy yo: Sasha.» Estaba muy avergonzado. Pude percibirlo porque apartó su cara de mí. «He adquirido a Jon-Zan», dije. «Hum, es Jo-na-than», dijo el héroe sin perder de vista a Sammy Davis, Junior, Junior mientras esta lamía las ventanas. «Deberíamos obedecer a Padre —dije— y dirigirnos hacia Lutsk.» «¿Cómo?», inquirió el héroe. «Le he dicho que deberíamos irnos hacia Lutsk.» «Sí, Lutsk. Es allí donde me dijeron que iríamos. Y de allí a Trachimbrod.» «Correcto», dije yo. El Abuelo puso las manos sobre el volante. Durante un prolongado momento miró hacia delante. Exhalaba alientos grandes y las manos le temblaban. «¿Sí?», le pregunté. «Cállate», me informó. «¿Dónde viajará el perro?», inquirió el héroe. «¿Qué?» «Que... dónde... viajará... el... perro.» «No entiendo.» «Me dan miedo los perros —dijo él—. He tenido malas experiencias con ellos.» Lo expliqué al Abuelo, quien aún estaba medio en el reino de las zetas. «Nadie tiene miedo a los perros», contestó. «El Abuelo me informa de que nadie tiene miedo a los perros.» El héroe se levantó la camisa para exhibirme los remanentes de una herida. «Eso es de una mordedura de perro», dijo. «¿El qué?» «Esto.» «¿Qué?» «Esto de aquí.» «¿Dónde?» «Aquí. Son como dos líneas que se cruzan.» «No veo nada.» «Aquí», dijo él. «¿Ahí?» «Exacto, ahí», dijo él, y yo le dije: «¡Ah, sí!», aunque la verdad es que no veía nada. «A mi madre le dan miedo los perros.» «¿Y qué?» «Pues que a mí también. No puedo evitarlo.» Pesqué la idea. «Sammy Davis, Junior, Junior debe desplomarse en el asiento delantero con nosotros», dije al Abuelo. «Entrad en el coche de una vez, coño —dijo él, habiendo invertido en los ronquidos toda la paciencia que poseía—. La perra y el judío compartirán el asiento de atrás. Es lo bastante enorme para ambos.» No mencioné que el asiento de atrás no era enorme ni para uno. «¿Cómo lo haremos?», preguntó el héroe, con miedo a acercarse al coche, mientras, en el asiento trasero, Sammy Davis, Junior, Junior nos exhibía su boca, ensangrentada de morderse su propia cola.

EL LIBRO DE LOS SUEÑOS RECURRENTES, 1791

Yankel recibió la noticia de su buena suerte cuando los Oblicuos estaban a punto de concluir el servicio semanal.

Lo más importante es recordar, dijo el recolector de patatas narcoléptico Didl S, dirigiéndose a la congregación, que le escuchaba recostada sobre cojines dispersos por todo el comedor. (La congregación de los Oblicuos era itinerante y celebraba cada *Sabbat* en casa de un miembro distinto.)

¿Recordar qué?, preguntó el maestro Tzadik P, escupiendo tiza amarilla con cada sílaba.

El qué no es tan importante como el hecho de recordar. Es el acto de recordar, el proceso de la remembranza, el reconocimiento de nuestro pasado... Los recuerdos no son más que pequeñas oraciones a Dios, si creyéramos en ese tipo de cosas... Sé que las escrituras dicen algo al respecto, o esto exactamente... Tenía el dedo puesto sobre esas líneas hace solo un minuto... Lo juro, estaba justo aquí. ¿Alguien ha visto el Libro de antecedentes? *Tenía uno de los primeros volúmenes en mis manos hace solo un segundo... ¡Vaya!... ¿Alguien puede decirme por dónde iba? Ahora estoy totalmente confundido y avergonzado. No sé qué me pasa, cuando toca en mi casa, siempre me hago la picha un lío...*

Hablabas de la memoria. La llorosa Shanda acudió en su ayuda, pero Didl ya había caído en un sueño incontrolable. Le despertó y le susurró al oído: *La memoria.*

Exacto, dijo él sin perder un segundo mientras hojeaba frenéticamente el montón de papeles esparcidos por el pálpito, que en realidad era un gallinero. *Memoria. Memoria y reproducción. Y sueños, desde luego. ¿Qué es estar despierto sino interpretar nuestros sueños, o soñar sino interpretar la vigilia? ¡El círculo de los círculos! Sueños, ¿sí? ¿No? Sí. Sí, estamos a primer* Sabbat. *El primero del mes. Y como cada primer* Sabbat *de mes, debemos actualizar el* Libro de los sueños recurrentes. *¿No es así? Que alguien me avise si me estoy haciendo de nuevo la picha un lío.*

Yo he tenido un sueño apasionante durante las últimas dos semanas, dijo Lila F, descendiente del primer Oblicuo que soltara el Gran Libro.

Excelente, dijo Didl, sacando el volumen IV del *Libro de los sueños recurrentes* del arca artesana, que en realidad era la estufa de leña.

Igual que yo, intervino Shloim. *Y no solo uno.*

Y yo también he tenido un sueño recurrente, dijo Yankel.

Excelente, dijo Didl. *Excelentísimo. ¡Pronto habremos completado un nuevo volumen!*

Pero antes, susurró Shanda, *debemos revisar las entradas del mes anterior.*

Pero antes, dijo Didl, adoptando el aire de autoridad

de un rabino, *debemos revisar las entradas del mes anterior. Hay que retroceder si queremos avanzar.*

Pero no te demores en exceso, dijo Shloim, *o me olvidaré del sueño. Ya resulta increíble que haya logrado recordarlo durante todo este tiempo.*

Se demorará tanto como sea necesario, dijo Lila.

Me demoraré tanto como sea necesario, dijo Didl, manchándose la mano de negro con las cenizas acumuladas en la cubierta del voluminoso libro. Lo abrió por una de sus últimas páginas, cogió el puntero de plata, que en realidad era un cuchillo de untar mantequilla, y comenzó a recitar, resiguiendo con la hoja de acero el núcleo de la vida soñada de los Oblicuos:

4:512–*El sueño del sexo sin dolor.* Hace cuatro noches soñé con las manecillas del reloj que descendían del universo como si fueran gotas de lluvia, con una luna como un ojo de color verde, con espejos e insectos, con un amor eterno. No era esa sensación de plenitud que tanto necesitaba, sino la sensación de no estar vacía. El sueño acabó cuando noté que mi marido me penetraba. **4:513**–*El sueño de los ángeles que soñaban con hombres.* Fue durante una siesta. Soñé con una escalera por la que subían y bajaban ángeles, caminando como sonámbulos, con los ojos cerrados, la respiración pesada y las alas caídas. Tropecé con un viejo ángel, le desperté y le miré fijamente. Tenía el mismo aspecto que ofrecía mi abuelo el año pasado, justo antes de morir, cuando todas las noches rezaba para morir durmiendo. Oh, me dijo el ángel, precisamente estaba soñando contigo. **4:514**–*El sueño de, por tonto que parezca, el vuelo.* **4:515**–*El sueño del vals del ban-*

quete, la hambruna y el banquete. **4:516**–*El sueño de los pájaros incorpóreos (46).* No estoy seguro de si consideraréis esto un sueño o un recuerdo, porque sucedió de verdad, pero siempre que me duermo veo la estancia donde velé el cadáver de mi hijo. Todos los que me acompañasteis recordaréis que nos sentamos en silencio y comimos solo lo necesario para no desfallecer. ¿Os acordáis del pájaro que chocó contra la ventana y cayó al suelo? Recordaréis, todos los que estabais allí, el temblor de sus alas antes de morir y la mancha de sangre que dejó en el suelo cuando lo recogieron. Pero ¿quién de todos vosotros fue el primero en advertir la copia del pájaro que se quedó en la ventana? ¿Quién vio por primera vez la sombra que el pájaro dejó atrás, la sombra que arrancó sangre de todos los dedos que se atrevieron a seguir su contorno? La sombra, prueba más fehaciente de la existencia del pájaro que el pájaro en sí... ¿Quién estaba conmigo mientras velaba el cadáver de mi hijo, cuando me disculpé para ir a enterrar a ese pájaro con mis propias manos? **4:517**–*El sueño del enamoramiento, el matrimonio, la muerte, el amor.* Este sueño parece durar horas, aunque siempre tiene lugar en los cinco minutos que transcurren entre mi regreso del campo y la hora de la cena. Sueño con el día en que conocí a mi mujer, cincuenta años atrás, y lo revivo todo exactamente como sucedió. Sueño con nuestra boda, e incluso puedo ver las lágrimas de orgullo de mi padre. Todo está allí, exactamente igual que entonces. Pero luego, aunque dicen que es imposible, sueño con mi propia muerte. Debéis creerme: sueño con que mi esposa, en mi lecho de muerte, me dice que me ama. Y aunque ella cree que no puedo oírla, sí la oigo: me dice que no habría cambiado nada de nuestra vida. Es como si hubiera vivido mil veces este momento, como si todo me fuera familiar. Parte del mismo instante de la muerte y sucede de nuevo un número infinito de veces: nos conocemos, nos casamos, tenemos hijos, repetimos los éxitos y los fracasos, exactamente igual, siempre incapaces de realizar el menor cambio. Estoy pegado a una rueda imparable, y cuando siento que la muerte me cierra los ojos, como lo ha hecho y lo hará de nuevo mil veces, me despierto. **4:518**–*El sueño del movimiento perpetuo.* **4:519**–*El sueño de las ventanas bajas.* **4:520**–*El sueño de la paz y la seguridad.* Soñé que nacía de un cuerpo extraño. Ella me daba a luz en un pozo secreto, lejos de todo lo que después sería mi entorno. Inmediatamente después del parto me puso en manos de mi madre, para cubrir las apariencias, y mi madre dijo: Gracias. Me has dado un hijo, el regalo de la vida. Y por esta razón, porque procedía de un cuerpo extraño, nunca sentí temor ante el cuerpo de mi madre y podía abrazarla sin vergüenza, solo con amor. Como no procedía de su cuerpo, mi deseo de ir a casa nunca me llevaba hasta ella, y yo era libre para decir Madre, y querer decir solo Madre. **4:521**–*El sueño de los pájaros incorpóreos (47).* Cada noche sueño que amanece, y yo estoy haciendo el amor con mi esposa, mi auténtica esposa, con la que llevo treinta años casado; todos sabéis cuánto la amo, el intenso amor que siento por ella. Recorro sus muslos con las manos, y luego sigo por la cintura y el vientre, hasta alcanzar los pechos. Mi esposa es tan hermosa, todos lo sabéis, y en el sueño es idéntica, igualmente bella. Miro cómo mis manos —endurecidas, gastadas, masculinas, llenas de venas, temblorosas, agitadas— recorren sus pechos, y recuerdo, no sé por qué, pero se repite cada noche, recuerdo dos pájaros blancos que mi madre me trajo de Varsovia cuando yo no era más que un crío. Les dejábamos volar por toda la casa y posarse donde quisieran. Recuerdo a mi madre, de espaldas, en la cocina, guisándome unos huevos, y recuerdo a los pájaros posados en sus hombros, con los picos cerca de sus orejas, como si estuvieran a punto de contarle un secreto. Ella levantaba la mano hacia el estante superior del armario, en busca de alguna especia, y asía algo lejano, resbaladizo, sin dejar nunca de vigilar lo que tenía en el fuego. **4:522**–*El sueño de conocer a tu yo más joven.* **4:523**–*El sueño de los animales, de dos en dos.* **4:524**–*El sueño de no tendré vergüenza.* **4:525**–*El sueño de que nosotros somos nuestros padres.* Soñé que me acercaba a la orilla del Brod, sin ningún motivo, y observaba mi reflejo en el agua. No podía dejar de contemplarlo. ¿Qué había en esa imagen que me atraía de tal modo? ¿Qué era lo que me gustaba de ella? Y entonces lo reconocí. Era muy sencillo. En el agua vi el rostro de mi padre, y ese rostro vio el rostro de su padre, y así sucesivamente, retrocediendo hacia el amanecer de los tiempos, hasta llegar a la cara de Dios, a cuya imagen fuimos creados. Ardimos de amor por nosotros mismos, todos nosotros, prendiendo la mecha del fuego que nos consumiría: nuestro amor era la aflicción que solo nuestro propio amor podía curar...

La letanía fue interrumpida por un golpe en la puerta, y antes de que ninguno de los fieles tuviera tiempo de reaccionar entraron dos hombres ataviados con sendos sombreros negros.

¡ESTAMOS AQUÍ EN REPRESENTACIÓN DE LA CONGREGACIÓN VERTICAL!, gritó el más alto de los dos.

¡LA CONGREGACIÓN VERTICAL!, coreó el otro, más bajo y paticorto.

¡Silencio!, dijo Shanda.

¿ESTÁ YANKEL ENTRE LOS PRESENTES?, gritó el más alto como respuesta al requerimiento de la mujer.

ESO, ¿ESTÁ YANKEL ENTRE LOS PRESENTES?, coreó el bajo y paticorto.

Sí. Aquí estoy, dijo Yankel, incorporándose, convencido de que, como ya había sucedido en otras ocasiones, el Honorable Rabino precisaba de su ayuda financiera. (Y es que la piedad salía muy cara en esos días.) *¿En qué puedo servirles?*

¡TÚ SERÁS EL PADRE DEL BEBÉ DEL RÍO!, gritó el más alto.

¡TÚ SERÁS EL PADRE!, coreó el bajo y paticorto.

¡Excelente!, dijo Didl, cerrando el volumen IV del *Libro de los sueños recurrentes*, y levantando con el gesto una nube de polvo. *¡Excelentísimo! ¡Yankel será el padre!*

Mazel tov!, comenzaron a cantar los fieles. *Mazel tov!*

De repente, Yankel se sintió invadido por un profundo temor a la muerte, más intenso de los que sintió cuando sus padres fallecieron de muerte natural, tras la muerte de su hermano en el molino de harina o cuando murieron sus hijos, más potente aún del que le asaltó aquel día que, siendo aún niño, trató de imaginar cómo sería no estar vivo —vivir en la oscuridad, en el mundo de la no sensación—, cómo sería ser sin ser, cómo sería no ser.

Los Oblicuos le felicitaron, dándole palmaditas en la espalda, sin advertir que lloraba. *Gracias*, dijo él, una y otra vez, sin ni siquiera preguntarse a quién las estaba dando. *Muchísimas gracias*. Él acababa de recibir un bebé, y yo una tatara-tatara-tatara-tatarabuela.

ENAMORARSE, 1791-1796

Esa misma tarde el desgraciado usurero Yankel D llevó al bebé a su hogar. *Aquí estamos*, dijo él, *sobre el escalón de la entrada. Esta es nuestra puerta. Y esto que estoy empujando es el tirador. Y es aquí donde guardamos los zapatos al entrar en casa. Y aquí colgamos las chaquetas.* Le hablaba como si ella pudiera entenderle, nunca en un tono de voz chillón o en monosílabos, y nunca con palabras sin sentido. *Esto que estás tomando es leche. La trae Mordechai, el lechero, a quien ya conocerás algún día. Él saca la leche de las vacas, lo cual, si te paras a pensarlo, es algo bastante raro e incluso inquietante, así que mejor no pienses en ello... Esta mano que te acaricia la cara es mía. Hay personas zurdas y personas diestras. Todavía no sabemos a cuál de los dos grupos perteneces, porque te limitas a estar sentada y dejar que sean mis manos las que lo hagan todo... Esto es un beso. Es lo que sucede cuando los labios de alguien se acercan y ejercen presión contra algo, a veces contra otros labios, a veces una mejilla, a veces alguna otra cosa. Depende... Esto es mi corazón. Lo estás tocando con la mano izquierda, no porque seas zurda, aunque pudieras serlo, sino porque soy yo quien la aprieta contra él. Ese tambor que sientes es el latido del corazón. Es lo que me mantiene vivo.*

Con unos periódicos arrugados y una fuente honda de pan construyó una cuna y la depositó con cuidado en el interior del horno, para que el ruido de las pequeñas cascadas no perturbara sus sueños. Nunca cerraba la puerta del horno; se pasaba horas sentado, contemplándola, como quien vigila cómo sube la masa del pan. Observaba cómo el pecho de la niña se llenaba de aire para vaciarse rápidamente, mientras los deditos se cerraban y abrían y los ojos bizqueaban sin razón aparente. *¿Estaría soñando?*, se preguntaba. *Y en ese caso, ¿en qué sueñan los bebés? Debe estar soñando en lo que había antes de la vida, de la misma manera que yo sueño en lo que me aguarda después de la muerte.* Cuando la sacaba para darle de comer o simplemente para sentirla en sus brazos, el cuerpo del bebé aparecía tatuado con la tinta del periódico. ¡TERMINÓ LA ÉPOCA DE LAS MANOS TEÑIDAS! ¡COLGAREMOS AL RATÓN! O, SOFIOWKA, ACUSADO DE VIOLACIÓN, SE DECLARA POSEÍDO POR PERSUASIÓN DEL PENE: «SE ME FUERON LAS MANOS». O, AVRUM R, FALLECIDO TRAS UN ACCIDENTE EN EL MOLINO, HA DEJADO UN GATO SIAMÉS, PERDIDO, DE CUARENTA Y OCHO AÑOS, LEONADO, MOFLETUDO PERO NO GORDO, GUAPETÓN, QUIZÁ UN POCO GORDO, QUE RESPONDE AL NOMBRE DE *MATUSALÉN, MUY BIEN, DE ACUERDO, GORDO COMO UN CERDO. SI ALGUIEN LO ENCUENTRA, ES LIBRE DE QUEDÁRSELO.* En ocasiones la acunaba en sus brazos hasta dormirla, y la leía de izquierda a derecha, enterándose de todo cuanto necesitaba saber acerca del mundo. Si no estaba escrito en su piel, carecía de importancia.

Yankel había perdido dos hijos, uno por causa de la fiebre y otro en el molino industrial de harina, que desde su apertura hasta ese momento se había cobrado una vida por año. También había perdido a una esposa, no en las garras de la muerte, sino en las de otro hombre. Una tarde, al volver de la biblioteca, encontró una nota ocultando el *SHALOM!* de la alfombrilla de la puerta: *No he podido evitarlo.*

Lila F escarbaba la tierra donde tenía plantadas las margaritas. Bitzl Bitzl R estaba ante la ventana de la cocina, fingiendo fregar el aparador. Shloim W observaba el mundo a través del cono superior de uno de los relojes de arena de los que jamás sería capaz de desprenderse. Nadie pronunció palabra mientras Yankel leía la nota, ni después, como si la desaparición de su esposa fuera lo más normal del mundo. O como si jamás hubiera estado casado.

¿Por qué no pudo deslizarla por debajo de la puerta?, se preguntó él. *¿Por que no la dobló?* Tenía el mismo aspecto que cualquier otra nota, una que dijera, por ejemplo, *¿Podrías hacer algo con el aldabón?* o *No te preocupes, volveré enseguida.* Para él era tan extraño que una nota de carácter tan distinto —*No he podido evitarlo*— pudiera dar exactamente la misma impresión: trivial, frívola, intrascendente. Él pudo odiarla por haberla dejado a la vista de todos, así como por la simplicidad que se desprendía del mensaje: por su falta de retórica, la absoluta carencia de pistas que indicaran que sí, era algo importante, sí, es la nota más desgarradora que he escrito nunca, sí, antes morir que tener que escribirla de nuevo. ¿Dónde estaban los restos de lágrimas secas? ¿En qué letra se apreciaba el temblor de la mano?

Pero su esposa fue su primer y único amor, y estaba en la naturaleza de los habitantes de ese diminuto *shtetl* perdonar a los primeros y únicos amores, de manera que se obligó a entender, o a fingir que entendía. Nunca la culpó por huir a Kiev en compañía del burócrata bigotudo que acudió a asesorar a Yankel en los complejos procedimientos del vergonzoso proceso abierto contra él. Un burócrata que le prometió un futuro cómodo, lejos de todo, en algún lugar más tranquilo; un futuro sin preocupaciones, sin confesiones ni acuerdos legales. No, no era eso. Sin Yankel. Ella quería estar sin Yankel.

Durante dos semanas ahuyentó imágenes del burócrata follando con su esposa. En el suelo, rodeados de trozos de comida. De pie, aún con los calcetines puestos. Sobre la hierba del jardín en su nueva e inmensa casa. La imaginaba haciendo ruidos que nunca hizo con él y experimentando placeres que él nunca pudo darle, porque el burócrata era un hombre, y él no. *¿Le chupa el pene?*, se preguntó. *Sé que es un pensamiento absurdo, una idea que solo me causa dolor, pero no puedo librarme de ella. Y mientras le chupa el pene, porque seguro que lo hace, ¿él a qué se dedica? ¿Le aparta los cabellos hacia atrás para así observar mejor? ¿Le toca el pecho? ¿Piensa en otra? Le mataré si se atreve a pensar en otra.*

Con el *shtetl* aún alerta —Lila todavía escarbando, Bitzl Bitzl todavía sacando brillo, Shloim aún fingiendo que medía el tiempo con arena—, dobló la nota hasta darle la forma de una lágrima, se la guardó en el bolsillo de la solapa y entró en casa. *No sé qué hacer*, pensó. *Supongo que debería matarme.*

No podía soportar la vida, pero tampoco soportaba

la idea de morir. No podía soportar la idea de que ella hiciera el amor con otro, pero tampoco la ausencia de esa idea. Y, en cuanto a la nota, no podía soportar conservarla, pero tampoco soportaba la idea de destruirla. De manera que intentó perderla. La dejó en las palmatorias de los candelabros de cera, la colocó entre los *matzos* de Pascua, la soltó sin miramientos entre los papeles arrugados de los cajones de su desordenado escritorio con la esperanza de no encontrarla cuando volviera a abrirlo. Pero nunca desaparecía. Intentó que se le cayera del bolsillo mientras estaba sentado en la valla que hay delante de la fuente de la sirena postrada, pero cuando metía la mano para buscar el pañuelo, la nota seguía allí. La escondió como si fuera un punto de libro en una de las novelas que más detestaba, pero la nota reapareció días más tarde entre las páginas de uno de los libros occidentales que solo él leía en todo el *shtetl*, un libro que la nota había arruinado ya para siempre. Como le sucedía con su vida, no podía perderla por nada del mundo: la nota parecía condenada a regresar siempre a sus manos, a permanecer junto a él, como si fuera parte de él, como una marca de nacimiento, como un miembro. Estaba en él, dentro de él, era él, su lema: *No he podido evitarlo.*

Con el tiempo había perdido tantos pedazos de papel, llaves, lápices, camisas, gafas, relojes, adornos de plata. Había perdido incluso un zapato, sus gemelos de ópalo preferidos (los puños de sus camisas de oración quedaban abiertos como flores salvajes), tres años de la vida de Trachimbrod, millones de ideas que pretendía escribir (algunas totalmente originales, otras cargadas de un profundo significado), el pelo, la apostura, ambos padres, dos hijos, una esposa, una fortuna en moneda pequeña, más oportunidades de las que podía contar. Había perdido hasta un nombre: era Safran antes de huir del *shtetl*, fue Safran desde su nacimiento hasta su primera muerte. No parecía haber nada que no pudiera perder. Pero ese retazo de papel era inmune a la desaparición, al igual que la imagen de su esposa follando con el bigotudo burócrata, y al igual que el pensamiento de que, si tuviera valor, podría mejorar en gran medida su vida mediante un buen suicidio.

Antes del juicio, Yankel-alias-Safran era un hombre incondicionalmente admirado. Presidente (además de tesorero, secretario y único miembro) del Comité de Apoyo a las Buenas y Bellas Artes, y fundador, director vitalicio y único profesor de la Escuela de Aprendizaje Elevado, que se encontraba en su propia casa y a cuyas clases asistía el mismo Yankel. No era raro que una familia organizara una cena en su nombre (si no en su presencia), o que uno de los miembros más ricos de la comunidad encargara a un artista ambulante la confección de un retrato de tan célebre conciudadano. Y los retratos eran siempre halagadores. Era alguien admirado y querido, pero al mismo tiempo desconocido. Era como uno de esos libros que te gusta llevar en las manos, de los que puedes hablar sin ni siquiera haberlo leído, que incluso podrías recomendar.

Siguiendo el consejo de su abogado, Isaac M, quien dibujaba en el aire unas comillas para cada una de las sílabas de todas y cada una de las palabras que pronunciaba, Yankel se declaró culpable de todos los cargos con la esperanza de que su confesión aligerara la condena. Al final perdió su licencia de usurero. Pero no solo eso. Con ella perdió también su buen nombre, lo cual, como se dice, es lo único peor que perder la salud.

Sus conciudadanos se burlaron de él, o le insultaron con saña: canalla, timador, sinvergüenza, cabrón. No le habrían odiado tanto de no haberle amado antes de manera tan ostensible. Pero, junto con el Rabino del Variado Jardín y Sofiowka, constituía uno de los vértices de la comunidad —el vértice invisible— y su caída trajo consigo una sensación de desequilibrio, de vacío.

Safran se marchó del *shtetl*, hallando trabajo en pueblos vecinos como profesor de teoría y práctica del clavicordio, probador de perfumes (fingiéndose sordo y ciego, como si la ausencia de otras referencias le confiriera cierta legitimidad), e incluso se entregó a la malograda tarea de convertirse en el peor adivinador del mundo: *No voy a mentirle y decirle que su futuro está lleno de promesas...* Despertaba cada mañana con el deseo de hacer el bien, de actuar con bondad y coherencia; de ser, por sencillo que pareciera y por imposible que era en realidad, feliz. A lo largo del día el corazón le bajaba del pecho al estómago. A primera hora de la tarde le asaltaba la sensación de que nada estaba bien, o al menos no para él, y le invadía el deseo de estar solo. Al anochecer había cumplido su deseo: solo en la magnitud de su dolor, solo en una culpabilidad confusa, solo incluso en su soledad. *No estoy triste*, se repetía a sí mismo una y otra vez. *No estoy triste.* Como si así pudiera llegar a convencerse algún día. O engañarse. O convencer a los otros, ya que lo único peor que estar triste es que tu tristeza sea de dominio público. *No estoy triste. No estoy triste.* Porque su vida, vacía estancia blanca, poseía un potencial ilimitado para la felicidad. Caía dormido con el corazón a los pies de la cama, cual animal doméstico, pero por la mañana, al despertar, volvía a tenerlo en el altillo de las costillas, un poco más pesado, un poco más débil, pero todavía en marcha. Y a media tarde le sobrevenía de nuevo el deseo de estar en otro lugar, de ser alguien distinto, de ser alguien distinto en otro lugar. *No estoy triste.*

Pasados tres años regresó al *shtetl* —yo soy la prueba última de que todos los ciudadanos que parten acaban regresando— y comenzó una vida tranquila, pegado a los bordes de Trachimbrod como los flecos a las camisas de los Oblicuos, obligado a llevar esa horrible cuenta alrededor del cuello como recuerdo de su infamia. Cambió su nombre por el de Yankel, el del burócrata que huyó con su mujer, y rogó que nadie le volviera a llamar Safran (aunque de vez en cuando le parecía oír ese nombre susurrado a su espalda). Muchos de sus antiguos clientes volvieron a solicitar sus servicios, y aunque nunca llegó a cobrar los honorarios que percibía en sus buenos tiempos, pudo establecerse de nuevo en el *shtetl* que le vio nacer, cumpliendo así el deseo que invade a todo exiliado en algún momento de su vida.

Cuando los hombres de los sombreros negros le entregaron al bebé, sintió que él también era solo un bebé, y, como tal, se le brindaba la oportunidad de vivir sin avergonzarse, sin necesitar el amargo consuelo que conlleva el error, la oportunidad de ser de nuevo inocente, sencilla e imposiblemente feliz. La llamó Brod, por el río donde tuvo lugar su peculiar nacimiento, y le hizo un collar de cuerda, con una diminuta cuenta de ábaco, para que nunca se sintiera fuera de lugar en la que iba a ser su familia.

Al hacerse mayor, mi tatara-tatara-tatara-tatarabuela lo olvidó todo, por supuesto, y nada le contaron. Yankel inventó una historia acerca de la temprana muerte de su madre —*indolora, durante el parto*— y respondió a las múltiples preguntas que iban surgiendo del modo que, a su entender, causara menos daño a la niña. Fue de su madre de quien heredó esas hermosas y grandes orejas. Era de su madre ese especial sentido del humor que tanto admiraban todos los chicos. Relató a Brod los viajes que él y su madre habían hecho juntos (aquella ocasión, en Venecia, en que ella le sacó una astilla que él se había clavado en el talón, o aquella otra en que él esbozó un retrato de ella delante de una gran fuente de París), le mostró las cartas de amor que se habían escrito (utilizando la mano izquierda para redactar las que supuestamente correspondían a su madre), y la acostaba cada noche contándole nuevas historias sobre su romance.

¿Fue amor a primera vista, Yankel?
La amé desde antes de verla: ¡por su olor!
Cuéntame otra vez cómo era.
Se parecía a ti. Era hermosa, con esos mismos ojos que tú tienes, de distinto color. Uno azul y otro castaño, como los tuyos. Tenía tus mismos pómulos marcados, y también tu misma piel suave.
¿Cuál era su libro favorito?
El Génesis, por supuesto.
¿Creía en Dios?
Nunca me lo dijo.
¿Tenía los dedos largos?
Así de largos.
¿Y las piernas?
Así.
Cuéntame de nuevo cómo soplaba sobre tu rostro antes de besarte.
Bueno, tú lo has dicho: soplaba sobre mis labios antes

de besarme, ¡como si yo fuera una comida muy muy caliente y ella se dispusiera a comerme!

¿Era divertida? ¿Más divertida que yo?

Era la persona más divertida del mundo. Exactamente igual que tú.

¿Era hermosa?

Y, por supuesto, Yankel no pudo evitar enamorarse de esa esposa imaginaria. Se despertaba en mitad de la noche echando de menos el cuerpo que nunca se había acostado a su lado, recordando con avidez el trazo de esos gestos invisibles, ansiando sentir en su pecho real la presión imaginaria de ese brazo deseado, dando más verosimilitud a sus recuerdos de viudo y al dolor por su ausencia. Sintió que la había perdido. La *había* perdido. Y, por las noches, leía las cartas que ella nunca le había escrito:

Queridísimo Yankel:

Pronto volveré a casa, así que no tendrás que echarme de menos mucho tiempo más. ¡Eres tan bobo! Lo sabes, ¿no? ¿Sabes lo bobo que llegas a ser? Supongo que es por eso que te quiero tanto, porque yo también soy una tonta.

Todo aquí es fantástico. Muy bonito, exactamente como dijiste. La gente ha sido muy amable conmigo, y estoy comiendo mucho. Te lo digo porque sé que siempre te preocupa que no sepa cuidarme. Pues bien, estoy perfectamente, así que puedes dormir tranquilo.

La verdad es que te echo de menos. Es casi insoportable. Pienso en tu ausencia en cada instante de cada día, y la idea casi me mata. Pero pronto volveré, y ya no tendré que añorarte, y ya no tendré que sentir que me falta algo, que me falta todo, que lo que está aquí es solo lo que no está aquí. Beso la almohada antes de dormirme e imagino que eres tú. Suena a algo que tú harías, lo sé. Supongo que por eso lo hago.

Casi funcionó. Él había repetido los detalles tantas veces que ya le resultaba imposible distinguirlos de los hechos reales. Pero la auténtica nota siguió volviendo a él, y eso, estaba seguro, era lo que le impidió acceder al lugar más sencillo e imposible: la felicidad. *No he podido evitarlo.* Un día, cuando aún era una niña, Brod la descubrió. La nota se las había arreglado para ir a parar a su bolsillo derecho, como si tuviera voluntad propia, como si ese garabato de cuatro palabras deseara infligir el castigo de la realidad. *No he podido evitarlo.* Y una de dos: o bien la niña percibió la inmensa importancia que se desprendía de ella, o bien la consideró algo absolutamente intrascendente. Lo cierto es que nunca lo mencionó a Yankel, pero colocó el pedazo de papel en su mesita de noche, donde él la encontraría antes de dormirse después de leer otra de esas cartas que no pertenecían a la madre de una ni a la esposa del otro. *No he podido evitarlo.*
No estoy triste.

OTRO SORTEO, 1791

El Honorable Rabino pagó media docena de huevos y un puñado de moras para que el boletín semanal de Shimon T publicara el siguiente anuncio: que un irascible magistrado de Lvov había reclamado un nombre para el *shtetl* anónimo, que ese nombre se utilizaría en mapas y registros censales, que no debía ofender las sensibilidades de ucranianos ni de polacos, ni tampoco ser demasiado difícil de pronunciar, y que tenían hasta finales de semana para decidirlo.

¡VOTACIÓN!, proclamó el Honorable Rabino. *¡LLEVAREMOS A CABO UNA VOTACIÓN!* Ya que, como reveló una vez el Venerable Rabino: *Y SI CREEMOS QUE TODO VARÓN JUDÍO ADULTO, SANO, DE MORALIDAD ESTRICTA, INTELIGENCIA MÁS O MENOS SUPERIOR A LA MEDIA, PIADOSO Y DE FORTUNA MODERADA, HA NACIDO CON UNA VOZ QUE MERECE SER OÍDA, ¿ACASO NO DEBEMOS OÍRLAS TODAS?*

A la mañana siguiente se colocó una urna en la puerta de la Sinagoga Vertical, y todos los ciudadanos cualificados se alinearon sobre la línea del error judío-humana. Bitzl Bitzl R votó por «Villa de pescadores»; el fallecido filósofo Pinchas T por «Cápsula temporal de polvo y cuerda». El Honorable Rabino dio su voto a «SHTETL *DE LOS PIADOSOS VERTICALES Y LOS DESPRECIABLES OBLICUOS CON LOS QUE NINGÚN JUDÍO RESPETABLE DEBERÍA TENER LA MENOR RELACIÓN A NO SER QUE EL AVERNO SEA SU IDEA DE UNAS VACACIONES*».

El hacendado loco Sofiowka N, como tenía tanto tiempo libre y tan pocas obligaciones, se ofreció para vigilar la urna durante toda la tarde y luego llevarla a Lvov, a la oficina del magistrado. Por la mañana el recuento se hizo oficial: fue así como, a veintitrés kilómetros al sudeste de Lvov, cuatro al norte de Kolki y rozando la frontera polaco-ucraniana como una rama sobre una cerca, se halló desde entonces el *shtetl* de Sofiowka. Para desesperación de quienes debían llevarlo, el nuevo nombre era oficial e irrevocable y permanecería asociado al *shtetl* hasta su desaparición.

Por supuesto, ni un solo habitante de Sofiowka lo llamó nunca Sofiowka. Hasta el momento en que recibió ese desagradable nombre oficial nadie había tenido la necesidad de llamarle por nombre alguno. Pero ante tamaño agravio —que el *shtetl* tuviera que llevar el nombre de ese imbécil—, los ciudadanos sí tenían un nombre que *no* usar. Algunos llegaron a llamar al *shtetl* No-Sofiowka, costumbre que perduró incluso después de que le fuera impuesto un nombre nuevo.

El Honorable Rabino convocó una nueva votación. *NO PODEMOS CAMBIAR EL NOMBRE OFICIAL*, dijo, *PERO PODEMOS DARLE UN NOMBRE MÁS RAZONABLE PARA USO INTERNO*. Y aunque nadie tenía muy claro a qué usos internos se refería —*¿Teníamos usos antes? ¿En qué se diferencia, exactamente, mi uso interno al uso in-*

terno de los otros?—, nadie pareció cuestionar la necesidad de celebrar unos segundos comicios. La urna fue colocada de nuevo en la puerta de la Sinagoga Vertical, encargándose en esta ocasión de su custodia a las dos hijas gemelas del Honorable Rabino.

El herrero artrítico Yitzhak W votó por «Borderland». El hombre de leyes Isaac M por «Shtetlprudencia». Lila F, descendiente del primer Oblicuo que soltara el libro, persuadió a las gemelas de que la dejaran introducir una nota en la que había escrito «Pinchas». (Las gemelas, dicho sea de paso, también votaron: Hannah por «Chana», y Chana por «Hannah».)

El Honorable Rabino contó los votos esa misma tarde. Había un empate: cada nombre tenía un solo voto. Lutsk Menor, VERTICALIA, Nueva Promesa, Línea de Error, Joshua, Cierra y Tira... Deduciendo que el asunto ya estaba llegando demasiado lejos, decidió, seguro de que Dios haría lo mismo si se hallara en su situación, coger al azar uno de los papeles de la caja y darle al *shtetl* el nombre que leyera en él.

No pudo evitar asentir al reconocer lo que ya se había convertido en una escritura familiar. *YANKEL HA VUELTO A GANAR*, dijo. *YANKEL NOS HA LLAMADO TRACHIMBROD*.

23 de septiembre de 1997

Querido Jonathan:

He sentido un sonrosado cosquilleo al recibir tu carta, y saber que te has reinstalado de nuevo en la universidad para tu año definitorio. En cuanto a mí, todavía me restan dos años de estudios por delante. No sé qué haré después. Muchas de las cosas de las que me informaste en julio son aún decisivas para mí, como lo que hablaste de perseguir nuestros sueños, y cómo si tienes un sueño bueno y con significado estás condenado a ir detrás de él. Debo decir que esto debe ser más simple para ti, supongo.

No anhelaba mencionarlo, pero lo haré. Pronto poseeré bastante dinero para adquirir un billete para América. Padre no lo sabe. Piensa que disperso todo lo que poseo en discotecas famosas, pero ahora lo que hago es ir a la playa y desplomarme allí durante horas, y así no tengo que dispersar dinero.

Cuando me desplomo en la playa pienso en la suerte que tienes.

Ayer Pequeño Igor cumplió catorce años. El día anterior se volvió a caer, esta vez de una valla que estaba escalando, y se rompió el brazo, ¿puedes creerlo? Todos pusimos nuestra más inflexible vocación para que fuera feliz. Madre le preparó un pastel primordial con muchos techos, e incluso tuvimos una pequeña festividad. El Abuelo también estaba, por supuesto. Me inquirió cómo estás, y le dije que revertías a la universidad en septiembre, que es ahora. No le informé de que los guardias te robaron la caja de Augustine porque sabía que esto le avergonzaría, y estaba feliz por saber de ti, y él ahora nunca es feliz. Quería que te inquiriera si sería posible para ti enviar otra reproducción de la fotografía de Augustine. Dijo que te presentaría dinero para tapar los gastos. Yo estoy muy angustiado por él, como te informé en la última carta. Su salud está siendo derrotada. No posee la energía para ser fastidiado a menudo, y normalmente está en silencio. La verdad es que yo preferiría que me gritara e incluso que me pegara.

Padre adquirió una bicicleta nueva para Pequeño Igor. Yo sé que Padre no posee dinero suficiente para regalos como una bicicleta. «¡El pobre Torpe —dijo, extendiéndose hasta poner la mano sobre el hombro de Pequeño Igor—, se merece un cumpleaños feliz.» Te he insertado una foto de la bicicleta en el sobre. Dime si es impresionante. Por favor, sé sincero. No me pondré enfadado si me dices que no es impresionante.

La pasada noche solucioné no ir a ningún lugar famoso. En su sitio, fui a desplomarme a la playa. Pero no estaba en mi soledad habitual porque me llevé la fotografía de Augustine. Debo confesarte que la examiné recurridamente y volví a pensar en lo que dijiste de enamorarse de ella. Ella es hermosa. Tú posees razón.

Ya basta de hablar de miniaturas. Seguro que te estoy poniendo muy aburrido. Ahora hablaré del asunto de la historia. Percibí que no estabas tan complacido por la segunda porción. Me trago un nuevo pedazo de orgullo por ello. Pero tus correcciones fueron muy simples. Gracias por informarme de que es «tener los huevos por corbata» y de que «como anillo al dedo» no era muy decoroso para hablar de culos. Es muy útil para mí conocer las frases ya hechas. Es necesario. Sé que me pediste que no alterara los errores porque suenan humorísticos, y que el humorístico es el único modo sincero de contar una historia triste, pero creo que los alteraré. Por favor, no me odies.

Perpetré todas las otras correcciones que me ordenaste. Inserté lo que me dijiste en el trozo donde te encontré por primera vez. (¿De verdad crees que somos comparativos?) Como me ordenaste, removí la frase «Era rigurosamente bajo» e inserté en su sitio «Era de estatura media, como yo». Y después de la frase «"Ah", dijo el Abuelo, y percibí que estaba escapando de un sueño» añadí como me ordenaste «¿Soñabas con la Abuela?».

Con estas alteraciones, estoy confiado en que la segunda parte de la historia es perfecta. Fui incapaz de dejar de observar que volviste a enviarme dinero. Por ello, gracias de nuevo. Pero te reiteralizo lo que te dije antes: si no te complace lo que te envío, y quieres que te regrese el dinero, lo enviaré inmediatamente. No me sentiría orgulloso si no es así.

He trabajado mucho en esta próxima sección. Fue la más rígida. Intenté adivinar alguna de las cosas que luego tú me harías enderezar y las enderecé yo. Por ejemplo, no he utilizado la palabra *fastidiar* con tanta abundancia, porque percibí que esa palabra te ponía los nervios crispados cuando dijiste «Deja de utilizar el verbo "fastidiar". Me crispa los nervios». También he inventado cosas que pienso que te van a complacer, cosas divertidas y cosas tristes. Estoy seguro de que me informarás si crees que he avanzado demasiado lejos.

Referente a tu historia, me enviaste muchas páginas, pero debo decirte que las leí todas. El *Libro de los sueños recurrentes* era hermoso, y debo decirte que ese sueño de que somos nuestros padres me puso melancólico. Es lo que pretendías, ¿no? Por supuesto que yo no soy Padre, así que quizá sea la excepción reglada en tu novela. Cuando me visiono en el espejo, lo que veo no es a Padre, sino al negativo de Padre.

Yankel. Es un buen hombre, ¿no? ¿Por qué crees que estafó hace años? Quizá necesitaba el dinero con rigor. Yo sé lo que es, pero nunca estafaría a nadie. Encontré estimulante que colocaras un segundo sorteo, esta vez para dar nombre al *shtetl*. Me hizo pensar en cómo llamaría a Odessa si me dieran el poder. Creo que la llamaría Alex, porque entonces todos sabrían que yo soy Alex y que el nombre de la ciudad es Alex, y que, por tanto, yo debo ser una persona muy primordial. También podría llamarla Pequeño Igor, porque así la gente sabría que mi hermano es alguien primordial, que lo es, pero a la gente le iría bien saberlo. (Es raro cómo deseo para mi hermano lo mismo que para mí, aunque con más rigidez.) Quizá la llamara Trachimbrod, porque entonces Trachimbrod existiría, y adicionalmente todos los de aquí adquirirían tu libro y tú te harías famoso.

Estoy arrepentido de terminar esta carta. Es la cosa más próxima que tenemos a hablar. Espero que estés complacido por la tercera porción, y como siempre, te pido perdón. He intentado ser sincero y hermoso, como me dijiste.

Ah, sí. Tengo algo adicional que decirte. No amputé de la historia a Sammy Davis, Junior, Junior como me pediste. Dijiste que la historia sería más «refinada» con su ausencia, y yo sé que refinado es como cultivado, brillante y de buena cuna, pero te informo de que Sammy Davis, Junior, Junior es un personaje muy distinguido, con variedad de apetitos y arranques de pasión. Veamos cómo evoluciona y ya solucionaremos.

Con todo mi candor,
Alexander

AVANZANDO HACIA LUTSK

Sammy Davis, Junior, Junior transformó su interés de masticar el rabo a intentar lamer las gafas del héroe, que, la verdad, iban un poco necesitadas de higiene. Escribo intentar porque el héroe no estaba siendo sociable. «¿Podéis apartar al perro, por favor? —dijo, haciendo una pelota con su cuerpo—. Por favor. Los perros no me gustan, de verdad.» «Solo quiere jugar —le dije cuando se subió a su cabeza y empezó a darle patadas con las patas traseras—. Esto significa que le gustas.» «Por favor —dijo él intentando descenderla. Comenzó a saltar sobre su cara, subía y luego bajaba—. No puedo soportarlo. No estoy de humor para juegos. Acabará rompiéndome las gafas.»

Mencionaré ahora que Sammy Davis, Junior, Junior tiene una subrayada tendencia a ser sociable con sus nuevos amigos, pero yo nunca la había visionado exhibiendo tanto cariño con un recién conocido. Razoné que estaba enamorada del héroe. «¿Te arrojas colonia?», pregunté. «¿Cómo?» «¿Si te arrojas colonia?» El héroe rotó el cuerpo hasta colocar la cabeza sobre el asiento, a salvo de Sammy Davis, Junior, Junior. «Quizá un poco», dijo él, protegiendo la parte trasera de su cabeza con las manos. «Es que a ella le encanta la colonia. La electrifica sexualmente.» «¡Dios!» «Está intentando mantener sexo contigo. Es una buena señal. Significa que no te morderá.» «¡Socorro!», dijo mientras Sammy Dayis, Junior, Junior rotaba para hacer un sesenta y nueve. Mientras tanto todo esto, el Abuelo aún estaba regresando de su reposo. «Al judío no le gusta», le dije. «Sí le gusta», dijo el Abuelo, y eso fue todo. «¡Sammy Davis, Junior, Junior! —grité—. ¡Siéntate!» ¿Y sabéis qué? Se sentó. Sobre el héroe. En la postura de un sesenta y nueve. «¡Sammy Davis, Junior, Junior! ¡Siéntate en tu lado! ¡Bájate del héroe!» Creo que me entendió, porque se bajó del héroe y volvió a darse golpes en la cabeza contra la ventana del otro lado. O quizá ya había chupado toda la colonia del héroe y ya no estaba interesada en él desde un ángulo sexual, solo como amigos. «¿No notáis un hedor terrible?», inquirió el héroe, quitándose la humedad de la parte trasera del cuello. «No», dije. Una decorosa omisión de verdad. «Algo huele muy mal. Como si lleváramos un cadáver en el coche. ¿Qué es?» «No lo sé», dije, aunque tenía una liviana idea.

No reflexiono que hubiera nadie en todo el coche que se sorprendiera cuando nos perdimos entre la estación de trenes de Lvov y la supervía hacia Lutsk. «Odio Lvov», el Abuelo rotó para decirle al héroe. «¿Qué dice?», preguntó el héroe. «Ha dicho que falta poco», le dije, en otra decorosa omisión de la verdad. «¿Falta poco para qué?», preguntó el héroe. Yo dije al Abuelo: «No tienes por qué ser amable conmigo, pero no ~~fastidies~~ (perdón, Jonathan) molestes al judío». Él dijo: «Le digo lo que quiero. No me entiende». Roté mi cabeza en sentido vertical para convencer al héroe. «Dice que falta poco para llegar a la supervía de Lutsk.» «¿Y desde allí?» Enganchó su atención a Sammy Davis, Junior, Junior, que seguía golpeándose la cabeza contra la ventana. (Pero debo mencionar que estaba siendo una buena perra, dándose golpes únicamente contra su ventana, y todo el mundo sabe que cuando estás en un coche, seas perro o no, puedes hacer lo que desees siempre que no salgas de tu lado. Y tampoco se tiraba muchos pedos.) «Dile que cierre la boca —dijo el Abuelo—. No puedo conducir si no para de hablar.» «Nuestro conductor dice que hay muchos edificios en Lutsk», dije al héroe. «Ha pagado un montón de dinero para que alguien le escuche hablar», dije al Abuelo. «A mí no», dijo él. «A mí tampoco —dije yo—, pero a alguien sí.» «¿Qué?» «Dice que desde la supervía hasta Lutsk no hay más de dos horas. Allí encontraremos un hotel tremendo para pasar la noche.» «¿Qué quiere decir con tremendo?» «¿Qué?» «¿Que qué... significa... que... el... hotel... será... tremendo?» «Dile que cierre la boca.» «El Abuelo dice que deberías mirar por la ventana si quieres ver algo.» «¿Y qué pasa con el hotel tremendo?» «Ah, te imploro que olvides lo que he dicho.» «Odio Lvov. Odio Lutsk. Odio al judío del asiento de atrás. Le odio.» «No hagas las cosas más rígidas.» «Estoy ciego. Se supone que estoy retardado.» «¿De qué habláis por ahí delante? ¿Y qué diablos es este olor?» «¿Qué?» «Dile que cierre la boca o me salgo de la carretera.» «¿De... qué... estáis... hablando... por... ahí... delante?» «Alguien debe hacer callar al judío. Nos matará a todos.» «Decíamos que el viaje quizá será algo más extenso de lo que desearíamos.»

Nos cobró cinco largas horas. Si queréis saber por qué, es porque el Abuelo es primero Abuelo, y después conductor. Nos perdió a menudo, y eso le puso los nervios crispados. Yo tuve que traducir su ira en información relevante para el héroe. «Mierda», dijo el Abuelo. Yo dije: «Dice que si miras las estatuas, verás que faltan algunas. Ahí solían estar las estatuas comunistas». «Mierda, mierda, mierda», gritó el Abuelo. «Ah —dije yo—, también quiere que sepas que ese edificio, ese edificio y ese edificio, los tres, son importantes.» «¿Por qué?», inquirió el héroe. «¡Una puta mierda!», dijo el Abuelo. «No se acuerda», dije yo.

«¿Podríais activar el aire acondicionado?», solicitó el héroe. Yo me sentí hervir de humillación. «Este coche no tiene aire acondicionado —dije—. Me trago un trozo de orgullo.» «Bueno, ¿podemos abrir las ventanas? Aquí detrás hace mucho calor, y además huele a muerto.» «Sammy Davis, Junior, Junior saltará.» «¿Quién?» «La perra. Se llama Sammy Davis, Junior, Junior.» «¿Estás bromeando?» «No, se escapará del coche, seguro.» «Me refiero al nombre del perro.» «De la perra», corregí debido a mi aprecio por la precisión. «Dile que se pegue los labios con velcro», dijo el Abuelo. «Dice que la perra se llama así en honor de su cantante favorito, Sammy Davis, Junior.» «Un judío», dijo el héroe. «¿Qué?» «Sammy Davis, Junior era judío.» «No es posible», dije yo. «Converso. Descubrió al Dios de los judíos. Curioso.» Se lo expliqué al Abuelo. «¡Sammy Davis, Junior no era judío! ¡Era el negro del Rat Pack!» «El judío está seguro.» «¿El Hombre Música, judío? ¡Eso es imposible!» «Eso es lo que me ha informado.» «¡Dean Martin, Junior! —gritó hacia el asiento de atrás—. ¡Ven aquí! Vamos, chica.» «¿Podemos abrir la ventana, por favor? —dijo el héroe—. El hedor no me deja respirar.» En este momento me tragué la última miga de orgullo. «Es solo Sammy Davis, Junior, Junior. Lanza muchos pedos en el coche porque no tiene amortiguadores, pero si abrimos la ventana saltará, y la necesitamos porque es el perro guía de nuestro conductor ciego, que a la vez es mi abuelo. ¿Qué es lo que no entiende?»

Fue durante las cinco horas de viaje de la estación de trenes de Lvov a Lutsk que el héroe me explicó por qué venía a Ucrania. Escarbó en su mochila en busca de varios objetos. Primero me exhibió una fotografía. Estaba amarilla, y arrugada, y tenía muchos fragmentos de tira adhesiva para mantenerla junta. «Mira —me dijo—. Este de aquí es mi abuelo Safran.» Señaló a un hombre joven que yo encontré muy parecido al héroe. De hecho podría haber sido el héroe. «Se la tomaron durante la guerra.» «¿Qué le tomaron?» «La foto. No, no en ese sentido. Se la hicieron.» «Ya lo entiendo.» «Esta gente con la que está son las personas que le salvaron de los nazis.» «¿Qué?» «Estos... le... salvaron... de los na... zis.» «¿En Trachimbrod?» «No, en algún lugar fuera de Trachimbrod. Fue el único superviviente del ataque a Trachimbrod. Los demás murieron. Perdió a su esposa y a su bebé.» «¿Los perdió?» «Los nazis los mataron.» «Pero, si no fue en Trachimbrod, ¿por qué vamos allí? ¿Y cómo vamos a encontrar a esta familia?» Me explicó que no buscábamos a la familia, sino solo a la chica. Ella era la única que aún estaba viva.

Movió el dedo por encima de la cara de la chica mientras la mencionaba. En la foto, ella estaba a la derecha de su abuelo. Un hombre de quien podría asegurar que era su padre estaba junto a ella y una mujer de quien podría asegurar que era su madre estaba detrás. Sus padres tenían mucho aspecto de rusos, pero ella no. Parecía americana. Era joven, quince años, tal vez. Pero es posible que tuviera más. Podría haber tenido la misma edad que el héroe o que yo, y lo mismo puede decirse del abuelo del héroe. Miré a la chica durante unos minutos. Era muy hermosa. Tenía el pelo castaño, que le colgaba solo hasta los hombros. Sus ojos aparecían tristes y llenos de inteligencia.

«Quiero ver Trachimbrod —dijo el héroe—. Ver cómo es, cómo creció mi abuelo, dónde estaría yo ahora de no haber sido por la guerra.» «Serías ucraniano.» «Así es.» «Como yo.» «Supongo que sí.» «Solo que no serías como yo, porque vivirías en una granja en un pueblo corriente, y yo vivo en Odessa, que es casi como Miami.» «Y quiero ver cómo es ahora. No creo que quede ningún judío, pero tal vez los haya. Y los judíos no eran los únicos habitantes de los *shtetls*, así que debería haber alguien con quien hablar.» «¿Los qué?» «*Shtetls*. Un *shtetl* es como un pueblo.» «¿Y por qué no lo llamas pueblo?» «Se trata de una palabra judía.» «¿Una palabra judía?» «Yiddish, como *schmuck*.» «¿Qué significa *schmuck*?» «Es alguien que hace algo con lo que no estás de acuerdo.» «Enséñame otra.» «*Putz*.» «¿Y eso qué significa?» «Lo mismo que *schmuck*.» «Enséñame otra.» «*Schmendrik*.» «¿Y eso qué quiere decir?» «También es lo mismo que *schmuck*.» «¿Conoces alguna palabra que no sea como *schmuck*?» Pensó durante un momento. «*Shalom* —dijo—, que en realidad son tres palabras, pero eso es hebreo, no yiddish. Todo lo que se me ocurre significa básicamente *schmuck*. Los esquimales tienen cuatrocientas palabras para nombrar a la nieve y los judíos tenemos otras tantas para *schmuck*.» ¿Qué será un esquimal?, me pregunté.

«¿Así que ella nos hará el tour por el *shtetl*?», pregunté al héroe. «Supuse que sería un buen lugar para empezar la búsqueda.» «¿La búsqueda?» «De Augustine.» «¿Quién es Augustine?» «La chica de la foto. Es la única que aún sigue viva.» «Ah. Buscamos a Augustine, porque crees que salvó a tu abuelo de los nazis.» «Exacto.» Se abrió un paréntesis de silencio. «Me gustaría encontrarla», dije yo. Percibí que eso complacía al héroe. Lo dije porque quería ser animoso. «¿Y si la encontramos?», dije yo. El héroe me pareció una persona pensativa. «No sé. Supongo que le daré las gracias.» «¿Por salvar a tu abuelo?» «Sí.» «Será muy raro, ¿no?» «¿Qué?» «Cuando la encontremos.» «Si la encontramos.» «La encontraremos.» «Lo más probable es que no», dijo él. «Entonces, ¿por qué buscarla? —inquirí, pero antes de que pudiera responder, me interrumpí con una nueva inquisición—. ¿Y cómo sabes que se llama Augustine?» «Bueno, supongo que no lo sé a ciencia cierta. En el dorso de la foto hay algo escrito, con la letra de mi abuelo, creo. Tal vez no. Está en yiddish y dice: "Augustine y yo, 21 de febrero de 1943".» «Es difícil leerlo.» «Sí.» «¿Por qué crees que menciona solo a Augustine y no a las otras dos personas de la foto?» «Lo ignoro.» «Es raro, ¿no? Es raro que solo la mencione a ella. ¿Crees que la amaba?» «¿Qué?» «Como solo la menciona a ella...» «¿Y qué?» «Pues que quizá estuviese enamorado de ella.» «Es curioso que lo digas. Nuestros pensamientos han seguido el mismo rumbo.» (Gracias, Jonathan.) «La verdad es que he pensado mucho en ello, sin que haya ninguna razón. Él tenía dieciocho años, y ella debería rondar los... ¿quince? Él acababa de perder a su esposa y a su hija en el ataque de los nazis.» «¿El ataque a Trachimbrod?» «Exacto. Por lo que sé, las palabras no tienen por qué guardar la menor relación con la foto. Pudo usar el dorso de la foto como borrador.» «¿Para borrar qué?» «No, como papel sin importancia, un lugar donde escribir.» «Ah.» «Así que la verdad es que no tengo ni idea. Parece tan improbable que pudiera amarla. Pero ¿no hay algo extraño en la foto? ¿No se desprende una intimidad entre ellos, aunque ni siquiera se miran? Es la *forma* en que no se miran. La distancia. Es muy potente, ¿no crees? Y estas palabras al dorso.» «Sí.» «Y que ambos hayamos tenido la misma idea, que estaba enamorado de ella, también resulta extraño, ¿no crees?» «Sí», dije yo. «Una parte de mí desea que la amara, y parte de mí odia pensarlo.» «¿Cuál es la parte de ti que odia que la amara?» «Bueno, es bonito pensar que ciertas cosas son irreemplazables.» «No entiendo. Se casó con tu abuela, de manera que ya reemplazó a su primera esposa.» «Pero eso es distinto.» «¿Por qué?» «Porque es mi abuela.» «Augustine podría haber sido tu abuela.» «Mía no, habría sido la abuela de otro. Por lo que yo sé, podría serlo. Tal vez tuviera un hijo con ella.» «No hables así de tu abuelo.» «Bueno, sé que había tenido hijos antes, así que ¿por qué iba a ser distinto?» «¿Y qué pasa si encontramos a un hermano tuyo?» «No pasará.» «¿Y cómo conseguiste esta fotografía?», pregunté, sujetándola contra la ventana. «Mi abuela se la dio a mi madre hace dos años. Le dijo que esta fue la familia que salvó a mi abuelo de los nazis.» «¿Por qué solo hace dos años?» «¿Qué quieres decir?» «¿Por qué se la dio a tu madre tan recientemente?» «Ah, ya veo por dónde vas. Tenía sus razones.» «¿Qué razones?» «No lo sé.» «¿Inquirió acerca de lo que había escrito detrás?» «No, no le preguntamos nada.» «¿Por qué no?» «Guardó la foto durante cincuenta años. Si hubiera querido contarnos algo, lo habría hecho.» «Ya entiendo lo que quieres decir.» «Ni siquiera le conté que venía a Ucrania. Cree que sigo en Praga.» «¿Por que?» «No tiene buenos recuerdos de Ucrania. Su *shtetl*, Kolki, está solo a pocos kilómetros de Trachimbrod. Supongo que pasaremos por allí. Pero toda su familia murió, todos: madre, padre, hermanas, abuelos.» «¿La salvó un ucraniano?» «No, ella huyó antes de la guerra. Era joven, y dejó atrás a su familia.» Dejó atrás a su familia. Me anoté esto en el cerebro. «Me sorprende que nadie salvara a su familia», dije yo. «No debería sorprenderte. En aquellos días, los ucranianos odiaban a los judíos tanto como los nazis. El mundo era diferente. Al principio de la guerra, muchos judíos querían acudir a los nazis para que les protegieran de los ucranianos.» «Esto no es verdad.» «Sí lo es.» «No puedo creer lo que estás diciendo.» «Míralo en los libros de historia.» «En los libros de historia no dice nada de eso.» «Pues fue así. Los ucranianos fueron terribles con los judíos. Igual que los polacos. Mira, no pretendo ofenderte. No tiene nada que ver contigo. Estamos hablando de hace cincuenta años.» «Creo que te equivocas», dije al héroe. «No sé qué decirte.» «Di que te equivocas.» «No puedo.» «Debes hacerlo.»

«Aquí están mis mapas», dijo él, excavando unas hojas de papel de su bolsa. Señaló uno, húmedo gracias a la acción de Sammy Davis, Junior, Junior. De su lengua, esperé. «Esto es Trachimbrod —dijo él—. En algunos mapas lo llaman Sofiowka. Aquí está Lutsk. Y aquí, Kolki. Es un mapa muy viejo. La mayor parte de los lugares que buscamos no aparecen en los mapas modernos. Mira —dijo, y me lo mostró—, aquí es donde debemos ir. Es todo lo que tengo: estos mapas y la foto. No es mucho.» «Te prometo que encontraremos a esta Augustine —dije yo. Percibí que esto complacía al héroe. A mí también me dejó complacido—. Abuelo», dije, rotando hacia delante otra vez. Le expliqué todo lo que me había expuesto el héroe. Le informé sobre Augustine, sobre los mapas, y sobre la abuela del héroe. «¿Kolki?», preguntó. «Kolki», dije yo. Me cercioré de involucrar todos los detalles, y también inventé algunos nuevos para que el Abuelo comprendiera más la historia. Pude percibir que el Abuelo se ponía melancólico. «Augustine —dijo, y empujó a Sammy Davis, Junior, Junior en dirección a mí. Escudriñó la foto mientras yo sujetaba el volante. La llevó cerca de su cara, como si quisiera olerla o tocarla con los ojos—. Augustine.» «Es la mujer a la que buscamos», dije yo. Movió la cabeza a ambos lados. «La encontraremos», dijo él. «Ya lo sé», dije yo. Pero no lo sabía, ni el Abuelo tampoco.

Ya se iniciaba la oscuridad cuando llegamos al hotel. «Debe quedarse en el coche», dije al héroe, porque el propietario del hotel sabría que el héroe es americano, y Padre me dijo que tienen la subrayada tendencia a sobrecargar a los americanos con un extra. «¿Por qué?», preguntó él. Le dije por qué. «¿Cómo van a saber que soy americano?» «Dile que permanezca en el coche —dijo el Abuelo o le cobrarán dos veces.» «Eso intento», dije yo. «Me gustaría entrar contigo —dijo el héroe—, para echar un vistazo al lugar.» «¿Por qué?» «Solo por ver cómo es.» «Puedes ver cómo es cuando tengamos las habitaciones.» «Preferiría hacerlo ahora», dijo, y debo confesar que empezó a ponerme los nervios crispados. «¿Qué coño dice el tipo este?», preguntó el Abuelo. «Quiere perseguirme.» «¿Por qué?» «Porque es americano.» «¿Sucede algo si entro?», preguntó el héroe de nuevo. El Abuelo rotó hacia mí y dijo: «Él es quien paga. Si quiere pagar dos veces, que pague». Así que lo llevé conmigo cuando entré en el hotel a acaparar las dos habitaciones. Si queréis saber por qué dos habitaciones, os diré que una era para el Abuelo y para mí, y la otra para el héroe. Órdenes de Padre.

Cuando entramos en el hotel, dije al héroe que no hablara. «No hables», le dije. «¿Por qué?», preguntó. «No hables», dije en un volumen tenue. «¿Por qué?» «Te lo enseñaré más tarde. ¡Chitón!» Pero él siguió inquiriendo por qué no podía hablar, y como yo estaba seguro, el propietario del hotel le oyó. «Tengo que visionar sus documentos», dijo el dueño. «Necesita visionar tus documentos», dije al héroe. «¿Por qué?» «Dámelos a mí.» «¿Por qué?» «Si queremos una habitación, tendrá que visionar tus documentos.» «No lo entiendo.» «No hay nada que entender.» «¿Tienen algún problema? —preguntó el propietario—. Porque este es el único hotel de Lutsk que todavía está en posesión de habitaciones a esta hora de la noche. ¿O quizá desean probar suerte en la calle?»

Finalmente pude prevalecer para que el héroe le entregara sus documentos. Los llevaba en una cosa que colgaba de su cinturón. Más tarde me contó que la cosa se llamaba riñonera, y que las riñoneras no eran muy guais en América, y que él solo la llevaba porque leyó en una guía que debería llevar una para conservar sus documentos cerca de la zona central de su cuerpo. Como yo sabía con seguridad, el propietario del hotel cargó al héroe un extra especial para extranjeros. No se lo revelé al héroe, porque sabía que habría estado exhalando porqués hasta pagar cuatro veces el precio, y no dos, o hasta que el propietario nos quitara la habitación y acabáramos reposando en el coche, como el Abuelo había tomado la adicción de hacer.

Cuando regresamos al coche, Sammy Davis, Junior, Junior se mordía el rabo en el asiento de atrás y el Abuelo exhalaba zetas. «Abuelo —dije, removiéndole el brazo—, conseguimos habitación.» Tuve que agitarle con mucha violencia para despertarle. Cuando descerró los ojos no sabía dónde estaba. «¿Anna?», preguntó. «No, Abuelo. Soy yo, Sasha. —Estaba muy avergonzado y ocultó su rostro de mí—. Conseguimos una habitación», dije. «¿Se encuentra bien?», preguntó el héroe. «Sí, solo está fatigado.» «¿Mañana se habrá repuesto?» «Seguro.» Pero en verdad el Abuelo no estaba como suele estar. O quizá suele estar así. Yo ya no sabía cuál era su estado normal. Recordé algo que me dijo Padre. Cuando yo era pequeño, el Abuelo decía que yo parecía una combinación de Padre, Madre, Brézhnev y yo mismo. Siempre había pensado que esa historia era muy divertida hasta ese momento, en el coche, delante del hotel de Lutsk.

Dije al héroe que no dejara ninguna bolsa en el coche. La gente de Ucrania posee la popular y nociva tendencia de coger las cosas sin pedir permiso. He leído que Nueva York es muy peligrosa, pero debo decir que Ucrania lo es aún más. Si queréis saber quién te protege de la gente que coge cosas sin pedirlas, es la policía. ¿Y queréis saber quién te protege de la policía? La gente que coge cosas sin pedirlas. Y muy a menudo todos son los mismos.

«Vamos a comer», dijo el Abuelo, poniendo en marcha el coche. «¿Tienes hambre?», pregunté al héroe, que se había convertido de nuevo en el objeto sexual de Sammy Davis, Junior, Junior. «Apártate, bicho», dijo él. «¿Tienes hambre?», repetí. «¡Por favor!», rogó. Llamé a la perra, y como no me respondió le pegué en la cara. Ella se movió hacia un rincón del asiento trasero y se dispuso a llorar, porque había entendido lo que significa ser estúpido con la persona equivocada. ¿Me sentí mal? «Estoy desfallecido», dijo el héroe, levantando la cabeza de las rodillas. «¿Qué?» «Que sí, que tengo hambre.» «Tiene hambre.» «Sí.» «Bien. Nuestro conductor...» «Puedes llamarle mi abuelo.» «No es tu abuelo.» «Ya lo sé. No hace falta que te mosquees.» «¿Moscas? ¿Qué moscas? No hay moscas.» «Mosquees. Que no te agobies.» «¿Qué significa agobiar?» «Preocuparse, angustiarse.» «Entiendo angustiar.» «¡Pues lo que te digo que no me angustia que llames abuelo a tu abuelo!»

Estábamos muy ocupados hablando. Guando roté hacia el Abuelo, vi que observaba de nuevo a Augustine. Había una tristeza entre él y la foto, y eso me asustó más que nada en el mundo. «Vamos a comer», le dije. «Bien», dijo él, llevando la foto muy cerca de su cara. Sammy Davis, Junior, Junior perseveraba en el llanto. «Solo una cosa», dijo el héroe. «¿Qué?» «Hay algo...» «¿Sí?» «No sé cómo decirlo.» «¿El qué?» «Bueno...» «¿Que tienes mucha hambre?» «Soy vegetariano.» «No entiendo.» «No como carne.» «¿Por qué no?» «Simplemente no como.» «¿Cómo se puede no comer carne?» «Pues así es.» «No come carne», dije al Abuelo. «Claro que sí», me informó él. «Claro que sí», traduje al héroe. «No.» «¿Y por qué no?», inquirí de nuevo. «No tomo carne.» «¿Cerdo?» «No.» «¿Chuleta?» «Ninguna clase de carne.» «¿Filete?» «No.» «¿Pollo?» «No.» «¿Comes ternera?» «Desde luego que no.» «Dios mío. No come ternera. ¿Y salchichas?» «Tampoco.» Se lo dije al Abuelo, y este me dirigió una mirada angustiada. «¿Qué coño le pasa?», preguntó. «¿Qué te pasa?», le pregunté. «Nada. Soy así.» «¿Hamburguesas?» «No.» «¿Lengua?» «¿Qué ha dicho que le pasa?», preguntó el Abuelo. «Que es así.» «¿Come salchichas?» «No.» «¿¡No come salchichas!?» «Eso dice.» «¿De verdad?» «Eso es lo que ha dicho.» «Pero salchichas...» «Ya.» «¿De verdad no comes salchichas?» «Nada de salchichas.» «Nada de salchichas», dije al Abuelo, que cerró los ojos e intentó poner los brazos alrededor del estómago, pero el volante no le dejaba espacio. Aparentaba que se ponía enfermo si el héroe no comía salchicha. «Bien, dejemos que deduzca lo que va a comer. Iremos al restaurante más próximo.» «Eres un *schmuck*», informé al héroe. «No estás usando la palabra correctamente.» «Sí que lo hago», dije yo.

«¿Qué significa que no come carne? —preguntó la camarera, y el Abuelo sumergió la cara en las manos—. ¿Qué problema tiene?», me preguntó. «¿Cuál de los tres? ¿El que no come carne, el que tiene la cabeza en las manos, o la perra que se está mordiendo el rabo?» «El que no come carne.» «Ninguno, solo es así.» El héroe preguntó de qué hablábamos. «No tienen nada que no lleve carne», le informé. «¿No come ninguna clase de carne?», me inquirió de nuevo. «Es sencillamente así», le dije. «¿Salchichas?» «No», contestó el Abuelo, rotando la cabeza de un lado a otro. «Quizá podría probar algo de carne —sugerí al héroe—, porque aquí no tienen nada que no sea carne.» «¿No tienen patatas o algo parecido?» «¿Tienen patatas? —pregunté a la camarera—. ¿O algo parecido?» «Las patatas se sirven acompañadas de carne», dijo ella. «Las patatas van acompañadas de carne», dije al héroe. «¿Y no podrían traerme un plato solo con patatas?» «¿Qué?» «¿No podría tomar tres o cuatro patatas, sin carne?» Se lo pregunté a la camarera, y ella dijo que iría a preguntárselo al cocinero. «Pregúntale si come hígado», me sugirió el Abuelo.

La camarera regresó y dijo: «Esto es lo que tengo que decir. Podemos hacer la concesión de darle dos patatas, pero van servidas con un trozo de carne en el plato. El cocinero dice que este punto es innegociable. Tendrá que comérselo». «¿Dos patatas está bien?», pregunté al héroe. «Eso sería fantástico.» El Abuelo y yo pedimos solomillo de cerdo, y pedí uno también para Sammy Davis, Junior, Junior, que había vuelto a socializar con la pierna del héroe.

Cuando llegó la comida, el héroe me pidió que sacara el pedazo de carne de su plato. «Preferiría no tener que tocarlo», dijo. Esto me puso los nervios crispados al máximo. Si queréis saber por qué, es porque percibí que el héroe se percibía a sí mismo demasiado bueno para nuestra comida. Saqué la carne de su plato, porque sé que es lo que Padre habría querido, sin pronunciar palabra. «Dile que saldremos mañana muy temprano», dijo el Abuelo. «¿Temprano?» «Así tendremos mucha cantidad de día para la búsqueda. Será rígido de noche.» «Saldremos mañana muy temprano», dije al héroe. «Eso está bien», dijo el héroe, sacudiendo la pierna. Yo estaba muy estupefacto de que el Abuelo deseara salir temprano. Odiaba no reposar hasta tarde. En realidad, odiaba no reposar. Adicionalmente, odiaba Lutsk, y al coche, y al héroe, y, para terminar, a mí. Salir temprano solo le proporcionaría más tiempo con todos nosotros. «Déjame inspeccionar sus mapas», dijo él. Pedí los mapas al héroe. Mientras buscaba en la riñonera, sacudió de nuevo la pierna, lo que hizo que Sammy Davis, Junior, Junior socializara con la mesa, y que los platos se movieran. Una de las patatas del héroe descendió al suelo. Hizo un ruido al chocar contra el suelo. PLOF. Rodó un poco, y luego quedó inerte. El Abuelo y yo nos examinamos. Yo no sabía que hacer. «Ha ocurrido algo terrible —dijo el Abuelo. El héroe seguía visionando la patata del suelo. Era un suelo sucio. Era una de sus dos patatas—. Espantoso —dijo el Abuelo silenciosamente, y movió su plato a un lado—. Espantoso.» Tenía razón.

La camarera regresó a nuestra mesa con las colas que pedimos. «Aquí tien...», empezó, pero entonces advirtió la presencia de la patata en el suelo y salió tiroteada a gran velocidad. El héroe seguía visionando la patata del suelo. No lo sé seguro, pero imagino que él imaginaba que podía recogerla, colocarla de vuelta en su plato y comerla, o podía dejarla en el suelo, negar que el accidente hubiera ocurrido, comerse su patata solitaria y falsificar que se sentía feliz, o empujarla con el pie hacia Sammy Davis, Junior, Junior, que era lo bastante aristocrática como para no comerse algo que estuviera en ese sucio suelo, o podía pedirle otra a la camarera, lo cual significaría que recibiría un nuevo pedazo de carne que yo tendría que sacarle del plato porque a él la carne le daba repugnancia. O podía comerse el pedazo de carne que yo había sacado antes, lo cual era la solución más razonable. Pero no hizo nada de todo eso. Si queréis saber qué hizo, no hizo nada. Permanecimos en silencio, visionando la patata. El Abuelo ensartó un cuchillo en la patata, la recogió del suelo y la puso en su plato. La cortó en cuatro partes, y dio una a Sammy Davis, Junior, Junior, que estaba bajo la mesa, otra a mí y otra al héroe. Luego cortó un trozo de su parte y se lo comió. Entonces me miró. Yo no quería, pero sabía lo que tenía que hacer. Decir que no estaba delicioso sería una ingente redundancia. Entonces miramos al héroe. Él miró al suelo, y luego a su plato. Partió un trozo de su parte y la contempló. «Bienvenido a Ucrania», dijo el Abuelo, y me pegó en la espalda, que es algo que me gustó. Entonces el Abuelo rompió a reír. «Bienvenido a Ucrania», traduje. Y rompí a reír. Y el héroe rompió a reír. Reímos con mucha fuerza durante mucho rato, obteniendo la atención de todos los que estaban en el restaurante. Reímos con fuerza, y luego con más fuerza. Visioné que todos estábamos exhalando lágrimas. No fue hasta mucho después que comprendí que cada uno se reía por una razón distinta, por su propia razón, y que ninguna de esas razones tenía nada que ver con la patata.

Hay algo que no mencioné antes, que ahora sería decoroso mencionar. (Por favor, Jonathan, te imploro que nunca se lo exhibas a nadie. No sé por qué lo escribo aquí.) Una noche, volvía a casa de un famoso club nocturno con el deseo de visionar la televisión. Me sorprendió cuando oí que aún estaba encendida a esa hora tan tardía de la noche. Reflexioné que era el Abuelo. Como iluminé antes, a menudo venía a nuestra casa cuando no podía reposar. Esto fue antes de que viniera a vivir con nosotros. Lo que ocurría es que iniciaba el reposo mientras visionaba la televisión, pero entonces se incorporaba unas horas más tarde y volvía a su casa.

Solo sabía que el Abuelo había estado en casa la noche previa cuando yo reposaba tarde, o cuando no conseguía exhalar zetas y oía el ruido de la televisión. Podría haber venido cada día. Como nunca lo sabía, yo pensaba en él como en un fantasma.

Yo nunca decía hola al Abuelo cuando visionaba la televisión porque no quería indisponerle. De manera que esa noche caminé silenciosamente y sin hacer ruido. Ya estaba en el cuarto escalón cuando oí algo extraño. No era llanto exactamente. Era algo un poco menos fuerte que el llanto. Descendí los cuatro escalones con lentitud. Caminé de puntillas hacia la cocina y observé desde el rincón, entre la cocina y la sala de la televisión. Primero presencié la televisión. Estaba exhibiendo un partido de fútbol. (No recuerdo quién competía, pero confío en que estuviéramos ganando.) Presencié una mano en la silla en la que el Abuelo le gusta visionar la televisión. Pero no era la mano del Abuelo. Intenté ver más, y casi me choco la nariz contra el suelo. Sé que debería haber reconocido aquel sonido que era casi casi llanto. Era Pequeño Igor. (Soy un imbécil.)

Esto me hizo daño. Te diré por qué. Yo sabía por qué lloraba algo que casi era llanto. Lo sabía muy bien, y quería ir hacia él y decirle que yo también había llorado casi llanto, exactamente igual que él, y que no importaba que en ese momento estuviera seguro de que nunca crecería para convertirse en alguien primordial como yo, con muchas chicas y muchos lugares adonde ir, que acabaría creciendo, seguro, y sería exactamente como yo. Y mírame, Pequeño Igor, los morados se van, y el odio también se va, y también el sentimiento de que todo lo que recibes en esta vida es algo que te has ganado.

Pero no pude decirle ninguna de esas cosas. Me quedé pegado al suelo de la cocina, a varios metros de distancia, y rompí a reír. No sabía de qué me reía, pero no podía parar. Apreté la boca con la mano para evitar hacer ruido. Mi risa creció y creció, hasta que me dolió el estómago. Intenté alzarme, para poder caminar a mi habitación, pero temía que me fuera demasiado rígido controlar la risa. Permanecí allí durante muchos muchos minutos. Mi hermano persistió en su casi llanto, y eso hizo crecer aún más mi risa silenciosa. Ahora entiendo que fue la misma risa que me atacó en el restaurante de Lutsk, una risa que tenía las mismas penumbras que la del Abuelo y la del héroe. (Pido licencia para escribir esto. Quizá lo quite antes de enviártelo. Lo siento.) En cuanto a Sammy Davis, Junior, Junior, pues fue la única que no se comió su parte de patata.

El héroe y yo hablamos mucho durante aquella cena, mayormente sobre América. «Cuéntame cosas que tenéis en América», le dije. «¿Qué quieres saber?» «Mi amigo Gregory me ha informado de que hay muchas buenas escuelas de contabilidad en América. ¿Es verdad?» «Supongo que sí. La verdad es que no lo sé. Puedo averiguarlo cuando regrese.» «Gracias —le dije, porque ahora ya tenía un contacto en América y no estaría solo, y luego pregunté—: ¿Tú qué quieres hacer?». «¿Qué quiero hacer en qué?» «En la vida. ¿Qué serás?» «No lo sé.» «Sí que lo sabes.» «Un poco de esto, un poco de aquello...» «¿Qué quiere decir un poco de esto y un poco de aquello?» «Solo que aún no estoy del todo seguro.» «Padre me informó de que estabas escribiendo un libro sobre este viaje.» «Me gusta escribir.» Le pegué en la espalda. «¡Eres escritor!» «¡Calla!» «Pero es una buena profesión, ¿verdad?» «¿Cuál?» «Escribir.

Tiene algo de noble.» «¿Noble? No lo sé.» «¿Tienes algún libro publicado?» «No, pero todavía soy muy joven.» «¿Tienes algún cuento publicado?» «No. Bueno, quizá uno o dos.» «¿Cómo se llaman?» «Olvídalo.» «Es un buen título.» «No, quiero decir que lo olvides.» «Me encantaría mucho leer tus cuentos.» «No creo que te gustaran.» «¿Por qué dices eso?» «Ni siquiera me gustan a *mí*.» «Ah.» «Son una especie de prueba piloto.» «¿Qué quiere decir prueba piloto?» «No son cuentos de verdad. Solo servían para enseñarme a escribir.» «Ya. Pero algún día habrás aprendido.» «Eso espero.» «Como yo a ser contable.» «Tal vez.» «¿Por qué quieres escribir?» «No lo sé. Solía pensar que había nacido para ello. No, la verdad es que nunca he pensado eso. Es solo una frase hecha.» «No, no lo es. Yo siento que he nacido para ser contable.» «Tienes suerte.» «¿Tal vez tú naciste para escribir?» «No lo sé. Quizá sí. Suena terrible. Barato.» «No suena terrible ni barato.» «Es tan difícil expresar lo que uno quiere decir.» «Esto sí lo entiendo.» «Yo quiero expresarme a mí mismo.» «Lo mismo que yo.» «Busco mi propia voz.» «La tienes en la boca.» «Quiero hacer algo de lo que no avergonzarme.» «Algo de lo que estés orgulloso, ¿no?» «No hace falta. Me conformo con no avergonzarme.» «Hay muchos escritores rusos primordiales, ¿no?» «Por supuesto. Montones.» «Tolstói, ¿no? Escribió *Guerra*, y también *Paz*, y ganó el Premio Nobel de la Paz de Literatura, si no me equivoco.» «Tolstói, Bely, Turguénev.» «Una pregunta.» «¿Sí?» «¿Escribes porque tienes algo que decir?» «No.» «Y si me dejas meter otro tema: ¿cuánto dinero gana un contable en América?» «No estoy seguro. Mucho, supongo, si él o ella es bueno.» «¡Ella!» «O él.» «¿Y hay contables negros?» «Hay contables afroamericanos, sí. Es mejor que no uses esa palabra, Alex.» «¿Y contables homosexuales?» «Hay homosexuales de todo. Hay homosexuales barrenderos.» «¿Cuánto gana un contable negro homosexual?» «No deberías usar esa palabra.» «¿Qué palabra?» «La que va antes de homosexual.» «¿Cuál?» «La que empieza por "n".» «¿Negro?» «¡Chitón!» «Me molan los negros.» «No lo digas así.» «Pero me molan mucho. Son gente primordial.» «Es la palabra. No es un término agradable.» «¿Negro?» «¡Por favor!» «¿Qué tienen de malo los negros?» «¡Chis!» «¿Cuánto cuesta una taza de café en América?» «Bueno, eso depende. Un dólar, más o menos.» «¡Un dólar! Eso es casi gratis. En Ucrania una taza de café cuesta cinco dólares.» «Bueno, eso es lo que vale un capuchino. Cinco o seis dólares.» «¡Capuchemos!», dije yo, elevando las manos por encima de la cabeza. «¡No hay nada mejor!» «¿Tenéis *lattes* en Ucrania?» «¿Qué es *latte*?» «En América se llevan mucho. Los sirven en todas partes.» «¿Tenéis cacao en América?» «Por supuesto, pero solo lo beben los niños. No se lleva mucho en América.» «Sí, aquí pasa lo mismo. También tenemos mokaccinos.» «Sí, claro, nosotros también. En América cuestan hasta siete dólares.» «¿Son muy apreciados?» «¿Los mokaccinos?» «Sí.» «Creo que son para la gente que quiere beber café pero que de verdad lo que le gusta es que sea muy dulce.» «Ya entiendo. ¿Y qué me dices de las chicas en América?» «¿Qué quieres saber?» «Son muy fáciles de acceder, ¿no?» «La gente lo dice, pero no lo creas.» «¿Mantienes intersecciones carnales muy a menudo?» «¿Y tú?» «Yo inquirí antes.» «¿Y tú?» «Yo inquirí en cabeza», perseveré. «La verdad es que no mucho.» «¿Qué quieres decir con no mucho?» «Bueno, no soy un cura, pero tampoco soy John Holmes.» «He oído hablar de ese John Holmes. —Levanté las manos a los lados—: El del pene primordial». «El mismo», dijo, y se rio. Mi broma le hizo reír. «En Ucrania todos tienen penes como ese.» Eso le hizo reír de nuevo. «¿Las mujeres también?», preguntó. «¿Has hecho una broma?», pregunté. «Sí», dijo él. Así que me reí. «¿Has tenido novia alguna vez?», pregunté al héroe. «¿Y tú?» «Te lo estoy inquiriendo yo.» «Más o menos.» «¿Qué significa más o menos?» «No es nada serio. No es una novia en sentido estricto. Hemos quedado una o dos veces. No quiero una relación demasiado formal.» «El mismo estado de cosas que yo —dije—. Yo también quiero algo no demasiado formal. No quiero estar esposado a una sola chica.» «Exacto», dijo él. «Quiero decir que me gusta hacer el tonto con muchas.» «Por supuesto.» «Que me la chupen.» «Claro.» «Pero cuando tienes novia, bien... ya sabes.» «Lo sé muy bien.»

«Una pregunta —dije yo—. ¿Crees que las mujeres ucranianas son de primera clase?» «No he visto a muchas desde mi llegada.» «¿En América tenéis mujeres como estas?» «Mira, en América hay un ejemplar de casi todo.» «Eso había oído. ¿Tenéis motocicletas?» «Claro.» «¿Y máquinas para fax?» «Por todas partes.» «¿Tú tienes una?» «No. Ya están superadas.» «¿Qué quieres decir con superadas?» «Pasadas de moda. Tanto papel resulta una lata.» «¿Una lata?» «Agotador.» «Entiendo lo que quieres decir, y armonizo con ello. Yo nunca uso papel. Me hace dormir.» «Confunde.» «Sí, es verdad. Te deja confundido y te duerme. Otra pregunta: ¿tenéis muchos coches impresionantes en América? ¿Lotus Esprit V8 Twin Turbos?» «No, la verdad es que no. Yo tengo una mierda de Toyota.» «¿Porque es marrón?» «No, es una expresión.» «¿Tu coche es una expresión?» «Tengo un coche que no es más que una mierda. Ya me entiendes: huele a mierda y tiene un asqueroso aspecto de mierda.» «Y si eres un buen contable, ¿puedes comprarte un coche impresionante?» «Seguro que sí. Es probable que puedas comprar lo que te apetezca.» «¿Qué clase de esposa tendría un buen contable?» «¿Y yo qué sé?» «¿Tendría las tetas muy rígidas?» «No te lo puedo asegurar.» «Pero ¿es probable?» «Supongo.» «Me mola. Me molan las tetas rígidas.» «Pero también hay contables, incluso algunos muy buenos, cuyas mujeres son feas. Eso va como va.» «Si John Holmes fuera un buen contable, podría tener a la mujer que quisiese, ¿no?» «Probablemente.» «Yo tengo un pene primordial.» «Como tú digas.»

Después de cenar en el restaurante, volvimos en coche al hotel. Como yo sabía, era un hotel frugal. No tenía zona de piscina ni ninguna discoteca famosa. Cuando descerramos la puerta de la habitación del héroe, pude percibir que estaba angustiado. «Está bien —dijo, porque percibió que yo percibía que estaba angustiado—. De verdad. Es solo para una noche.» «¿En América no tenéis hoteles como este?» Hice una broma. «¡No!», dijo él, y rompió a reír. Éramos casi amigos. Por primera vez en mucho tiempo me sentía enteramente bien. «Asegúrate de asegurar el cerrojo cuando estés solo —le dije—. No quiero petrificarte, pero aquí hay mucha gente peligrosa a la que le gusta coger cosas sin permiso a los americanos, y también secuestrarlos. Buenas noches.» El héroe se rio otra vez, porque no sabía que yo no estaba haciendo una broma. «Vamos, Sammy Davis, Junior, Junior.» El Abuelo llamó a la perra, pero ella no se movía de la puerta. «¡Venga!» Nada.

«¡Vamos!», gritó, pero ella no desocupó. Intenté cantarle, lo cual es algo que la complace, especialmente cuando canto *Billie Jean* de Michael Jackson. *«She's just a girl who claims that I am the one.»* Pero nada. Apoyó la cabeza en la puerta de la habitación del héroe. El Abuelo intentó apartarla por la fuerza, pero ella rompió a llorar. Llamé a la puerta, y apareció el héroe con un cepillo de dientes en la boca. «Sammy Davis, Junior, Junior quiere exhalar zetas contigo esta noche», dije, aunque sabía que no tendría éxito. «No», dijo, y eso fue todo. «No se irá de la puerta», informé. «Pues que duerma en el pasillo.» «Sería un acto abnegado por tu parte.» «Ni hablar.» «Solo por esta noche.» «Una ya es demasiado. Me matará.» «Eso no es muy probable.» «Está loca.» «Sí, eso no puedo disputártelo. Está loca pero también es entrañable.» Sabía que no prevalecería. «Escucha —dijo el héroe—, si ella quiere dormir en mi habitación, a mí no me importa dormir en el pasillo. Pero solo.» «Quizá podríais dormir los dos en el pasillo», sugerí.

Después de dejar al héroe y a la perra reposando —héroe en habitación, perra en vestíbulo—, el Abuelo y yo bajamos al bar del hotel para beber vodka. Fue idea del Abuelo. En verdad, yo tenía una diminuta cantidad de espanto por estar a solas con él. «Es un buen chico», dijo el Abuelo. No percibí si inquiría o me explicaba. «Sí, parece un buen chico», dije yo. El Abuelo se pasó la mano por la cara, que había ido cubriéndose de pelos durante el día. Fue solo entonces cuando noté que sus manos aún temblaban, que habían estado temblando durante todo el día. «Deberíamos ser inflexibles en ayudarle.» «Sí», dije yo. «Me gustaría mucho encontrar a Augustine», dijo él. «A mí también.»

Esa fue toda la charla. Bebimos tres vodkas cada uno y contemplamos el pronóstico del tiempo que exhibía la televisión que había detrás del bar. Decía que el tiempo sería normal. Me agradó que el tiempo fuera a ser normal. Eso haría más sencilla la búsqueda. Después del vodka, subimos a nuestra habitación, que flanqueaba a la habitación del héroe. «Yo reposaré en la cama y tú reposarás en el suelo», dijo el Abuelo. «Claro.» «Pondré el reloj para que suene a las seis de la mañana.» «¿A las seis?», inquirí. Si queréis saber por qué inquirí, es porque las seis no es muy temprano por la mañana, sino muy tarde por la noche. «A las seis», dijo, y supe que era el final de la conversación.

Mientras el Abuelo se lavaba los dientes, fui a asegurarme de que todo iba bien en la habitación del héroe. Escuché desde la puerta para detectar si era capaz de exhalar zetas sin problemas, y no oí nada anormal, solo el viento penetrando por la ventana y el sonido de los insectos. Bien, dije a mi cerebro, reposa. No estará exhausto por la mañana. Intenté descerrar la puerta, para asegurarme de que estaba cerrada. La abrí una porción, y Sammy Davis, Junior, Junior, que aún estaba consciente, entró en ella. La vi desplomarse junto a la cama, donde el héroe reposaba en paz. Aceptable, pensé, y cerré la puerta con silencio. Volví a la habitación del Abuelo y mía. Las luces ya estaban apagadas, pero percibí que aún no reposaba. Su cuerpo no dejaba de rotar. Las sábanas se movían, y la almohada crujía cada vez que él rotaba, hacia un lado y hacia otro, y luego hacia uno. Oí sus grandes respiraciones. Oí el movimiento de su cuerpo. Así pasó toda la noche. Yo sabía por qué no podía reposar. Era por la misma razón que yo. Ambos considerábamos la misma pregunta: ¿qué había hecho durante la guerra?

ENAMORARSE, 1791-1803

En cierto modo, Trachimbrod se convirtió en un lugar distinto al anónimo *shtetl* que había existido en ese mismo lugar. Claro que los negocios siguieron como de costumbre. Los Verticales siguieron gritando, cojeando, colgándose y despreciando a los Oblicuos, quienes continuaron con su costumbre de retorcer los flecos de las mangas de las camisas y de celebrar banquetes de galletas y *knishes* después, aunque quizá sería más justo decir en el transcurso, de los servicios religiosos. La llorosa Shanda siguió lamentando la muerte de su marido, el filósofo Pinchas, quien siguió desempeñando un activo papel en la escena política del *shtetl*. Yankel siguió intentando hacer el bien, repitiéndose una y otra vez que no estaba triste, y acabando siempre sumido en la tristeza. La sinagoga siguió desplazándose en función del límite marcado por la línea de error judío-humana. Sofiowka, igual de loco que siempre, siguió masturbándose a todas horas, atándose con cuerdas, utilizando su cuerpo para recordar a su cuerpo para al final recordar únicamente la cuerda. Pero, con el nombre, llegaría una nueva conciencia de identidad, que a menudo se reveló de forma vergonzosa.

Las mujeres del *shtetl* miraban por encima del hombro a mi tatara-tatara-tatara-tatarabuela. La llamaban *niña del río sucio* y *bebé de agua*. Y aunque eran demasiado supersticiosas incluso para revelarle a la interesada su verdadera historia, se ocuparon de que no tuviera amigos de su propia edad (diciendo a sus hijos que no era ni mucho menos tan divertida como parecía, ni tan amable como sus acciones parecían indicar), y de que solo se la viera acompañada de Yankel y de cualquier hombre del *shtetl* que fuera lo bastante valiente como para arriesgarse a ser visto por su esposa. Los cuales, por cierto, eran escasos. Incluso los caballeros más seguros de sí mismos tartamudeaban en su presencia. Con solo diez años, ella era la criatura más deseada del *shtetl*, y su reputación se había esparcido, como los riachuelos, entre los pueblos vecinos.

La he imaginado muchas veces. No es muy alta, incluso para su edad; no es que sea baja de ese modo entrañable e infantil, sino como lo sería un crío desnutrido. Lo mismo puede decirse de su delgadez. Cada noche, antes de acostarla, Yankel le cuenta las costillas, como si una pudiera haber desaparecido en el transcurso del día para convertirse en la semilla de algún compañero que se la robase para sí. Ella come bien y está sana, ya que nunca ha estado enferma, pero su cuerpo parece el de una enferma crónica, una niña devorada desde dentro por algún vicio biológico, muerta de hambre, solo piel y huesos, una niña que no es del todo libre. Tiene el cabello grueso y negro, los labios finos, brillantes y pálidos. ¿Acaso podía ser de otro modo?

Para descontento de Yankel, Brod insistió en cortarse el espeso cabello negro con sus propias manos.

Las damas no deben llevar el pelo tan corto, le dijo. *Pareces un chicarrón.*

No digas tonterías, le respondió ella.

Pero ¿no te molesta?

Desde luego. Me molesta que digas tonterías.

El pelo, dijo él.

Creo que es bonito.

¿Puede ser bonito aun cuando nadie lo cree así?

Yo creo que lo es.

¿Y si solo lo crees tú?

Entonces aún es más bonito.

¿Y qué me dices de los chicos? ¿No quieres que piensen que eres bonita?

No querría a un chico que pensara que soy bonita si no se tratase de la clase de chico que me encontrara bonita.

Yo creo que es bonito, dijo él. *Creo que es hermoso.*

Repítelo y me lo dejaré crecer.

Lo sé, se rio él, besándole la frente mientras le pellizcaba las orejas con los dedos.

Su aprendizaje del arte de la costura (de un libro que Yankel trajo de Lvov) coincidió con su rechazo a llevar prenda de ropa alguna que no hubiera confeccionado ella misma; y cuando él le compró un libro sobre fisiología animal, Brod le plantó los dibujos delante de las narices y le dijo: *¿No te parece extraño, Yankel, cómo nos los comemos?*

Yo nunca me he comido un dibujo.

Los animales. ¿No lo encuentras raro? No recuerdo haberlo encontrado raro antes. Es como tu nombre, te pasas años sin prestarle atención, pero, el día que lo haces, no puedes evitar repetirlo una y otra vez, y te pregun-

tas por qué nunca te pareció raro que ese nombre fuera el tuyo cuando todo el mundo te ha estado llamando por él durante toda tu vida.

Yankel. Yankel. Yankel. No me suena raro.

No volveré a comerlos, al menos hasta que deje de parecerme raro.

Brod lo resistía todo, no cedía ante nadie, era inmune a los desafíos: ni los aceptaba ni los rechazaba.

No creo que seas terca, le dijo Yankel una tarde en que ella se negó a cenar antes de tomar el postre.

¡Pues lo soy!

Y la gente la amaba por ello. Todos, incluso los que la odiaban. Las curiosas circunstancias que rodearon a su creación encendieron en los hombres la llama del interés, pero era su capacidad de manipulación, sus gestos coquetos y su lengua afilada, así como su negativa a reconocer o ignorar su existencia, lo que les impulsaba a seguirla por las calles, a espiarla desde las ventanas, y a soñar con ella —y no con sus esposas, ni siquiera consigo mismos— por las noches.

Sí, Yoske. Los hombres del molino son tan fuertes y valientes.

Sí, Feivel. Sí, soy una buena chica.

Sí, Saúl. Claro que me gustan los dulces.

Sí, oh sí, Itzik. Oh, sí.

Yankel no tenía valor para decirle que él no era su padre, que ella era en realidad la verdadera Reina del Cortejo de *Trachimday*, y no solo por ser, sin discusión, la joven más adorable del *shtetl*, sino porque era su padre verdadero quien estaba en el fondo del río, era su papá por quien se sumergían los hombres del lugar. Así que, echando mano de su descontrolada imaginación, creó nuevas historias, salvajes y pobladas de personajes extravagantes. Inventó historias tan fantásticas que ella no tuvo más remedio que creérselas. Claro que ella era solo una niña, removiendo aún el polvo de su primera muerte. ¿Qué otra cosa podía hacer? Y él, que ya acumulaba el polvo de su segunda muerte. ¿Qué otra cosa podía hacer *él*?

Gracias al ávido deseo de los hombres del *shtetl* y del pertinaz odio de sus mujeres, mi tatara-tatara-tatara-tatarabuela fue creciendo interiormente, cultivando aficiones solitarias: cosía, cuidaba el jardín, leía todo cuanto caía en sus manos, lo que quería decir todo, ya que la prodigiosa biblioteca de Yankel, una sala completamente forrada de estantes con libros, sería con el tiempo la primera biblioteca pública de Trachimbrod. Brod no solo era la ciudadana más lista de Trachimbrod, a la que se recurría para resolver los más complejos problemas de lógica y matemáticas —*¿QUÉ ES LA PALABRA SAGRADA?*, le preguntó en una ocasión el Honorable Rabino al amparo de la oscuridad—, también era la más solitaria y la más triste. Era el genio de la melancolía; se sumergía en ella, separando sus numerosos hilos y apreciando sus sutiles enredos. Era un prisma a través del cual la tristeza se dividía en su espectro infinito.

¿Estás triste, Yankel?, le preguntó una mañana mientras desayunaban.

Por supuesto, dijo él, sin dejar de llevarle a la boca el cucharón lleno de trozos de melón.

¿Por qué?

Porque estás hablando en lugar de tomarte el desayuno.

¿Y antes estabas triste?

Por supuesto.

¿Por qué?

Porque entonces comías y no hablabas, y siempre me entristece no oír tu voz.

Cuando ves a la gente bailar, ¿su imagen te entristece?

Por supuesto.

A mí también. ¿Por qué crees que es?

Él la besó en la frente y apoyó la mano bajo su barbilla. *Debes comer*, le dijo. *Se está haciendo tarde.*

¿Crees que Bitzl Bitzl es una persona especialmente triste?

No lo sé.

¿Y qué me dices de la llorosa Shanda?

Oh, sí. Ella es especialmente triste.

Era una pregunta obvia, ¿no crees? ¿Y Shloim?

¿Quién sabe?

¿Las gemelas?

Tal vez. No es asunto nuestro.

¿Dios está triste?

Para estar triste tendría que existir, ¿no crees?

Lo sé, dijo ella, dándole una débil palmada en el hombro. *Por eso te lo preguntaba, ¡para enterarme de una vez de si crees en Él o no!*

Bien, dejémoslo así: si Dios existe, tiene mucho por lo que estar triste. Y, si no existe, supongo que eso también le haría sentir triste. Así que, en respuesta a tu pregunta, Dios debe de estar triste.

¡Yankel! Ella le rodeó el cuello con sus brazos, como si intentara penetrar en su interior o atraerle hacia el suyo.

Brod descubrió 613 tristezas distintas, siendo todas y cada una de ellas una emoción perfectamente única, singular y no más parecidas entre sí que a otros sentimientos como la ira, el éxtasis, la culpa o la frustración.

La Tristeza del Espejo. La Tristeza de los Pájaros Enjaulados. La Tristeza de Estar Triste ante tu Propio Padre. La Tristeza del Humor. La Tristeza del Amor Eterno.

Era como un náufrago a la deriva, sacando la cabeza, buscando algo a lo que aferrarse. Su vida era una lucha desesperada y frenética por justificar su vida. Aprendió a tocar con el violín piezas imposibles, canciones que ni siquiera sabía que conocía, y luego siempre acudía llorando a Yankel: *He aprendido esta también... ¡Es tan terrible! ¡Debo componer algo que ni siquiera yo sepa tocar!* Pasaba tardes enteras entre los libros de arte que Yankel le había comprado en Lutsk, y cada mañana bajaba a desayunar con una expresión mohína en su rostro. *Eran buenos, exquisitos, pero no bonitos. No, si debo ser honesta conmigo misma.* En una ocasión se estuvo una tarde entera de pie ante la puerta de la calle.

¿Esperas a alguien?, preguntó Yankel.

¿De qué color es eso?

Él se acercó a la puerta, dejando que la punta de la nariz rozara la mirilla. Lamió la madera y dijo, en broma: *La verdad es que sabe a rojo.*

Sí, es rojo, ¿verdad?

Eso parece.

Ella enterró la cabeza en las manos. *Pero ¿no podría ser solo un poco más rojo?*

Para Brod, la vida era la lenta constatación de que este mundo no estaba hecho para ella, y de que, por la razón que fuera, ella nunca podría ser feliz y sincera al mismo tiempo. Se sentía como si estuviera siempre a punto de desbordarse, produciendo amor y conservándolo en su interior. Un amor que era incapaz de soltar. Mesa, adorno de marfil, arcoíris, cebolla, peinado, molusco, *Sabbat*, violencia, cutícula, melodrama, cuneta, miel, pañuelo... Nada la conmovía. Se enfrentaba al mundo con honestidad, buscando algo que mereciera recibir las cantidades de amor que ella sabía que tenía en su interior, pero obligada siempre a reconocer que, fuera lo que fuese, *No te amo*. El poste de corteza de madera: *No te amo*. Un poema demasiado largo: *No te amo*. La comida en el plato: *No te amo*. La física, la idea de ti, las leyes de ti: *No os amo*. Nada conseguía ser más de lo que era en realidad. Eran solo cosas, prisioneras de su propia esencia.

Si abriéramos una página al azar de su diario —aquel que se obligó a llevar y llevó durante toda su vida, sin temor a que se perdiera o a que alguien lo descubriera y lo leyera; aquel que, para cuando dio con algo sobre lo que merecía la pena escribir y recordar, ya había agotado sus páginas—, encontraríamos alguna cita del siguiente sentimiento: *No estoy enamorada.*

Así que tenía que satisfacer esa *idea* del amor, amar el amor por cosas cuya existencia no le importaba en absoluto. El propio amor devino el objeto de su amor. Se amó a sí misma enamorada, amó el amor al amor de la misma forma que el amor ama amar, y así logró reconciliarse con una palabra que era demasiado pobre para expresar todo cuanto había esperado de ella. No es que el mundo fuera una mentira grande y piadosa: era su voluntad de hacerlo hermoso y justo, de vivir una vida distinta en un mundo distinto de aquel en el que el resto del mundo parecía existir.

Los hombres del *shtetl* —jóvenes, adultos y viejos— se apostaban a su ventana a todas horas del día y de la noche, pidiéndole permiso para ayudarla en sus estudios (en los que ella, por supuesto, no necesitaba ninguna ayuda, y en los que probablemente no hubieran podido ayudarla de haberles dado la oportunidad de intentarlo), o en el jardín (que crecía como si estuviera encantado, y donde florecían tulipanes rojos y rosas, naranjas e inquietos pensamientos), o preguntándole si, tal vez, le apetecería dar un paseo por el río (paseo que, gracias, era perfectamente capaz de dar ella sola). Ella nunca decía sí o no, sino que tiraba o aflojaba las cuerdas de su control.

Tirón: *Lo que me apetecería*, decía ella, *es un vaso lleno de té helado.* Lo que sucedía a continuación: los hombres se lanzaban a una carrera para satisfacer su deseo. El primero en volver podía llevarse un beso rápido en la frente (la cuerda se aflojaba), o (nuevo tirón) la promesa de un futuro paseo, o (la cuerda se aflojaba solo un poco) un simple *Gracias, adiós*. Desde su puesto en la ventana mantenía un cuidadoso equilibrio, sin dejar nunca que uno de los hombres se acercara demasiado, pero tampoco que se alejara en exceso. Los necesitaba desesperadamente, no solo por los favores, no solo por las cosas que podían hacer por Yankel y que Yankel no podía permitirse, sino porque eran más dedos para sostener aquel dique que contenía aquello que ella sabía cierto: no amaba la vida. No tenía ninguna razón convincente para vivir.

Yankel tenía ya setenta y dos años cuando el carro se precipitó en las aguas, y su hogar estaba más preparado para albergar un funeral que para celebrar un nacimiento. Brod leía a la luz, mortecina como un canario mudo, que emanaba de candiles cubiertos con chales de encaje, y se bañaba en una bañera forrada de papel de lija para evitar resbalones. Él le enseñó literatura y conocimientos básicos de matemáticas, hasta que ella sobrepasó con creces a su maestro; se reía con ella incluso cuando no veía nada de lo que reírse, le leía antes de que se durmiera y era la única persona a la que ella podía considerar amiga. Ella adquirió de él sus andares torpes, hablaba con su mismo tono de viejo, e incluso cada tarde, a las cinco en punto, se estremecía ante una sombra que nunca, en ningún día de su vida, llegó a ver.

Te he comprado algunos libros en Lutsk, le dijo él, cerrando la puerta a la temprana tarde y al resto del mundo.

No podemos permitírnoslo, dijo ella, levantando la pesada bolsa. *Mañana tendré que devolverlos.*

Pero no podemos permitirnos no tenerlos. ¿Qué es lo que menos podemos permitirnos, tenerlos o no tenerlos? Tal y como yo lo veo, perdemos de todos modos. Al menos, con mi opción, también perdemos, pero conservamos los libros.

¡No seas ridículo, Yankel!

Pues, dijo él, *también te he comprado una brújula en el despacho de mi amigo arquitecto y varios libros de poesía francesa.*

Pero si yo no hablo francés.

¿Se te ocurre una oportunidad mejor para aprender?

Sí: tener un libro de texto que explique el idioma.

¡Ah, sí! Sabía que tenía alguna razón para haber comprado esto, dijo él, extrayendo un grueso tomo marrón del fondo de la bolsa.

¡Yankel, eres imposible!

Soy posiblemente posible.

Gracias, dijo ella, dándole un beso en la frente, que era el único lugar que había besado o donde había sido besada, y habría sido, si no fuera por todas las novelas que había leído, el único lugar donde creía que se besaba la gente.

Ella se veía obligada a devolver secretamente muchas de las cosas que Yankel le compraba. Él nunca se daba cuenta, porque ni siquiera recordaba haberlas comprado. Fue idea de Brod abrir al público su biblioteca personal y cobrar una reducida tarifa a los que se llevaban libros prestados. Gracias a este dinero y al que obtenían de todos los hombres que la amaban, consiguieron salir adelante.

Yankel, consciente de la diferencia de edad y sexo que había entre ellos, puso todo su empeño en evitar que Brod se sintiera fuera de lugar en su casa. Dejaba la puerta abierta cuando iba a orinar (siempre sentado, siempre limpiándose después), y a veces incluso derramaba un poco de agua sobre los pantalones para hacerle ver que *Brod, tranquila, a mí también me pasa*, sin saber que también Brod se derramaba el agua por encima para no hacerle sentir mal. Cuando Brod se cayó del columpio del parque, Yankel se arañó las rodillas con el papel de lija de la bañera y le dijo: *Yo también me he caído.* Cuando comenzaron a crecerle los pechos, él se subió la camisa para dejar a la luz su viejo y caído pectoral y le dijo: *No solo te pasa a ti.*

Este era el mundo donde ella creció y él envejeció. Construyeron para ellos un santuario ajeno a Trachimbrod, un hábitat completamente distinto al del resto del mundo. Nadie pronunció jamás un insulto, ni levantó un dedo contra el otro. Aún más: no se pronunció jamás una palabra de enojo y nunca se negó nada. Y más aún: jamás se pronunció una sola palabra de desamor, y todo fue acumulándose como prueba de que las cosas pueden ser así, que no tienen por qué ser de otro modo; si no hay amor en el mundo, nosotros crearemos un mundo nuevo y lo rodearemos de altos muros y lo llenaremos de muebles rojos y suaves, de dentro hacia fuera, y le pondremos un aldabón que suene como un diamante al caer sobre el fieltro de un joyero para así no oírlo nunca. Ámame, porque el amor no existe, y yo ya he intentado todo lo que sí existe.

Pero mi remota y solitaria antepasada no amaba a Yankel, no en el sencillo e imposible sentido de la palabra. En realidad, apenas le conocía. Y él apenas la conocía a ella. Conocían íntimamente los aspectos de sí mismos en el otro, pero no al otro en sí. ¿Podía Yankel imaginar por dónde iban los sueños de Brod? ¿Podía Brod haber averiguado, pudo haberse preocupado por averiguar, adónde viajaba él por las noches? Eran extraños, como mi abuela y yo.

Pero...

Pero eran, el uno para el otro, lo más parecido a un cuenco merecedor de amor. De manera que se lo dieron todo el uno al otro. Él se arañó las rodillas y dijo: *Yo también me he caído*. Ella se mojó las bragas con agua para que él no se sintiera solo. Él le dio aquella cuenta. Ella la llevó. Y cuando Yankel decía que moriría por Brod, lo decía en serio, pero aquello por lo que estaba dispuesto a morir no era Brod, sino su amor por ella. Y cuando ella decía, *Padre, te quiero*, no estaba siendo ingenua o deshonesta, sino lo contrario: era lista y lo bastante sincera como para mentir. Se entregaron recíprocamente a esa gran mentira salvadora —que nuestro amor por las cosas es mayor que el amor que sentimos por el amor a las cosas—, representando deliberadamente los papeles que escribieron para sí mismos, creando y creyendo deliberadamente en esas ficciones que resultan imprescindibles para vivir.

Ella tenía doce años, y él al menos ochenta y cuatro.

Incluso aunque llegara hasta los noventa, razonaba él, ella solo tendría dieciocho. Y sabía que no viviría hasta los noventa. Estaba secretamente débil y ocultaba su dolor en secreto. ¿Quién se ocuparía de ella tras su muerte? ¿Quién le cantaría y le rascaría la espalda de aquel modo especial que a ella le gustaba tanto, cuando llevaba mucho rato dormida? ¿Cómo se enteraría de la verdad sobre su auténtico padre? ¿Cómo podía asegurarse de que ella estaría a salvo de la violencia diaria, tanto intencional como accidental? ¿Cómo podía saber que ella nunca cambiaría?

Yankel hizo cuanto pudo por detener el rápido deterioro que le consumía. Se esforzó por comer aun cuando no tenía hambre, y por tomar un trago de vodka entre comidas cuando sentía que eso le hacía un nudo en el estómago. Por las tardes daba largos paseos, consciente de que el dolor que sentía en las piernas era una buena señal, y por las mañanas cortaba en pedazos un grueso tronco, sabiendo que no era debido a la enfermedad que le dolían los brazos, sino a la salud.

Turbado por sus frecuentes pérdidas de memoria, comenzó a escribir fragmentos de la historia de su vida en el techo de su habitación con uno de los pintalabios que encontró envuelto en el cajón de la cómoda de Brod.

Así, su vida era lo primero que veía cada mañana al despertar y lo último que leía cada noche antes de dormirse. *Estuviste casado, pero ella te abandonó*, sobre la cómoda. *Odias las verduras*, en el extremo opuesto del techo. *Eres un Oblicuo*, en el ángulo que unía al techo con la puerta. *No crees en la otra vida*, escrito en un círculo alrededor de la lámpara. Nunca quiso que Brod supiera hasta qué punto su mente se había convertido en una lámina de cristal, hasta qué punto le asaltaba la confusión, hasta qué punto los pensamientos se deslizaban sin control, hasta qué punto era incapaz de comprender tantas cosas que ella le decía, hasta qué punto olvidaba: a veces no recordaba su propio nombre, y, como si una parte de él estuviera muriendo, ni siquiera el de ella.

4:812–*El sueño de vivir para siempre con Brod*. Tengo este sueño todas las noches. Incluso aquellas en que no lo recuerdo a la mañana siguiente, sé que estuvo allí, como el hueco que deja tu amante en la almohada después de marcharse. Sueño no con envejecer con ella, sino en no envejecer nunca, ninguno de los dos. Ella nunca me abandona, ni yo la abandono a ella. Es cierto, tengo miedo a morir. Tengo miedo de que el mundo siga adelante sin mí, sin que nadie preste atención a mi ausencia, o peor aún, que sea alguna fuerza natural que impulse la continuación de la vida. ¿Es una muestra de egoísmo? ¿Soy una mala persona por soñar que el mundo acaba conmigo? No quiero decir que el mundo acabe respecto a mí, sino que todos los ojos se cierren con los míos. A veces mi sueño de vivir para siempre con Brod se convierte en un sueño donde ambos morimos juntos. Sé que no existe otra vida. No soy ningún loco. Y sé que no existe ningún Dios. No es la compañía de ella lo que necesito, sino la certeza de que ella no necesitará la mía, o de que ella no deseará necesitarla. Imagino escenas de su vida sin mí y siento celos. Ella se casará y tendrá hijos y tocará cosas a las que yo nunca podré acercarme, cosas que me harían feliz. No puedo contarle este sueño, pero desearía hacerlo desesperadamente. Ella es lo único que importa.

Él le leyó una historia en la cama y escuchó sus interpretaciones, sin interrumpirla, sin ni siquiera decirle cuán orgulloso estaba de ella, cuán bella e inteligente era. Tras darle el beso de buenas noches y bendecirla, fue a la cocina, bebió los pocos sorbos de vodka que su estómago podría aguantar y apagó la lámpara. Deambuló por el oscuro corredor, siguiendo el resplandor que surgía por debajo de la puerta de su dormitorio. Tropezó dos veces, una contra un montón de libros que había delante de la habitación de Brod y otra con su bolso. Al entrar en su dormitorio, imaginó que moría en su cama esa misma noche. Imaginó cómo le encontraría Brod a la mañana siguiente: la postura en que quedaría su cuerpo, la expresión de su cara. Imaginó cómo se sentiría, o cómo no. *Es tarde*, pensó, *y mañana debo levantarme temprano para hacerle el desayuno a Brod antes de que empiece sus clases.* Se arrodilló, hizo las tres flexiones que pudo soportar y se incorporó de nuevo. *Es tarde*, pensó, *y debo dar gracias por todo lo que tengo, y reconciliarme con todo lo que he perdido y lo que no. Hoy he intentado ser una buena persona, hacer las cosas como Dios, si existiera, habría querido. Gracias por haberme dado la vida, y a Brod*, pensó, *y gracias, Brod, por darme una razón para vivir. No estoy triste.* Se metió bajo las sábanas de franela roja y levantó los ojos hacia el techo: *Tú eres Yankel. Tú amas a Brod.*

SECRETOS RECURRENTES, 1791-1943

Fue un secreto cuando Yankel cubrió el reloj con la tela negra. Fue un secreto cuando el Honorable Rabino se despertó una mañana y pronunció estas palabras: *¿PERO QUÉ PASA SI?* Y cuando Rachel F, el miembro más prominente de los Oblicuos, se despertó preguntándose *Pero ¿qué pasa si?* No fue un secreto cuando Brod no cayó en explicar a Yankel que había manchado de rojo las bragas, y que estaba segura de estar muriendo y que le parecía tan poético morir así. Pero fue un secreto cuando pensó en contárselo y no lo hizo. Eran también secretos algunas, no todas por supuesto, de las masturbaciones de Sofiowka, lo cual le convertía en el mayor depositario de secretos de todo Trachimbrod, y quizá de todo el mundo desde el amanecer de los tiempos. Fue un secreto cuando la llorosa Shanda dejó de llorar. Y fue un secreto cuando las gemelas del Rabino dejaron que el resto de habitantes del *shtetl* creyeran que no vieron nada ni supieron nada de lo que sucedió aquel famoso día, el 18 de marzo de 1791, cuando el carro en el que iba o no iba montado Trachim B se precipitó en las aguas del río Brod.

Yankel recorre la casa cargado con sábanas negras. Envuelve el reloj de pared con la tela negra y el reloj de plata que lleva en el bolsillo con un pañuelo negro. Deja de observar los *Sabbats*, tratando así de olvidar que ha pasado otra semana, y evita el sol porque las sombras, en realidad, también son relojes. *En ocasiones siento tentaciones de golpear a Brod*, piensa para sí, *no porque haya hecho algo malo, sino por lo mucho que la amo*. Lo cual también es un secreto. Cubre la ventana de su dormitorio con negros ropajes. Forra el calendario con papel negro, como si fuera un regalo. Lee el diario de Brod mientras ella se baña. Un nuevo secreto, algo terrible y él lo sabe, pero hay ciertas cosas terribles que un padre tiene derecho a hacer, aunque ni siquiera sea el padre auténtico.

18 de marzo, 1803
... Estoy abrumada. Antes de que acabe el día debo terminar de leer el primer tomo de la biografía de Copérnico, ya que mañana hay que devolverlo al hombre a quien Yankel lo compró. Después tengo que ponerme con los héroes griegos y romanos, y con las historias de la Biblia para intentar hallar significados en ellas, y después —como si el día tuviera tantas horas— están las matemáticas. Me obligo a...

20 de junio, 1803
... «En lo más profundo de su alma, los jóvenes están más solos que los ancianos.» Lo he leído en un libro y no consigo sacármelo de la cabeza. Quizá sea verdad. Quizá no sea verdad. Lo más probable es que tanto jóvenes como ancianos estén solos de maneras distintas, a su manera...

23 de septiembre, 1803

... Esta tarde se me ocurrió pensar que no hay en el mundo nada mejor que escribir este diario. Nunca me malinterpreta y yo nunca lo malinterpreto. Somos como dos amantes perfectos, como una sola persona. A veces me lo llevo a la cama y lo abrazo hasta quedarme dormida. Otras beso sus páginas, una tras otra. De momento, al menos, tendré que conformarme...

Lo cual también es un secreto, por supuesto, porque para Brod su propia vida es un secreto. Al igual que Yankel, repite las cosas hasta convertirlas en ciertas, o hasta que ya es incapaz de distinguir si son ciertas o no. Se ha vuelto una experta en confundir *lo que es* con *lo que era* y *lo que debería ser* con *lo que podría ser*. Evita los espejos y se busca a sí misma con la ayuda de un poderoso telescopio. Lo dirige hacia el cielo, y ve, o al menos eso cree, más allá del azul, más allá del negro, incluso más allá de las estrellas, hasta llegar a un negro distinto y a un azul distinto, en un arco que empieza en la punta de su nariz y acaba en una estrecha casa. Estudia la fachada: observa los lugares en que la madera aparece hundida o resquebrajada, las huellas blancas dejadas por la lluvia que cae por los desagües, y luego observa con atención las ventanas, una por una. A través de la ventana inferior izquierda ve a una mujer fregando un plato con un estropajo. La mujer parece estar cantando para sus adentros, y Brod imagina que esa canción es la misma que le habría cantado su madre antes de acostarla, si no hubiera muerto, sin dolor, de parto, como le contó Yankel. La mujer contempla su reflejo en el plato y lo coloca sobre los otros. Se aparta el pelo de la cara, para que Brod pueda verla, o eso piensa Brod. La mujer tiene demasiada piel para sus huesos y demasiadas arrugas para sus años, como si su rostro fuera un animal independiente, empeñado en un lento descenso desde su cráneo, hasta el día en que se descuelgue de la barbilla y caiga en las manos de la mujer para que lo contemple y diga: *Esta es la cara que he llevado toda la vida.* No hay nada en la ventana inferior derecha, excepto una gran cómoda atestada de libros, papeles y dibujos: dibujos de un hombre y una mujer, de sus hijos, y de los hijos de sus hijos. *¡Qué retratos tan maravillosos!*, piensa ella. *¡Tan pequeños, tan exactos...!* Posa sus ojos en una fotografía en concreto: se ve una niña cogida de la mano de su madre. Están en la playa, o al menos eso parece desde esa distancia. La niña, la pequeña perfecta, mira en otra dirección, como si alguien estuviera componiendo muecas para hacerla sonreír, y la madre —si es que de la madre se trata— mira a la niña. Brod se fija con mayor atención, esta vez en los ojos de la madre. Verdes, supone, y profundos, no muy distintos al río que le ha dado el nombre. *¿Está llorando?*, se pregunta Brod, apoyando la barbilla en el alféizar. *¿O el artista solo intentó retratarla aún más bella?* Porque para Brod, era hermosa. Idéntica a la madre que siempre había imaginado.

Arriba... arriba...

Su mirada se desplaza hacia uno de los dormitorios de la planta superior, donde se encuentra con una cama vacía. La almohada forma un rectángulo perfecto. Las sábanas son suaves como el agua. *Quizá nadie haya dormido nunca en esta cama*, piensa Brod. *O quizá fuera el escenario de un acto inapropiado, y el mismo deseo de ocultar la evidencia creó otra nueva. Aun cuando Lady Macbeth pudiera haber removido ese maldito agujero,*

¿acaso sus manos no habrían quedado rojas de la limpieza? Hay una taza llena de agua en la mesita de noche, y Brod cree ver una ola en su interior.

Izquierda... izquierda...

Otra habitación. ¿Un estudio? ¿La sala de juegos? No sabría decirlo. Se aparta y vuelve a acercarse, como si ese instante de separación le diera una mejor perspectiva, pero la habitación sigue siendo un enigma. Intenta comprenderlo pieza a pieza: un cigarrillo medio consumido, colgando del labio de un cenicero, una toalla húmeda en el alféizar, un pedazo de papel en el escritorio, escrito con una letra parecida a la suya: *Augustine y yo, 21 de febrero de 1943*.

Arriba... arriba...

Pero el ático no tiene ventanas. De manera que Brod mira a través de la pared. No resulta muy difícil, porque las paredes son finas y su telescopio es muy potente. Hay un chico y una chica, tumbados en el suelo, mirando al techo abuhardillado. Observa al chico, que, a esta distancia, parece tener su misma edad. E incluso desde la distancia que les separa, puede ver que lo que está leyendo a su compañera es un ejemplar del *Libro de antecedentes*.

Oh, piensa Brod. *¡Estoy viendo Trachimbrod!*

La boca del chico, las orejas de ella. Sus ojos, su boca, las orejas de ella. La mano del escriba, los ojos del chico, su boca, las orejas de la chica. Traza la cuerda, hacia atrás, hacia el rostro que inspiró al escriba, y hacia los labios del amante y las palmas de las manos de los padres del rostro que inspiró al escriba, y a los labios de sus amantes y las palmas de los padres y las rodillas de los vecinos y enemigos, y a los amantes de los amantes, los padres de los padres, los vecinos de los vecinos, los enemigos de los enemigos, hasta convencerse de que no es solo el chico quien lee a la chica en ese ático, sino que todos están leyendo para ella, leen para ella todos los que han estado vivos alguna vez. Y ella lee con ellos:

LA PRIMERA VIOLACIÓN DE BROD D
La primera violación de Brod D tuvo lugar durante las celebraciones que siguieron a la decimotercera fiesta del *Trachimday*, el 18 de marzo de 1804. Regresaba Brod a su casa de la carroza de flores azules —sobre la que, haciendo gala de sobria belleza, había permanecido tantas horas, saludando con su cola de sirena solo cuando debía, arrojando al río que llevaba su mismo nombre los pesados sacos solo cuando el Rabino se lo indicaba con un gesto—, cuando se le acercó el hacendado loco Sofiowka N, cuyo nombre ha dado nombre a nuestro *shtetl* en mapas y registros del Mormón.

El chico se duerme y la chica apoya la cara en su pecho. Brod quiere leer más, gritar, *¡SEGUID LEYENDO! ¡NECESITO SABER!*, pero ellos no pueden oírla desde tan lejos, y ella, desde tan lejos, no puede pasar la página. Desde tan lejos, la página —su futuro fino como el papel— adquiere un peso infinito.

UN DESFILE, UNA MUERTE, UNA PETICIÓN, 1804-1969

Para cuando cumplió doce años, mi tatara-tatara-tatara-tatarabuela ya había recibido al menos una propuesta de matrimonio de cada uno de los habitantes de Trachimbrod: de hombres que ya tenían esposa, de ancianos decrépitos que discutían en los pórticos sobre cosas que quizá hubieran o no hubieran sucedido décadas atrás; de chicos imberbes, de mujeres barbudas y del fallecido filósofo Pinchas T, quien, en su único escrito notable: «Al polvo: Del hombre vienes y en hombre te convertirás», defendía que era posible, en teoría, invertir el sentido de vida y arte. Ella se esforzaba por sonrojarse, parpadeaba con sus largas pestañas, y decía a todos: *Quizá no. Yankel dice que soy demasiado joven. Pero la oferta es muy tentadora.*

Son tan tontos, volviéndose a Yankel.

Espera a que yo muera, cerrando el libro. *Luego elige a quien quieras. Pero no mientras yo esté vivo.*

No elegiría a ninguno de ellos, besándole en la frente. *No son para mí. Y, además*, riendo, *yo ya tengo al hombre más apuesto de todo Trachimbrod.*

¿Y quién es?, sentándola en su regazo. *Le mataré.*

Rascándole la nariz con su dedo meñique. *Eres tú, tonto.*

Oh, no. ¿Me estás diciendo que debo matarme a mí mismo?

Supongo que sí.

¿No podría ser un poco menos apuesto? Si eso significa poder salvar la vida de mis propias manos. ¿No podría ser un poco feo?

De acuerdo, riendo. *Supongo que tienes la nariz un poco torcida. Y, si se te observa de cerca, esa sonrisa tuya es bastante menos atractiva.*

Ahora eres tú quien me mata, riendo.

Es mejor que matarte tú mismo.

Supongo que tienes razón. Así al menos no tendré que sentirme culpable.

Te estoy haciendo un gran favor.

Y yo te lo agradezco, querida. ¿Cómo podré pagártelo?

Estás muerto. No puedes hacer nada.

Resucitaré solo para saldar esta deuda. Pídeme lo que quieras.

Bueno, en ese caso supongo que tendré que pedirte que me mates. Ahórrame la culpa.

Hecho.

¿No te parece increíble lo afortunados que somos de tenernos el uno al otro?

Fue después de la proposición del hijo del hijo de Bitzl Bitzl —*Lo siento, pero Yankel opina que es mejor que espere*— cuando ella se puso el vestido de Reina del Cortejo para la decimotercera celebración del *Trachimday*. Yankel había oído lo que las mujeres decían de su hija (no era sordo), y había visto cómo los hombres la devoraban con la mirada (no era ciego), pero ayudarla a ponerse el traje de sirena, anudar los lazos en sus huesudos hombros, le hizo olvidar todo lo demás (al fin y al cabo, era humano).

No tienes por qué disfrazarte si no te apetece, le dijo, ayudándola a meter sus delgados brazos en las largas mangas del traje de sirena, que ella misma había ido rediseñando en los últimos ocho años. *No tienes por qué ser la Reina del Cortejo, ya lo sabes.*

Claro que sí, dijo ella. *Soy la chica más guapa de Trachimbrod.*

Creía que no querías ser guapa.

Y no quiero, dijo ella, sacando el collar con la cuenta por encima del traje. *Es una carga muy pesada. Pero ¿qué puedo hacer? Es mi destino.*

Pero no tienes por qué hacerlo, dijo él, escondiendo la cuenta por debajo del vestido. *Podrían elegir a cualquier otra chica. Así darías opción al resto de chicas.*

Eso no sería muy propio de mí.

Pero podrías hacerlo de todos modos.

Ni hablar.

Pero ambos llegamos a la conclusión de que esa ceremonia ritual era una estupidez.

Pero también llegamos a la conclusión de que era una estupidez solo para los que eran ajenos a ella. Y yo soy su centro.

Te prohíbo que vayas, dijo él, sabiendo que eso nunca funcionaría.

Te prohíbo que me prohíbas nada, dijo ella.

Mi prohibición tiene preferencia.

¿Por qué?

Porque soy mayor.

Eso es hablar como un tonto.

Entonces porque yo prohibí primero.
Eso es seguir hablando como un tonto.
Pero si ni siquiera te gusta, dijo él. *Siempre vuelves quejándote.*

Lo sé, dijo ella, ajustándose la cola forrada de lentejuelas azules.

¿Y entonces?
¿Te gusta pensar en mamá?
No.
¿Te duele después?
Sí.
¿Y entonces por qué sigues haciéndolo?, preguntó. ¿Y por qué, se preguntó al recordar la descripción de su violación, seguimos adelante con esto?

Yankel se perdió en sus pensamientos, tratando inútilmente de hallar una respuesta.

Cuando se te ocurra una respuesta aceptable, abdicaré del trono. Ella le dio un beso en la frente y salió de la casa, camino del río que llevaba su nombre.

Él se apostó en la ventana y esperó.

Esa tarde de primavera de 1804 doseles de finas cuerdas blancas recorrían las estrechas y sucias arterias de Trachimbrod, exactamente igual que lo habían hecho en las trece celebraciones previas del *Trachimday*. Fue Bitzl Bitzl quien tuvo la idea de conmemorar la negativa del carro a salir a la superficie. Un extremo de cuerda blanca atado a la botella de vermut rancio medio vacía que había en el alcoholizado suelo de la chabola del borracho Omeler S, y el otro al deslustrado candelabro de plata que reposaba en la mesa de la casa de ladrillos que el Tolerable Rabino poseía al otro lado de la fangosa calle Shelister; una especie de tendido de fina cuerda blanca partía del poste trasero izquierdo de la cama de la puta del tercer piso hasta llegar al frío aldabón cobrizo del depósito de hielo del sótano donde el gentil Kerman K tenía su taller de embalsamador; cuerda blanca que conectaba al carnicero con el casamentero por encima del inmóvil (sin aliento debido a los nervios de la espera) curso del río Brod; cuerda blanca uniendo al carpintero con el modelador de cera y la comadrona, trazando un triángulo escaleno por encima de la fuente de la sirena postrada, en el centro de la plaza del *shtetl*.

Los jóvenes más fuertes se alineaban en la orilla mientras el desfile de barcos procedente de las pequeñas cascadas llegaba hasta los puestos de juguetes y confites situados cerca de la placa que señalaba el lugar donde el carro, con su conductor a bordo o no, saltó por los aires y se hundió:

ESTA PLACA SEÑALA EL LUGAR
(O UN LUGAR CERCANO AL LUGAR)
DESDE DONDE EL CARRO DE UN TAL
TRACHIM B
(CREEMOS)
CAYÓ AL AGUA
Proclama del shtetl, *1791*

La primera carroza que pasó por delante de la ventana del Tolerable Rabino, desde donde el anciano debía dirigirle el necesario gesto de asentimiento, fue la que procedía de Kolki. Estaba adornada con miles de mariposas de tonos rojos y naranjas, que flotaban por la carroza como copos de nieve gracias al conjunto de cadáveres de animales que las sujetaban desde abajo. Un chico pelirrojo, vestido con pantalones de color naranja y una camisa larga, se mantenía en el podio de madera, inmóvil como una estatua. Sobre él, podía leerse un cartel que decía: ¡EL PUEBLO DE KOLKI DESEA UNIRSE A LA CELEBRACIÓN DE SUS VECINOS DE TRACHIMBROD! Con el tiempo, cuando los que entonces eran niños se hicieron mayores y se sentaron en los desmoronados portales provistos de acuarelas, la imagen de ese chico sería objeto de muchos cuadros. Pero entonces todos lo ignoraban, tanto él como los demás, de la misma forma que nadie sabía que un día yo escribiría sobre ello.

La siguiente era la carroza de Rovno, cubierta de extremo a extremo de mariposas verdes. Luego sería el turno de las de Lutsk, Sarny, Kivertsy, Sokeretchy y Kovel. Todas iban cubiertas por cientos de mariposas de colores atadas a sangrientos cadáveres: marrones, violetas, amarillas, rosas, blancas. La multitud que contemplaba el desfile aullaba con tanta emoción y tan poca humanidad que se creó en el aire un impenetrable muro de ruido, un gemido perenne tan insidioso y constante que alguien podría haberlo confundido con el silencio.

La carroza de Trachimbrod iba cubierta de mariposas azules. Brod se sentaba sobre la plataforma central, rodeada por las jóvenes princesas del *shtetl*, que, vestidas de encaje azul, sacudían los brazos como olas. En la parte delantera de la carroza un cuarteto de violinistas tocaba canciones populares polacas, mientras que en la trasera un cuarteto diferente entonaba temas ucranianos, y la mezcla de ambos producía una tercera y disonante melodía solo audible para Brod y su séquito de princesas. Yankel observaba la escena desde la ventana, palpando con los dedos la cuenta que parecía haber ganado todo el peso que él había perdido en los últimos sesenta años.

Cuando la carroza de Trachimbrod llegó a los puestos de juguetes y dulces, el Tolerable Rabino movió la cabeza para indicar a Brod que había llegado el momento de lanzar los sacos al agua. *Arriba... arriba...* El arco que dibujó la mirada colectiva —desde la mano de Brod hasta el lecho del río— fue lo único que existió en ese momento: un singular e indeleble arcoíris. *Abajo... abajo...* El Tolerable Rabino se aseguró de que los sacos habían tocado fondo para —con otro de sus dramáticos asentimientos de cabeza— dar la señal que autorizaría a los hombres a sumergirse en su busca.

El tremendo chapoteo hacía imposible ver lo que sucedía en el río. Las mujeres y los niños animaban a los hombres, mientras estos, con similar ardor, remaban con sus brazos, agarrándose y tirando unos de otros con el fin de ganar ventaja. Salían a la superficie en oleadas, a veces con bolsas en las manos o entre los dientes, y luego volvían a sumergirse con todo el vigor que eran capaces de reunir. El agua brincaba, los árboles abrían sus ramas expectantes, el cielo fue vistiéndose lentamente de azul marino para dar paso a la noche.

Y entonces:

¡Ya lo tengo!, gritó un hombre desde el extremo más lejano del río. *¡Ya lo tengo!* Los otros buceadores suspiraron decepcionados y fueron nadando hacia la orilla o se quedaron flotando mientras maldecían la suerte del ganador. Mi tatara-tatara-tatara-tatarabuelo alcanzó la orilla, y lanzó el saco dorado por encima de su cabeza. Una gran multitud le rodeaba cuando cayó de rodillas y vació el contenido sobre el barro. Dieciocho monedas de oro. Medio año de sueldo.

¿CÓMO TE LLAMAS?, preguntó el Tolerable Rabino.

Me llamo Shalom, dijo él. *Soy de Kolki.*

¡HA GANADO EL DE KOLKI!, proclamó el Rabino, perdiendo el *yarmulke* con los nervios.

Mientras la orquesta de grillos coreaba la oscuridad, Brod permaneció en la carroza para ver el inicio de la fiesta sin que los hombres la molestaran. Los participantes del desfile y los músicos del *shtetl* ya estaban borrachos: abrazándose, dándose la mano, hurgándose con los dedos, recolocando los muslos, todos pensando solo en ella. Los doseles de cuerdas comenzaban a colgar (los pájaros se habían posado en el centro, y el viento no había parado de soplar arqueándolas como olas), y las princesas habían corrido a la orilla para observar de cerca el oro y a los jóvenes visitantes.

Primero llegó la niebla, y después la lluvia, tan lenta que uno podía seguir con la mirada la caída de cada gota. Los hombres y mujeres prosiguieron con su alegre danza al compás de la música que las bandas derramaban por las calles. Las niñas cazaban luciérnagas con redes de estopilla. Pelaban los bulbos y se pintaban los párpados con el líquido fosforescente. Los niños aplastaban hormigas con los dedos, sin saber por qué.

La lluvia arreció, y los vecinos bebieron vodka y cerveza casera hasta marearse. La gente hacía el amor, con furia y avidez, en los oscuros rincones que separaban las casas y bajo las cuerdas que colgaban de los sauces llorones. Las parejas se tumbaban a la orilla del río, arañándose la espalda con las conchas, ramas y guijarros que viajaban en las aguas bajas. Se revolcaban sobre la hierba: muchachos de latón impulsados por la lujuria, muchachas de jade menos húmedas que el aliento sobre el cristal, chicos vírgenes moviéndose como ciegos, viudas con los velos alzados abriéndose de piernas y rogando a... ¿a quién?

Desde el espacio, cuando los astronautas ven a gente haciendo el amor, lo que perciben es un diminuto rayo de luz. No es luz exactamente, sino un resplandor que podría confundirse con ella: un brillo coital que, como si de miel se tratara, tarda generaciones en penetrar en la oscuridad de los ojos del astronauta.

Un siglo y medio después —cuando los amantes que provocaron ese brillo lleven ya años tumbados para siempre—, las metrópolis podrán ser vistas desde el espacio. Brillarán todo el año. Será difícil, pero posible, ver las ciudades más pequeñas. Los *shtetls* serán virtualmente indistinguibles. Las parejas de individuos, absolutamente invisibles.

La luz nace de la suma de cientos de amantes: recién casados y adolescentes que echan chispas, parejas de hombres que se consumen con un brillo fugaz, parejas de mujeres que mantienen durante horas un tenue resplandor, orgías que arden como hogueras, parejas estériles que queman sus frustraciones provocando un destello cegador, como el que permanece en las pupilas cuando apartas los ojos de una potente luz.

Algunas noches, ciertos lugares brillan un poco más. Es difícil soportar la visión de Nueva York el día de San Valentín, o de Dublín en San Patricio. La antigua ciudad amurallada de Jerusalén se enciende como una vela cada una de las ocho noches de *Chanukah*. *Trachimday* es el único momento del año en que el diminuto pueblo de Trachimbrod resulta visible desde el espacio, el único en que se genera suficiente voltaje copulativo como para electrificar de sexo los cielos polaco-ucranianos. *Estamos aquí*, dirá el resplandor de 1804 en un siglo y medio. *Estamos aquí, y estamos vivos.*

Pero Brod no era uno de esos puntos de luz, ni su

carroza formaba parte de aquel destello colectivo. Descendió al suelo, con las costillas llenas como canales del agua de lluvia, y caminó por la línea de errores judío-humana en dirección a su casa, donde el ruido y la juerga podrían ser observados a distancia. Las mujeres la insultaron y los hombres se aprovecharon de sus borracheras para saltar sobre ella, para restregarse contra su cuerpo y acercar sus rostros hasta poder olerla o besarle la mejilla.

¡Brod, eres una sucia niña de río!
¡Dame la mano, Brod!
Tu padre es un canalla, Brod.
Venga, tú puedes hacerlo. Solo un gemido de placer.

No les hizo el menor caso. Ni a quienes escupían a su paso, ni a quienes le pellizcaban el trasero. Ni a quienes la insultaban, ni a quienes la besaban, ni a quienes la insultaban con sus besos. Ni siquiera a quienes la hicieron mujer, tal y como había aprendido a no hacer caso de nada en el mundo que no fuera eterno.

¡Yankel!, dijo, abriendo la puerta. *¡Yankel, estoy en casa! Subamos al tejado, a ver el baile y a comer piña con las manos.*

Cruzó el vestíbulo y la cocina, con la cojera propia de un hombre seis veces mayor, sacándose el traje de sirena, y fue hasta el dormitorio en busca de su padre. La casa estaba impregnada de un olor húmedo y putrefacto, como si alguien hubiera dejado una ventana abierta para que entraran todos los fantasmas de la Europa oriental. Pero era el agua la que había penetrado por las rendijas de las piedras, como aire entre los dientes en una boca cerrada. Y el hedor a muerte.

¡Yankel!, gritó, zafándose de la cola de sirena que le cubría las delgadas piernas y revelando el ovillo prieto

que dibujaba su vello púbico, todavía lo bastante joven como para trazar un afilado triángulo.

En el exterior: labios sobre labios en el heno de los establos, dedos sobre muslos sobre labios sobre pantorrillas en las alfombras de patios ajenos, todos pensando en Brod, todos pensando solo en Brod.

¿Yankel? ¿Estás en casa?, gritó de nuevo, caminando desnuda de habitación en habitación, los pezones duros y amoratados por el frío, la piel pálida y estremecida, las pestañas sosteniendo perlas de agua de lluvia.

En el exterior: manos callosas sobando pechos. Botones desabrochados. Frases convertidas en palabras y luego en jadeos y luego en gemidos y luego en gruñidos y luego en luz.

¿Yankel? Dijiste que subiríamos al tejado a ver el espectáculo.

Le encontró en la biblioteca. Pero no estaba dormido en su butaca favorita, como ella sospechaba, con las alas de un libro a medio leer abiertas sobre su pecho. Estaba en el suelo, en posición fetal, estrujando una bola de papel. Por lo demás la habitación seguía en perfecto orden. Él había intentado no tocar nada desde que sintió el primer fogonazo de calor en el cráneo. Contempló incómodo cómo le cedían las piernas, y le invadió una sensación de profunda vergüenza cuando comprendió que moriría en el suelo, solo en la magnitud de su dolor, cuando comprendió que moriría sin poder contar a Brod lo hermosa que estaba ese día y el corazón tan grande que tenía (algo mucho más importante que tener un buen cerebro), y que él no era su verdadero padre, pero que deseaba serlo, cada día y cada noche de su vida; sin poder explicarle el sueño de la vida eterna con ella, de morir con ella o de no morir nunca. Murió con una mano aferrada a la arrugada hoja de papel y la otra acariciando la cuenta de ábaco.

El agua se coló entre las piedras como si la casa fuera una caverna. La autobiografía de Yankel escrita en lápiz de labios fue cayendo del techo de su dormitorio, cubriendo el suelo y el lecho de copos de nieve roja. *Tú eres Yankel... Tú amas a Brod... Eres un Oblicuo... Estuviste casado, pero ella te abandonó... No crees en la otra vida...* Brod temió que su mar de lágrimas derribara las paredes de la vieja casa, de manera que las desterró tras los ojos, exiliándolas a un lugar más profundo, más seguro.

Cogió el papel de la mano de Yankel, húmeda de la lluvia, del miedo a morir y de la muerte. Garabateado con una letra infantil pudo leer: *Todo por Brod.*

El reflejo fugaz de un relámpago iluminó al Kolker en la ventana. Era fuerte, con pobladas cejas que hacían resaltar los ojos color corteza de arce. Brod le había visto cuando emergió a la superficie del río con las monedas, cuando las esparció sobre la orilla como un vómito dorado procedente de la boca del saco, pero en aquel momento apenas le había prestado atención.

¡Márchate!, le gritó, cubriéndose con los brazos el pecho desnudo y volviéndose hacia Yankel, protegiendo sus cuerpos de la mirada del Kolker. Pero no se fue.

¡Márchate!

No me iré sin ti, le gritó él a través de la ventana.

¡Márchate! ¡Márchate!

No sin ti. La lluvia le goteaba los labios.

¡Me mataré!, exclamó ella.

Entonces me llevaré tu cuerpo, respondió él con las palmas de las manos apoyadas sobre el cristal.

¡Márchate!

¡No!

Un espasmo sacudió el cuerpo de Yankel, y el movimiento golpeó la lámpara de aceite, que cayó al suelo dejando la estancia completamente a oscuras. Sus mejillas se estiraron esbozando una sonrisa férrea, revelando su satisfacción a las sombras prohibidas. Brod dejó que los brazos le cayeran a los lados y se volvió hacia el rostro de mi tatara-tatara-tatara-tatarabuelo.

Entonces hay algo que debes hacer por mí, dijo ella. Y su vientre se encendió como el foco de una luciérnaga, con un brillo mayor que el de cien mil vírgenes haciendo por primera vez el amor.

¡Fen acá!, grita mi abuela a mi madre. *¡Rrrápido!* Mi madre tiene veintiún años. La misma edad que yo cuando escribo estas palabras. Ella no se ha ido de casa, asiste a la escuela nocturna, tiene tres empleos, quiere encontrar a mi padre y casarse con él, quiere crear y amar y cantar y morir por mí muchas veces cada día. *¡Echa un fistazo!*, dice mi abuela ante el resplandor que sale de la pantalla del televisor. *Mirra...* Coge a mi madre de la mano y siente su propio flujo de sangre corriendo por las venas, y la sangre de mi abuelo (que murió solo cinco semanas después de llegar a Estados Unidos, solo medio año antes de que naciera mi madre), y la sangre de mi madre, y mi sangre, y la sangre de mis hijos y de mis nietos. Un crujido: *Es un pequeño paso para un hombre...* Ambas observan el mármol azul que flota en el vacío, esa bienvenida desde tan lejos. Mi abuela, con voz temblorosa, dice: *A tu patre le hafría encantado fer essto*. El mármol azul deja paso a un presentador, que se ha quitado las gafas y está frotándose

los ojos. *Señoras y caballeros, esta noche América ha puesto a un hombre en la luna.* Mi abuela hace esfuerzos para mantenerse sobre sus pies —viejos, ya en aquel entonces—, y dice, con diferentes clases de lágrimas en los ojos: *¡Ess majníjico!* Besa a mi madre, oculta las manos en sus cabellos y repite: *¡Ess majníjico!* Mi madre también llora, con lágrimas únicas. Lloran juntas, con las mejillas pegadas. Y ninguna de las dos oye cómo el astronauta dice en un susurro: *Veo algo,* mientras contempla sobre el horizonte lunar la diminuta aldea de Trachimbrod. *Definitivamente, hay algo allí.*

28 de octubre de 1997

Querido Jonathan:

Me estremecí de alegría al recibo de tu carta. Siempre eres tan veloz en escribirme. Esto te será muy lucrativo cuando seas un auténtico escritor y no un aprendiz. *Mazel tov!*

El Abuelo me ordenó que te agradeciera la fotografía duplicada. Fue muy abnegado por tu parte enviarla y no demandarle nada de dinero a cambio. En verdad, él no posee demasiado. Estaba seguro de que Padre no le había dispersado nada por el viaje, porque el Abuelo a menudo menciona que no tiene dinero, y yo sé muy muy bien cómo resuelve Padre estas cosas. Esto me hizo sentir muy airado (no fastidiado o con los nervios crispados, ya sé que me has informado de que tengo la tendencia a sobreusar ambas palabras de forma no adecuada), y fui hacia Padre. Él me gritó: «INTENTÉ DISPERSARLE EL DINERO AL ABUELO, PERO NO QUISO

RECIBIRLO». Yo le dije que no le creía y él me empujó y me ordenó que interrogara al Abuelo sobre el tema, pero no puedo hacerlo, claro. Mientras yo estaba en el suelo, él me dijo que no lo sé todo, como creo que sé. (Pero te diré la verdad, Jonathan, yo no creo saberlo todo.) Esto me hizo sentir como un *schmendrik* por recibir el dinero. Pero estaba constreñido a aceptarlo, porque como yo ya te he informado, tengo el sueño de cambiar de domicilio a América. El Abuelo no tiene sueños de estos, así que no necesita el dinero. Entonces me enojé mucho con el Abuelo porque, ¿qué hacía imposible que recibiera el dinero de Padre y luego me lo diera a mí?

Consérvame el secreto, pero guardo todas mis reservas de dinero en una caja de galletas de la cocina. Es un lugar a prueba de registros porque han pasado diez años desde la última vez que Madre produjera una galleta. Razono que cuando la caja de galletas esté llena, yo tendré suficiente cantidad como para cambiar de domicilio a América. Estoy siendo cautelar, porque deseo estar seguro de tener suficiente dinero para adquirir un lujoso apartamento en Times Square lo bastante ingente para mí y para Pequeño Igor. Tendremos un gran televisor de pantalla aplastada para ver el baloncesto, un jacuzzi, y un aparato de alta fidelidad, y escribiremos a casa para contarlo, aunque supongo que ya estaremos en casa. Pequeño Igor viene conmigo, por supuesto, pase lo que pase.

Me ha parecido que no tenías muchas discusiones a la última porción que te envié. Pido permiso si te enojó por algo, pero lo que yo quería era ser humorístico y sincero, como me advertiste. ¿Crees que yo soy una persona humorística? Quiero decir humorístico con intención, no humorístico porque hago tonterías. Madre me dijo un día que yo era humorístico, pero eso fue cuando le pedí que me adquiriera un Ferrari Testarossa para mi uso y disfrute. No deseando ser objeto de humor en ningún otro sentido, reduje mi oferta a unos tapacubos.

He aplicado los escasos cambios que me enviaste. Alteré el retazo sobre el hotel de Lutsk. Ahora solo pagas una vez. «¡No dejaré que me traten como a un ciudadano de segunda fila!», replicas al propietario del hotel, y, mientras, yo exhalo a todo volumen que no eres un ciudadano de segunda, tercera o cuarta clase. Suena muy potente. El propietario dice: «Tú ganas, tú ganas. Intenté tomarte el pelo (¿qué significa tomarte el pelo?), pero tú ganas. Pagarás lo que te corresponde». Ahora es una escena excelente. He considerado hacerte hablar ucraniano para que puedas tener más escenas como esta, pero eso me convertiría en una persona inútil, porque si tú hablaras ucraniano tendrías necesidad de un chófer pero no de un traductor. He reflexionado acerca de exterminar al Abuelo de la historia, y así yo sería el conductor, pero si algún día llega a percibirlo se sentiría herido, estoy seguro, y ninguno de nosotros desea eso, ¿no? Adicionalmente, no tengo carnet de conducir.

Finalmente, he alterado el retazo en que Sammy Davis, Junior, Junior exhibe su cariño hacia ti. Te ~~reiteralizo~~ reitero, o repito (gracias de nuevo, Jonathan), que no creo que la solución más adecuada sea amputarla de la historia, o hacer que «muera en un accidente tragicómico al cruzar la calle en dirección al hotel», como me advertiste. Para complacerte modifiqué la escena para que vosotros dos aparezcáis más como amigos y menos como amantes o nemesises. Por ejemplo, ella ya no rota para hacer un sesenta y nueve contigo. Es meramente una paja.

Es muy difícil para mí escribir sobre el Abuelo, exactamente igual que tú dijiste que era difícil para ti escribir sobre tu abuela. Deseo saber más cosas de ella, si eso no te angustia. Eso me haría menos rígido hablarte del Abuelo. No le has iluminado nuestro viaje, ¿no? Estoy seguro de que me lo habrías explicado si lo hubieras hecho. Sabes cuáles son mis pensamientos al respecto.

En cuanto al Abuelo, él siempre se pone peor. Cuando creo que está más peor, se pone mucho más peor aún. Algo debe ocurrirle. Le he visionado llorando tres veces esta semana, todas muy tarde por la noche, cuando yo volvía de desplomarme en la playa. Te diré (porque eres la única persona a quien tengo para decirlo) que ocasionalmente le *kagebeo* desde el rincón que hay entre la cocina y la sala de la televisión. La primera noche que le presencié llorando estaba escarbando una vieja bolsa de cuero, rebosante con muchas fotos y trozos de papel, como las de la casa de Augustine. Las fotografías eran amarillas, y también lo eran los papeles. Estoy convencido de que estaba teniendo recuerdos de cuando era solo un chico y no un viejo. La segunda noche que lloró tenía la fotografía de Augustine en las manos. En la televisión exhibían el pronóstico del tiempo, pero era tan tarde que solo aparecía un mapa del planeta Tierra, sin nada de agua. «Augustine —oí que decía—. Augustine», aunque no entendí por qué.

Pequeño Igor quiere que te diga hola de parte de él. No te conoce, claro, pero le he informado mucho de ti. Le informé sobre lo divertido que eras, y lo inteligente, y también de que hablamos tanto de temas decisivos como de pedos. Incluso le informé sobre cuando hiciste bolsas de suciedad cuando estábamos en Trachimbrod. Todo lo que puedo recordar de ti se lo he informado a él, porque quiero que te conozca y porque esto me hace sentir que estás cerca y no tan remoto. Tú te reirás, pero le exhibí una de las fotografías de las dos que tú me enviaste. Es un buen chico, incluso mejor que yo, y todavía tiene la oportunidad de ser un muy buen hombre. Estoy convencido de que le apreciarías.

Padre y Madre perseveran como siempre, pero más humildes. Madre ha dejado de cocinar la cena a Padre para castigarle porque nunca viene a casa a cenar. Quería enojarle, pero a él no le importa una mierda (¿se dice así?, ¿no le importa una mierda?), porque nunca viene a casa a cenar. Él come con sus amigos muy a menudo, en restaurantes, y también bebe vodka en clubes, pero no en clubes famosos. Estoy seguro de que Padre posee más amigos que el resto de mi familia sumada. Cuando llega a casa por la noche, derriba muchas cosas. Somos yo y Pequeño Igor los que limpiamos y regresamos las cosas a sus ubicaciones correctas. (Yo conservo a Pequeño Igor a mi lado en estas ocasiones.) La lámpara va aquí. El teléfono va aquí. El plato va aquí. El cuadro colgante va aquí. (Cuando Pequeño Igor y yo tengamos nuestro propio apartamento, lo conservaremos todo exclusivamente limpio. Ni siquiera una voluta de polvo.) Para ser sincero, no es que eche de menos a Padre cuando está fuera. Podría perseverar con sus amigos, cada noche y yo estaría contento. Te informaré de que él despertó a Pequeño Igor anoche, cuando volvió a casa de *vodkear* con sus amigos. Es culpa mía, porque no insistí en que Pequeño Igor exhalara zetas conmigo, como hace ahora. ¿Se suponía que debía falsificar que dormía? ¿Y Madre? Yo estaba en mi cama en ese momento, y es una cosa cósmica, porque en ese momento estaba leyendo la sección de la muerte de Yankel. «Todo por Brod», escribe él, y yo pensé: «Todo por Pequeño Igor».

En cuanto a tu última porción, he estado muy desanimado por Brod. Es una buena persona en un mundo malo. Todos le mienten. Incluso su padre, que no es su verdadero padre. Ambos conservan secretos uno de otro. Pensé en esto cuando decías que Brod «no podía ser feliz y sincera al mismo tiempo». ¿Lo sientes así?

Comprendo lo que escribes cuando escribes que Brod no ama a Yankel. Esto no significa que ella no sienta cantidades por él, o que no se ponga melancólica cuando él fallezca. Es otra cosa. El amor, en tu novela, es la inmutabilidad de la verdad. Brod no es sincera con nada. Ni con Yankel ni con ella misma. Todo está a un mundo de distancia del mundo real. ¿Esto posee sentido? Si estoy sonando como un pensador, es un homenaje a tu novela.

Esta última parte que me diste, la del *Trachimday*, era ciertamente la más completa. Permanezco sin nada que pronunciar al respecto. Cuando Brod pregunta a Yankel por qué piensa en su madre aunque esto le duela y él dice que no sabe por qué, es un momento decisivo. ¿Por qué lo hacemos? ¿Por qué las cosas malas tienen tanto electromagnetismo? Por lo que confiere a la parte con el sexo luminoso, debo decirte que eso ya lo he visto antes. Una vez, follando con una chica, vi un pequeño destello entre sus nalgas. Tengo una liviana idea de cuántos hacen falta para ser vistos desde el espacio. En la última parte, tengo una sugerencia que quizá deberías poner un cosmonauta ruso en lugar del señor Armstrong. Prueba con Yuri Alekseyévich Gagarin, quien en 1961 se convirtió en el primer ser humano que realizó un vuelo orbital espacial.

Para terminar, si posees artículos o revistas, estaría muy feliz de que me las enviaras. A cobro invertido, claro. Quiero decir artículos sobre América, ya sabes. Artículos sobre deportes americanos, o películas americanas, o chicas americanas, por supuesto, o escuelas de contabilidad americanas. No te diré nada más. No sé cuánto más de tu novela existe en este momento, pero demando verla. También estoy deseoso de saber qué pasa con Brod y el Kolker. ¿Ella le amará? Di que sí. Espero que digas que sí. Esto será una prueba para mí. Además, quizá pueda ayudarte a medida que escribas más. Pero no estés angustiado. No requeriré que mi nombre se exhiba en la cubierta. Puedes fingir que la novela es solo tuya.

Por favor, di hola a tu familia de mi parte, excepto a tu abuela, claro, porque no es consciente de que yo existo. Si deseas informarme de cualquier cosa sobre tu familia, estaría embelesado de escuchar. Por ejemplo, infórmame más sobre tu hermano minúsculo, al que sé que quieres como yo a Pequeño Igor. Por otro ejemplo, infórmame acerca de tus padres. Madre preguntó ayer por ti. Dijo: «¿Y qué ha sido del fastidioso Judío?». La informé de que no eras fastidioso, sino una buena persona, y que no eres un Judío con una J tamaño grande, sino un judío, como Albert Einstein o Jerry Seinfeld.

Se me hace la boca capuchino ante tu próxima carta y la consiguiente porción de tu novela. Mientras tanto, yo espero que aprecies la próxima porción que te envío. Por favor, apréciala.

Con todo mi candor,
Alexander

LA MUY RÍGIDA BÚSQUEDA

La alarma repicó a las seis de la mañana, pero fue totalmente irrelevante, porque el Abuelo y yo no habíamos exhalado ni una sola zeta entre los dos. «Ve a por el judío —dijo el Abuelo—. Yo me entretendré abajo.» «¿Y el desayuno?», pregunté. «Descendamos al restaurante a tomar el desayuno. Después vas a por el judío.» «¿Y su desayuno?» «No tendrán nada sin carne, así que es mejor no ponerle incómodo.» «Eres listo», le dije.

Fuimos muy circunspectos a la hora de abandonar la habitación para no producir el menor ruido. No queríamos que el héroe supiera que estábamos comiendo. Cuando llegamos al restaurante, el Abuelo dijo: «Come mucho. Será un día largo, y ¿quién sabe cuándo volveremos a comer?». Por esta razón ordené tres desayunos para los dos, y comí ingentes montones de salchichas, que es una comida que me encanta. Cuando terminamos, adquirimos chicle a la camarera para que el héroe no descubriera remanentes aromáticos del desayuno en nuestras bocas. «Ve a por el judío —dijo el abuelo—. Yo me entretendré pacientemente en el coche.»

Estoy seguro de que el héroe no reposaba, porque antes de llamar por segunda vez, él descerró la puerta. Ya estaba ataviado, y vi que llevaba la riñonera puesta. «Sammy Davis, Junior, Junior se ha comido todos mis documentos.» «No es posible», dije, aunque en verdad sabía que sí era posible. «Los dejé en la mesita de noche cuando me acosté, y esta mañana, al levantarme, los estaba devorando. Esto es todo lo que he conseguido salvar.» Exhibió un pasaporte medio mordido y varios trozos de mapas. «¡La foto!», dije yo. «Está bien. Tengo muchas copias. Solo había acabado con un par cuando la descubrí.» «Estoy ultradesolado.» «Lo que me extraña —dijo él— es que cuando cerré la puerta antes de acostarme ella no estaba en la habitación.» «Es una perra muy lista.» «Debe de serlo», dijo, usando su visión de rayos X conmigo. «Es tan lista porque es judía», dije adicionalmente. «Bueno, tenemos que agradecerle que no se comiera mis gafas.» «Ella nunca se comería tus gafas.» «Se ha comido mi carnet de conducir. Se ha comido mi tarjeta de estudiante, mi tarjeta de crédito, un paquete de cigarrillos, parte de mi dinero...» «Pero ella nunca se comería tus gafas. No es una bestia.»

«Oye —me dijo—, ¿qué te parece si desayunamos un poco?» «¿Qué?» «Desayuno», dijo, poniéndose las manos sobre el estómago. «No —dije yo—, creo que sería superior si comenzáramos la búsqueda. Queremos buscar tanto como sea posible mientras todavía sea día.» «Pero si solo son las 6.30.» «Sí, pero no serán las 6.30 para siempre. Mira —dije, señalando mi reloj, que es un Rolex búlgaro—, ya son las 6.31. Estamos dispersando el tiempo.» «¿Quizá algo rápido?», dijo. «¿Qué?» «Lo que sea. Estoy muerto de hambre.» «Esto no puede negociarse. Creo que es mejor...» «Seguro que tenemos un par de minutos. ¿A qué te huele el aliento?» «De acuerdo, tómate un mokaccino en el restaurante de abajo. Fin de la conversación, e intenta tragarlo rápido.» Fue a decir algo, y yo puse mis dedos en los labios. Esto significaba: ¡CÁLLATE!

«¿Más desayunó?», preguntó la camarera. Ella dice: «Buenos días, ¿le apetece un mokaccino?». «Ah —dijo él—. Dile que sí. Y algo para comer, una tostada, galletas...» «Es americano», dije yo. «Ya lo sé —dijo ella—, tengo ojos.» «Pero no come carne, así que dale solo un mokaccino.» «¡No come carne!» «Exceso de fluidez intestinal», dije, porque no quería avergonzarle. «¿Qué le está contando?» «Le digo que no lo haga muy aguado.» «Bien. Lo odio aguado.» «Así que solo un mokaccino será suficiente», dije a la camarera, que era una chica muy guapa, con más pechos de los que había visto nunca. «No tenemos.» «¿Qué dice?», preguntó el héroe. «Entonces dale un capuchino.» «Tampoco tenemos.» «¿Qué te dice ahora?» «Ella dice que hoy los mokaccinos son especiales, porque son de café.» «¿Cómo?» «¿Te gustaría hacer Patinaje Eléctrico conmigo en la discoteca esta noche?», pregunté a la camarera. «¿Vendrás con el americano?», preguntó ella. ¡Ah, eso me cayó como un frío chorro de agua! «Es judío», dije, y sé que no debería haberlo expresado, pero estaba empezando a sentirme muy mal conmigo mismo. El problema es que me sentí más mal después de expresarlo. «Vaya —dijo ella—. No había conocido a un judío en mi vida. ¿Puedo ver los cuernos?» (Jonathan, es posible que pienses que no inquirió esto, pero lo hizo. Sin duda, tú no tienes cuernos, así que le dije que atendiera a sus asuntos y trajera un café para el judío y dos raciones de salchicha para la perra, porque ¿quién podía asegurar cuándo comería de nuevo?)

Cuando llegó el café, el héroe bebió solo una diminuta cantidad. «Está asqueroso», dijo. Es una cosa no comer carne, y es otra cosa que deje al Abuelo entreteniéndose dormido en el coche, pero es aún otra cosa calumniar nuestro café. «¡TE BEBERÁS EL CAFÉ HASTA QUE PUEDA VER MI CARA EN EL FONDO DE LA TAZA!» No pretendía gruñir. «Pero si es una taza de cerámica.» «¡NO ME IMPORTA!» Se acabó el café. «No tenías que terminarlo», dije, porque percibí que sus huevos volvían a viajar hacia su corbata. «Ya está», dijo él, dejando la taza sobre la mesa. «Era un café espléndido. Aromático. Delicioso. Estoy anonadado.» «¿Qué?» «Que podemos irnos cuando quieras.» Capullo, pensé. Gran capullo.

Invertimos varios minutos en recobrar al Abuelo de su sueño. Se había encerrado dentro del coche y todas las ventanas estaban selladas. Tuve que golpear el cristal con mucha violencia para hacerle resucitar. Me sorprendió que el cristal no se fracturara. Cuando el Abuelo abrió finalmente los ojos, no sabía dónde estaba. «¿Anna?» «No, Abuelo —dije yo a través de la ventana—. Soy yo, Sasha.» Cerró las manos y también los ojos. «Pensé que eras otra persona.» Tocó el volante con la cabeza. «Debemos irnos —dije a través de la ventana—. ¿Abuelo?» Exhaló un gran aliento y abrió las puertas.

«¿Cómo se llega hasta allí?» El Abuelo lo inquirió mientras me sentaba en el asiento delantero, porque cuando estoy en un coche siempre me siento en el asiento delantero, a menos que el coche sea una motocicleta, porque no sé cómo operar una motocicleta, aunque lo sabré muy pronto. El héroe estaba en el asiento de atrás con Sammy Davis, Junior, Junior, cada uno atendiendo a sus propios asuntos: héroe mordiendo uñas, perra mordiendo rabo. «No lo sé», dije yo. «Pregunta al judío», ordenó, así que eso hice. «No lo sé», dijo él. «No lo sabe.» «¿Qué quieres decir que no lo sabe? —dijo el Abuelo—. Estamos en el coche. Tenemos que avanzar en el viaje. ¿Cómo puede no saberlo?» Su voz tenía ahora más volumen, y esto asustó a Sammy Davis, Junior, Junior, haciéndola ladrar. GUAU. Yo pregunté al héroe: «¿Qué quieres decir con que no sabes?» «Te conté todo lo que sabía. Se suponía que eras tú quien conocía el país. He pagado por un guía oficial titulado de Turismo Ancestral, ¿recuerdas?» El Abuelo golpeó la bocina y la hizo sonar. MEC. «¡El Abuelo tiene el título oficial!», le informé, GUAU, lo cual era sinceramente sincero, aunque su titulación oficial era para conducir un automóvil, no para encontrar historia extraviada. MEC. «Por favor», dije al Abuelo. GUAU. MEC. «¡Por favor! ¡Estáis poniendo la cosa muy rígida!» ¡MEC! ¡GUAU! «Cállate —dijo él—, ¡y haz callar a la perra y al judío!» ¡GUAU! «Por favor.» ¡MEC! «¿Estás seguro de que tiene el título?» «Por supuesto», dije yo. ¡MEC! «No te falsificaría.» ¡GUAU! «Haz algo —dije al Abuelo. ¡MEC!—. ¡Eso no!», dije con volumen. ¡GUAU! Comenzó a conducir el automóvil, poniendo en práctica su titulación oficial. «¿Adónde vamos?» La pregunta fue exhalada por la boca del héroe y por la mía al mismo tiempo. «¡SILENCIO!», dijo el Abuelo. El héroe lo entendió sin necesidad de traducción.

Nos condujo hasta una tienda de gasolina que habíamos pasado de camino al hotel la noche anterior, y arrestamos el coche delante de la máquina de gasolina. Un hombre se acercó a la ventana. Era muy esbelto, y tenía los ojos del color del petróleo. «¿Sí?», preguntó el hombre. «Vamos en busca de Trachimbrod», dijo el Abuelo. «No nos queda», dijo el hombre. «Es un lugar. Estamos intentando encontrarlo.» El hombre rotó hacia un grupo de hombres que estaba en el interior de la tienda. «¿Tenemos algo que suene como *trachimbrod*?» Todos redujeron los hombros y siguieron con su conversación mutua. «Mis disculpas —dijo él—, no tenemos.» «No —dije yo—, es el nombre del lugar al que nos dirigimos. Estamos intentando encontrar a la chica que salvó a su abuelo de los nazis.» Señalé hacia el héroe. «¿Qué?», preguntó el hombre. «¿Qué?», preguntó el héroe. «¡Cállate!», me dijo el Abuelo. «Tenemos un mapa —dije al hombre—. Ofréceme el mapa», ordené al héroe. Escarbó su bolsa. «Sammy Davis, Junior, Junior se lo ha comido.» «No es posible», dije, aunque de nuevo sabía que sí era posible. «Menciónale algunos de los nombres de las ciudades cercanas y quizá le suene alguno.» El hombre de la tienda de gasolina inclinó la cabeza hacia el interior del coche. «Kovel», dijo el héroe. «Kivertsy, Sokeretchy.» «Kolki», dijo el Abuelo. «Sí, sí —dijo el hombre de la tienda de gasolina—, conozco esos lugares.» «¿Y podría domiciliarnos hacia ellos?», pregunté. «Por supuesto. Están muy próximos. Quizá a unos treinta kilómetros de distancia, no más. Limítense a viajar hacia el norte por la supervía, y luego hacia el este, flanqueando los campos de cultivo.» «Pero nunca ha oído usted hablar de Trachimbrod.» «¿Puede decirlo de nuevo?» «Trachimbrod.» «No, pero muchas ciudades tienen nombres nuevos.» «Jon-Zan —dije, volviendo mi espalda—, ¿cuál era el otro nombre de Trachimbrod?» «Sofiowka.» «¿Conoce Sofiowka?», pregunté al hombre. «No —dijo él—, pero este nombre me suena más que el otro. Hay muchos pueblos en esa zona. Quizá nueve, o incluso más. Una vez estéis más cerca podéis pedir indicaciones y no dudo de que sabrán daros las indicaciones pertinentes.» (Jonathan, el ucraniano de este hombre, no era tan pulido, pero yo lo he hecho sonar anormalmente correcto en mi traducción de la historia. Si no lo aprecias, podría reflejar sus frases originales de nivel ínfimo.) El hombre realizó un mapa sobre un pedazo de papel que el Abuelo excavó del cajón para guantes, donde, cuando tenga el coche de mis sueños, yo guardaré mis condones lubrificados tamaño XL. (Y no es que los necesite para dar placer, ya me entendéis.) La conversación sobre el mapa nos costó unos minutos, muchos minutos. «Aquí tiene», dijo el héroe. Sostenía un paquete de cigarrillos Marlboro en la mano y lo extendía hacia el hombre de la tienda de gasolina. «¿Qué coño está haciendo?», inquirió el Abuelo. «¿Qué coño está haciendo?», inquirió el hombre de la gasolinera. «¿Qué coño estás haciendo?», inquirí yo. «Por su ayuda —dijo el héroe—. En la guía ponía que es difícil conseguir cigarrillos Marlboro por aquí, y que era aconsejable llevar algunos paquetes y darlos como propina.» «¿Qué es propina?» «Es algo que das a alguien a cambio de ayuda.» «Bien, supongo que estás informado de que este viaje debes pagarlo con dinero, ¿no?» «No, no es eso —dijo él—. Las propinas se dan para cosas pequeñas, como indicaciones, o al botones.» «¿Botones?» «No come carne», dijo el Abuelo al hombre de la tienda de gasolina. «¡Ah!» «El botones —dijo el héroe— es el chico que te sube las maletas en un hotel.» América es una caja de sorpresas sin fondo.

Ya eran las 7.10 cuando reiniciamos la conducción.

Nos cobró solo varios minutos encontrar la supervía. Debo confesar que el día era bonito, con mucha luz del sol. «Es bonito, ¿verdad?», dije al héroe. «¿Qué?» «El día. Es un bonito día.» Bajó el cristal de su ventana, lo cual era aceptable en ese momento porque Sammy Davis, Junior, Junior estaba durmiendo, y sacó la cabeza del coche. «Sí —dijo—. Un día precioso.» Esto me puso orgulloso. Se lo dije al Abuelo y percibí que él también engordaba, más, de orgullo. «Infórmale sobre Odessa —dijo el Abuelo—. Infórmale de lo bonito que es.» Roté hacia el héroe y dije: «En Odessa todo es más bonito incluso que aquí. Nunca has visionado nada igual». «Cuéntame cosas de Odessa», dijo, abriendo su diario. «Quiere que le contemos cosas de Odessa», dije al Abuelo, porque quería que socializara más con el héroe. «Infórmale de que la arena de sus playas es más suave que el cabello de una mujer, y que sus aguas son como el interior de la boca de una mujer.» «La arena de sus playas es como la boca de una mujer.» «Infórmale —dijo el Abuelo— de que Odessa es el lugar más maravilloso para enamorarse, y también para crear una familia.» Y eso mismo le dije al héroe. «Odessa es el lugar más maravilloso para enamorarse y también para crear una familia.» «¿Te has enamorado alguna vez?», me inquirió, y me pareció una inquisición extraña, de manera que se la regresé. «¿Y tú?» «No lo sé», dijo. «Ni yo», dije yo. «He estado muy cerca de sentir amor.» «Sí.» «Realmente cerca, casi tocándolo.» «Casi, sí.» «Pero creo que no.» «No.» «Quizá debería ir a Odessa —dijo el héroe—. Tal vez allí me enamorara. En cualquier caso, parece más sensato que empeñarse en buscar Trachimbrod.» Los dos rompimos a reír. «¿Qué dice? —inquirió el Abuelo. Se lo dije, y él también se rio. Todo esto me hizo sentir fantástico—. Enséñame el mapa», dijo el Abuelo. Lo examinó mientras conducía, y eso, debo confesarlo, incrementó mis dudas acerca de su ceguera.

Salimos de la supervía y el Abuelo me regresó el mapa. «Conduciremos unos veinte kilómetros aproximadamente, y luego inquiriremos a alguien por Trachimbrod.» «Eso me parece razonable», dije yo. Sonaba raro, pero nunca he sabido hablar al Abuelo sin que suene raro. «Ya sé que es razonable. Claro que es razonable», contestó. «¿Puedo visionar de nuevo a Augustine?», pedí al héroe. (Aquí debo confesar que estaba deseando visionarla desde que el héroe me la exhibiera por primera vez. Pero me daba vergüenza que este deseo se supiera.) «Por supuesto —dijo él, y empezó a escarbar en su riñonera. Tenía muchos duplicados. Sacó uno, como si fuera una carta de jugar a las cartas—. Aquí la tienes.»

Observé la fotografía mientras él observaba el bonito día. Augustine tenía hermosos pelos. Eran pelos finos. No hacía falta tocarlos para saberlo. Sus ojos eran azules. Pese a que la foto era incolora, yo estaba seguro de que sus ojos eran azules. «Mira esos campos —dijo el héroe con el dedo fuera del coche—. Son tan verdes...» Dije al Abuelo lo que el héroe acababa de decir. «Dile que esta tierra es muy primordial para el cultivo.» «El Abuelo desea que te diga que esta tierra es muy primordial para el cultivo.» «Y dile que gran parte de esta tierra fue destruida cuando los nazis, pero que antes era aún más bonito. Lo bombardearon todo con sus aeroplanos y luego arrasaron el campo montados en sus tanques.» «Pero no lo parece.» «Lo rehicieron de nuevo después de la guerra. Antes era diferente.» «¿Estabas aquí antes de la guerra?» «Mirad a esa gente trabajando en ropa interior», dijo el héroe desde el asiento de atrás. Inquirí al abuelo sobre ello. «Esto no es anormal —dijo él—. Por la mañana hace mucho calor. Demasiado para angustiarse por la ropa.» Informé al héroe. Él iba cubriendo páginas de su diario. Yo quería que el Abuelo continuase la conversación previa y me dijera cuándo estuvo en esta zona, pero percibí que esa conversación había terminado. «Hay gente muy mayor trabajando —dijo el héroe—. Esas mujeres deben tener al menos sesenta o setenta años.» Inquirí al Abuelo sobre ello, pero esto tampoco le pareció improbable. «Es probable —dijo—, en el campo la gente trabaja hasta que ya no puede trabajar. Tu bisabuelo murió en el campo.» «¿La bisabuela también trabajaba en el campo?» «Trabajaba junto a él cuando murió.» «¿Qué dice?», preguntó el héroe, y de nuevo arrestó al Abuelo de continuar, y de nuevo, cuando visioné al Abuelo, percibí que la conversación había terminado.

Era la primera ocasión en que oía al Abuelo hablar de sus padres y anhelaba saber más de ellos. ¿Qué hicieron durante la guerra? ¿A quién salvaron? Pero imaginé que era de elemental decencia callarme sobre el tema. Él hablaría de ello cuando necesitara hablar, y hasta ese momento yo debía perseverar en el silencio. Así que imité al héroe y me puse a mirar por la ventana. No sé cuánto tiempo avanzó, pero fue mucho tiempo. «Es bonito, ¿no?», le dije sin rotar hacia atrás. «Sí.» Durante los siguientes minutos no utilizamos palabras, solo miramos los campos de cultivo. «Sería un momento razonable para inquirir a alguien cómo llegar hasta Trachimbrod —dijo el Abuelo—. No creo que estemos a más de diez kilómetros.»

Movimos el coche a un lado de la carretera, aunque

era muy difícil percibir dónde acababa la carretera y dónde comenzaba el lado. «Ve a inquirir a alguien —dijo el Abuelo—. Y llévate al judío contigo.» «¿Tú no vienes?», pregunté. «No», dijo el Abuelo. «Por favor.» «No.» «Vamos», informé al héroe. «¿Adónde? —Señalé a un hatajo de hombres que fumaba en el campo—. ¿Quieres que te acompañe?» «Por supuesto», le dije, porque deseaba que el héroe se sintiera muy atado a todos los aspectos del viaje. Pero, en verdad, también tenía miedo de los hombres del campo. Yo nunca había hablado con gente como esos pobres campesinos, y, como mucha gente de Odessa, yo hablo una fusión de ruso y ucraniano, mientras que ellos hablan solo ucraniano, y aunque el ruso y el ucraniano suenan parecidos, la gente que solo habla ucraniano a veces odia a los que hablan una fusión de ruso y ucraniano, porque muy a menudo los que hablan una fusión de ruso y ucraniano son gente que viene de las ciudades y que se cree más primordial que la gente que solo habla ucraniano, que a menudo viene del campo. Lo creemos porque somos primordiales, pero esto ahora no viene a sitio.

Comandé al héroe que no hablase, porque a veces la gente que habla ucraniano que odia a la gente que habla una fusión de ruso y ucraniano también odia a la gente que había inglés. Es por esa misma razón que llevé con nosotros a Sammy Davis, Junior, Junior, aunque ella no habla ni ucraniano, ni una fusión de ruso y ucraniano, ni inglés. GUAU. «¿Por qué?», inquirió el héroe. «¿Por qué, qué?» «¿Por qué no puedo hablar?» «Hay gente que se angustia mucho cuando oye inglés. Nos costará menos seducirles si tú mantienes los labios juntos.» «¿Qué?» «Cállate.» «No, ¿qué palabra usaste?»

«¿Cuál?» «La que empezaba por "s".» Me sentí muy orgulloso por saber una palabra inglesa que el héroe, que era americano, no sabía. «¿Seducir? Es como convencer, persuadir, sonsacar. Y ahora, cállate, *putz*.»

«Es la primera vez que oigo ese nombre», dijo uno de los hombres, con el cigarrillo pendiente de un lado de su boca. «Y yo», dijo otro, y ambos nos concedieron sus espaldas. «Gracias», dije yo, y el héroe me pegó con la parte por donde se dobla el brazo. Intentaba decirme algo sin palabras. «¿Qué?», susurré. «Sofiowka», dijo casi sin volumen, aunque en verdad no importaba. No importaba porque los hombres no nos hacían ningún caso. «Ah, sí —dije a los hombres, quienes se abstuvieron de rotar para contemplarme—. También se llama Sofiowka. ¿Lo conocen?» «Es la primera vez que oímos ese nombre», dijo uno de ellos, mientras discutía el asunto con los otros. Arrojó el cigarrillo contra el suelo. Roté mi cabeza en horizontal para informar al héroe de que no sabían. «Tal vez hayan visto a esta mujer», dijo el héroe, excavando un duplicado de la fotografía de su riñonera. «¡Regresa eso a su sitio!», le dije. «¿Qué estáis buscando?», dijo uno de los hombres, y también arrojó el cigarrillo contra el suelo. «¿Qué ha dicho?», preguntó el héroe. «Estamos buscando la ciudad de Trachimbrod», les informé, y percibí que no lo vendía como pan caliente. «Ya te lo hemos dicho. No existe ningún lugar llamado Trachimbrod.» «Así que deja de molestarnos», dijo otro hombre. «¿Quieren un cigarrillo Marlboro?», propuse, porque no pude pensar en otra cosa. «Fuera de aquí —dijo uno de los hombres—. Volved a Kiev.» «Soy de Odessa», dije, y esto les hizo reír con mucha violencia. «Pues entonces vuélvete a Odessa.» «¿Pueden ayudarnos? —inquirió el héroe—.

¿Saben algo?» «Ven —le dije, cogiendo su mano, y los dos caminamos hacia el coche. Mi humillación era máxima—. ¡Sammy Davis, Junior, Junior! ¡Vamos!» Pero no venía, ni siquiera cuando los hombres comenzaron a amenazarla. Solo quedaba una opción en la recámara. «*Billie Jean is not my lover. She's just a girl who claims that I am the one.*» Mi humillación era hiperbólica.

«¿Por qué coño te pusiste a hablar inglés? —dije—. Te ordené que no hablaras inglés. Tú me entendiste, ¿no?» «Sí.» «Entonces, ¿por qué hablaste inglés?» «No lo sé.» «¿Te pedí que me prepararas el desayuno?» «¿Qué?» «¿Te pedí que inventaras un nuevo tipo de rueda?» «No sé qué...» «No. Yo solo te pedí una cosa, y tú hiciste un desastre. ¡Estúpido!» «Solo quería ser útil.» «Pues no fue útil. ¡Pusiste a esos hombres muy enfadados!» «¿Por hablar inglés?» «Te ordené que no hablaras y tú hablaste. ¡Pudiste haberlo contaminado todo!» «Lo siento. Yo solo pensé que quizá, con la foto...» «Yo pienso. ¡Tú silencias!» «Lo siento.» «¡Yo soy el que lo siente! ¡Siento haberte traído a este viaje!»

Yo estaba muy avergonzado por la forma en que los hombres me hablaron, y no quería informar al Abuelo de la ocurrencia, porque sabía que también él se pondría avergonzado. Pero cuando retornamos al coche, descubrí que no tenía que informarle de nada. Si queréis saber por qué, es porque primero tenía que extraerle de su sueño. «Abuelo —dije, tocándole el brazo—. Abuelo. Soy yo, Sasha.» «Estaba soñando», dijo él, y eso me sorprendió mucho. Es tan raro imaginar que uno de tus padres o abuelos sueña. Si sueñan, es que piensan en algo cuando tú no estás, es decir, que piensan en cosas que no son tú. Adicionalmente, si sueñan, es que tienen sueños, lo cual también merece que se piense en ello. «No saben dónde está Trachimbrod.» «Bueno, entrad en el coche —dijo él, rebozando los ojos con las manos—. Perseveraremos hasta encontrar a otra persona a quien inquirir.»

Descubrimos muchas otras personas a las que inquirir, pero todos nos miraron de la misma forma. «Largo», dijo un viejo. «¿Por qué ahora?», inquirió una mujer con un vestido amarillo. Ninguno de ellos sabía dónde estaba Trachimbrod, y ninguno de ellos había oído hablar de él, pero todos se pusieron silenciosos o enfadados cuando les pregunté. Deseé que el Abuelo me ayudara, pero rehusó salir del coche. Perseveramos por carreteras subordinadas que no tenían señales. Las casas estaban menos cerca unas de otras, y era anormal ver a alguien. «He vivido aquí toda mi vida —nos dijo un viejo sin salir de su asiento bajo la sombra de un árbol—, y puedo informarles de que no existe ningún lugar llamado Trachimbrod.» Otro viejo, que escoltaba a una vaca por la sucia carretera, dijo: «Deberían dejar de buscar. Les prometo que no van a encontrar nada». No dije nada de todo esto al héroe. Quizá lo hice porque soy una buena persona. Quizá lo hice porque no lo soy. Lo más próximo a la verdad que dije es que cada persona nos decía que condujéramos más, que seguro que si conducíamos más descubriríamos a una persona que nos diría dónde estaba Trachimbrod. No nos daríamos por perdidos hasta encontrar Trachimbrod, y hasta encontrar a Augustine. Así que condujimos más, porque estábamos severamente extraviados, y porque tampoco sabíamos qué otra cosa hacer. Era muy difícil para el coche viajar en algunas de las carreteras, porque había muchos agujeros y muchos pedruscos. «No te angusties

—dije al héroe—. Lo encontraremos. Si continuamos conduciendo, estoy seguro de que encontraremos Trachimbrod, y luego a Augustine. Todo está en armonía con el plan previsto.»

Habíamos pasado ya el centro del día. «¿Qué vamos a hacer? —inquirí al Abuelo—. Llevamos muchas horas conduciendo, y no estamos más próximos que muchas horas antes.» «No sé», dijo. «¿Estás fatigado?», inquirí. «No.» «¿Estás hambriento?» «No.» Condujimos más, más y más lejos, haciendo los mismos círculos. El coche quedó incrustado en el suelo muchas veces, y el héroe y yo tuvimos que salir a precipitarlo fuera del agujero a empujones. «No está siendo fácil», dijo el héroe. «No —accedí—, pero supongo que deberíamos seguir conduciendo, ¿no crees? Es lo que todos nos dicen que hagamos.» Vi que él no paraba de rellenar su diario. Cuanto menos veíamos, más escribía. Pasamos por muchas de las ciudades que el héroe nombró al hombre de la tienda de gasolina. Kovel. Sokeretchy. Kivertsy. Pero no había nadie en ningún sitio, y, cuando había alguien, no sabía ayudarnos. «Fuera.» «Aquí no hay ningún Trachimbrod.» «No sé de qué me hablan.» «Estás perdido.» Parecía como si estuviéramos en el país equivocado, o en el siglo equivocado, o como si Trachimbrod hubiera desaparecido, y también su recuerdo.

Seguimos carreteras que ya habíamos seguido, visionamos retazos de campo que ya habíamos visionado, y el Abuelo y yo imploramos que el héroe no fuera consciente de ello. Recordé cuando era niño, y Padre me pegaba y después me decía: «No duele. No duele». Y cuanto más lo decía, más verdad era. Yo le creía, en cierta medida porque era Padre y en cierta medida porque yo tampoco quería que doliera. Así me sentía aquel día con el héroe. Era como si le estuviera diciendo: «La encontraremos. La encontraremos». Yo le engañaba, y estoy seguro de que él deseaba ser engañado. De manera que dibujamos más círculos en las sucias carreteras.

«Ahí —dijo el Abuelo, señalando con el dedo a una persona que yacía sobre los escalones de una casa muy reducida. Era la primera persona que visionábamos en muchos minutos. ¿Habíamos visionado a esa persona antes? ¿Le habíamos inquirido sin obtener fruto? Arrestó el coche—. Ve.» «¿Vienes?», pregunté. «Ve.» «Porque yo ya no sé qué decir —dije. Como tampoco sabía qué hacer, me eliminé del coche—. Ven —dije al héroe. No hubo réplica—. Ven», dije, rotando hacia él. El héroe exhalaba zetas al mismo ritmo que Sammy Davis, Junior, Junior. No hay necesidad de moverle de su sueño, dije a mi cerebro. Me llevé el duplicado de la foto de Augustine, teniendo cuidado de no perturbarles al cerrar la puerta del coche.

La casa estaba hecha de una madera blanca que se caía sola. Tenía cuatro ventanas y una de ellas estaba rota. A medida que caminaba más cerca, percibí que era una mujer la que yacía en las escaleras. Era muy vieja, y estaba pelando una mazorca de maíz. Había mucha ropa arrojada por el suelo del patio. Estoy seguro de que se estaba secando después del lavado, pero estaba dispuesta en formas anormales, como si estuviera vistiendo a un hatajo de cadáveres invisibles. Razoné que en aquella casa blanca vivía mucha gente, porque había ropa de hombre y ropa de mujer y ropa de niño e incluso ropa de bebé. «Permiso —dije mientras aún estaba a una cantidad razonable de distancia. Lo dije para no petrificarla—. Tengo una cuestión para usted.» Ella llevaba una camisa blanca y un vestido blanco, pero cubiertos de suciedad, y en algunos lugares, las manchas líquidas se habían secado. Percibí que era pobre. Toda la gente que vive en pequeños pueblos es pobre, pero ella era más pobre aún. No había ninguna duda al respecto por lo esbelta que era y por los rotos de toda su ropa. Debe ser caro, pensé, cuidar de tanta gente. Decidí que cuando me volviera rico en América enviaría dinero a esa mujer.

Ella me sonrió cuando estuve próximo, y pude ver que no tenía dientes. Sus pelos eran blancos, la piel tenía marcas marrones, y los ojos eran azules. No era ya casi una mujer, y lo que quiero decir con esto es que era muy frágil y parecía que pudieras volarla de un soplido. La oí tararear cuando me acercaba. (Se dice tararear, ¿no?) «Permiso —dije yo—. No quiero angustiarla.» «¿Cómo iba alguien a angustiarme en un día tan bonito?» «Es bonito, sí.» «Sí —dijo ella—. ¿De dónde eres?», preguntó. Esto me avergonzó. Roté en la cabeza qué decir, y al final terminé con la verdad. «Odessa.» Ella dejó un trozo de maíz y cogió otro. «Nunca he estado en Odessa», dijo, y desplazó los pelos que tenía delante de la frente a otro lugar detrás de la oreja. No fue hasta ese momento que percibí que sus pelos eran tan largos como ella. «Debería ir», dije. «Lo sé, lo sé. Estoy segura de que hay muchas cosas que debo hacer.» «Y también muchas que no debe hacer.» Intentaba apaciguarla y lo conseguí. «Eres un chico muy dulce.» «¿Ha oído hablar de un lugar llamado Trachimbrod? —inquirí—. Fui informado de que alguien de por aquí podría darme alguna información. —Puso el maíz en su regazo y me contempló dudosa—. No quiero angustiarla —dije—, pero ¿ha oído hablar de una ciudad llamada Trachimbrod?» «No», dijo ella, recogiendo el maíz y quitando la piel. «¿Y de una ciudad llamada Sofiowka?» «Tampoco.» «Siento haber robado su tiempo —dije—. Que tenga un buen día.» Ella me ofreció una sonrisa triste, que era como la que ponía la hormiga del anillo de Yankel cuando quería ocultar el rostro. Sé que era un símbolo de algo, pero no sé de qué.

La oí tararear mientras comenzaba a alejarme. ¿Qué le diría al héroe cuando dejara de exhalar zetas? ¿Qué le diría al Abuelo? ¿Cuánto tiempo podemos fracasar antes de rendirnos? Sentí como si todo el peso cayera sobre mis brazos. Como con Padre, hay solo un número concreto de veces en que puedes decir «no duele» antes de que eso empiece a doler más que el dolor en sí. Descubres el sentimiento de sentirse dolido, que es peor, estoy seguro, que el dolor real. Las no verdades colgaban ante mí como frutas maduras. ¿Cuál podría recoger para el héroe? ¿Cuál para el Abuelo? ¿Cuál para mí? ¿Cuál para Pequeño Igor? Y entonces recordé que llevaba conmigo la fotografía de Augustine, y aunque no sé lo que fue lo que me empujó a sentir que debía hacerlo, roté media vuelta y mostré la fotografía a la mujer.

«¿Ha visionado alguna vez a alguien de esta fotografía?»

La examinó durante unos momentos. «No.»

No sé por qué, pero volví a inquirir.

«¿Ha visionado alguna vez a alguien de esta fotografía?»

«No», dijo de nuevo, aunque este segundo «no» no pareció un eco, sino una variedad distinta de «no».

«¿Ha visionado alguna vez a alguien de esta fotografía?», inquirí, y esta vez la sostuve muy próxima a su cara, como había hecho el Abuelo.

«No», dijo de nuevo, y esta pareció una tercera variante de «no».

Puse la fotografía en sus manos.

«¿Ha visionado alguna vez a alguien de esta fotografía?»

Movió sus pulgares sobre las caras, como si intentara borrarlas. «No.»

«¿Ha visionado alguna vez a alguien de esta fotografía?»

«No», dijo ella, poniendo la fotografía en su regazo.

«¿Ha visionado alguna vez a alguien de esta fotografía?», inquirí.

«No», dijo ella, todavía examinándola, desde el ángulo de los ojos.

«¿Ha visionado alguna vez a alguien de esta fotografía?»

«No.» Volvió a tararear, pero con más volumen.

«¿Ha visionado alguna vez a alguien de esta fotografía?»

«No —dijo ella—. No.» Y vi como una lágrima descendía a su vestido blanco. También se secaría y dejaría una marca.

«¿Ha visionado alguna vez a alguien de esta fotografía?», inquirí, sintiéndome cruel, malvado, pero seguro de que hacía lo que debía hacer.

«No —dijo ella—. Nunca. Todos me son extraños.»

Me arriesgué a todo.

«¿Ha sido visionada alguna vez por alguien de esta fotografía?»

Otra lágrima descendió.

«Llevo tanto tiempo esperándote.»

Señalé hacia el coche. «Estamos buscando Trachimbrod.»

«Ah —dijo ella, desatando un río de lágrimas—. Ya habéis llegado. Soy yo.»

LA ESFERA, 1941-1804-1941

Se bajó las bragas de encaje ayudándose de los pulgares, exponiendo los dilatados genitales al alegre frescor de las húmedas brisas del verano, que traían consigo olores de bardana, abedul, caucho quemado y caldo de carne, y que ahora, unidos a su propio aroma animal, viajarían hacia el norte, de nariz en nariz, como en ese juego infantil donde los escolares se van transmitiendo mensajes, hasta que el último en oler levante la nariz y diga: *Borsht?* Se las sacó por los tobillos haciendo gala de una extraordinaria picardía, como si esa sola acción pudiera justificar su nacimiento, todas y cada una de las horas de trabajo de sus padres y el oxígeno que ella consumía en cada inspiración. Como si por sí sola pudiera haber justificado las lágrimas vertidas por sus hijos ante su lecho de muerte, de no haber muerto en las aguas con el resto del *shtetl* —demasiado joven, como el resto del *shtetl*— antes de tener hijo alguno. Dobló las bragas seis veces, hasta obtener la forma de una lágrima, y luego las deslizó en el bolsillo delantero del negro traje del novio, dejando que los pétalos de ropa asomaran por la solapa, como si de un pañuelo de seda se tratase.

Esto es para que pienses en mí, lo dijo ella, *hasta...*

No necesito nada para recordarte, dijo él, besando el húmedo terrón que ella tenía sobre el labio superior.

Date prisa, se rio ella, ajustándole la corbata con una mano y la cuerda que él tenía entre las piernas con la otra. *Llegarás tarde. Corre hacia la Esfera.*

Lo que él fuera a decir quedó acallado por un beso y un resuelto empujón hacia la puerta.

Ya había llegado el verano. La hiedra que revestía el desvencijado pórtico de la sinagoga adoptaba oscuros matices en la zona de los arcos. El suelo había recobrado un tono de color café, y era de nuevo lo bastante blando como para que crecieran la menta y los tomates. Las lilas flirteaban con la barandilla de la galería, una barandilla astillada cuyas astillas volaban por los aires impulsadas por la brisa del verano. Cuando mi abuelo llegó, jadeante y sudoroso, los hombres del *shtetl* ya estaban congregados alrededor de la Esfera.

¡Safran está aquí!, anunció el Rabino Vertical, ante el júbilo de todos cuantos se agrupaban en la plaza. *¡Ha llegado el novio!* Un septeto de violinistas emprendió el tradicional Vals de la Esfera, mientras los ancianos del *shtetl* aplaudían al ritmo de los bajos y los niños silbaban cada uno de los compases.

CORO DE LA CANCIÓN DEL VALS DE LA ESFERA PARA
EL HOMBRE QUE ESTÁ A PUNTO DE CASARSE

Ohhhhhh, he aquí el grupo de
(insertar nombre del novio)
Novio presto a la celebración.

> *Se le ha concedido la mano de*
> *(insertar nombre de la novia)*
> *La chica que le soltará el cinturón.*
> *Asíiiiiii que, besad sus labios, oled sus rodillas*
> *Que abejas y pájaros inunden las ramas*
> *Que sean felices,*
> *Y corran hacia su camaaaaaaa....*

> *(Repetir desde el inicio indefinidamente)*

Mi abuelo recobró la compostura, se aseguró de que la cremallera de la bragueta estuviera subida, y se adentró bajo la larga sombra de la Esfera. Estaba a punto de iniciarse en el ritual sagrado al que se habían sometido todos y cada uno de los hombres casados de Trachimbrod desde el trágico accidente sufrido por su tatara-tatara-tatarabuelo en el molino de harina. Se disponía a lanzar al viento su soltería y, en teoría, también sus proezas sexuales. Pero lo que más le sorprendió al acercarse a la Esfera (con pasos largos y deliberadamente lentos) no fue la belleza de la ceremonia, o la insinceridad inherente a todo ritual establecido, ni siquiera lo mucho que deseaba tener a su lado a la niña gitana (para que así su verdadero amor pudiera vivir con él la boda), sino el hecho de que había dejado de ser un chico. Se hacía mayor; había empezado a tener el aspecto de su bisabuelo: pobladas cejas que ensombrecían unos ojos delicados, suavemente femeninos, la misma protuberancia en el puente de la nariz, la forma en que sus labios dibujaban una U en un extremo y una V en el otro. Le embargó una sensación de estabilidad y de profunda tristeza: iba a ocupar su lugar en la familia. Se parecía extraordinariamente al padre del padre del padre del padre de su padre, y precisamente por eso, porque el hoyuelo en la barbilla delataba el mismo estofado de genes mestizos (guisado por los cocineros de la guerra, la enfermedad, la oportunidad, el amor verdadero, y el falso amor), tenía un lugar asegurado en el linaje familiar, una cierta seguridad de ser y de permanecer, pero al mismo tiempo una carga que restringía su capacidad de movimiento. No era del todo libre.

También fue consciente del lugar que iba a ocupar entre los hombres casados, aquellos que habían pronunciado idénticos votos de fidelidad con las rodillas hincadas en ese mismo suelo. Todos habían rogado para ser bendecidos con una mente sólida, buena salud, hermosos hijos, el crecimiento de su salario y la disminución de su libido. Todos habían escuchado mil veces la historia de la Esfera, las trágicas circunstancias de su creación y la magnitud de su poder. Todos sabían que su tatara-tatara-tatarabuela Brod, demasiado familiarizada con la letal fruición con que el molino de harina se cobraba las vidas de los jóvenes que trabajaban en él, había dicho a su marido: *No vayas. Por favor, busca otro empleo o no trabajes. Pero prométeme que no irás.*

Y todos sabían cuál había sido la respuesta del Kolker. *No seas tonta, Brod*, había dicho, dándole una suave palmada en el vientre, que, siete meses después de la boda, aún podía ocultarse bajo un vestido holgado. *Es un trabajo excelente y tendré mucho cuidado. No me pasará nada.*

Y todos los novios sabían cuántas lágrimas había derramado Brod la noche anterior de que el Kolker se incorporara al molino de harina; sabían en qué lugar escondió la ropa que él debía llevar al trabajo y cuántas veces interrumpió su sueño con el fin de que la mañana le pillara demasiado exhausto para salir de casa; sabían con qué acritud se negó a prepararle el café del desayuno y con qué ardor trató de imponer su voluntad.

Esto es amor, pensó ella, *¿no? ¿Cuando sientes la ausencia de alguien y odias esa ausencia más que nada? ¿Más, incluso, de lo que amas su presencia?* Todos sabían cuántas horas había pasado esperando al Kolker apostada en la ventana; tantas que llegó a conocer de memoria su superficie, a percibir las muescas, las ligeras pérdidas de color, los lugares en que la madera adoptaba un tono más opaco. Sentía las diminutas grietas y las ampollas. Como una ciega aprendiendo a leer, palpaba la ventana con los dedos, y como una ciega que ha aprendido a leer, se sintió liberada. El marco de la ventana era el muro de la cárcel que la liberaba. Le encantaba abandonarse a lo que sentía mientras esperaba al Kolker: que su felicidad dependiera de él de una forma tan absoluta, ser, por ridículo que siempre le había parecido, la esposa de alguien. Amaba ese nuevo vocabulario compuesto simplemente por amar algo más de lo que amaba el amor por ese objeto y la vulnerabilidad que acompañaba a esa vida en el mundo primitivo. *Por fin*, pensaba ella, *por fin. Solo desearía que Yankel pudiera saber lo feliz que soy.*

Cuando despertaba llorando de una de sus pesadillas, el Kolker estaba allí, cepillando sus cabellos con las manos, recogiendo sus lágrimas en dedales para que pudiera bebérselas a la mañana siguiente (*La única forma de superar la tristeza es consumirla,* le decía), y más aún: una vez sus ojos se cerraban y ella volvía a dormirse, era él quien permanecía insomne. Se había producido una transferencia completa, como el choque de una veloz bola de billar con otra que hasta el momento había permanecido inmóvil. Si Brod se sentía deprimida —y siempre lo estaba—, el Kolker se sentaba con ella hasta convencerla de que todo iba bien. Y cuando ella hacía acopio de fuerzas para proseguir el día, era él quien se quedaba atrás, paralizado por una pena que ni siquiera reconocía como propia. Si Brod caía enferma, al final de la semana era el Kolker quien debía guardar cama. Si Brod se aburría (sabía demasiados idiomas, demasiados hechos, poseía demasiado conocimiento para ser feliz de verdad), el Kolker invertía la noche en estudiar sus libros, examinar las imágenes, y al día siguiente sugería algún tema que consiguiera distraer a su joven esposa.

Brod, ¿no te parece raro cómo algunas expresiones matemáticas son tan largas por un lado y tan cortas por otro? ¡No te parece fascinante! ¡Y dice tanto de la vida...! Brod, vuelves a poner esa cara, la misma que pone el músico que toca ese instrumento enrollado en espiral... Brod, le decía, señalando a Cástor mientras ambos estaban tendidos sobre el tejado metálico de su pequeña casa, *mira, allí hay una estrella, ¿la ves? Y allí otra*, señalando a Pólux. *Estoy seguro. Y allí otras. Sí, son estrellas muy conocidas. Del resto no puedo estar ciento por ciento seguro. No las conozco.*

Ella siempre veía a través de él, como si fuera otra ventana. Siempre sentía que sabía de él todo cuanto podía saber, no porque fuera simple sino porque era abordable, como una lista de encargos, como una enciclopedia. Tenía una marca de nacimiento en el tercer dedo del pie izquierdo. Era incapaz de mear si alguien estaba escuchando. Pensaba que los pepinos eran bastante buenos, pero no tan deliciosos como el escabeche, tan delicioso, de hecho, que se había cuestionado si este, en realidad, no estaba hecho a partir de pepinos. Nunca había oído hablar de Shakespeare, pero le sonaba el nombre de Hamlet. Le gustaba hacer el amor por detrás. Eso, pensaba, era casi tan agradable como recibirlo. Nunca había besado a nadie aparte de su madre y su esposa. Se había sumergido en busca de las monedas de oro solo para impresionarla. A veces se pasaba horas contemplándose en el espejo, haciendo muecas, tensando los músculos, guiñando un ojo, sonriendo, haciendo pucheros. Nunca había visto a otro hombre desnudo, y por ello no tenía idea de si su cuerpo era normal. Enrojecía ante la palabra *mariposa*, aunque no sabía por qué. Nunca había salido de Ucrania. Hubo un tiempo en que creyó que la Tierra era el centro del universo, pero luego corrigió ese error. Admiraba más a los magos después de aprender los trucos de sus números.

Eres un marido tan dulce, le decía ella cuando él la llenaba de regalos.

Solo quiero ser bueno contigo.

Lo sé, decía ella. *Y lo eres.*

Pero hay tantas cosas que no puedo darte.

Pero hay tantas cosas que sí puedes.

No soy un tipo listo...

Calla. Por favor, calla. Listo era lo último que ella deseaba que fuera el Kolker. Eso, estaba convencida, lo arruinaría todo. Ella solo quería a alguien a quien echar de menos, a quien tocar, con quien hablar como un niño, con quien ser un niño. Él le servía para eso. Y ella estaba enamorada.

Soy yo quien no es lista, le decía.

Esa es la mayor estupidez que he oído nunca, Brod.

Exactamente, dijo ella, colocando el brazo de él alrededor de su cintura y apoyando la cara en su pecho.

Brod, estoy tratando de mantener una charla seria contigo. A veces tengo la impresión de que todo lo que quiero decirte será un error.

¿Y entonces qué haces?

No lo digo.

Bien, eso demuestra que eres listo, dijo ella, jugueteando con la piel flácida del cuello.

Brod, apartándose, *no me tomas en serio*. Ella se acurrucó aún más sobre él y cerró los ojos como un gato. *He hecho una lista, ¿sabes?*, dijo él, zafándose de su abrazo.

Eso es fantástico, cielo.

¿No me vas a preguntar de qué es la lista?

Supongo que si quieres que lo sepa ya me lo dirás. Si no lo haces, deduzco que no es asunto mío. ¿Quieres que te lo pregunte?

Pregúntamelo.

De acuerdo. ¿De qué es esa lista que has confeccionado en secreto?

He hecho una lista del número de conversaciones que hemos mantenido desde que nos casamos. ¿Cuántas dirías que son?

¿Es realmente necesario?

Hemos tenido solo seis conversaciones, Brod. Seis en casi tres años.

¿Contando con esta?

Nunca me tomas en serio.

Claro que sí.

No, siempre te burlas, o cortas la charla antes de que lleguemos a decir nada.

Lo siento. No lo había notado. Pero ¿de verdad tenemos que hacer esto ahora? Nos pasamos el día hablando.

No quiero decir eso, Brod. Me refiero a conversar. A cosas que duren más de cinco minutos.

Deja que me aclare. ¿No estás hablando de hablar? Quieres que conversemos sobre conversar, ¿es así?

Hemos mantenido seis conversaciones. Resulta patético, lo sé, pero las he contado. Todo lo demás han sido palabras sin sentido. Hablamos de cuánto me gustan los pepinos, pero de que en el fondo prefiero el escabeche. Hablamos de lo rojo que me pongo cuando oigo esa palabra. Hablamos de la llorosa Shanda y de Pinchas, de cómo a veces los golpes tardan en salir. Hablamos, hablamos, hablamos. No hablamos de nada. Pepinos, mariposas, golpes. Nada.

¿Y entonces qué es algo? ¿Quieres que hablemos un rato sobre la guerra? ¿Quizá sobre literatura? Dime qué entiendes por algo y hablaremos de ello. ¿Dios, tal vez? Podríamos hablar de Él.

Lo estás haciendo otra vez.

¿Qué es lo que estoy haciendo?

No tomarme en serio.

Ese es un privilegio que tendrás que ganarte.

Eso intento.

Inténtalo con más fuerza, dijo ella, y le desabrochó los pantalones. Le lamió del final del cuello hasta la barbilla, le sacó la camisa de los calzoncillos, los calzoncillos de la cintura, cortando de raíz la séptima conversación. Todo lo que quería de él era que la abrazara y le dijera cosas bellas. Susurros. Juramentos. Constantes promesas de fidelidad y de sinceridad: que nunca había besado a otra mujer, que nunca había pensado en otra mujer, que nunca la abandonaría.

Dilo una vez más.

No te abandonaré.

Dilo otra vez.

No te abandonaré.

Otra vez.
No.
¿No qué?
No te abandonaré.

Estaba a mediados de su segundo mes de trabajo en el molino cuando dos hombres del molino de harina llamaron a la puerta. Brod no tuvo que preguntar por qué venían; se tiró al suelo.

¡Marchaos!, gritó, recorriendo la alfombra con las manos como si fuera una segunda lengua, otra ventana.

No ha sentido el menor dolor, le dijeron. *En realidad, no sintió nada.* Y eso la hizo llorar aún con más fuerza. La muerte es el único momento de la vida del cual uno debe ser absolutamente consciente.

Una hoja dentada se había soltado de los cojinetes, volando rauda por el molino, rascando los muros y los andamios, mientras los hombres saltaban para ponerse a cubierto. El Kolker estaba comiéndose un bocadillo de queso sentado en un improvisado taburete formado por una pila de sacos de harina, con la mente perdida en algo que Brod había dicho, ajeno al caos provocado a su alrededor, cuando la hoja saltó por encima de una barra de acero (dejada sobre el suelo por un trabajador descuidado, que tiempo después moriría al ser alcanzado por un relámpago) y fue a incrustársele, perfectamente recta, en mitad del cráneo. Él levantó la vista, soltó el bocadillo —hay testigos que juran que las dos partes del pan cambiaron de lugar en el aire antes de tocar el suelo— y cerró los ojos.

¡Dejadme sola!, gritó a los hombres, que seguían observándola, mudos, desde el umbral. *¡Dejadme sola!*

Pero nos dijeron...

¡Fuera!, gritó ella, dándose golpes en el pecho. *¡Fuera!*

El jefe dijo...

¡Canallas!, gritó ella. *¡Dejad que la viuda dé rienda suelta a su dolor!*

No, si no está muerto, corrigió el hombre más gordo.

¿Qué?

No está muerto.

¿No está muerto?, preguntó, levantando la cabeza del suelo.

No, aclaró el otro. *Ha ido a ver al médico, pero no parece haber sufrido ningún daño irreparable. Puedes ir con él. No da ningún asco. Bueno, quizá un poco, pero apenas hubo sangre, excepto un hilillo que le salió por la nariz y las orejas. Y la hoja parece sostenerlo todo en el lugar que corresponde, más o menos.*

Llorando más entonces que cuando creyó que su marido había muerto, Brod abrazó a los dos hombres y luego les dio un puñetazo en la nariz con toda la fuerza que pudo reunir ese brazo delgado de quinceañera.

De hecho, el Kolker apenas presentaba ninguna herida. Había vuelto en sí minutos más tarde, y fue capaz de ir por su propio pie, de recorrer el laberinto de enfangados vasos capilares que llevaba a la consulta del doctor (y cocinero frustrado) Abraham M.

¿Cómo se llama?, calibrando la magnitud de la hoja circular.

El Kolker.

Muy bien, pasando el dedo sobre uno de los dientes de la hoja. *¿Puede recordar el nombre de su esposa?*

Claro que sí: Brod. Se llama Brod.

Muy bien. Ahora, dígame, ¿qué cree que le ha pasado?

Una hoja dentada se me ha clavado en la cabeza.

Muy bien, examinando la hoja por ambos lados. El doctor pensó que era como un reloj que marcaba las cinco en un día de verano, poniéndose sobre el horizonte que era la cabeza del Kolker, lo cual le recordó que era casi la hora de cenar, su momento predilecto del día. *¿Siente algún dolor?*

Me siento diferente. No es dolor, en realidad. Es casi algo parecido a la nostalgia.

Muy bien. Nostalgia. Ahora, ¿puede seguir el movimiento de mi dedo con los ojos? No, no. Este dedo... Así, muy bien. ¿Será tan amable de caminar por la habitación?... Muy bien.

Y, entonces, sin que mediara provocación alguna, el Kolker dejó caer el puño sobre la mesa y exclamó: ¡Gordo cabrón!

Perdone, ¿qué dice?
¿Qué ha pasado?
Me ha llamado gordo cabrón.
¿Yo?
Sí.
Lo siento. No es un cabrón. Lo siento mucho.
No se preocupe, es posible que...

¡Pero es cierto!, vociferó el Kolker. ¡No es más que un cabrón arrogante! Y gordo, por si no lo había mencionado antes.

Me temo que no compren...

¿He dicho algo más?, preguntó el Kolker, recorriendo frenéticamente la estancia con la mirada.

Me ha llamado cabrón arrogante.

Tiene que creerme... ¡Culo inmenso!... *Lo siento, no soy yo... Lo siento, cabrón de culo gordo, yo...*

¿Ha dicho que tengo el culo gordo?
¡No!... ¡Sí!
¿Es por el pantalón? Son demasiado cortos de tiro y...
¡Culo gordo!

¿Culo gordo?
¡Culo gordo!
¿Quién se ha creído que es?
¡No!... ¡Sí!
¡Fuera de la consulta!
¡No!... ¡Sí!
¡Fuera! ¡Con hoja dentada o sin ella!, dijo el doctor. Cerrando el portafolios al vuelo, salió de su propio despacho dando un portazo y el suelo vibró bajo cada uno de sus airados pasos.

El doctor-cocinero fue la primera víctima de los turbulentos arrebatos del Kolker, única consecuencia de la hoja que siguió incrustada en su cráneo, en perpendicular perfecta con el horizonte, durante el resto de sus días.

El matrimonio pudo volver a una cierta normalidad, después de extraer el cabezal de la cama y de que naciera el primero de sus tres hijos, pero era indudable que el Kolker había cambiado. El hombre que había masajeado las prematuramente envejecidas piernas de Brod cuando no eran más que un amasijo de agujas, que había vertido leche sobre sus quemaduras como último recurso, que le había contado los dedos de los pies porque a ella le gustaba sentir sus manos sobre ellos, empezó, de vez en cuando, a insultarla. Al principio fueron comentarios dichos en voz baja, si la carne estaba demasiado hecha o si encontraba restos de jabón en el cuello de la camisa. Brod podía fingir que no los oía, incluso encontrarlos entrañables.

Brod, ¿dónde coño has metido los calcetines? ¡Ya has vuelto a esconderlos!

Perdona, le respondía ella, sonriendo interiormente ante la alegría de ser menospreciada e intimidada. *Tienes razón. No volverá a suceder.*

¿Por qué diablos no puedo acordarme del nombre de ese instrumento en espiral?
Por mi culpa. Es culpa mía.

Con el tiempo, empeoró. Cualquier motivo justificaba una pelea. Unos simples restos de agua en la bañera hacían que él gritara hasta que los vecinos se veían obligados a cerrar los postigos (siendo el deseo de un poco de paz y tranquilidad lo único que compartían los ciudadanos del *shtetl*). No había transcurrido ni un año del accidente cuando empezó a pegarle. Pero, razonaba ella, era solo una porción muy pequeña de tiempo. Una o dos veces por semana. No más. Y cuando no estaba de ese «humor», era el marido más amable del mundo. Ese humor no era suyo. Pertenecía al otro Kolker, el que había nacido el día en que la hoja le mordió el cerebro. Y ella estaba enamorada, y eso le daba, por tanto, una razón para vivir.

¡Puta serpiente venenosa!, aullaba el otro Kolker con los brazos alzados, brazos que después, dominados por el Kolker, la llevaban en volandas hasta la cama, como habían hecho la primera noche que pasaron juntos.

¡Monstruo acuático pestilente!, cruzándole la cara con un revés, para luego, mansamente, conducirla o dejarse conducir hasta la alcoba.

En plena realización del acto amoroso él podía prorrumpir en insultos, golpearla hasta derribarla de la cama. Ella regresaba al lecho, subía de nuevo, retomando la acción en el punto donde la habían dejado. Ninguno de los dos podía saber cuál sería su próxima reacción.

Visitaron a todos los médicos que había en seis pueblos distintos —el Kolker rompió la nariz a un joven doctor de Lutsk muy pagado de sí mismo que sugirió que podían dormir en camas separadas— y todos estuvieron de acuerdo en que el único remedio a esa situación pasaba por extraerle la hoja del cráneo, lo cual, sin duda, significaría su muerte.

Las mujeres del *shtetl* contemplaban complacidas el sufrimiento de Brod. Incluso después de dieciséis años, seguían considerándola como el fruto de ese agujero terrible, por el que nunca pudieron verla entera, por el que nunca pudieron conocerla y acunarla y por el que siempre la odiaron. Corrió el rumor de que el Kolker le pegaba porque era fría en la cama (¡solo dos hijos en tres años de matrimonio!) e incapaz de llevar una casa como era debido.

¡Yo también me ganaría un ojo morado si me pasara el día holgazaneando como ella!

¿Habéis visto cómo tiene el patio? ¡Parece una pocilga!

¡Esto demuestra una vez más que hay justicia en el mundo!

El Kolker se odiaba a sí mismo por ello, o, mejor dicho, odiaba a su otro yo. Caminaba toda la noche por la habitación, discutiendo salvajemente con su otro yo, con toda la fuerza que eran capaces de reunir los pulmones que compartían, dándose a menudo golpes en el pecho que albergaba esos pulmones o puñetazos en la cara. Después de varios accidentes nocturnos que acabaron con Brod malherida, decidió (contra la voluntad de su esposa) que el doctor al que había roto la nariz tenía razón: debían dormir separados.

Ni hablar.

No hay más que decir.

Entonces, déjame. Prefiero que me abandones. O mátame. Eso sería aún mejor que tu partida.

Estás portándote de forma ridícula, Brod. Solo voy a dormir en otra habitación.

Pero el amor es una habitación, dijo ella. *No es más que eso.*

Es lo que tenemos que hacer.

No es lo que tenemos que hacer.

Lo es.

Funcionó durante unos meses. Durante el día, consiguieron asumir una vida cotidiana con ocasionales estallidos de brutalidad, y por la noche se separaban para desvestirse y acostarse solos. A la mañana siguiente, ante el pan y el café, se explicaban sus sueños, y las mil posturas que había tomado su inquietud. Fue una oportunidad que el matrimonio jamás se había concedido: coquetería, lentitud, un descubrimiento mutuo desde la distancia. Mantuvieron la séptima, octava y novena conversación. El Kolker trató de articular lo que quería decir, pero siempre le salía mal. Brod estaba enamorada y tenía una razón para vivir.

Su estado empeoró. Con el tiempo, Brod se acostumbró a recibir una paliza cada mañana antes de que el Kolker se fuera al trabajo —donde, para asombro de todos los médicos, era capaz de contener por completo sus arranques de ira—, y otra a última hora de la tarde, antes de cenar. La golpeaba en la cocina, ante las sartenes y las cazuelas; en la sala, ante sus dos hijos; y en la despensa, ante el espejo que les devolvía la imagen de ambos. Ella nunca huyó de sus puños; los aceptaba, iba hacia ellos, segura de que las marcas de los golpes no eran señales de violencia, sino de amor violento. El Kolker estaba atrapado en su cuerpo —como una carta de amor en una botella irrompible, cuyo mensaje nunca se borra ni se aclara, y nunca es leída por los ojos del amante a quien fue escrita—, obligado a herir a la persona a la que más deseaba amar.

Incluso cuando su vida se acercó al final, el Kolker mantuvo ciertos períodos de lucidez, que nunca llegaron a durar más de siete días consecutivos.

Tengo algo para ti, dijo él, llevando a Brod de la mano a través de la cocina hasta salir al jardín.

¿Qué es?, preguntó ella, sin hacer el menor esfuerzo por mantener la distancia adecuada. (En esa época, ya no existían distancias adecuadas. Siempre era demasiado cerca, o demasiado lejos.)

Es por tu cumpleaños. Te he comprado un regalo.
¿Es mi cumpleaños?
Es tu cumpleaños.
Debo cumplir diecisiete.
Dieciocho.
¿Cuál es la sorpresa?
Si te lo digo, no hay sorpresa.
Detesto las sorpresas, dijo ella.
Pero a mí me gustan.
¿Para quién es este regalo? ¿Para ti o para mí?
El regalo es para ti, dijo él. *La sorpresa es para mí.*
¿Y qué pasaría si yo te sorprendiera y te dijera que puedes quedarte el regalo? Entonces la sorpresa sería para mí y el regalo para ti.
Pero si tú odias las sorpresas.
Ya lo sé. Así que dame ya el regalo.

Le dio un pequeño paquete, envuelto en vitela azul y rematado con un lazo azul celeste.

¿Qué es esto?, preguntó ella.
¿Vamos a empezar de nuevo? Es tu regalo sorpresa. Ábrelo.
No, dijo ella, señalando el envoltorio: *esto.*

¿Qué quieres decir? Es solo el envoltorio.

Ella rechazó el paquete y se echó a llorar. Él nunca la había visto llorar.

¿Qué pasa, Brod? Dime... Solo quería hacerte feliz.

Ella sacudió la cabeza. Llorar era nuevo para ella.

Brod... ¿Qué pasa?

Ella no había vuelto a llorar desde aquel *Trachimday*, cinco años atrás, en que el hacendado loco Sofiowka N la detuvo cuando volvía a casa y la hizo mujer.

No te amo, dijo ella.

¿Qué?

No te amo, desasiéndose de sus brazos. *Lo siento.*

Brod, poniendo la mano en su hombro.

¡No me toques!, exclamó ella, apartándose de él. *¡Aléjate! ¡No quiero que vuelvas a tocarme nunca más!* Se volvió hacia un lado y vomitó sobre la hierba.

Brod salió corriendo. Él la persiguió. Ella rodeó la casa muchas veces, partiendo de la puerta principal y siguiendo por el sendero de piedra hasta llegar a la puerta trasera, y cruzando la pocilga del patio y el jardín lateral hasta plantarse de nuevo en la puerta principal. El Kolker la seguía de cerca, y aunque era mucho más veloz, decidió no capturarla nunca: habría sido tan sencillo darse la vuelta y esperar que ella se diera de bruces con él. Continuaron encerrados en un círculo eterno: puerta principal, sendero de piedra, pocilga del patio, jardín lateral, puerta principal, sendero de piedra, pocilga del patio, jardín lateral. Al final, cuando la tarde se vistió de noche, Brod se desplomó sobre el jardín, muerta de fatiga.

Estoy cansada.

El Kolker tomó asiento a su lado. *¿Me has amado alguna vez?*

Ella se volvió para que él no pudiera verle la cara.
No, nunca.
Yo siempre te he amado.
Lo siento por ti.
Eres una persona terrible.
Lo sé.
Solo quería que supieras que lo sé.
Pues bien, ya lo sabes.
Él deslizó la mano por encima de su mejilla, para enjugarle el sudor. *¿Crees que podrías amarme?*
No lo creo.
Porque no soy lo bastante bueno.
No es eso.
Porque no soy listo.
No.
Porque no podrías amarme.
Porque no podría amarte.
Él volvió a la casa.

Brod, mi tatara-tatara-tatara-tatarabuela, se quedó sola en el jardín. El viento reveló el reverso de las hojas de los árboles y levantó olas de hierba. Le corrió por la cara, secándole el sudor, despertando a las lágrimas. Abrió el paquete, dándose cuenta entonces de que aún seguía en su poder. Lazo azul, vitela azul, caja. Una botella de perfume. Debió comprarla la semana anterior, en Lutsk. Que gesto tan dulce. Se roció la muñeca con cuidado. Era sutil. No demasiado empalagoso. *¿Y qué?*, se dijo a sí misma, y luego en voz alta: *¿Y qué?* Se sintió absolutamente fuera de lugar, como un globo giratorio que se ha detenido de golpe por la ligera presión de un dedo. ¿Cómo había terminado allí, de ese modo? ¿Cómo podía haber pasado tanto —tantos momentos, tantas personas y cosas, tantas navajas y almohadas, relojes y ataúdes sutiles— sin ser consciente de ello? ¿Cómo se las había arreglado su vida para vivir sin ella?

Devolvió el vaporizador a la caja, junto con la vitela azul y la cinta azul celeste, y entró en casa. El Kolker había dejado la cocina patas arriba. Especias diseminadas por el suelo. Cubiertos de plata doblados sobre mármol rayado. Vitrinas revueltas, suciedad, cristales rotos. Había tantas cosas de las que ocuparse: tantas para recoger y para tirar; y, tras recoger y tirar, salvar lo que aún podía salvarse; y, después de salvar lo que aún podía salvarse, limpiar; y, después de limpiar, fregarlo todo con agua y jabón; y, después de fregar con agua y jabón, sacar el polvo; y, después de sacar el polvo, hacer algo mas; y, después de ese algo más, algo más. Tantas pequeñas cosas por hacer. Cientos de millones. Todo en el universo parecía algo por hacer. Buscó un espacio libre en el suelo, se sentó y trató de confeccionar una lista mental.

Era casi de noche cuando el sonido de los grillos la despertó. Encendió las velas del *Sabbat*, observó las sombras que le rodeaban las manos; se cubrió los ojos, rezó sus oraciones y subió a la habitación del Kolker. Estaba en la cama, el rostro hinchado y lleno de magulladuras.

Brod, dijo él, pero ella le hizo callar. Sacó un pequeño bloque de hielo de la bodega y lo puso sobre su ojo, hasta que ni la cara del Kolker ni su propia mano pudieron sentir nada.

Te amo, dijo ella. *De verdad.*

No.

Sí, repitió, acariciándole los cabellos.

No. Está bien. Sé que eres mucho más lista que yo,

Brod, y que yo no soy lo bastante bueno para ti. Siempre he sabido que algún día te darías cuenta. Me he sentido como el probador de comida del zar, que cada noche espera que la cena esté envenenada.

Calla, dijo ella. *No es verdad. Yo te amo.*

Calla tú.

Pero te amo.

Está bien. Estoy bien. Tocó el blando moratón que él tenía alrededor del ojo. El relleno de la almohada, extraído por el afilado borde de la hoja dentada, rodó por las mejillas de ambos envuelto en lágrimas. *Escucha*, dijo él, *pronto moriré.*

Calla.

Los dos lo sabemos.

Calla.

Es mejor enfrentarse a ello.

Calla.

Y me pregunto si podrías, si podríamos fingir que nos amamos durante el tiempo que queda. Hasta que me haya ido.

Silencio.

Ella sintió de nuevo lo mismo que la noche en que le conoció, cuando él apareció en su ventana, iluminado, cuando ella dejó caer los brazos y se volvió a mirarle.

Podemos hacerlo.

Ella talló un pequeño agujero en la pared para que él pudiera hablarle desde la habitación contigua a la que se había desterrado, y se instaló una tabla en la puerta para servir la comida. Así fueron las cosas durante el último año de matrimonio. Ella empujaba el lecho contra el muro hasta poder oír las apasionadas blasfemias que él murmuraba y notar el cosquilleo de su dedo índice, que, en esa posición, no podía ni hacer daño ni acariciar. Cuando Brod se sentía lo bastante valiente, deslizaba uno de sus dedos por el agujero (como quien tienta a un león enjaulado) intentando poner en él todo su amor.

¿Qué haces?, susurró él.

Hablar contigo.

Enfocó el agujero con los ojos. *Estás muy hermosa.*

Gracias, dijo ella. *¿Puedo verte?*

Él se apartó del agujero para que ella pudiera ver al menos parte de su cuerpo.

¿Quieres quitarte la camisa?, preguntó ella.

Me da vergüenza. Se rio y se quitó la camisa. *¿Te importa hacer lo mismo? Así no me sentiré tan raro.*

¿Eso te haría sentir menos raro? Ella se rio. Pero hizo lo que le pedía, asegurándose de que estaba lo bastante lejos del agujero como para que él pudiera verla.

¿Quieres quitarte los calcetines?, pidió Brod. *¿Y los pantalones?*

¿Tú también lo harás?

A mí también me da vergüenza, dijo ella, lo cual era verdad, pese a que ambos se habían visto desnudos cientos, probablemente miles, de veces. Nunca se habían observado de lejos. Nunca habían conocido esa profunda intimidad, esa cercanía que surge solo de la distancia. Ella fue hacia el agujero y le contempló en silencio durante varios minutos. Después se apartó. Fue él entonces quien la observó sin decir nada durante varios minutos. En ese silencio alcanzaron esa nueva intimidad, la intimidad de las palabras mudas.

Y ahora, ¿te quitarás la ropa interior?, preguntó ella.

¿Te quitarás tú la tuya?

Si te quitas la tuya.

¿Lo harás?

Sí.
¿Me lo prometes?

Se despojaron de la ropa interior y se observaron por turnos a través del agujero, experimentando la súbita y vital alegría de descubrir el cuerpo del otro y el acuciante dolor de no poder descubrirse a la vez.

Tócate como si tus manos fueran las mías, dijo ella.
Brod...
Por favor.

Así lo hizo, pese a que le daba vergüenza, pese a que estaba a un cuerpo de distancia del agujero. Y aunque él no conseguía ver más que el ojo de su compañera —una canica azul sobre fondo negro—, ella hizo lo mismo, usando sus propias manos para recordar las de él. Se acostó sobre la cama; con el dedo corazón de su mano derecha recorrió el agujero del tabique de madera mientras con el izquierdo dibujaba círculos en torno a su mayor secreto, otro agujero, otro espacio negativo, y ¿cuándo podemos decir que una prueba es prueba suficiente?

¿Me tomarás?, preguntó ella.
Sí.
¿Sí?
Sí.

Hacían el amor a través del agujero. Los tres amantes apretados sin llegar a tocarse del todo. El Kolker besaba la pared, y Brod besaba la pared, pero esta, egoísta, nunca les devolvía los besos. El Kolker colocaba las palmas de las manos contra el tabique, y Brod, de espaldas para recibir su amor, apretaba la parte trasera de sus muslos contra la dura superficie, pero esta permanecía indiferente, sin reconocer los arduos esfuerzos de ambos amantes.

Vivieron con el agujero. La ausencia que lo definía se convirtió en la presencia que los definía a ellos. La vida era un pequeño espacio negativo tallado en la solidez eterna, y por primera vez parecía algo valioso, no como las expresiones típicamente hermosas (que ya habían dejado de tener sentido), sino como el último aliento de una víctima a punto de ahogarse.

Sin poder examinar el cuerpo del Kolker el doctor diagnosticó consunción, un tiro al aire que le sirvió para rellenar la línea de puntos. A través del orificio del muro negro Brod veía languidecer a su aún joven marido. El hombre fuerte y apuesto que el destello de un relámpago había iluminado la noche de la muerte de Yankel, el que le había explicado la razón de su primera menstruación, el que se había despertado al alba y regresado al anochecer solo para que a ella no le faltara de nada; aquel que nunca le habría puesto la mano encima, pero, en cambio, a menudo había descargado sobre ella sus puños, había adquirido el aspecto de un octogenario. Había perdido casi todo el cabello, y el poco que conservaba, sobre las orejas, se había vuelto gris. Las manos, prematuramente arrugadas, surcadas de venas visibles; el estómago caído; los pechos más grandes que los de su esposa, lo cual no es decir mucho de su tamaño pero sí del dolor que embargaba a Brod al verlos.

Ella le convenció de que se cambiara de nombre por segunda vez. Quizá así lograra despistar al Ángel de la Muerte cuando viniera en su busca. (Lo inevitable es, después de todo, inevitable.) Quizá de este modo podrían confundirle y convencerle de que el Kolker era quien no era, de la misma forma que el propio Kolker se había convencido de ello. De manera que Brod le impuso el nombre de Safran, en honor de un fragmento escrito con lápiz de labios que recordaba haber visto sobre el techo de su padre. (Y fue por este Safran por quien mi abuelo, a quien hemos dejado a punto de casarse, recibió ese nombre.) Pero no funcionó. El estado de Shalom, alias el Kolker, alias Safran, empeoró, los años continuaron pasando en cuestión de días, y su dolor le había debilitado demasiado, incluso para poner fin a su sufrimiento pasando las muñecas por el borde afilado de la hoja dentada que llevaba incrustada en la cabeza.

Poco tiempo después de ser desterrados a los tejados, los Anillos de Ardisht advirtieron que no tardarían en quedarse sin las cerillas que encendían sus adorados cigarrillos. Llevaban la cuenta sobre una línea de tiza a un lado de la chimenea más alta. Quinientas. Al día siguiente trescientas. Al día siguiente cien. Las racionaron, las usaron hasta quemarse las yemas de los dedos, tratando de encender al menos treinta cigarrillos con cada una. Cuando no les quedó más que una veintena de fósforos, encender los cigarrillos se convirtió en una ceremonia. Para entonces las mujeres ya no reprimían las lágrimas. Nueve. Ocho. El dirigente del clan dejó caer la séptima por accidente desde lo alto del tejado y acto seguido saltó al vacío impulsado por la vergüenza. Seis. Cinco. Era inevitable. Una brisa traidora apagó la cuarta cerilla debido a un imperdonable error del nuevo dirigente del clan, quien también se precipitó hacia la muerte, aunque en este caso no por voluntad propia. Tres: *Moriremos sin ellas.* Dos: *No podemos seguir adelante.* Y entonces, en el momento álgido de la desesperación, alguien, un niño, tuvo una gran idea: solo hacía falta asegurarse de que siempre hubiera alguien fumando. Cada cigarrillo podía encenderse con la colilla del anterior. Mientras haya un cigarrillo encendido, existe la promesa de otro. ¡La punta de ceniza reluciente es la semilla de la continuidad! Se establecieron horarios: turno al amanecer, caladas a primera hora, a todo gas después de comer, mantenimiento a media tarde y primera hora de la noche, vigía crepuscular, y centinela solitario a medianoche. En el cielo siempre brillaba el reflejo de al menos un cigarrillo, la luz de la esperanza.

Lo mismo sucedía con Brod, quien, como sabía que el Kolker tenía los días contados, comenzó a lamentar su muerte antes de que esta tuviera lugar. Alquiló ropa de luto y se sentó en un taburete bajo, rozando el suelo. Incluso recitaba la oración del velatorio *kaddish* en un tono de voz lo bastante alto como para que Safran la oyera. Era cuestión de semanas, pensaba ella. Días. Aunque no derramó ni una sola lágrima, lloraba sin cesar con un llanto seco. (Lo cual no pudo ser bueno para mi tatara-tatara-tatarabuelo —concebido a través del agujero—, de quien estaba embarazada de ocho meses.) Y entonces, en uno de sus escasos momentos de lucidez mental, Shalom, alias el Kolker, alias Safran, la llamó a través del muro: *Todavía sigo aquí, ¿sabes? Prometiste que fingirías amarme hasta que muriera y en su lugar lo que finges es que he muerto.*

Es cierto, pensó Brod. *Estoy faltando a mi promesa.*

De manera que se aferraron a los minutos como las cuentas a la cuerda del rosario. No dormían. Se mantuvieron despiertos con las mejillas pegadas al tabique divisorio, pasándose notas a través del agujero como lo harían dos escolares: vulgaridades, besos encendidos, canciones y versos obscenos.

No llores, amor mío,
No llores, amor mío,
tu corazón está a mi lado.
Puta redomada,
coño desagradecido,
tu corazón está a mi lado.
Oh, no tengas miedo,
estoy aún más cerca,
tu corazón está a mi lado.
Te arrancaré los ojos,
y te machacaré esa cabeza
de maldita puta de mierda,
tu corazón está a mi lado.

Sus últimas conversaciones (números noventa y ocho, noventa y nueve y cien) consistieron en intercambiar votos, que tomaban la forma de los sonetos que Brod leía de uno de los libros preferidos de Yankel —del que cayó al suelo un trozo de papel: *No he podido evitarlo*— y las mayores obscenidades que Shalom, alias el Kolker, alias Safran, componía para ella, versos que no querían decir lo que decían, pero hablaban en una armonía que solo su esposa era capaz de oír. *Lamento que esta haya sido tu vida. Gracias por fingir conmigo.*

Te estás muriendo, dijo Brod, porque era verdad, una verdad intrusa pero evidente, y ya estaba harta de decir cosas que no eran ciertas.

Lo sé, dijo él.

¿Cómo te sientes?

No estoy seguro, a través del agujero. *Tengo miedo.*

No tienes por qué tener miedo, dijo ella. *Todo irá bien.*

¿Cómo va a ir todo bien?
No te dolerá.
No creo que sea eso de lo que tengo miedo.
¿De qué, pues?
Tengo miedo a no estar vivo.
No debes tener miedo, repitió ella.
Silencio.
Él pasó el dedo por el agujero.
Tengo algo que decirte, Brod.
¿Qué?
Es algo que he querido contarte desde que te conocí, y debería haberlo hecho hace mucho tiempo, pero cuanto más esperé, más imposible se volvió. No quiero que me odies.

Nunca podría odiarte, dijo ella, y enlazó su dedo con el de él.

Todo esto está mal, del todo mal. No es como yo quería que fuera. Tienes que saberlo.
Calla... calla...
Te debo mucho más que esto.
No me debes nada. Chis...
Soy una mala persona.
No lo eres.
Tengo que contarte algo.
Está bien.

Apretó los labios contra el agujero. *Yankel no era tu verdadero padre.*

Los minutos quedaron sueltos. Cayeron al suelo y rodaron por la casa, extraviados.

Te amo, dijo ella, y por primera vez en su vida, las palabras tenían sentido.

Dieciocho días después nació el bebé, quien, al tener la oreja pegada al vientre de Brod, lo había oído todo. La fatiga del parto hizo que Brod se durmiera. Unos minutos después, o quizá en el momento exacto de su nacimiento —la casa estaba tan impregnada de nueva vida que nadie se enteró de la nueva muerte—, Shalom, alias el Kolker, alias Safran, murió sin haber visto a su tercer hijo. Brod lamentaría después no saber con exactitud el momento de la muerte de su marido. De haberse producido antes del nacimiento de su hijo, ella le habría llamado Shalom, o Kolker, o Safran. Pero la costumbre judía prohibía dar a un niño el nombre de un pariente vivo. Traía mala suerte. Así que le bautizó como Yankel, igual que a sus otros dos hijos.

Cortó la circunferencia de madera que rodeaba al agujero que la había separado del Kolker en esos últimos meses y se colgó el aro en el collar, junto a la cuenta de ábaco que Yankel le había dado tanto tiempo atrás. Esta nueva cuenta le recordaría al segundo hombre que había perdido en dieciocho años, y al agujero que, ya lo estaba aprendiendo, no es la excepción sino la regla. El agujero es el no vacío; el vacío existe a su alrededor.

Los hombres del molino de harina, que sentían la acuciante necesidad de hacer algo por Brod, algo que despertara en ella una mínima parte del amor que le dedicaban, hicieron una colecta para bañar en bronce el cuerpo del Kolker y solicitaron al consejo que emplazara la estatua en el centro de la plaza del *shtetl*, como símbolo de fuerza y vigilancia. Por añadidura, la línea perpendicular de la hoja dentada permitía establecer, aunque no con gran precisión, la hora solar.

Pero más que de fuerza y vigilancia, la estatua pronto se convirtió en un símbolo del poder del azar. Al fin y al cabo, fue el azar el que determinó que consiguiera el saco de monedas ese *Trachimday*, y el que le llevó junto a Brod justo en el mismo momento en que Yankel la dejaba. Fue el azar el que puso la hoja de acero en su cabeza, el que la había mantenido allí y el que había hecho coincidir su muerte con el nacimiento de su hijo.

Hombres y mujeres de lejanos *shtetls* viajaron hasta la plaza solo para rozar su nariz, que tuvo que ser recubierta de bronce solo un mes después. Las madres llevaban a sus bebés —siempre al mediodía, cuando no se dibujaba en el suelo la menor sombra— para protegerles de los relámpagos, el mal de ojo y las balas perdidas de los partisanos. Los ancianos le contaban sus secretos con la esperanza de divertirle, de conmoverle para que les concediera unos años más de vida. Las mujeres casaderas le besaban en los labios, rezando por ver llegar el amor, y fueron tantos los besos que los labios se hundieron hasta convertirse en lo contrario de un beso y tuvieron que ser de nuevo bañados en bronce. Fueron tantos los visitantes llegados con el propósito de frotar y besar distintas partes de la estatua que pronto las capas de bronce tuvieron que aplicarse con periodicidad mensual. Era un dios cambiante, destruido y resucitado por los fieles, destruido y resucitado por la fe.

Sus dimensiones fueron variando ligeramente con cada capa. Con el tiempo se elevaron los brazos, milímetro a milímetro, desde los costados hasta sobrepasar la cabeza. Los hombros débiles del final de su vida se transformaron en músculos gruesos y viriles. La cara había sido acariciada tantas veces por manos suplicantes y reconstruida asimismo tantas otras que ya no se parecía en nada al dios a quienes rezaban los primeros seguidores. Para cada nuevo busto, los escultores fueron tomando como modelo a los descendientes varones de la primera Esfera, en una especie de inversión genética. (De manera que cuando mi abuelo pensó que la edad iba haciéndole parecido a su tatara-tatara-tatarabuelo, lo que vio en realidad es que su tatara-tatara-tatarabuelo iba, con la edad, pareciéndose a él. Su revelación fue, por tanto, cuánto se parecía a sí mismo.) Los que rezaban llegaron a creer menos en el dios original y más en la creencia propiamente dicha. Las mujeres casaderas besaban los gastados labios de la Esfera, aunque no eran fieles a su dios, sino al labio: se besaban a sí mismas. Y cuando los novios se arrodillaban no era en el dios en quien creían, sino en el acto de caer de rodillas; no en las rodillas de bronce del dios, sino en las suyas, magulladas por el esfuerzo.

De manera que mi abuelo se arrodilló —añadiendo un eslabón perfectamente único a una cadena perfectamente uniforme— casi ciento cincuenta años después de que su tatara-tatara-tatarabuela Brod viera al Kolker iluminado en la ventana. Con la mano del brazo izquierdo, el bueno, se quitó el pañuelo-braga y se secó con él el sudor de la frente y luego de su labio superior.

Tatara-tatara-tatarabuelo, suspiró, *no permitas que odie mi nuevo yo.*

Cuando se sintió preparado para proseguir —con la ceremonia, con la tarde, con su vida— se incorporó y fue rodeado de nuevo por los gritos de alegría de los hombres del *shtetl*.

¡Hurra! ¡El novio!

Yoidle-doidle!
¡A la sinagoga!

Le llevaron por las calles a hombros. Largas cuerdas blancas colgaban desde las ventanas sobre adoquines rebozados de blanco —si tan solo lo hubieran sabido—

con harina. Encabezando la comitiva, los violinistas hacían sonar los violines, esta vez melodías más rápidas cuya letra entonaban todos los hombres al unísono:
Biddle biddle biddle biddle
Bop
Biddle bop...
Dado que tanto mi abuelo como la novia eran Oblicuos, la ceremonia bajo la *chuppah* fue extremadamente breve. El Inocuo Rabino recitó las siete bendiciones, y en el momento adecuado mi abuelo alzó el velo que cubría el rostro de su nueva esposa —que le dedicó un guiño fugaz y seductor cuando el Rabino se volvió hacia el arca— y de una patada destrozó el cristal, que en realidad no era cristal sino vidrio, que se extendía bajo los pies.

17 de noviembre de 1997

Querido Jonathan:

Bueno, me siento como si tuviera que informarte de muchas cosas. Comenzar siempre es rígido, ¿verdad? Empezaré con el tema menos rígido, que es la escritura. No percibí si quedaste complacido por la última porción. No, entiendo lo que decías sobre conmoverte (¿conmoverte hacia dónde?). Me agrada que aceptaras humorísticamente la parte que inventé sobre ordenarte que te bebieras el café hasta que pudiera verse mi rostro en el fondo de la taza y tu respuesta de que era una taza de cerámica. Soy una persona divertida, creo, aunque Pequeño Igor dice que solo mi aspecto es divertido. Mis otras invenciones fueron de primera clase, ¿no? Lo pregunto porque en tu carta no las mencionabas. Ah, por cierto, debo tragarme un ingente e indigesto trozo de orgullo por la parte que inventé con la palabra «seducir» y cómo no sabías lo que significaba. Ya la he amputado, la parte y mi descaro. Ni siquiera Alf es siempre humorístico. He hecho esfuerzos para dibujarte como a una persona con menos ansiedad, como ya me has comandado en otras ocasiones, pero es difícil de lograr porque en verdad eres una persona con mucha ansiedad. Quizá deberías probar las drogas.

En cuanto a tu historia, te diré que al principio me puse muy perplejo. ¿Quién es este nuevo Safran, y la Esfera, y quién se está casando? Al principio pensé que era la boda de Brod y el Kolker, pero cuando supe que no lo era, pensé, ¿por qué no continúa su historia? Estarás feliz de saber que procedí, suspendiendo mi tentación de depositar tu novela en la basura, y luego todo quedó iluminado. Estoy muy contento de que volvieras a Brod y al Kolker, aunque no estoy nada contento de que él se convirtiera en la persona en que se convirtió por culpa de la sierra (no creo que en esa época hubiera máquinas como esas, pero confío en que tengas un buen motivo para tu ignorancia), aunque estoy contento de que pudieran descubrir otro tipo de amor, aunque no estoy contento de que en realidad no fuera amor, ¿no? Uno podría aprender muchas cosas del matrimonio de Brod y el Kolker. No sé cuáles, pero seguro que tienen mucho que ver con el amor. Y adicionalmente, ¿por qué le llamas «el Kolker»? Es parecido a cuando dices «la Ucrania», y eso no tiene ningún sentido para mí.

Si puedo pronunciar una sugerencia, te sugiero que hagas feliz a Brod. Por favor. ¿Acaso es tan imposible? Quizá todavía podría existir y estar próxima a tu abuelo Safran. O, y esta es una magnífica idea, quizá Brod podría ser Augustine. ¿Pescas lo que quiero decir?

Tendrías que alterar mucho tu historia, y ella sería muy vieja, por supuesto, pero sería maravilloso, ¿no?

Esas cosas que escribías en tu carta acerca de tu abuela me hicieron recordar lo que me contaste en las escaleras de la casa de Augustine, de cuando te sentabas bajo sus faldas y cómo eso te hacía sentir a salvo y en paz. Debo confesarte que me puse muy melancólico, y que todavía estoy melancólico. También me sentí conmovido (¿es así como lo usas?) por lo que me escribiste sobre lo difícil que fue para tu abuela ser madre sin tener marido. Es increíble, ¿no?, lo mucho que sufrió tu abuelo para sobrevivir solo para morir en cuanto llegó a América. Era como si después de sobrevivir tanto ya no hubiera ninguna razón para sobrevivir más. Lo que me escribiste sobre la temprana muerte de tu abuelo me ayudó a entender, de alguna manera, la melancolía que ha sentido el Abuelo desde la muerte de la Abuela, y no solo porque los dos murieron de cáncer. No conozco a tu madre, claro, pero te conozco a ti y puedo decirte que tu abuelo habría estado muy muy orgulloso. Espero que yo sea alguien de quien la Abuela también hubiera estado orgullosa.

Y ahora, por lo que se refiere a informar a tu abuela de nuestro viaje, creo que es innegociable, aunque eso la haga llorar. En verdad, es algo muy anormal visionar a tus abuelos llorando. Ya te he contado lo de cuando vi llorar al Abuelo, y me imploro a mí mismo decir que desearía no visionario de nuevo. Si esto significa que debo hacer cosas para que no llore, entonces haré esas cosas. Si esto significa que no debo mirar cuando llore, entonces no miraré. Tú eres muy distinto a mí en esto. Creo que necesitas ver llorar a tu abuela, y si esto significa hacer cosas que la hagan llorar, entonces debes hacerlas, y si esto significa mirar cuando llora, entonces debes mirar.

Tu abuela encontrará la manera de estar contenta con lo que hiciste en Ucrania. Estoy seguro de que te perdonará si la informas. Pero si nunca la informas nunca podrá perdonarte. Y eso es lo que quieres, ¿verdad? ¿Que ella te perdone? ¿No es por eso que lo hiciste todo? Una parte de tu carta me llenó de melancolía. Era la parte en que decías que no conoces a nadie y que eso te abarca incluso a ti. Comprendo mucho lo que dices. ¿Te acuerdas de la porción que te escribí en la que te contaba lo que decía el Abuelo sobre mí: que parezco una combinación de Padre, Madre, Brézhnev y yo mismo? Cuando leí lo que escribiste me acordé de esto. (Cuando nos escribimos, vamos recordándonos cosas el uno al otro. Estamos haciendo una historia, ¿verdad?) Ahora debo informarte de algo. Es algo de lo que nunca he informado a nadie y debes prometerme que conservarás mi secreto. Nunca he tenido trato carnal con una chica. Lo sé. Lo sé. No puedes creerlo, pero todas las historias que te conté de chicas que me llamaban Noche Entera, Baby y Dinero eran no verdades, y ni siquiera eran no verdades adecuadas. Creo que exhalo esas no verdades porque me hacen sentir primordial. Padre me pregunta a menudo por las chicas, y con qué chicas tengo relación carnal, y en qué posturas tenemos esa relación carnal. Le gusta reírse de ello conmigo, especialmente por la noche cuando está lleno de vodka. Sé que le decepcionaría mucho saber cómo soy de verdad.

Pero es más, también exhalo esas no verdades para

Pequeño Igor. Deseo que crea que tiene un hermano guay, un hermano cuya vida desearía personificar algún día. Quiero que Pequeño Igor sea capaz de presumir de su hermano con sus amigos, que quiera ser visto con él en lugares públicos. Creo que es por eso que ansío tanto escribirte a ti. Me hace posible ser no como soy, sino como deseo que Pequeño Igor me vea. Puedo ser divertido, porque tengo tiempo de meditar cómo ser divertido, y puedo reparar los errores cuando perpetro errores y puedo ser melancólico de una manera interesante, no melancólico a secas. En la escritura siempre tenemos segundas oportunidades. La primera tarde de nuestro viaje mencionaste que quizá hubieras nacido para ser escritor. Creo que es algo terrible. Pero debo decirte que creo que no entendiste el significado de lo que dijiste cuando lo dijiste. Hacías sugerencias sobre cómo te gustaba escribir, y lo interesante que era para ti imaginar mundos que no eran exactamente como este, o mundos que sí son exactamente como este. Es verdad, estoy seguro, que escribirás muchos más libros que yo, pero debo iluminarte que soy yo y no tú el que nació para ser escritor.

El Abuelo me interroga por ti cada día. Desea saber si le perdonas por las cosas que te contó sobre la guerra y sobre Herschel. (Podrías alterarlas, Jonathan. Por él, no por mí. Tu novela está bordeando la guerra y aún es posible.) No es una mala persona. Es solo una persona, viva en un mal momento. ¿Recuerdas cuando lo dijo? Recordar su vida le llena de tanta melancolía. Casi cada noche le descubro llorando, pero debo falsificar que estoy reposando. Pequeño Igor también le descubre llorando, y también Padre, y aunque nunca podría informarme estoy seguro de que ver a su padre llorar también le pone melancólico.

Todo es como es porque todo fue como fue. A veces me siento atrapado en esto, como si, haga lo que haga, lo que vendrá ya está decidido. Por mí bien, pero hay cosas que quiero para Pequeño Igor. Hay demasiada violencia a su alrededor, y no me refiero exclusivamente a la violencia de los puños. No quiero que sienta más esa violencia, pero también quiero que él nunca haga sentir a los otros esta violencia.

Padre nunca está en casa porque así no ve llorar al Abuelo. Esa es mi idea. «Es por el estómago», me dijo la semana pasada cuando oímos al Abuelo desde la sala de la televisión. «El estómago.» Pero no es el estómago, entiendo yo, y Padre también lo entiende. (Es por eso que perdono a Padre. No le amo. Le odio. Pero le perdono por todo.) Reitero: el Abuelo no es una mala persona, Jonathan. Todos hacemos cosas malas. Padre las hace. Yo las hago. Incluso tú las haces. Una mala persona es aquella que no lamenta sus malas acciones. El Abuelo está muriendo por ellas. Te suplico que nos perdones y nos hagas mejores de lo que somos. Haznos buenos.

> Con todo mi candor,
> Alexander

ENAMORARSE

«Jon-Zan —dije—. ¡Jon-Zan, revive! ¡Mira a quién tengo!» «¿Eh?» «Mira», dije señalando a Augustine. «¿Cuánto tiempo he dormido? —preguntó—. ¿Dónde estamos?» «¡En Trachimbrod!» «¡Estamos en Trachimbrod!» Mi orgullo era explosivo. «Abuelo», grité, moviendo al Abuelo con mucha violencia. «¿Qué?» «¡Mira, Abuelo! ¡Mira a quién he encontrado!» Frotó las manos sobre los ojos. «¿Augustine?», preguntó, y aparecía como si no estuviera seguro de no estar en un sueño. «¡Sammy Davis, Junior, Junior! —dije, sacudiéndola—. ¡Hemos llegado!» «¿Quién es esta gente?», preguntó Augustine sin dejar de persistir en el llanto. Se secó las lágrimas con el vestido, lo cual significa que lo elevó lo bastante como para exhibir las piernas. Pero su vergüenza era mínima. «¿Augustine?», preguntó el héroe. «Vamos —dije—, y os lo iluminaré todo.» El héroe y la perra se corrieron rápidamente del coche. Yo no estaba seguro de si el Abuelo vendría o no, pero sí vino. «¿Tienen hambre?», preguntó Augustine. El héroe debe haber adquirido algo de ucraniano, porque se puso la mano en el estómago. Yo moví la cabeza en vertical para decir que sí, tenemos mucha hambre. «Vengan —dijo Augustine, y detecté que ya no estaba melancólica, sino alegre como unas castañas. Me cogió la mano—. Entren en casa. Prepararé la comida y comeremos.» Ascendimos las escaleras de madera y visionamos cómo se movía por la casa. Sammy Davis, Junior, Junior se entretuvo fuera, oliendo la ropa del patio.

Primero debo describir que Augustine caminaba de manera muy poco usual, lo que quiere decir que iba de aquí para allá con gravidez. No podía ir a otra velocidad que no fuera la lentitud. Era como si tuviera una pierna defectuosa. (Si en aquel momento lo hubiéramos sabido todo, Jonathan, ¿habríamos entrado igual?) Segundo, debo describir su casa. No era similar a ninguna casa que yo haya visto, y no creo que yo, si pudiera elegir, la llamara casa. Si queréis saber cómo la llamaría, yo la llamaría dos habitaciones. Una de las habitaciones tenía una cama, un pequeño escritorio, una cómoda y muchas cosas desde el suelo hasta el techo, incluyendo pilas compuestas por cientos de prendas de ropa y cientos de zapatos de diferentes tallas y modelos. No se podía ver la pared debajo de tantas fotografías. Aparecían como muchas familias distintas, aunque reconocí que algunas personas estaban repetidas en más de una. Toda la ropa y las fotos me hicieron razonar que en esa habitación habían vivido al menos cien personas. La otra habitación también estaba muy masificada. Había muchas cajas, rebosantes de cosas. Los lados de las cajas tenían cosas escritas. Una tela blanca rebosaba de la caja marcada como: BODAS Y OTRAS CELEBRACIONES. La caja marcada CONFIDENCIAL: PERIÓDICOS / DIARIOS / LIBROS DE ESBOZOS

/ ROPA INTERIOR estaba tan llena que aparecía al borde de la explosión. Había otra caja marcada con PLATA / PERFUME / RUECA, y otra marcada con RELOJES / INVIERNO, y otra marcada con HIGIENE / CARRETES / VELAS, y otra con PATRONES / GAFAS. Si hubiera sido un tipo listo, habría anotado todos los nombres en un pedazo de papel, como hizo el héroe en su diario, pero yo no fui tan listo y ya se me han olvidado muchos. No entendí algunos de los nombres, como la caja que ponía OSCURIDAD, o la que tenía escrito en lápiz en la parte frontal MUERTE DEL RECIÉN NACIDO. Visioné que la caja más alta, la última del rascacielos de cajas, estaba marcada con la palabra POLVO.

En esta misma habitación también había un pequeño hornillo, un estante con verduras y patatas, y una mesa de madera. Fue ante esta mesa donde nos sentamos. Era rígido sacar las sillas, porque las cajas devoraban todo el espacio. Casi. «Dejad que cocine algo para vosotros», dijo ella, enviando las palabras y las miradas hacia mí. «Por favor, no haga muchos esfuerzos», dijo el Abuelo. «No es nada —dijo ella—, pero debo confesar que no tengo mucho dinero, y por esta razón no tengo carne. —El Abuelo me miró y cerró uno de sus dos ojos—. Tengo patatas y repollos. ¿Les va bien?», preguntó. «Estará perfecto», dijo el Abuelo. Él sonreía mucho, y no miento si os digo que no le había visto sonreír tanto desde que la Abuela estaba viva. Vi que mientras ella rotaba para excavar un repollo de una caja de madera del suelo, el Abuelo se ordenó los pelos con el peine que tenía en el bolsillo.

«Dile que estoy encantado de conocerla», dijo el héroe. «Nosotros estamos encantados de conocerla —dije, y por accidente golpeé con el codo la caja que ponía FUNDAS DE ALMOHADA—. No sabría entender cuánto tiempo la hemos estado buscando.» Encendió el fuego del hornillo y empezó a cocinar la comida. «Dile que nos lo cuente todo —dijo el héroe—. Quiero saber cómo conoció a mi abuelo y por qué decidió salvarle, y qué pasó con su familia, y si volvió a ver a mi abuelo después de la guerra. Intenta descubrir —dijo en voz baja, como si ella pudiera entenderle— si estuvieron enamorados.» «Sosiego», le dije, porque no quería que Augustine se petrificara. «Es muy amable por su parte —le dijo el Abuelo— dejarnos entrar en su casa y cocinar para nosotros. Es usted muy amable.» «Usted es más amable», dijo ella, y luego realizó algo que me sorprendió. Miró su cara en el reflejo de la ventana que había sobre el hornillo. Creo que deseaba ver qué aspecto tenía. Es solo una liviana idea, pero estoy seguro de que es una liviana idea verdadera.

La observamos, como si el mundo entero y su futuro dependieran de ella. Cuando cortó el repollo en pequeños trozos, el héroe movió la cabeza al compás del cuchillo. Cuando puso los trozos en una sartén, el Abuelo sonrió y colocó una de sus manos sobre la otra. Y en cuanto a mí, yo no podía retirar los ojos de ella. La anciana tenía los dedos delgados y los huesos prominentes. Como ya he mencionado antes, sus pelos eran blancos y largos. Los extremos de los pelos tocaban el suelo, arrastrando consigo el polvo y la suciedad. Era rígido examinar sus ojos porque estaban muy hundidos en la cara, pero cuando me miró, visioné que eran azules y resplandecientes. Fueron sus ojos los que me hicieron comprender que era, sin cuestión, la Augustine de la fotografía. Y, viendo sus ojos, estuve seguro de que había salvado al abuelo del héroe, y probablemente a muchos más. Mi cerebro imaginó cómo los días conectaban a la chica de la fotografía con la mujer que estaba ahora con nosotros. Cada día era como otra foto. Su vida era un libro de fotos. Una con el abuelo del héroe, y ahora otra con nosotros.

Cuando la comida estuvo lista, después de muchos minutos de cocinar, la transportó a la mesa en platos, uno para cada uno menos para ella. Una de las patatas descendió al suelo, PLOF, y eso nos hizo reír por razones que un escritor sutil no tendría necesidad de iluminar. Pero Augustine no se rio. Debió de estar muy avergonzada, porque escondió la cabeza durante mucho tiempo antes de volver a visionarnos. «¿Se encuentra bien? —preguntó el Abuelo. Ella no contestó—. ¿Se encuentra bien?» Y de repente ella volvió hacia nosotros. «Deben de estar muy fatigados por tanto viaje.» «Sí», dijo él, rotando la cabeza como si estuviera avergonzado, aunque no sé cuál era la causa de su vergüenza. «Podría ir al mercado y adquirir unas bebidas frías —dijo ella—. Cola, o algo así, si les apetece.» «No —dijo el Abuelo con urgencia, como si ella pudiera irse y no volver—. No es necesario. Ya ha sido demasiado generosa. Siéntese, por favor.» Sacó una de las sillas de madera de debajo de la mesa, y por accidente dio un pequeño golpe a la caja marcada con MENORÁS / TINTA / LLAVES. «Gracias», dijo ella, y bajó la cabeza. «Es usted muy hermosa», dijo el Abuelo, y yo no esperaba que lo dijera, y no creo que él esperara decirlo. Hubo un momento de silencio. «Gracias», dijo ella, y retiró los ojos de él. «Es usted quien está siendo generoso.» «Pero usted es hermosa», dijo él. «No —dijo ella—. No lo soy.» «Yo también creo que es hermosa», dije, y aunque no esperaba decirlo, no lo lamenté. Era realmente hermosa, como alguien a quien nunca conocerás en verdad, solo en sueños, como si fuera demasiado buena para ti. Percibí que era también muy tímida. Le cobraba mirarnos, y guardaba las manos en los bolsillos del vestido. Debo decir que cuando se decidía a otorgarnos una mirada, lo hacía siempre a mí, no a los otros.

«¿De qué habláis? —preguntó el héroe—. ¿Ha mencionado a mi abuelo?» «¿Él no habla ucraniano?», preguntó ella. «No», le dije. «¿De dónde es?» «América.» «¿Eso está en Polonia?» A duras penas pude creer que no supiera qué es América, y debo deciros que esto la hizo aún más hermosa ante mis ojos. «No, está muy lejos. Vino en avión.» «¿En qué?» «En avión —dije—, por el cielo.» Moví la mano en el aire, falsificando un avión, y por accidente di un golpe a la caja que ponía RELLENOS. Falsifiqué el ruido de un avión con los labios. Esto la angustió. «Basta», dijo ella. «¿Qué?» «Por favor», dijo ella. «¿Es por la guerra?», preguntó el Abuelo. Ella no dijo nada. «Ha venido hasta aquí para verla —dije a Augustine—. Ha venido desde América para conocerla.» «Pensé que eras tú —me dijo ella—. Pensé que eras tú.» Esto me hizo romper a reír, y al Abuelo también. «No —dije yo, poniendo mi mano sobre la mano del héroe—, es él. Ha cruzado medio mundo para encontrarla.» Esto la incitó a llorar de nuevo, algo que no era mi intención, pero que me pareció adecuado. «¿Ha venido a verme?», preguntó al héroe. «Quiere saber si ha venido aquí para verla.» «Sí —dijo el héroe—, dile que sí.» «Sí —le dije— todo lo ha hecho por usted.» «¿Por qué?», preguntó ella. «¿Por qué?», pregunté al héroe. «Porque de no haber sido por ella, yo no habría podido estar aquí para encontrarla. Ella hizo posible esta búsqueda.» «Porque usted le creó —dije yo—. Salvando a su abuelo, permitió que naciera.» Sus pechos se encogieron. «Me gustaría darle algo —dijo el héroe. Excavó un sobre de la riñonera—. Contiene dinero. Ya sé que no es bastante. No existe bastante dinero para pagarle lo que hizo. Es solo algo de mi parte y de la de mis padres, para hacerle la vida más fácil. Dáselo.» Yo calibré el sobre. Estaba obeso. Debía de tener muchos miles de dólares. «Augustine —dijo el Abuelo—, ¿quiere volver con nosotros? ¿A Odessa? —Ella no contestó—. Cuidaríamos de usted. ¿Tiene familia aquí? Podemos llevarles también a casa. Esta no es forma de vivir —dijo, señalando al caos—. Podemos darle una nueva vida.» Cuando expliqué al héroe lo que decía el Abuelo, vi que las lágrimas se peleaban en sus ojos. «Augustine —dijo el Abuelo—, podemos salvarte de todo esto.» Señaló hacia la casa y hacia todas las cajas: PELO / ESPEJOS DE MANO, POESÍA / UÑAS / PECES, AJEDREZ / RELIQUIAS / MAGIA NEGRA, ESTRELLAS / CAJAS DE MÚSICA, DORMIR / DORMIR / DORMIR, MEDIAS / TAZAS DE KIDDUSH, AGUA ENSANGRENTADA.

«¿Quién es Augustine?», preguntó ella.

«¿Qué?», pregunté. «¿Quién es Augustine?» «¿Augustine?» «¿Qué dice ella ahora?» «La fotografía —dijo el Abuelo—. No sabemos nada de lo que pone detrás. Tal vez ese no sea su nombre.» Le exhibí la foto de nuevo, y de nuevo la hizo llorar. «Esta es usted —dijo el Abuelo, poniendo el dedo bajo el rostro de la mujer de la foto—. Aquí. Usted es esta chica.» Augustine movió la cabeza y dijo: «No, esta no soy yo, yo no soy ella». «Es una fotografía muy remota —me dijo el Abuelo—, y ella la ha olvidado.» Pero yo ya había admitido en mi corazón una verdad a la que el Abuelo no permitía el paso. Regresé el dinero al héroe. «Usted conoce a este hombre», dijo, no inquirió, el Abuelo, poniendo el dedo bajo la cara del abuelo del héroe. «Sí —dijo ella—, es Safran.» «Sí —dijo él, mirándome a mí y luego mirándola a ella—. Sí. Y está con usted.» «No —dijo ella—, no conozco a los demás. No eran de Trachimbrod.» «Usted le salvó.» «No», dijo ella, y salió de la mesa. «Usted le salvó», persistió él. Ella se puso las manos sobre la cara. «No es Augustine», dije al héroe. «¿Qué?» «No es Augustine.» «No te entiendo.» «Sí», dijo el Abuelo. «No», dijo ella. «No es Augustine —dije al héroe—. Pensé que sí, pero me equivoqué.» «Augustine —dijo el Abuelo, pero ella estaba en la otra habitación—. Es tímida —dijo el Abuelo—. La hemos confundido mucho.» «Quizá deberíamos irnos», dije yo. «No nos vamos a ningún sitio. Debemos ayudarla a recordar. Después de una guerra mucha gente hace rígidos esfuerzos por olvidar los recuerdos que no pueden soportar.» «No es ese caso», dije yo. «¿De qué habláis?», preguntó el héroe. «El abuelo cree que es Augustine», le dije. «¿Aunque ella lo niega?» «Sí —dije—, el Abuelo no está siendo razonable.»

Ella regresó de la otra habitación con una caja en las manos, que llevaba escrita la palabra RESTOS. La puso sobre la mesa y desocupó la tapa. Estaba muy llena de fotografías, trozos de papel, y muchos lazos y ropas, y cosas extrañas como peines, anillos y flores que ya se habían convertido en más papel. Ella sacó cada artículo, uno a uno, y lo exhibió ante nosotros, aunque debo decir que todavía parecía que me otorgaba a mí toda su atención. «Esta es una fotografía de Baruch frente a la vieja biblioteca. Solía pasarse el día sentado allí. ¡Y eso que ni siquiera sabía leer! Decía que le gustaba pensar en los libros, pensar en ellos sin leerlos. Siempre andaba con un libro bajo el brazo y fue la persona del *shtetl* que sacó más libros de la biblioteca. ¡Qué absurdo! Y este —dijo, y excavó otra fotografía del interior de la caja— es Yosef, con su hermano, Tzvi. Yo solía jugar con ellos cuando volvían del colegio. En el fondo de mi corazón siempre sentí algo especial por Tzvi, pero nunca se lo dije. Planeé decírselo, pero no me atreví. Yo era una chica tan alegre, con el corazón siempre muy lleno de sentimientos especiales. Leah se volvía loca al oírlos. "Con tantas cosas dentro", me decía, "no te va a quedar sitio para la sangre."» Se rio de sí misma, y luego se quedó en silencio.

«¿Augustine?», dijo el Abuelo, pero ella no le oyó, porque no rotó hacia él. Siguió revolviendo las cosas de la caja con las dos manos, como si las cosas fueran agua. Sus ojos ya solo me miraban a mí. El héroe y el Abuelo no existían.

«Este es el anillo de boda de Rivka —dijo, poniéndoselo en el dedo—. Lo escondió dentro de un jarro que colocó en el suelo. Yo lo sabía porque ella me lo explicó. Me dijo: "Solo por si acaso". Mucha gente hizo cosas parecidas. El suelo aún está lleno de anillos, dinero, cuadros y cosas judías. Yo pude encontrar parte de todo eso, pero el resto está bajo tierra.» El héroe no me preguntó ni una vez qué decía, ni entonces ni nunca. No estoy seguro de si sabía lo que decía, o si creyó que no debía preguntar.

«Y aquí tenemos a Herschel», dijo ella, sosteniendo una foto a la luz de la ventana. «Sasha —dijo el Abuelo—, dile que nos marchamos.» «No se vayan», dijo ella. «¡Calle!», le dijo el Abuelo, y aunque ella no fuera Augustine, él nunca debió haberle dicho eso. «Lo siento —le dije—, continúe, por favor.» «Herschel vivía en Kolki, un *shtetl* muy cercano a Trachimbrod. Herschel y Eli eran buenos amigos, y Eli tuvo que matar a Herschel, porque si no, ellos le habrían matado a él.» «¡Cállese!», gritó otra vez el Abuelo, y esta vez pegó a la mesa con violencia. Pero ella no obedeció. «Eli no quería matarle, pero lo hizo.» «Todo lo que cuenta es mentira.» «No ha querido decir eso —le dije, incapaz de agarrar por qué el Abuelo hacía lo que hacía—. Abuelo...» «¡Guárdese sus no verdades para usted!», dijo. «Alguien me contó esta historia —dijo ella—, y creo que es cierta.» Percibí que el Abuelo la estaba haciendo llorar.

«Esta horquilla —dijo ella—, la llevaba siempre Miriam en el pelo para evitar que le cayera por la cara. Siempre corría de un lado a otro. Si se sentaba, se moría, ya me entiendes, tenía que estar ocupada todo el tiempo. La encontré bajo su almohada. De verdad. Te preguntarás qué hacía la horquilla bajo su almohada. El secreto es... ¡que ella la cogía toda la noche para no chuparse el dedo! Era una mala costumbre, pero siguió haciéndolo de mayor, ¡con doce años! Yo era la única que lo sabía. Me mataría si supiera que te estoy hablando de su dedo, pero te diré algo, si te aproximabas lo bastante y prestabas atención, podías ver que el dedo siempre estaba rojo. A ella siempre le dio vergüenza enseñarlo.» Sumergió la horquilla en el interior de la caja de RESTOS y excavó otra foto.

«Ah, ya me acuerdo. ¡Son Kalman e Izzy! ¡Eran tan bromistas! —El Abuelo no visionaba nada, a excepción de Augustine—. Mira, Kalman tiene a Izzy cogido por la nariz. ¡No paraban nunca! Se pasaban el día haciendo travesuras. Padre los llamaba los payasos de

Trachimbrod. Decía: "¡Son más payasos que los del circo!".» «¿Usted es de Trachimbrod?», pregunté. «No es de Trachimbrod», dijo el Abuelo, y rotó la cabeza lejos de ella. «Sí, lo soy —dijo ella—. Soy lo único que queda.» «¿Qué quiere decir?», pregunté, porque no lo sabía. «Los mataron a todos —dijo ella, y aquí comencé a traducir al héroe lo que decía—, a todos excepto a uno o dos, que consiguieron huir.» «Tuvieron suerte», dije. «No», dijo ella. «No es cierto», dijo el Abuelo, aunque no sabía a qué se refería con precisión. «Sí que lo es. Uno nunca debería ser el único superviviente.» «Usted debería haber muerto con los otros», dijo él. (Nunca permitiré que eso permanezca en el relato.)

«Pregúntale si conoció a mi abuelo», dijo el héroe. «¿Conoció al hombre de la foto? Era el abuelo de este chico.» Le exhibí de nuevo la fotografía. «Por supuesto —dijo, reembolsándome la mirada—. Ese es Safran. Fue el primer chico al que besé. A mi edad ya no tengo por qué ocultarlo. Le besé cuando era solo una niña, y él solo un niño. Díselo —me dijo, cogiendo mi mano con la suya—. Dile que fue el primer chico al que besé.» «Dice que tu abuelo fue el primer chico al que besó.» «Fuimos buenos amigos. Perdió a su esposa y a sus dos hijos... En la guerra. ¿Él lo sabe?» «¿Dos hijos?», pregunté. «Sí», dijo ella. «Lo sabe.» Inspeccionó RESTOS, escarbando entre las fotografías y poniéndolas sobre la mesa. «¿Cómo puede hacerlo?», le preguntó el Abuelo.

«Aquí está —dijo ella tras una larga búsqueda—. Estos somos Safran y yo. —Observé que el héroe tenía riachuelos bajando por la cara, y quise ponerle la mano, como si fuera una presa, para detenerlos—. Estamos delante de esta casa —dijo ella—. Recuerdo muy bien el día. Mi madre hizo esta foto. Ella quería tanto a Safran. Creo que quería que me casara con él, e incluso llegó a hablar de ello con el Rabino.» «Entonces usted sería su abuela», le dije. Ella rio, y eso me hizo sentir bien. «A mi madre le gustaba mucho porque era un chico muy educado y alababa su belleza, pese a que no era bella.» «¿Cómo se llamaba su madre?», pregunté, intentando mostrarme amable, pero la mujer rotó la cabeza y me dijo que no, que nunca diría su nombre. Y entonces recordé que no conocía el nombre de esta mujer. Perseveraba a pensar en ella como Augustine, porque, como el Abuelo, no podía contener el deseo de que fuera Augustine. «Sé que tengo otra —dijo ella, y volvió a escarbar en la caja de restos. El Abuelo no la miraba—. Sí —dijo, excavando otra fotografía amarilla—, aquí hay una de Safran y su esposa el día de su boda, delante de su casa.»

Yo le iba dando las fotos al héroe a medida que ella me las exhibía, pero con esta sus manos le temblaron tanto que apenas pudo sostenerla. Parecía como si una parte de él quisiera escribirlo todo en su diario, todas las palabras, una por una. Y como si otra parte rechazara escribir ni una sola. Abría el diario y lo cerraba, lo abría y lo cerraba, como si el diario quisiera salir volando de sus manos. «Dile que estuve en su boda. Díselo.» «Ella estuvo en la boda de tu abuelo y su primera esposa», dije. «Pregúntale cómo era ella», dijo el héroe. «Era hermosa. Recuerdo que mi hermano llevó uno de los palos de la *chuppah*. Era un día de primavera. Zosha estaba preciosa.» «Fue un día precioso», dije al héroe. «Todo era blanco, y había flores y muchos niños y la novia llevaba un vestido largo. Zosha era muy guapa, y todos los demás hombres estaban celosos.» «Pregúntale si es posible ver la casa», dijo él, señalando la fotografía. «¿Puede usted exhibirnos la casa?», inquirí. «No hay nada», dijo ella. «Ya te lo he dicho. Nada. Solía estar a cuatro kilómetros de distancia de aquí, pero todo lo que queda de Trachimbrod es esta casa.» «¿Dice que está a cuatro kilómetros de aquí?» «Trachimbrod ya no existe. Acabó hace cincuenta años.» «Llévenos hasta allí», dijo el Abuelo. «No hay nada que ver. Es solo campo. Podría exhibiros estos campos uno a uno y sería lo mismo que ver Trachimbrod.» «Hemos venido a ver Trachimbrod —dijo el Abuelo—, y usted va a llevarnos hasta Trachimbrod.»

Ella me miró y puso la mano sobre mi cara. «Dile que pienso en ello cada día. Díselo.» «¿Piensa en qué?», pregunté. «Díselo.» «Piensa en ello cada día», dije al héroe. «Pienso en Trachimbrod cuando todos éramos niños. Solíamos correr desnudos por la calle, ¿puedes creerlo? No éramos más que críos. Así era. Díselo.» «Solían correr desnudos por la calle. Solo eran niños.» «Recuerdo muy bien a Safran. Me besó detrás de la sinagoga, algo que nos podría haber costado la muerte, ya sabes. Todavía recuerdo cómo me sentí. Era casi como si estuviera volando. Díselo.» «Recuerda el momento en que tu abuelo la besó. Voló un poco.» «También me acuerdo de Rosh Hashanah, cuando íbamos al río y tirábamos migas en él para que se llevara consigo nuestros pecados. Cuéntaselo.» «Ella se acuerda del río, y de las migas, y de sus pecados.» «¿El Brod?», preguntó el héroe. Ella movió la cabeza en horizontal para decir que sí, que sí. «Cuéntale que su abuelo, yo y todos los niños nos bañábamos en el Brod cuando hacía calor, y nuestros padres se sentaban al lado del agua a vigilarnos y a jugar a las cartas. Díselo. —Se lo dije—. Cada uno tenía su propia familia, pero era como si todos formáramos una gran familia. La gente se peleaba, sí, pero eran peleas sin importancia.»

Retiró las manos de mí y las puso en sus rodillas. «Estoy tan avergonzada. Tenías que hacer algo. No podías dejar que nadie te viera después.» «Debería estar avergonzada», dijo el Abuelo. «No se avergüence», le dije. «Pregúntale cómo escapó mi abuelo.» «A él le gustaría saber cómo escapó su abuelo.» «Ella no sabe nada —dijo el Abuelo—. Es solo una loca.» «No tiene usted que pronunciar nada que no quiera pronunciar», le dije, y ella me dijo: «Entonces nunca volvería a pronunciar palabra». «No tiene que hacer nada que no quiera hacer.» «Entonces nunca volvería a hacer nada.» «Es una mentirosa», dijo el Abuelo, y no pude entender qué era lo que le forzaba a comportarse así.

«¿Podríais dejarnos solos, por favor? —preguntó Augustine—. Solo durante un momento.» «Vamos fuera», dije al Abuelo. «No —dijo Augustine—, con él. Por favor, dejadnos a solas por unos momentos.» Miré al Abuelo para que me iluminara qué debía hacer, pero las lágrimas que se peleaban en sus ojos no le dejaban verme. Esto me iluminó. «Debemos salir», dije al héroe. «¿Por qué?» «Van a intercambiar secretos.» «¿Qué clases de secretos?» «No podemos estar aquí.»

Salimos y cerramos la puerta. Yo habría dado mi dedo por estar al otro lado, el lado en el que se pronunciaban tormentosas verdades. Y habría dado otro dedo por acercar la oreja a la puerta para poder oír algo. Pero sabía que mi puesto estaba fuera, con el héroe. Parte de mí lo odiaba, pero parte de mí lo agradecía porque cuando oyes algo ya no puedes retornar al momento en que no lo habías oído. «Podemos ayudarla a pelar la piel del maíz», dije, y el héroe armonizó conmigo. Eran casi las cuatro de la tarde y la temperatura comenzaba a descender hacia el frío. El viento exhalaba los primeros ruidos de la noche.

«No sé qué hacer», dijo el héroe.

«Yo tampoco.»

Después hubo escasez de palabras durante un rato. Solo quitamos la piel del maíz. No me importaba lo que estuviera diciendo Augustine. Era la charla del Abuelo la que yo quería oír. ¿Por qué podía contarle cosas a esta mujer que nunca había visionado antes, y no podía contármelas a mí? O quizá no le estaba contando nada. O quizá mentía. Eso es lo que yo quería, que le contara no verdades. Ella no merecía la verdad, al menos no tanto como yo. O bien ambos merecíamos la verdad, y el héroe también. Todos nosotros.

«¿Sobre qué deberíamos conversar?», pregunté, porque sabía que era de decencia elemental hablar de algo. «No sé.» «Debe haber algo.» «¿Quieres saber algo más sobre América? —preguntó—. ¿Conoces Times Square?» «Sí —dije—, Times Square está en Manhattan, entre la calle Cuarenta y dos y Broadway.» «¿Has oído hablar de las personas que se pasan todo el día sentados ante máquinas tragaperras y se gastan todo el dinero que tienen?» «Sí —dije—. Las Vegas, Nevada. Leí un artículo sobre esto.» «¿Y qué me dices de los rascacielos?» «Por supuesto. El World Trade Center, el Empire State Building, la Torre Sears.» No entiendo por qué, pero no estaba orgulloso de todo lo que sabía sobre América. Estaba casi avergonzado. «¿Algo más?», dijo él. «Háblame más de tu abuela», dije. «¿De mi abuela?» «La que mencionaste en el coche. La que nació en Kolki.» «¿Te acuerdas?» «Sí.» «¿Qué quieres saber?» «¿Cuántos años tiene?» «Debe de tener la misma edad que tu abuelo, pero parece mucho mayor.» «¿Cómo es?» «Bajita. Una renacuaja, según su propia descripción, bastante divertida, por cierto. La verdad es que no sé de qué color son sus cabellos porque se los tiñe de un color entre amarillo y marrón, como la pelusa de este maíz. Tiene los ojos de distinto color, uno azul y otro verde. Tiene unas varices terribles.» «¿Qué son varices?» «Las venas de las piernas, por donde pasa la sangre, sobresalen de su piel y tienen un aspecto bastante raro.» «Ya —dije—, el Abuelo también tiene, porque cuando trabajaba en el campo perseveraba todo el día de pie, y por eso le pasó.» «Mi abuela las tiene desde la guerra, porque tuvo que cruzar media Europa andando. El viaje fue demasiado para sus piernas.» «¿Caminó por Europa?» «Te conté que se marchó de Kolki antes de que llegaran los nazis, ¿recuerdas?» «Sí, recuerdo. —Se quedó un momento en silencio. Yo decidí arriesgarlo todo una vez más—. Háblame de ti y de ella.»

«¿Qué quieres decir?» «Solo quiero escuchar.» «No sé qué decir.» «Háblame de cuando eras pequeño y de las cosas que hacías con ella.» Rompió a reír. «¿Cuando era pequeño?» «Explícame lo que quieras.» «Cuando era pequeño —dijo—, solía sentarme bajo sus faldas en las cenas familiares. Me acuerdo perfectamente.» «Cuéntame.» «No había pensado en ello desde hace mucho tiempo.» No dije nada, para así exhortarle a hablar. A ratos esto era difícil porque el silencio era desbordante. Pero comprendí que el silencio era necesario para que hablara. «Recorría sus varices con las manos, arriba y abajo. No sé por qué, o cómo empecé a hacerlo. Simplemente lo hacía. Los niños hacen este tipo de cosas, supongo. Me he acordado al mencionar sus piernas. —Rechacé pronunciar ni una sola palabra—. Era como chuparse el dedo gordo. Me sentía bien haciéndolo, eso es todo. —Silencio, Alex, no tienes que hablar—. Observaba el mundo a través de sus vestidos. Podía verlo todo, pero nadie me veía a mí. Como si estuviera en una fortaleza, un escondrijo bajo las faldas. Era muy pequeño. Cuatro años, cinco. No sé. —Con mi silencio le dejé espacio que llenar—. Me sentía a salvo y en paz. Ya sabes, realmente a salvo y en paz.» «¿A salvo y en paz de qué?» «No sé. A salvo y en paz de todo.» «Es una bonita historia.» «Es cierta. No me la he inventado.» «Por supuesto. Ya sé que eres sincero.» «A veces inventamos cosas solo por el gusto de charlar, pero esto sucedió de verdad.» «Lo sé.» «Es real.» «Te creo. —Hubo un silencio. El silencio fue tan espeso y tan largo que me sentí impulsado a hablar—. ¿Cuándo paraste de esconderte bajo sus faldas?» «No sé. Quizá con cinco o seis años. Quizá un poco después. Supongo que un buen día crecí demasiado para eso. Alguien debió decirme que no estaba bien.» «¿Qué más recuerdas?» «¿Qué quieres decir?» «De ella, de ti y de ella.» «¿Por qué te interesa tanto?» «¿Por qué te avergüenzas tanto?» «Recuerdo sus varices, y recuerdo el olor de mi escondite secreto. Para mí era eso, un secreto, y recuerdo un día en que mi abuela me dijo que era un chico con suerte porque hacía reír a los demás.» «Eres muy divertido, Jonathan.» «No digas eso. Es lo último que querría ser.» «¿Por qué? Ser divertido es una gran cosa.» «No, no lo es.» «¿Por qué no?» «Antes solía pensar que el humor era la única forma de apreciar lo maravilloso y terrible que es el mundo, de celebrar la grandeza de la vida. ¿Entiendes lo que quiero decir?» «Sí, claro.» «Pero ahora estoy convencido de que es al revés. El humor no es más que una forma de escabullirse de ese mundo maravilloso y terrible.» «Infórmame más de cuando eras pequeño, Jonathan —Rompió a reír con más volumen—. ¿De qué te ríes? —Se rio otra vez—. Infórmame.» «De pequeño iba a dormir a casa de mi abuela los viernes por la noche. No todos, pero sí la mayoría. Cuando entraba en su casa, ella me levantaba del suelo con uno de sus terroríficos y fantásticos abrazos. Y la tarde siguiente, cuando me iba, su amor volvía a subirme por los aires. Me río porque, varios años más tarde, me di cuenta de que en realidad estaba pesándome.» «¿Pesándote?» «Sí. Cuando tenía nuestra edad y se vio obligada a huir por Europa descalza, tuvo que alimentarse comiendo sobras. Por lo tanto, lo importante para ella no era que lo pasara bien en su casa, sino que me marchara con más peso del que había llegado. Creo que su deseo era tener los nietos más gordos del mundo.» «Cuéntame más cosas de esos viernes. Cuéntame cómo te medía, y eso del humor, y de esconderte bajo sus faldas.» «Creo que ya he hablado bastante.» «Debes hablar.» ¿Sentiste lástima por mí? ¿Es por eso que perseveraste? «Cuando me quedaba en su casa, mi abuela y yo solíamos salir al porche, al anochecer, a gritar palabras. Me acuerdo de eso. Gritábamos las palabras más largas que se nos ocurrían. "¡Fantasmagórico!", gritaba yo. —Se rio—. Lo recuerdo perfectamente. Y entonces ella gritaba algo en yiddish que yo no entendía, y luego gritaba yo de nuevo: "¡Antediluviano!". —Gritó esa palabra en medio de la calle, algo que nos habría llenado de vergüenza si hubiera habido alguien en la calle—. Y entonces observaba cómo las venas de su cuello se hinchaban al gritar otra palabra en yiddish. Creo que ambos estábamos secretamente enamorados de las palabras.» «¿Y estabais secretamente enamorados uno de otro? —Se rio de nuevo—. ¿Cuáles eran las palabras que gritaba ella?» «Ni idea. Nunca supe lo que significaban, pero todavía puedo oírla.» Gritó una palabra en yiddish en medio de la calle. «¿Por qué no le preguntaste lo que significaban?» «Me daba miedo.» «¿Qué te daba miedo?» «No lo sé. Tenía demasiado miedo, eso es todo. Se suponía que no debía preguntar, así que no lo hacía.» «Quizá ella deseaba que le preguntases.» «No.» «Quizá necesitaba que le preguntases, porque, si no lo hacías, no podía contártelo.» «No.» «Quizá estuviera exclamando: ¡Pregúntame! ¡Pregúntame! ¡Pregúntame qué es lo que grito!»

Pelamos el maíz. El silencio era una montaña.

«¿Te acuerdas de todo el hormigón de Lvov?», preguntó él.

«Sí», dije yo.

«Yo también.»

Más silencio. No teníamos nada de que hablar, nada importante. Nada podría haber sido lo bastante importante.

«¿Qué escribes en tu diario?» «Tomo notas.» «¿Sobre qué?» «Para el libro en el que estoy trabajando. Pequeños detalles que deseo recordar.» «¿Sobre Trachimbrod?» «Ajá.» «¿Es un buen libro?» «Está a trozos. Escribí una parte antes de venir este verano, otra en el avión de Praga, otra en el tren de Lvov, y otra anoche.» «Léeme un poco.» «Me da vergüenza.» «¿Por qué?» «No sé.» «Si me lo lees me gustará, te lo prometo. Soy simple de encantar.» «No», dijo él, de manera que hice lo que me pareció bien e incluso divertido. Cogí su diario y lo abrí. No dijo que podía leerlo, pero tampoco me pidió que se lo regresara. Esto es lo que leí:

Dijo a su padre que se ocuparía de Madre y de Pequeño Igor. Le hizo falta decirlo para saber que era cierto. Por fin estaba listo. Su padre no podía creerlo. ¿Qué?, preguntó. ¿Qué? Y Sasha le dijo otra vez que él se ocuparía de la familia, y que entendería si su padre tenía que irse y no volver nunca, y que eso no le haría menos padre. Dijo a su padre que le perdonaba. Ah, su padre se enojó tanto, fue tal la ira que le invadió, que dijo a Sasha que le mataría, y Sasha le dijo que le mataría, y ambos se sacudieron violentamente, y su padre dijo: Mírame a la cara cuando lo digas, no al suelo, y Sasha dijo: Tú no eres mi padre.

Para cuando el Abuelo y Augustine descendieron de la casa, habíamos pelado un buen montón de maíz, dejando la piel en un montón al otro lado de las escaleras. Yo había leído varias páginas de su diario. Algunas escenas eran como esta. Algunas eran muy diferentes. Algunas pasaban al principio de la historia y otras todavía no habían pasado. Comprendí lo que hacía cuando escribía así. Primero me puse enfadado, pero luego me puse triste, y entonces me puse agradecido, y eso me hizo enfadar otra vez, y crucé por esos sentimientos cientos de veces, deteniéndome en cada uno solo un momento para luego pasar al siguiente.

«Gracias —dijo Augustine, examinando los montones, uno de maíz, otro de pieles—. Habéis sido muy amables.» «Va a llevarnos a Trachimbrod —dijo el Abuelo—. No debemos extraviar el tiempo. Se está haciendo tarde.» Se lo dije al héroe. «Agradéceselo de mi parte.» «Gracias», le dije. «Ella ya lo sabe», dijo el Abuelo.

¡EL BANQUETE NUPCIAL FUE TAN EXTRAORDINARIO!
o
TODO DECAE DESPUÉS DE LA BODA, 1941

En cierto sentido podría decirse que la familia de la novia había estado preparando la casa para la boda desde mucho antes de que ella naciera, pero no fue hasta que mi abuelo se declaró, en tono más bien reticente —apoyándose en las rodillas para no perder el equilibrio—, que las obras adquirieron un ritmo frenético. Los suelos de madera fueron cubiertos de lienzo blanco y se trazó una línea de mesas que iba desde el dormitorio principal hasta la cocina, todas salpicadas con las tarjetas que indicaban la precisa distribución de los comensales, un reparto que había supuesto una agonía de proporciones épicas. (Avra no puede sentarse al lado de Zosha, pero debería estar cerca de Yoske y de Libby, aunque no si eso significa sentar a Libby cerca de Kerman o a Kerman junto a Avra, o a Avra en cualquier lugar que quede próximo a los centros de flores, ya que es tremendamente alérgica y podría morir. Y por todos los medios había que situar a Verticales y Oblicuos en extremos opuestos.) Se compraron nuevas cortinas para las ventanas nuevas, no porque hubiera nada malo en las viejas cortinas o las viejas ventanas, sino porque Zosha iba a casarse y eso suponía la renovación de cortinas y ventanas. Se pulieron los nuevos espejos hasta eliminarles toda sombra de mancha, y los marcos, falsamente antiguos, fueron meticulosamente ensuciados. Los orgullosos padres, Menachem y Tova, se ocuparon de que todo, hasta el último detalle, fuera extraordinario.

La casa constaba en realidad de dos edificios que se unieron por el ático cuando la arriesgada empresa de truchas de Menachem resultó ser tan notablemente lucrativa. Era la casa más grande de Trachimbrod, pero a la vez la menos práctica, ya que uno debía subir y bajar los tres pisos y cruzar las doce habitaciones solo para ir de una estancia a otra. Se había dividido siguiendo un criterio funcional: por un lado los dormitorios, la sala de juegos y la biblioteca, y por otro la cocina, el comedor y el estudio. Los sótanos —uno de los cuales albergaba los anaqueles para el vino que un día, según Menachem, estarían repletos de impresionantes caldos, mientras que en el otro se había instalado la sala de costura de Tova— estaban separados por un simple muro de ladrillo, pero, para todo propósito prácrito, había que andar cuatro minutos para ir de uno al otro.

La Casa Doble reflejaba con creces la nueva situación económica de sus propietarios. Había una galería a medio hacer, que sobresalía como un amasijo de cristales en la parte posterior. Ascendían por los aires postes marmóreos de futuras escaleras de caracol. Se elevaron los techos de los pisos inferiores, de manera que las habitaciones del tercer piso solo resultaban habitables para niños y enanos. En el exterior se instalaron váteres de porcelana para reemplazar los huecos carentes de asiento donde hacían sus necesidades el resto de habitantes del *shtetl*. El jardín, absolutamente correcto, fue arrancado y sustituido por un paseo de gravilla alineado con azaleas, que habían sido cortadas demasiado de raíz para poder florecer. Pero el mayor orgullo de Menachem lo constituía el andamio: el símbolo de que las cosas siempre cambiaban, siempre para mejor. Su fascinación por el esqueleto de vigas y traviesas fue en aumento a medida que las obras avanzaban. Acabó apreciándolo más que a la propia casa y, finalmente, logró convencer al dubitativo arquitecto para que lo incluyera en los planos finales. También los trabajadores fueron incluidos en ellos. No exactamente albañiles, claro, sino actores locales contratados para representar ese papel: para que caminaran de un lado a otro del entarimado, para que clavaran clavos inútiles en muros innecesarios, para que arrancaran esos clavos, para que examinaran los cianotipos. (Los propios cianotipos fueron incluidos en los cianotipos, y en esos cianotipos había cianotipos con cianotipos en los cianotipos...) El problema de Menachem radicaba en que tenía más dinero que cosas para comprar. Su solución fue la siguiente: en lugar de comprar más cosas, continuaba comprando aquellas que ya poseía, como el náufrago que enriquece y cuenta una y otra vez el único chiste que puede recordar. Menachem albergaba el sueño de que la Casa Doble rozara los límites de lo infinito, siempre una fracción de lo que llegaría a ser —como un pozo de dinero sin fondo—, siempre rozando la perfección, pero sin alcanzarla nunca del todo.

¡Bellísimo! ¡Ya casi lo tenéis todo, Tova! ¡Bellísimo!
¡Vaya casa! ¡Y tú pareces haber perdido algo de peso en la cara!

¡Maravillosa! ¡Todos deberían tenerte celos!

La boda —el banquete— fue el mayor evento del año 1941, con tantos asistentes que, si la casa hubiera ardido o se la hubiera tragado la tierra, la población judía de Trachimbrod se habría extinguido por completo. Se enviaron recordatorios unas semanas antes de enviar la invitación, que salió por correo una semana antes de que el compromiso fuera oficialmente acordado.

NO OS OLVIDÉIS:
LA BODA DE LA HIJA DE
TOVA
Y SU MARIDO*
SE CELEBRARÁ EL 18 DE JUNIO, 1941
YA CONOCÉIS LA CASA
*Menachem

Y nadie se olvidó. Solo algunos habitantes de Trachimbrod que no eran, en opinión de Tova, merecedores de invitación, quedaron excluidos del banquete y, por tanto, también del libro de asistentes, y, por tanto, del último censo real del *shtetl* antes de su destrucción, y, por tanto, de la memoria del mundo.

Mientras se producía el goteo de invitados, que, incapaces de pasarlo por alto, se detenían a expresar su admiración por tan estilizado revestimiento, mi abuelo se disculpó y bajó a la bodega para quitarse el tradicional traje nupcial y cambiarlo por uno de algodón, más fresco y adecuado a la temperatura del día.

Absolutamente alucinante, Tova. Mírame, estoy alucinada.

Nunca había visto algo parecido, nunca.

¡Esos centros de mesa deben haberte costado una fortuna! ¡Achís!

¡Extraordinario!

El crujido de un trueno retumbó a lo lejos, y antes de que alguien tuviera tiempo de cerrar alguna de las nuevas ventanas o de correr las nuevas cortinas, un viento sobrecogedor de velocidad inaudita recorrió el interior de la casa, deshaciendo los centros de flores y levantando por los aires las tarjetas con los nombres. Se produjo un estruendo infernal. El gato soltó un agudo quejido, el agua hirvió, las mujeres de mayor edad sujetaron con fuerza los sombreros de malla que cubrían sus casi calvas cabezas. El vendaval desapareció con la misma celeridad con que había venido, alterando por completo las tarjetas que indicaban la ubicación de los comensales: la de Libby junto a la de Kerman (quien había dejado claro que su asistencia a la recepción dependía de que hubiera al menos tres mesas de separación con esa furcia redomada), Tova desterrada al extremo de la última mesa (lugar reservado para el pescadero, cuyo nombre nadie fue capaz de recordar, y cuya invitación fue deslizada bajo su puerta en el último momento debido al sentimiento de culpa que invadió a la anfitriona al enterarse de que su esposa había fallecido recientemente víctima de un cáncer), el Rabino Vertical al lado de la insolente Oblicua Shana P (quien despreciaba al Rabino con la misma intensidad que él a ella), y la de mi abuelo aterrizó, al estilo perruno, sobre la de la hermana menor de la novia.

Zosha y su madre —con las mejillas rojas de vergüenza y pálidas por la tristeza de una boda imperfecta— pusieron manos a la obra, tratando en vano de restablecer ese orden tan meticulosamente diseñado de antemano, recogiendo del suelo cuchillos y tenedores, fregando el vino derramado, devolviendo los centros de mesa al centro de las mesas y recolocando los nombres que habían sido esparcidos como los naipes de una baraja lanzada al aire.

Esperemos que se equivoquen, dijo el padre de la novia intentando elevar los ánimos de la concurrencia, *quienes afirman que ¡todo decae después de la boda!*

La hermana menor de la novia estaba apoyada en uno de los anaqueles vacíos cuando mi abuelo entró en el sótano.

Hola, Maya.
Hola, Safran.
He venido a cambiarme.
Eso será una gran decepción para Zosha.
¿Por qué?
Porque cree que eres perfecto. Me lo dijo. Y el día de la boda no es el mejor momento para cambiar.
¿Ni siquiera para ponerme algo más cómodo?
El día de tu boda no es un día para estar cómodo.
Vaya, hermana, dijo él, besándola en el lugar donde la mejilla se convierte en labios. *Tu sentido del humor corre parejo a tu belleza.*

Ella sacó sus bragas de encaje de la solapa. *Por fin*, dijo atrayéndole hacia sí. *Si llegas a tardar un poco más, habría explotado.*

VÍCTIMA DEL AZAR, 1941-1924

Mientras se entregaba a un voraz encuentro sexual bajo los casi cuatro metros de techo, que, tiroteado por el incesante taconeo, parecía a punto de hundirse en cualquier momento —todo el mundo estaba tan preocupado limpiando que nadie se extrañó ante la prolongada ausencia del novio—, mi abuelo se preguntó si era él algo más que una víctima del azar. ¿Acaso todo lo que le había sucedido, desde el primer beso hasta esta, su primera infidelidad matrimonial, no era el resultado inevitable de unas circunstancias sobre las que no ejercía el menor control? ¿Hasta qué punto podía sentirse culpable cuando nunca había tenido elección? ¿Podría haber estado en el piso de arriba, con Zosha? ¿Era una posibilidad real? ¿Podría haber tenido el pene en algún lugar distinto del que ahora estaba, y no estaba, y estaba, y no estaba, y estaba? ¿Podría haber sido bueno?

Los dientes. Es lo primero que advierto al contemplar su retrato de cuando era un bebé. No es mi caspa que ha caído sobre la foto. No es una mancha de yeso o de pintura blanca. Entre los labios de mi abuelo, como un plantel de huesecillos albinos en unas encías moradas como ciruelas, puede verse un juego completo de dientes. El doctor que atendió el parto debió encogerse de hombros, como solían hacer los doctores cuando eran incapaces de explicar un fenómeno médico, y consoló a mi bisabuela con un discurso enhebrado de buenos augurios. Pero a continuación tenemos el retrato de familia, pintado tres meses después. Si prestas atención a los labios de mi bisabuela, verás que el consuelo brillaba por su ausencia: la joven madre era de todo menos feliz.

Eran precisamente los dientes de mi abuelo, tan apreciados por su padre como muestra de virilidad, los que dejaban los pezones de su madre irritados y ensangrentados, los que la obligaban a dormir de lado, y los que, finalmente, imposibilitaron su amamantamiento. Fue por culpa de esos dientes, esos monísimos y diminutos molares, esos entrañables colmillos, que mis bisabuelos dejaron de hacer el amor y tuvieron solo un hijo. Fue por culpa de esos dientes que mi abuelo fue privado prematuramente del pecho materno y no recibió los nutrientes que su pequeño cuerpo requería.

El brazo. Uno podría mirar todas las fotos repetidas veces sin darse cuenta de ese detalle. Puede explicarse por la elección de la postura por parte del fotógrafo, o como una simple coincidencia. La mano derecha de mi abuelo jamás sostiene nada: ni un maletín, ni unos papeles, ni siquiera su otra mano. (Y en la única foto tomada en América —solo dos semanas después de su llegada y tres semanas antes de su fallecimiento— es con el brazo izquierdo con el que sostiene a mi madre, todavía un bebé.) Carente de la adecuada dosis de calcio, aquel cuerpo infantil se vio obligado a optimizar los recursos con sensatez y tomó a su brazo como cabeza de turco. El bebé observó con impotencia cómo ese enrojecido e hinchado pezón se iba alejando, haciéndose más y más pequeño, hasta desaparecer de su boca para siempre. Cuando la necesidad llegó al extremo de máxima desesperación, ya no estaba a su alcance.

De manera que fue por culpa de los dientes, supongo, que se quedó sin leche; y por culpa de esa ausencia de leche se le murió el brazo derecho. Gracias a ese brazo muerto, sin embargo, nunca llegó a trabajar en el amenazador molino de harina, sino en el taller de piel de las afueras del *shtetl*, y fue exonerado de unirse al pelotón que condenó a sus compañeros de clase a una muerte segura en cruentas y desesperadas batallas contra los nazis. El brazo le salvaría de nuevo el día en que le impidió volver nadando a Trachimbrod para rescatar a su único amor (que murió en el río junto con el resto del pueblo), y cuando evitó que fuera él quien se ahogase. El brazo le salvaría una vez más al provocar que Augustine se enamorara de él y le salvara, y le salvaría una vez más, años más tarde, cuando no le permitió viajar a la isla de Ellis a bordo del *New Ancestry*, embarcación a la que, cumpliendo órdenes de los oficiales de inmigración de Estados Unidos, le fue negado el permiso de atracar, y cuyos pasajeros acabarían hallando la muerte en el campo de exterminio de Treblinka.

Y fue el brazo, estoy seguro —ese colgajo flácido de carne inútil— lo que le concedió el poder de enamorar a toda mujer que se cruzara en su camino, el causante de que se hubiera acostado con más de cuarenta mujeres de Trachimbrod (y al menos el doble de los pueblos vecinos), y de que en ese momento estuviera de pie, entregado a un fugaz acto sexual con la hermana menor de la novia el mismo día de su boda.

La primera víctima del hechizo del brazo fue la viuda Rose W, que vivía en una de las viejas cabañas de madera a orillas del Brod. Ella creyó que era compasión lo que sentía por aquel chico lisiado que había ido a ayudarla a limpiar la casa en nombre de la congregación de Oblicuos, compasión lo que la movió a llevarle un plato con pan de moras y un vaso de leche (cuya mera visión le revolvió el estómago), compasión lo que la llevó a preguntarle por su edad y a confesarle la suya, algo que ni siquiera su marido llegó a saber jamás. Fue compasión lo que creyó sentir cuando se quitó de la cara las múltiples máscaras y le mostró la única parte de su cuerpo que nadie, incluyendo a su esposo, había visto en más de sesenta años. Y fue por compasión, o al menos eso pensó, por lo que le llevó al dormitorio para mostrarle las cartas de amor que su marido le enviara desde el mar Negro, cuando, a bordo de un carguero, participó en la Primera Guerra Mundial.

En esta, dijo ella, tomando aquella mano sin vida, *incluyó trozos de la cuerda que usaba para medir su cuerpo: cabeza, muslo, hombro, dedo, cuello, todo. Quería que la pusiera bajo mi almohada. Decía que, cuando regresara, volveríamos a medir su cuerpo con la misma cuerda para comprobar que no hubiera cambiado... Ah, también recuerdo esta*, prosiguió, señalando una hoja de papel amarillento, recorriendo con la mano —consciente, o inconsciente de lo que estaba haciendo— el brazo muerto de mi abuelo. *En esta me escribía sobre la casa que construiría para nosotros. Incluso trató de dibujarla, aunque era un artista pésimo. Tendría un pequeño estanque, no un estanque en realidad, sino más bien una pecera grande. Y habría una ventana de cristal sobre la cama para que pudiéramos hablar de las estrellas antes de dormirnos... Y aquí*, dijo ella, llevando el brazo bajo el forro de su falda, *está la carta en la que me declaraba su devoción eterna.*

Ella apagó la luz.

¿Estás bien?, preguntó la viuda, apoyando la espalda en la cama sin dejar de restregar la mano muerta contra sus partes íntimas.

Con una iniciativa superior a la que le correspondía por sus diez años de edad, mi abuelo la atrajo hacia sí, la despojó, con su ayuda, de la blusa negra que despedía un olor a viejo tan persistente que él temió que ya nunca conseguiría arrancarlo de su piel, y luego le quitó la falda, las medias (tensas bajo la presión de las varices que surcaban sus piernas), las bragas, y el pedazo de algodón que llevaba allí para evitar sorpresas inesperadas. La habitación estaba impregnada de olores que él nunca había percibido juntos: polvo, sudor, cena, el baño después de ser usado por su madre. Ella le quitó los pantalones cortos y los calzoncillos, y frotó la espalda sobre su cuerpo, como si él fuera una silla de ruedas. *Oh*, gimió ella, *oh*. Y mi abuelo, sin saber qué hacer, hizo lo mismo que ella: *Oh*, gimió, *oh*. Y cuando ella gimió *Por favor*, él también gimió *Por favor*. Y cuando ella se entregó a pequeñas y frenéticas convulsiones, él la imitó. Y cuando ella se quedó en silencio, él no lo rompió.

Dado que mi abuelo tenía solo diez años, a nadie le pareció extraño que fuera capaz de hacer el amor —o de dejar que se lo hicieran— durante varias horas sin descanso. Pero, como descubriría más tarde, no era la preadolescencia la que le confería tal longevidad coital, sino otra malformación física debida a su temprana malnutrición: cual vehículo sin frenos, no se detenía jamás. Rasgo peculiar que sería recibido con un intenso regocijo por sus 132 amantes y con cierta indiferencia por su parte: ¿cómo puede uno, al fin y al cabo, enorgullecerse de algo que siempre ha estado allí? Hay que aclarar que él nunca amó a ninguna de sus amantes. Nunca confundió con amor nada de lo que sentía. (Solo una entre todas significaría algo para él, y los problemas de origen hicieron imposible ese amor real.) Así que, ¿qué debía sentir?

Su primera aventura, que se prolongó durante cuatro años todos los domingos —hasta el día en que la viuda cayó en la cuenta de que había dado clases de piano a la madre del chico treinta años atrás, y esa certeza súbita hizo que no pudiera soportar seguir enseñándole cartas—, careció de todo componente amoroso. Mi abuelo se limitó a ser un pasajero condescendiente. Le alegraba conceder el brazo —el único miembro de su cuerpo al que Rose prestaba atención; el acto en sí mismo no era más que un medio para acercarse a él— como regalo semanal, fingir con ella que no era en un lecho con dosel donde hacían el amor, sino en un faro que se alzaba en un ventoso malecón; que sus siluetas, reflejadas por el poderoso foco en los abismos de las negras aguas, podían servir de guía a los marineros y devolverle a la dama su marido ahogado. Era feliz por poder dejar que aquel brazo muerto sirviera para conciliar todo aquello que la viuda añoraba, que fuera ese miembro inerte por lo que releía las cartas amarillentas y por lo que vivía una nueva vida, fuera de sí. Por lo que hacía el amor con un niño de diez años. El brazo era el brazo, y fue en ese brazo —no en su marido, ni siquiera en ella misma— en lo que pensó siete años después, el 18 de junio de 1941, cuando los primeros bombardeos alemanes redujeron a escombros su cabaña de madera y los ojos le rodaron en las cuencas hacia el interior de su cabeza para observar, antes de morir, el interior de su mente.

EL ESPESOR DE LA SANGRE Y DEL DRAMA, 1934

Absolutamente ignorantes de la naturaleza de sus servicios, la congregación de Oblicuos daba dinero a mi abuelo para que visitara a Rose una vez por semana, llegando a pagarle para que realizara favores similares a otras viudas y débiles damas de las cercanías de Trachimbrod. Sus padres nunca descubrieron la verdad, pero expresaron un gran alivio ante aquel entusiasmo por ganar dinero y dedicar el tiempo a los ancianos, ambos conceptos de gran valor especialmente en un momento en que ambos iban acercándose peligrosamente a la pobreza y a la vejez.

Empezábamos a creer que por tus venas corría sangre gitana, le dijo su padre, a lo que él, como era habitual, se limitó a sonreír.

Lo que tu padre quiere decir, dijo su madre —su madre, a la que amaba más que a sí mismo—, *es que está bien ver que empleas el tiempo de forma útil*. Le besó en la mejilla y le revolvió el pelo, algo que molestaba a su padre ya que consideraba a Safran demasiado mayor para ese tipo de gestos.

¿Quién es mi nene?, le preguntaba ella cuando su padre rio podía oírles.

Yo, decía él, encantado por la pregunta, encantado por la respuesta y encantado por el beso que seguía a la respuesta de la pregunta. *No tienes que buscar más.* Como si esto fuera algo que él temiera de verdad, que, algún día, ella *buscara* más allá. Y por esta razón, porque quería que su madre le mirara a él y no a ningún otro lugar, nunca le contó nada que pudiera disgustarla, que la hiciera pensar mal de él o que la pusiera celosa.

Y tal vez por la misma razón nunca habló con ningún amigo de sus proezas, ni a ninguna amante de su predecesora. Tenía tanto miedo de ser descubierto que no los menciona ni siquiera en su diario, el único registro escrito que tengo de los años previos al encuentro con mi abuela, a la que conoció en un campo de refugiados después de la guerra.

El día que perdió su virginidad con Rose: *No ha pasado nada destacable. Padre recibió un cargamento de hilo procedente de Rovno y me regañó por descuidar mis obligaciones. Madre acudió en mi defensa, como siempre, pero él me gritó de todos modos. Pensé en faros toda la noche. Extraño.*

El día en que hizo el amor con su primera virgen: *Hoy hemos ido al teatro. Demasiado aburrido para soportar todo el primer acto. Me bebí ocho tazas de café. Pensé que iba a explotar. No exploté.*

El día que hizo el amor por detrás por primera vez: *He pensado mucho sobre lo que madre dijo de los relojeros. Se mostró muy convincente, pero todavía no estoy seguro de si tiene razón. Los gritos de ella y padre me tuvieron despierto la mayor parte de la noche, pero cuando por fin me dormí, lo hice profundamente.*

No era por vergüenza, ni porque creyera que hacía algo mal, ya que sabía que lo que hacía estaba bien, mejor que todo cuanto veía hacer a los demás, y sabía que hacer el bien a menudo implica sentirse mal y que si un buen día te sientes mal es que probablemente estés haciendo el bien. Pero también sabía que el amor posee un componente inflacionario, y que si su madre, o Rose, o cualquiera de las que le amaban descubriera la existencia de las otras, no podrían evitar disminuir el aprecio que sentían por él. Él sabía que *Te quiero* también significa *Te quiero más que nadie te quiere, o te ha querido, o te querrá*, y también *Te quiero de un modo en el que nadie te quiere, te ha querido o te querrá*, y también *Te quiero como no quiero a nadie, ni le he querido, ni le querré*. Sabía que, por la propia lógica del amor, era imposible amar a dos personas. (Alex, esta es parte de la razón por la que no puedo hablar a mi abuela de Augustine.)

La segunda fue otra viuda. Sin haber cumplido aún los once, un compañero de clase le invitó a una función que se representaba en el teatro del *shtetl*, que también servía como sala de baile y como sinagoga dos veces al año. Su entrada correspondía a un asiento que ya había sido ocupado por Lista P, a quien él reconoció como la joven viuda de la primera víctima de la Casa Doble. Era menuda, con mechones de fino cabello castaño que escapaban de un rígido moño. Su falda rosa aparecía impoluta y suave —demasiado limpia, demasiado suave—, como si la hubieran lavado y planchado una docena de veces. Lista era bonita, cierto, bonita por el meticuloso y apreciable cuidado que ponía en todos los detalles. Si creyéramos en la inmortalidad de su marido, en tanto en cuanto su energía celular se esparcía por la tierra, nutriendo y fertilizando el suelo y creando nueva vida, también podríamos creer en la supervivencia del amor de la esposa, que salía a la luz gracias a miles de tareas cotidianas: una cantidad de amor tan grande que incluso dividida en tantas cosas resultaba aún suficiente para coser botones en camisas que nunca nadie volvería a ponerse, recoger ramitas caídas de los pies de los árboles, y lavar y planchar las faldas una docena de veces antes de ponérselas.

Creo, empezó él mostrándole su entrada.

Pero si miras esto, dijo Lista, mostrándole la suya que indicaba claramente el mismo asiento, *es el mío*.

Pero también es mío.

Ella comenzó a murmurar algo referente a lo absurdo del teatro, la mediocridad de los actores, la idiotez de sus obras, la estupidez inherente al drama en sí mismo, y hasta qué punto no resultaba sorprendente que aquellos ineptos fueran tan chapuceros como para no procurar algo tan simple como vender un solo asiento por persona. Pero entonces se fijó en el brazo y se estremeció.

Parece que solo hay dos opciones, dijo ella, con voz nasal. *O bien me siento sobre tu regazo, o bien nos largamos de aquí*. En realidad, el resultado final fue que invirtieron el orden e hicieron ambas cosas.

¿Te gusta el café?, preguntó ella, deambulando por su cocina sin mácula, tocándolo todo, recolocándolo todo, sin mirarle.

Claro.

A muchos jóvenes no les gusta demasiado.

A mí sí, dijo él, aunque lo cierto es que nunca lo había probado.

Voy a volver a casa de mi madre.

¿Perdón?

Se suponía que esta casa era para cuando estuviera casada, pero ya sabes lo que sucedió.

Sí. Lo siento.

Entonces, ¿te apetece una taza?, preguntó recorriendo con el dedo una de las manecillas relucientes del armario.

Claro. Pero solo si usted también lo toma. No lo haga solo para mí.

Lo haré. Si quieres, dijo, cogiendo una esponja y volviendo a dejarla en su sitio.

No hace falta.

Sí.

Dos años y sesenta y dos amantes después, Safran comprendió que las lágrimas de sangre que cayeron sobre las sábanas de Lista eran el llanto de una virgen. Recordó las circunstancias que rodearon a la muerte del que iba a ser su marido: el hundimiento de un andamio segó su vida la mañana de la boda, cuando se dirigía a arrodillarse ante la Esfera, dejando a Lista viuda solo en espíritu, antes de que el matrimonio llegara a consumarse, antes de que ella pudiera sangrar por él.

Mi abuelo estaba enamorado de la fragancia femenina. Llevaba ese aroma en los dedos, como anillos, y en la punta de la lengua, como palabras: combinaciones desconocidas de olores reconocibles. En este sentido, Lista ocupó un puesto de honor en sus recuerdos —aunque no por ser virgen o por ser una amante de una sola vez— como la única compañera que le inspiró a tomar un baño.

Hoy hemos ido al teatro. Demasiado aburrido para soportar todo el primer acto. Me bebí ocho tazas de café. Pensé que iba a explotar. No exploté.

La tercera no era viuda, sino otra mujer a la que conoció gracias al teatro. De nuevo acudió invitado por un amigo —el mismo al que había abandonado el día de Lista— y de nuevo se marchó sin él. Esta vez, el asiento de Safran quedaba entre el de su compañero de clase y el de una niña gitana a la que reconoció como una de las vendedoras del mercadillo dominical de Lutsk. Él no podía creerse la audacia de la chica: mostrarse en público en una función del *shtetl*, arriesgarse a la humillación de ser vista y expulsada por el impagado y abnegadísimo usurero Rubin B, atreverse a ser una gitana entre judíos. Todo ello demostraba una cualidad de la que él carecía, y esto tocó una de sus cuerdas sensibles.

A primera vista la larga trenza que colgaba sobre su hombro y caía hasta su regazo le pareció una serpiente de esas que ella misma hacía salir de una gran cesta de mimbre para que bailaran ante la multitud que se congregaba cada domingo en el bazar. A segunda vista la impresión fue idéntica. Cuando las luces disminuyeron de intensidad, él usó su brazo izquierdo para apoyar el derecho en el reposabrazos que había entre él y la chica, asegurándose de que ella lo advirtiera —observando con placer cómo la mueca de compasión iba convirtiéndose en un mohín de alto voltaje erótico—, y en el mismo instante en que las dos cortinas se abrieron por la mitad, tuvo la certeza de que esa noche rasgaría en dos su delicada falda.

Corría el 18 de marzo de 1791, coreó una voz autoritaria desde fuera del escenario, *cuando el carro de doble eje en el que iba montado Trachim B se precipitó en las profundidades del río Brod. Las jóvenes gemelas W fueron las primeras en ver los curiosos restos que ascendían a la superficie...*

(*Se abre el telón y aparece un entorno rural: un arroyo burbujeante corre desde la parte superior izquierda a la parte inferior derecha del escenario, hay muchos árboles y hojas caídas, y dos niñas, gemelas, de unos seis años de edad, vestidas con calzones de lana atados con cordones y blusas con cuellos de organdí azul con forma de mariposa.*)

VOZ AUTORITARIA

... tres bolsillos vacíos, sellos de correo de lugares remotos, agujas y alfileres, retazos de tela carmesí, las primeras y únicas palabras de las últimas voluntades y el testamento: «Dejo todo a mi amor».

HANNAH
(*Embargada por un llanto sordo.*)
(CHANA *entra en las frías aguas, atándose los cordones de los calzones por encima de las rodillas, abriéndose paso entre los restos de la vida de* TRACHIM *que suben desde el fondo del río.*)

EL DESGRACIADO USURERO YANKEL D
(*Levantando el barro de la orilla mientras cojea hacia las niñas.*) Pregunto, ¿qué estáis haciendo aquí, niñas presumidas? ¿El agua? ¿El agua? ¡No hay nada que ver! Es solo líquido. ¡Retroceded! ¡No seáis tan tontas como fui yo en el pasado! Una vida no es suficiente para pagar por una idiotez.

BITZL BITZL R
(*Observando el tumulto desde la barca de remos, atada con hilo de bramante a una de sus redes.*) Digo yo, ¿qué sucede aquí? ¡Malvado Yankel, apártate de las dos hijas gemelas hembra del Rabino!

SAFRAN
(*Al oído de la* NIÑA GITANA, *bajo la manta de luz amarilla que cubre el escenario.*) ¿Te gusta la música?

CHANA
(*Riendo, chapoteando entre la masa de objetos que conforman un jardín a su alrededor.*) ¡Están saliendo los objetos más fantásticos del mundo!

NIÑA GITANA
(*En las sombras que trazan los árboles bidimensionales, muy cerca del oído de* SAFRAN.) ¿Qué dices?

SAFRAN
(*Usando el hombro para impulsar el brazo muerto sobre el regazo de la* NIÑA GITANA.) Me preguntaba si te gusta o no la música.

SOFIOWKA N
(*Saliendo de detrás de un árbol.*) He visto todo lo sucedido. He sido testigo de todo.

NIÑA GITANA
(*Apretando el brazo muerto de* SAFRAN *entre los muslos.*) No, no me gusta la música. (*Pero lo que intentaba decir en realidad era esto: Me gusta la música más que nada en el mundo, excepto tú.*)

EL DESGRACIADO USURERO YANKEL D
¿Trachim?

SAFRAN
(*Mientras cae polvo de las vigas, sus labios buscan la oreja de caramelo de la* NIÑA GITANA *en la oscuridad.*) No

te debe quedar tiempo para músicas. *(Pero en realidad lo que intentaba decir era: No tengo un pelo de tonto, ¿sabes?)*

SHLOIM W
Pregunto, pregunto, ¿quién es Trachim? ¿Alguna flor mortal? *(En los asientos de general, el autor sonríe. Intenta calibrar la reacción del público.)*

EL DESGRACIADO USURERO YANKEL D
No podemos saber nada con seguridad. No nos apresuremos.

PRIMER ANFITEATRO
(Un susurro imposible de localizar.) Esto es absolutamente increíble. No tiene nada que ver con lo que sucedió.

NIÑA GITANA
(Masajeando el brazo muerto de SAFRAN *entre los muslos, trazando la curva de su codo inerte con el dedo, pellizcándolo.)* ¿No crees que hace mucho calor aquí?

SHLOIM W
(Desvistiéndose a toda prisa, dejando al descubierto un vientre considerable y una espalda moteada de tirabuzones de grueso pelo negro.) Tapadles los ojos. *(No por ellas, por mí. Me da vergüenza.)*

SAFRAN
Mucho calor.

LLOROSA SHANDA
(A SHLOIM *cuando emerge del agua.)* ¿Iba solo o acompañado de su esposa, con la que llevaba años casado? *(Pero lo que en realidad quería decir era esto: Después de todo lo que ha sucedido, aún conservo la esperanza. Si no por mí, entonces por Trachim.)*

NIÑA GITANA
(Entrelazando los dedos con los de la mano muerta de SAFRAN.*)* ¿Nos vamos?

SAFRAN
Por favor.

SOFIOWKA N
Sí, eran cartas de amor.

NIÑA GITANA
(Anticipándose, advirtiendo la humedad de su entrepierna.) ¡Vamos!

EL RABINO VERTICAL
Y dejad que la vida siga adelante, ante la faz de la muerte.

SAFRAN
Sí.
(Los músicos se preparan para el clímax. Entran los cuatro violines. Suena el arpa. El trompetista, que en realidad toca el oboe, hace crujir los nudillos. Los cojinetes del piano saben lo que se avecina. La batuta, que en realidad es un cuchillo de untar mantequilla, se eleva en el aire cual instrumento quirúrgico.)

EL DESGRACIADO USURERO YANKEL D
(Con las manos alzadas hacia el cielo, hacia los hombres que sostienen los focos.) Tal vez deberíamos empezar a recoger los restos.

SAFRAN

Sí.
(Entra la música. Hermosa. Al principio, en tono quedo. Susurrante. No se oye ni un alfiler. Solo música. Música que flota imperceptible. Sale de su propia tumba de silencio. El foso de la orquesta se llena de sudor. Expectación. Entra el tímido rumor de los tímpanos. Entran el pícolo y la viola. Se intuye el crescendo. Sube la adrenalina, incluso después de tantas representaciones. Se siente como nuevo. La música sube, florece.)

VOZ AUTORITARIA
(Con pasión.) Las gemelas se cubrieron los ojos con la capa de su padre. *(CHANA y HANNAH se cubren los ojos con la capa.)* Su padre recitó una larga e inteligente oración por el bebé y sus padres. *(RABINO VERTICAL se mira sus manos, mueve la cabeza en sentido afirmativo, fingiendo rezar.)* El rostro de Yankel estaba cubierto por las lágrimas de sus sollozos. *(YANKEL finge prorrumpir en llanto.)* ¡Ha nacido un niño entre nosotros!

(Las luces se apagan. Cae el telón. La NIÑA GITANA se abre de piernas. Los aplausos se mezclan con murmullos. Los actores preparan la siguiente escena. La música sigue creciendo. La NIÑA GITANA conduce a SAFRAN por su mano inerte hacia el exterior del teatro, y se pierden por el laberinto de calles enfangadas, ante los puestos que los pasteleros han instalado cerca del viejo cementerio, bajo

las parras colgantes del derruido pórtico de la sinagoga, a través de la plaza del shtetl *—los dos divididos por un instante por la sombra que la Esfera proyecta en la tierra antes de que anochezca—, a lo largo del cauce del Brod, por la línea de errores judío-humana, entre las colgantes frondas de palma, cruzando valerosamente la sombra del peñasco, por el puente de madera...)*

NIÑA GITANA
¿Te apetece ver algo que no habías visto nunca?

SAFRAN
(Con una honestidad hasta el momento desconocida para él.) Sí, me apetece.

(... por los arbustos de moras, hasta llegar a un bosque petrificado que SAFRAN *no ha visto nunca antes. La* NIÑA GITANA *tumba a* SAFRAN *bajo el dosel de rocas de un arce gigante, toma el brazo muerto entre los suyos, dejando que las sombras trazadas por las ramas de piedra la consuman de nostalgia por todo, susurra algo a su oído [que solo mi abuelo tiene el privilegio de oír], desliza la mano muerta bajo su falda, y dice)* Por favor *(se arrodilla)*, por favor *(se agacha hacia el muerto dedo índice)*, sí *(crescendo)*, sí *(pone su mano de caramelo sobre el primer botón de la camisa, balanceando la cintura)*, por favor *(florecen la trompeta, el violín, los tímpanos y el timbal)*, sí *(el crepúsculo se derrama en la noche, el cielo nocturno absorbe la oscuridad como una esponja, las cabezas se tumban)*, sí *(cierra los ojos)*, por favor *(se abren los labios)*, sí. *(El director de orquesta baja la batuta, el cuchillo para la mantequilla, el escalpelo, el puntero de la Torá, el universo, oscuridad total.)*

12 de diciembre de 1997

Querido Jonathan:

Saludos desde Ucrania. Acabo de recibir tu carta y la he leído muchas veces, y eso sin contar las partes que he leído en voz alta a Pequeño Igor. (¿Te dije que él también lee tu novela al mismo tiempo que yo? Soy, por tanto, tu traductor y también tu editor en Ucrania.) No diré más, al borde de que ambos esperamos con ansia las porciones restantes. Es algo que nos da tema de pensamiento y de conversación. Es también algo que nos hace reír, lo cual nos hace mucha falta.

Quiero informarte de tantas cosas, Jonathan, pero no consigo encontrar la manera. Quiero informarte sobre Pequeño Igor y sobre lo primordial hermano que es, y también sobre Madre, que es muy muy humilde, como he mencionado a menudo, pero, no obstante, es una buena persona y, no obstante, es Mi Madre. Quizá no la he pintado con los colores adecuados. Ella siempre es buena conmigo, y nunca es mala, y es así como debes verla. Quiero informarte acerca del Abuelo, y cómo se pasa horas visionando la televisión, y cómo evita mi mirada, pero parece atento a algo que está a mi espalda. Quiero informarte sobre Padre, y decirte que no es una hipérbole decir que le eliminaría de mi vida si me atreviera. Quiero informarte de cómo es ser yo, lo cual es algo de lo que no posees aún ni la mínima percepción. Quizá lo comprenderás cuando leas la siguiente porción de mi historia. Ha sido la porción más difícil que he compuesto, pero estoy seguro de que no lo es tanto como las que vendrán. He intentado colocar el énfasis en lo que importa, lo cual quiere decir señalar la reacción del Abuelo cuando oye el nombre de Herschel. Sin duda lo habrás observado.

He aprendido muchas cosas decisivas de tu historia, Jonathan. Una lección es que no importa si eres tonto, delicado o modesto. Solo debes ser tú mismo. No pude creer que tu abuelo fuera una persona tan inferior como para tener trato carnal con la hermana de su esposa, y el día de su boda, y encima de pie, lo cual es una posición muy inferior por razones de las que tú ya debes de estar enterado. Y, además, tiene trato carnal con mujeres viejas, que deben de tener las partes muy flojas, algo sobre lo que no pienso exhalar ni una sola palabra más. ¿Cómo puedes hacerle esto a tu abuelo, escribir sobre su vida de esta forma? ¿Podrías escribir así si estuviera vivo? Y si no, ¿qué es lo que crees que significa?

Tengo una duda adicional sobre tu historia. ¿Por qué las mujeres aman a tu abuelo por el brazo muerto? ¿Le aman porque esto les permite sentirse más fuertes que él? ¿Le aman porque sienten conmiseración, y siempre amamos las cosas que conmiseramos? ¿Le aman porque es un símbolo de la muerte? Lo pregunto porque no lo sé.

Tengo solo un comentario a hacer acerca de tus comentarios sobre mi porción. En relación a lo que me pediste sobre eliminar el sector en que hablas de tu abuela, debo decirte que esa posibilidad no es posible. Acepto que a partir de esta decisión elijas no mandarme más dinero, o que me comandes que te envíe el dinero que me enviaste en los meses previos. Te reembolsaré los dólares, uno a uno.

Estamos siendo muy nómadas con la verdad, ¿no? ¿Ambos? ¿Crees que es aceptable cuando escribimos sobre cosas que ocurrieron? Si tu respuesta es no, entonces, ¿por qué escribes sobre Trachimbrod y sobre tu abuelo en la manera que lo haces, y por qué me comandas que sea insincero? Si tu respuesta es sí, entonces esto engendra una nueva cuestión: puestos a ser tan nómadas con la verdad, ¿por qué no crear una historia más primordial que la vida real? Me parece que estamos inventando una historia incluso inferior. A menudo nos hacemos aparecer como si fuéramos chiflados, y dejamos que el viaje que hicimos, que fue un viaje noblemente inspirado, aparezca como algo muy normal y de segunda clase. Podríamos dar dos brazos a tu abuelo, y podríamos hacerle de alta fidelidad. Podríamos dar a Brod lo que merece, en lugar de lo que consigue. Incluso podríamos encontrar a Augustine, Jonathan, y tú podrías darle las gracias, y el Abuelo y yo nos abrazaríamos, y todo sería perfecto y hermoso, y divertido, y útilmente triste, como tú dices. Podríamos inscribir a tu abuela en la historia. Es lo que deseas, ¿no? Lo cual me hace pensar que quizá deberíamos inscribir al Abuelo en tu historia. Quizá, y solo es una mención pasajera, podríamos hacer que él salvara a tu abuelo. Podría ser Augustine. Bueno, quizá mejor August. O solo Alex, si esto te resulta satisfactorio. No creo que haya límites a la hermosa vida que podemos falsificar.

Con todo mi candor,
Alexander

LO QUE VIMOS CUANDO VIMOS TRACHIMBROD O ENAMORARSE

«Nunca he subido en uno», dijo la mujer a la que continuábamos viendo como Augustine aunque ya sabíamos que no lo era. Esto implicó que el Abuelo se riera a todo volumen. «¿Qué le hace tanta gracia?», inquirió el héroe. «Ella no ha subido nunca en un coche.» «¿De verdad?» «No hay nada que temer», dijo el Abuelo, abriendo la puerta delantera del coche para ella y moviendo la mano sobre el asiento para exhibirle que no había nada malo en él. Me pareció de decencia elemental renunciar al asiento delantero en su favor, no solo porque era una mujer muy vieja que había soportado muchas cosas terribles, sino porque era su primera vez en un coche, y yo creo que es más impresionante sentarse delante. El héroe me dijo que él y yo íbamos de paquete. Augustine se sentó. «¿No viajará a gran velocidad?», preguntó ella. «No», dijo el Abuelo, repartiendo su barriga bajo el volante. «Dile que los coches son muy seguros, y que no debe tenerles miedo.» «Los coches son cosas seguras —le informé—. Algunos incluso tienen airbags y zonas de deformación absorbente, pero este no.» Creo que no apreció demasiado el *vrmmmm* del coche, porque empezó a gritar a todo volumen. El Abuelo hizo callar al coche. «No puedo», dijo ella.

¿Y qué creéis que hicimos? Pues conducir el coche detrás de Augustine, que iba a pie. (Sammy Davis, Junior, Junior iba a su lado, de compañera, y así de paso nos evitábamos oler sus pedos.) Solo había un kilómetro de distancia, dijo Augustine, así que ella podía caminar y todavía llegaríamos antes de que estuviera demasiado oscuro para ver nada. Debo decir que era muy extraño conducir detrás de alguien que va andando, especialmente cuando la persona que va andando es Augustine. Ella solo podía caminar varias decenas de metros antes de experimentar fatiga y tener que hacer un hiato. Mientras *hiataba*, el Abuelo detenía el coche y ella se sentaba en el asiento hasta que se sentía lista para retomar de nuevo su extraño caminar.

«¿Tiene hijos?», preguntó ella al Abuelo mientras recuperaba el aliento. «Por supuesto», dijo él. «Yo soy su nieto», dije desde la recobrada posición de no paquete, lo cual me hizo sentir orgulloso, porque creo que es la primera vez que lo decía en voz alta y percibí que también el Abuelo se sentía orgulloso. Ella sonreía mucho. «No lo sabía.» «Tengo dos hijos y una hija —dijo el Abuelo—. Sasha es el hijo de mi hijo mayor.» «Sasha», dijo ella, como si deseara sentir cómo sonaba mi nombre dicho por su boca. «¿Y tú, tienes hijos?», me preguntó. Yo me reí porque pensé que era una pregunta peculiar. «Todavía es joven», dijo el Abuelo, poniendo su mano sobre mi hombro. Me conmovió mucho sentir su tacto y recordar que las manos también pueden exhibir amor. «¿De qué habláis?», preguntó el héroe. «¿Él tiene hijos?» «Me pregunta si tienes hijos», expliqué al héroe, a sabiendas de que esto le haría reír. No le hizo reír. «Tengo veinte años», dijo. «No —respondí a Augustine—, en América no es muy corriente tener hijos.» Rompí a reír porque comprendí lo estúpido que sonaba. «¿Tiene padres?», preguntó ella. «Por supuesto —dije yo—, pero su madre tiene una carrera profesional y no es inusual que su padre prepare la cena.» «¿Y usted, tiene hijos?», pregunté. El Abuelo me puso una cara que significaba: cállate. «No tiene por qué contestar a la pregunta si no lo desea», le dijo. «Tengo una niña pequeña», respondió ella, y supe que ese era el fin de la conversación.

Cuando Augustine andaba, no se limitaba exclusivamente a andar. Recogía rocas y las colocaba a un lado de la carretera. Si advertía la presencia de basura, también la recogía y la colocaba a un lado de la carretera. Si no había nada en la carretera, lanzaba una roca varios metros por delante, y luego la recogía y volvía a lanzarla. Esto devoró una gran cantidad de tiempo, y nunca nos movimos a más velocidad que la lentitud. Percibí que esto frustraba al Abuelo porque sostenía el volante con mucha fuerza, y también porque dijo: «Esto me frustra. Llegaremos de noche».

«Estamos cerca —dijo ella muchas veces—. Falta poco poco.» La perseguimos fuera de la carretera, por el centro de un campo. «¿Podemos cruzar por aquí?», preguntó el Abuelo. «¿Quién nos lo impide?», dijo ella, y con el dedo señaló que no había nadie existente en una larga distancia. «Dice que nadie nos lo impide», dije al héroe, que tenía la cámara alrededor del cuello y esperaba tomar muchas fotos. «Ya nada volverá a crecer aquí —dijo ella—. Ni siquiera pertenece a nadie. Es solo tierra. ¿Quién la querría?» Sammy Davis, Junior,

Junior cabalgaba bajo el dosel del coche, donde se sentó como si fuera el símbolo del Mercedes.

Perseveramos en la persecución de Augustine, y ella perseveró en el lanzamiento de rocas y su ulterior recuperación. La perseguimos, y seguimos persiguiéndola. Yo también me iba volviendo frustrado, como el Abuelo, o al menos confundido. «Hemos pasado por aquí antes —dije—. Ya hemos visionado este lugar.» «¿Qué está pasando aquí? —preguntó el héroe desde el asiento de paquete—. Ya ha pasado una hora y no hemos llegado a ninguna parte.» «¿Cree que falta mucho?», preguntó el Abuelo, moviendo el coche junto a ella. «Falta poco —dijo ella— poco.» «Pero ya habrá anochecido, ¿no?» «Me muevo tan deprisa como puedo.»

Así que todo siguió igual. La perseguimos a través de campos y bosques, por caminos que eran rígidos para el coche. La perseguimos por caminos llenos de rocas, y también de suciedad, y también de hierba. Oí que los insectos nocturnos anunciaban que no veríamos Trachimbrod antes de la noche. La perseguimos por tres escaleras, que estaban muy rotas y aparentaban haber llegado hasta casas. Puso la mano en la hierba frente a cada una de ellas. Se hizo más de noche mientras perseguíamos su rastro, y al final no veíamos ni el rastro. «Es casi imposible distinguirla», dijo el Abuelo, y aunque él está ciego, debo confesar que resultaba casi imposible distinguirla para mí también. Estaba tan oscuro que a veces yo tenía que entornar los ojos para ver su vestido blanco. Era como un fantasma, entrando y saliendo de nuestros ojos. «¿Dónde se ha metido?», preguntó el héroe. «Está allí —dije—. Mira.» Pasamos junto a un océano en miniatura (¿un estanque?) y por un pequeño campo, con árboles en tres lados y con un espacio abierto en el cuarto lado desde donde pude oír el rumor de aguas lejanas. Ya estaba demasiado oscuro para poder ver casi nada.

Perseguimos a Augustine hasta un lugar cercano al centro del campo, donde ella dejó de andar. «Sal —dijo el Abuelo—. Otro hiato.» Fui al asiento posterior para que Augustine pudiera sentarse. «¿Y ahora qué pasa?», preguntó el héroe. «Un nuevo hiato.» «¿Otro?» «Es una mujer muy anciana.» «¿Está cansada?», le preguntó el Abuelo. «Ha caminado mucho.» «No —dijo ella—, hemos llegado.» «Dice que ya hemos llegado», expliqué al héroe. «¿Qué?» «Ya les informé de que no había nada. Todo quedó destruido.» «¿Qué quiere decir con que ya hemos llegado?», preguntó el héroe. «Dile que es porque es muy de noche —me dijo el Abuelo—, y que podríamos ver más si no fuera de noche.» «Está demasiado oscuro», dije, pero ella me cortó. «No —dijo Augustine—, es todo lo que se puede ver. Siempre es así, siempre es de noche.»

Me imploro ser capaz de describir Trachimbrod y así explicar por qué estábamos tan impresionados. No había nada. Cuando digo «nada» no quiero decir que no hubiera nada a excepción de un par de casas, un poco de madera en el suelo, y trozos de cristal, y juguetes, y fotografías. Cuando digo que no había nada, lo que pretendo decir es que no había ni estas cosas ni ninguna otra. «¿Cómo puede ser?», preguntó el héroe. «¿Cómo puede ser? —traduje a Augustine—. ¿Cómo pudo existir algo aquí?» «Fue todo tan rápido», dijo ella, y yo ya habría tenido bastante con eso. Yo no habría hecho ninguna pregunta más, y creo que el héroe tampoco. Pero el Abuelo dijo: «Cuéntaselo —Augustine hundió las manos en los bolsillos de su vestido hasta tan abajo que parecía que el brazo le acabara en el codo—. Cuéntele lo que sucedió», dijo él. «No lo sé todo.» «Cuéntele lo que sabe.» Fue solo entonces cuando comprendí que el «le» era yo. «No», dijo ella. «Por favor», suplicó él. «No.» «Por favor.» «Fue todo muy rápido, tiene que entenderlo. Corrías y no te preocupabas de quién iba detrás, porque eso habría significado dejar de correr.» «¿Tanques?» «Un solo día.» «¿Un día?» «Algunos se fueron antes.» «¿Antes de que llegaran?» «Sí.» «Pero usted no.» «No.» «Tuvo suerte.» «No. —Silencio—. Sí.» Silencio. Podríamos haberlo dejado allí. Podríamos haber visionado Trachimbrod, regresado al coche y perseguido a Augustine hasta su casa. El héroe podría decir que había estado en Trachimbrod, incluso podría haber dicho que había conocido a Augustine, y el Abuelo y yo podríamos haber dicho que habíamos cumplido con nuestra misión. Pero el Abuelo no estaba contento con esto. «Cuéntele —reiteró—, cuéntele lo que sucedió.» Yo no tenía miedo ni vergüenza. No tenía nada. Solo deseaba saber qué iba a suceder. (No quiero decir qué iba a suceder en la historia de Augustine, sino entre el Abuelo y ella.) «Nos pusieron en fila —dijo ella—. Tenían listas. Estaban organizados. —Traduje al héroe lo que decía Augustine—. Quemaron la sinagoga.» «Quemaron la sinagoga.» «Fue lo primero que hicieron.» «Fue lo primero.» «Después colocaron en fila a todos los hombres.» No os podéis imaginar cómo era tener que oír esas cosas y luego repetirlas, porque cuando las repetía me sentía como si las estuviera oyendo por primera vez. «¿Y entonces?», preguntó el Abuelo. «Fue en medio de la ciudad. Allí —dijo ella, y señaló con su dedo hacia la noche—. Desplegaron una Torá, en el suelo, ante los hombres. Una cosa terrible. Mi padre nos ordenaba besar cualquier libro que tocara el suelo. Libros de cocina. Cuentos para niños. Historias de misterio. Juegos. Novelas. Incluso los diarios vacíos. El General recorrió la fila y ordenó a todos los hombres que escupieran sobre la Torá, o matarían a sus familias.» «No es verdad», dijo el Abuelo. «Es verdad —dijo Augustine, y no lloraba, lo cual me sorprendió mucho, aunque ahora entiendo que su melancolía había encontrado refugio en lugares que quedaban ocultos tras máscaras más espesas que solo sus ojos—. El primero fue Yosef, el zapatero. El hombre con una cicatriz en la cara dijo: escupe, y apoyó un revólver sobre la cabeza de Rebecca. Era su hija, y una buena amiga mía. Solíamos jugar a cartas por allá —dijo, señalando hacia otro lugar de la noche—, y nos contábamos secretos sobre los chicos que nos gustaban y con quienes queríamos casarnos.» «¿Y él escupió?», preguntó el Abuelo. «Sí. Y luego el General dijo: písala.» «¿Y lo hizo?» «La pisó.» «La pisó», traduje al héroe. «Después fue hacia la siguiente persona de la fila, que era Izzy. Él me enseñó a dibujar, en su casa, que estaba allí —dijo, y señaló hacia la oscuridad—. Nos quedábamos dibujando y riendo hasta muy tarde. Algunas noches poníamos discos de Padre y bailábamos. Era mi amigo, y cuando su esposa tuvo al niño yo le cuidé como si hubiera sido el mío propio. Escupe, dijo el hombre de ojos azules, poniendo el revólver en la boca de la mujer de Izzy. Así», dijo ella, y se metió el dedo dentro de la boca. «¿Escupió?», preguntó el Abuelo. «Escupió.» «Escupió», dije al héroe. «Y entonces el General le ordenó que maldijera la Torá, y esta vez puso la pistola en la boca de su hijo.» «¿Obedeció?» «Sí. Y luego el General le obligó a rasgar la

Torá con las manos.» «¿Lo hizo?» «Lo hizo.» «Y entonces el General llegó a mi padre. —No estaba tan oscuro como para no ver cómo el Abuelo cerraba los ojos—. Escupe, le dijo.» «¿Y él lo hizo?» «No —dijo ella, y dijo no como si fuera una palabra cualquiera en cualquier otra historia, como si no tuviera el peso que tenía en esta—. Escupe, dijo el General de rubios cabellos.» «¿Y él no escupió?» Ella no dijo no, pero rotó con la cabeza en sentido horizontal. «Puso la pistola en la boca de mi madre y le dijo: escupe o...» «Puso la pistola en la boca de su madre.» «No», dijo el héroe, casi sin volumen. «La mataré aquí y ahora si no escupes, dijo el General, pero él no escupió.» «¿Y?», dijo el Abuelo. «Y la mató.» Os diré que lo que daba más miedo en esta historia era la rapidez con que se movía. No me refiero a lo que sucedía, sino a la forma de contarla. Sentí que nada podría detenerla. «No es verdad», dijo el Abuelo, pero solo para sí mismo. «Entonces el General puso la pistola en la boca de mi hermana menor. Tenía cuatro años. Estaba llorando mucho. Me acuerdo de eso. Escupe, le dijo, escupe o...» «¿Y lo hizo?», preguntó el Abuelo. «No», dijo ella. «No escupió», dije al héroe. «¿Por qué no escupió?» «Y el General disparó contra mi hermana. No miré hacia ella, pero recuerdo el sonido que hizo al chocar contra el suelo. Todavía oigo ese sonido cuando algo se cae. Lo que sea.» Si pudiera, haría que nada chocara contra el suelo de nuevo. «No quiero oír más», dijo el héroe, de manera que a partir de este punto dejé de traducir. (Jonathan, si perseveras en no querer saber el resto, no leas más. Pero si decides seguir, que no sea por curiosidad. No es una razón lo bastante buena.) «Entonces rasgaron el vestido de mi hermana mayor. Estaba embarazada y tenía un vientre enorme. Su marido estaba al final de la fila. Se habían construido una casa, aquí.» «¿Dónde?», pregunté. «Donde estamos ahora. Esto era el dormitorio.» «¿Cómo puede percibirlo?» «Recuerdo que, aunque era verano, ella tenía mucho frío. Le bajaron las bragas, y uno de los hombres puso el extremo de la pistola en sus partes, y los otros se rieron muy fuerte, siempre recordaré esa risa. Escupe, dijo el General a mi padre, escupe o adiós bebé.» «¿Lo hizo?» «No —dijo ella—. Volvió la cabeza, y ellos dispararon a mi hermana en sus partes.» «¿Por qué no escupió?», pregunté. «Pero mi hermana no murió. Así que colocaron el revólver en su boca mientras estaba en el suelo, gritando y llorando, y con las manos en sus partes ensangrentadas. Escupe, dijo el General, o no dispararemos. Por favor, dijo mi padre. Eso no. Escupe, o la dejaremos retorcerse de dolor hasta que muera.» «¿Y?» «No. No escupió.» «¿Y?» «Y ellos no dispararon.» «¿Por qué? —pregunté—. ¿Por qué no escupía? ¿Era muy religioso?» «No —dijo ella—, ni siquiera creía en Dios.» «Estaba loco», dijo el Abuelo. «Se equivoca», dijo ella. «Es usted quien se equivoca», dijo el Abuelo. «No. Es usted.» «¿Y entonces qué pasó?», pregunté, aunque debo confesar que me daba vergüenza inquirir. «Apoyó la pistola en la cabeza de mi padre. Escupe, dijo el General, y te mataremos.» «¿Y?», preguntó el Abuelo. «Y escupió.» El héroe estaba a varios metros de distancia, guardando suciedad en una bolsa de plástico, una Ziploc me dijo que se llamaba. Después me contó que esa suciedad era para su abuela, si algún día la informaba del viaje. «¿Y qué me dice de usted? —preguntó el Abuelo—. ¿Dónde estaba?» «Estaba allí.» «¿Dónde? ¿Cómo escapó?» «Le dije que mi hermana no estaba muerta. La dejaron tirada en el suelo, después de dispararle en sus partes. Empezó a arrastrarse por el suelo. No podía usar las piernas, pero tiraba de sí misma con las manos y los brazos. Iba dejando un rastro de sangre, y temía que pudieran descubrirla gracias a él.» «¿La mataron?», preguntó el Abuelo. «No. Permanecieron allí, de pie, riéndose mientras ella se arrastraba. Recuerdo exactamente el sonido de esa risa. Era como —y rio hacia la oscuridad— JA JA JA JA JA JA JA JA JA JA. Todos los gentiles estaban en las ventanas de sus casas, mirando, y ella les gritó: "Auxilio... Por favor, ayudadme, me estoy muriendo".» «¿Y qué hicieron?» «Nada. Volvieron la cara y se escondieron. No puedo culparles.» «¿Por qué no?», pregunté. «Porque —respondió el Abuelo en lugar de Augustine— si la hubieran ayudado, los habrían matado, a ellos y a sus familias.» «Yo seguiría culpándoles», dije. «¿Ha podido perdonarles?», preguntó el Abuelo a Augustine. Ella cerró los ojos para decir: «No, no puedo perdonarles». «Yo desearía que alguien me ayudara», dije. «Pero —dijo el Abuelo— no ayudarías a alguien si eso significara acabar con tu vida y con la de tu familia.» (Pensé muchos momentos sobre ello, y comprendí que tenía razón. Solo tenía que pensar en Pequeño Igor para estar seguro de que yo también hubiera dado media vuelta y escondido la cara.) Todo estaba tan negro entonces, porque era tarde y porque no había ninguna luz artificial en muchos kilómetros, que ya no podíamos vernos unos a otros, solo oír nuestras voces. «¿Les perdonarías?», pregunté. «Sí —dijo el Abuelo—. Lo intentaría.» «Lo dice porque no se puede imaginar cómo fue.» «Sí que puedo.» «No, no es algo que nadie pueda imaginar. Solo pasa. Y una vez ha pasado, ya no queda que imaginar.»

«Se está haciendo muy oscuro», dije, y supe que sonaba raro, pero a veces es mejor decir algo raro que no decir nada. «Sí», dijo Augustine. «Está muy oscuro», dije al héroe, que ya había regresado con sus bolsas de suciedad, «Sí —dijo él—, muy oscuro. No estoy acostumbrado a estar sin luz artificial.» «Es verdad», dije yo. «¿Qué le sucedió? —preguntó el Abuelo—. Escapó, ¿no?» «Sí.» «¿Alguien la salvó?» «No. Llamó a un centenar de puertas, pero ninguna se abrió. Logró arrastrarse hasta el bosque, donde se quedó dormida debido a la sangre perdida. Despertó a media noche, y la sangre se había secado, y aunque se sintió como muerta era solo el bebé quien había muerto. El bebé aceptó la bala y salvó a su madre. Un milagro. —Ahora todo iba demasiado veloz para que yo lo entendiera. Yo quería entenderlo del todo, pero eso habría requerido un año para cada palabra—. Ella caminaba muy despacio, y volvió a Trachimbrod, siguiendo el rastro de su propia sangre.» «¿Por qué volvió?» «Porque era joven y muy estúpida.» (Es por eso que volvemos, ¿no, Jonathan?) «Temía que la mataran, ¿no?» «No era eso lo que temía.» «¿Y qué sucedió?» «Estaba muy oscuro y todos los vecinos dormían. Los alemanes ya estaban en Kolki, de manera que no había que temerles. Aunque no habría tenido miedo de todos modos. Recorrió en silencio las casas de los judíos, recogiéndolo todo, los libros, la ropa, todo.» «¿Para qué?» «Para que no se lo llevaran.» «¿Los nazis?» «No —dijo ella—, los vecinos.» «No», dijo el Abuelo. «Sí», dijo Augustine. «No.» «Sí.» «No.» «Fue hacia los cuerpos, que estaban en una fosa delante de la sinagoga, y recogió las joyas de oro, y cortó los cabellos de todos, los de su madre, los de su marido, incluso los suyos propios.» «¿Por qué? ¿Cómo?» «¿Y después?» «Lo escondió todo en el bosque para poder encontrarlo cuando volviera, y siguió su camino.» «¿Hacia dónde?» «Lugares.» «¿Qué lugares?» «Rusia. Luego otros.» «¿Y después?» «Después regresó.» «¿Para qué?» «Para desenterrar lo que había escondido, y para descubrir qué quedaba en pie. Todos los que volvían estaban seguros de que ella descubriría su casa y sus amigos e incluso los parientes que vio muertos. Dicen que el Mesías vendrá cuando llegue el fin del mundo.» «Pero ese no fue el fin del mundo», dijo el Abuelo. «Lo fue. Pero él simplemente no apareció.» «¿Por qué no apareció?» «Fue la lección que sacamos de todo lo sucedido: no hay ningún Dios. Hizo falta que se escondieran todas las caras para que Él nos lo probara.» «¿Y si era un desafío a su fe?», pregunté. «No podría creer en un Dios que pone ese tipo de pruebas de fe.» «¿Y si no estaba en Sus manos evitarlo?» «No podría creer en un Dios incapaz de detener lo que sucedió.» «¿Y si fue el hombre y no Dios quien hizo todo esto?» «Ya tampoco creo en el hombre.»

«¿Qué encontró al regresar por segunda vez?», preguntó el Abuelo. «Esto —dijo ella, moviendo el dedo sobre el mural de oscuridad—. Nada. No ha habido ninguna alteración desde su regreso. Ellos se llevaron todo lo que dejaron los alemanes, y luego se fueron a otros *shtetls*.» «¿Ella reanudó su viaje al ver todo esto?» «No. Se quedó aquí. Encontró la casa más cercana a Trachimbrod, todas las que no habían sido destruidas estaban vacías, y se prometió a sí misma vivir en ella hasta la muerte. Desenterró todas las cosas que había escondido y las llevó a su casa. Ese fue su castigo.» «¿Castigo por qué?» «Por sobrevivir», dijo ella.

Antes de marcharnos Augustine nos guio al monumento de Trachimbrod. Era un trozo de piedra, de la talla del héroe aproximadamente, colocado en el centro del campo, tan en el centro que era casi imposible de encontrar de noche. La piedra decía, en ruso, ucraniano, hebreo, polaco, yiddish, inglés y alemán:

ESTE MONUMENTO SE ALZA EN MEMORIA
DE LOS 1.204 HABITANTES DE TRACHIMBROD
ASESINADOS POR OBRA DEL FASCISMO ALEMÁN
EL 18 DE MARZO DE 1942.
Dedicado el 18 de marzo de 1992.
Yitzhak Shamir, Primer ministro del Estado de Israel

Permanecimos de pie ante el monumento, el héroe y yo, durante muchos minutos, mientras Augustine y el Abuelo se perdían en la oscuridad. No hablamos. Habría sido de una indecencia elemental hablar allí. Le miré una vez mientras anotaba la información del monumento en su diario, y percibí que advertía que le estaba visionando. Se desplomó sobre la hierba, y yo me desplomé a su lado. Estuvimos desplomados durante varios minutos, y entonces nos colocamos de espalda, usando la hierba como lecho. Estaba tan oscuro que podíamos ver muchas de las estrellas. Era como cobijarse bajo un gran paraguas, o bajo las faldas de un vestido. (No lo escribo por ti, Jonathan. Es solo para mí que fue así.) Hablamos durante muchos minutos, sobre muchas cosas, pero en verdad yo no le escuchaba, ni él me escuchaba a mí, ni yo me escuchaba a mí mismo, ni él se escuchaba a sí mismo. Estuvimos sobre la hierba, bajo las estrellas, y eso es lo que hicimos.

Finalmente, el Abuelo y Augustine regresaron.

El viaje de vuelta nos devoró solo el cincuenta por

ciento del tiempo que nos había devorado llegar hasta allí. No sé por qué, pero tengo una liviana idea acerca de ello. Cuando llegamos, Augustine no nos volvió a invitar a entrar en su casa. «Ya es muy tarde», dijo ella. «Debe de estar cansada», dijo el Abuelo. Ella puso la mitad de una sonrisa: «No suelo dormir bien». «Pregúntale por Augustine», dijo el héroe. «¿Y Augustine, la mujer de la fotografía? ¿Tiene alguna idea de cómo podemos encontrarla?» «No —dijo ella, y solo me miró a mí al decirlo—. Sé que su abuelo escapó porque le vi una vez, un año después, quizá dos. —Me dejó un momento para darme tiempo a traducir—. Volvió a Trachimbrod a ver si había aparecido el Mesías. Comimos en mi casa. Le guisé lo poco que tenía, y le bañé. Intentamos limpiarnos. Comprendí que había sufrido mucho, pero decidimos no hacernos preguntas.» «Dile que te cuente de qué hablaron.» «De nada, en realidad. Cosas intrascendentes. Hablamos de Shakespeare, lo recuerdo, de una obra que ambos habíamos leído. Las tenían en yiddish, ya sabes, y un día él me dio una para que la leyera. Estoy segura de que aún debo tenerla por aquí. Podría buscarla.» «¿Y qué sucedió después?», pregunté. «Tuvimos una discusión sobre Ofelia. Una discusión muy fuerte. Él me hizo llorar, y yo le hice llorar a él. No hablamos de nada. Teníamos demasiado miedo.» «¿Ya había conocido a mi abuela por aquel entonces?» «¿Había conocido ya a su segunda esposa?» «No lo sé. Él no lo mencionó, y supongo que lo habría hecho. Pero quizá no. Era una época difícil para hablar. Siempre temías decir la palabra incorrecta, y por eso a veces lo mejor era no decir nada.» «Pregúntale cuánto tiempo se quedó en Trachimbrod.» «Quiere saber cuánto tiempo permaneció su abuelo en Trachimbrod.» «Solo una tarde. Tiempo de comer y tomar un baño —dijo ella—, y juraría que ya fue más del que deseaba invertir aquí. Solo quería ver si había aparecido el Mesías.» «¿Qué aspecto tenía?» «Quiere saber qué aspecto tenía su abuelo.» Ella sonrió y escarbó los bolsillos con sus manos. «Tenía un rostro áspero y gruesos cabellos oscuros. Díselo.» «Tenía un rostro áspero y gruesos cabellos oscuros.» «No era muy alto. Más o menos como tú.» «No era muy alto. Más o menos como tú.» «Le habían arrebatado tantas cosas. La última vez que le vi era aún un niño, y en solo dos años se había convertido en un viejo.» Expliqué esto al héroe y luego pregunté: «¿Él se parece a su abuelo?». «Antes de que sucediera todo, sí. Pero Safran cambió demasiado. Dile que nunca debería cambiar así.» «Dice que tu abuelo se parecía a ti antes de todo, pero que luego cambió. Dice que no deberías cambiar así.» «Pregúntale si hay otros supervivientes que aún vivan por la zona.» «Quiere saber si queda algún judío entre las ruinas.» «No —dijo Augustine—. Hay un judío en Kivertsy que a veces me trae comida. Dice que tuvo negocios con mi hermano en Lutsk, pero yo nunca tuve un hermano. Hay otro judío de Sokeretchy que me hace fuego en invierno. El invierno es tan difícil para mí... Soy una vieja, ya no puedo cortar leña.» Expliqué esto al héroe. «Pregúntale si cree que pueden saber algo acerca de Augustine.» «¿Sabrán algo de Augustine?» «No —dijo ella—. Son tan viejos que ya no se acuerdan de nada. Sé que hubo algunos judíos de Trachimbrod que sobrevivieron, pero no sé dónde están. La gente se marchó. Conocí a un hombre de Kolki que sobrevivió y nunca volvió a decir palabra. Fue como si le hubieran cosido los labios con aguja e hilo. Exactamente igual.» Expliqué esto al héroe. «¿Va a venir con nosotros? —preguntó el Abuelo—. Nos ocuparemos de usted, estará caliente en invierno.» «No», dijo Augustine. «Venga con nosotros —reiteró—. No puede vivir así.» «Lo sé —dijo ella—, pero.» «¿Pero?» «No.» «¿Seguro?» «No.» «Podría.» «No puedo.» Silencio. «Esperen un momento —dijo ella—. Me gustaría darle algo.» Entonces se me materializó que de la misma forma que no sabíamos su nombre, tampoco ella sabía el del héroe ni el del Abuelo. Solo el mío. «Ha ido a buscar algo para ti», dije al héroe. «No sabe lo que le conviene —dijo el Abuelo—. No sobrevivió para vivir así. Si se ha rendido, sería mejor suicidarse.» «Quizá sea feliz en ocasiones —dije—. No lo sabemos. Creo que hoy era feliz.» «Ella no desea la felicidad —dijo el Abuelo—. Solo puede vivir en la melancolía. Quiere que sintamos remordimientos por ella. Quiere que lamentemos su suerte, no la de los otros.»

Augustine salió de su casa cargada con una caja que llevaba la inscripción POR SI ACASO escrita en lápiz. «Tenga», dijo al héroe. «Desea que tengas esto», le dije. «No puedo», dijo él. «Dice que no puede.» «Debe aceptarlo.» «Dice que debes aceptarlo.» «Nunca entendí por qué Rivka guardó el anillo en el jarrón, ni por qué me dijo: Por si acaso. ¿Por si acaso qué?» «Por si acaso moría», dije yo. «Sí, y entonces, ¿qué? ¿Qué diferencia habría para el anillo?» «No lo sé.» «Pregúntaselo», dijo ella. «Quiere saber por qué su amiga escondió el anillo de boda cuando creyó que iban a matarla.» «Para que quedara algún rastro de su existencia», dijo el héroe. «¿Qué?» «Alguna evidencia. Alguna prueba. Algún testimonio.» Expliqué lo que me dijo a Augustine. «Pero para esto no hace falta un anillo. La gente puede recordar sin necesidad de anillos. Y cuando esa gente se olvida, o muere, ya nadie sabe nada del anillo.» Expliqué esto al héroe. «Pero el anillo actúa como recordatorio —dijo él—. Cada vez que lo ve, piensa en ella.» Dije a Augustine lo que había pronunciado el héroe. «No —dijo ella—. Yo creo que fue por si acaso pasaba esto. Por si acaso alguien venía a buscarlo algún día.» No percibí si hablaba conmigo o con el héroe. «Para que así tuviéramos algo que encontrar», dije yo. «No —dijo ella—. El anillo no existe para ti. Tú existes para el anillo. El anillo no está por si acaso tú. Tú estás por si acaso el anillo.» Escarbó en su bolsillo y extrajo un anillo. Intentó colocarlo en el dedo del héroe, pero no le armonizaba, de manera que intentó colocarlo en el dedo más pequeño, pero seguía sin armonizar. «Tenía las manos pequeñas», dijo el héroe. «Tenía las manos pequeñas», dije a Augustine. «Sí —dijo ella—, muy pequeñas.» Intentó de nuevo colocar el anillo en el dedo menor del héroe, aplicándose a ello con gran rigidez, y percibí que esto producía muchos tipos de dolor al héroe, aunque no exhibió ninguna prueba de ello. «No le armoniza», dijo ella, y cuando sacó el anillo pude ver que había producido un corte en el dedo menor del héroe.

«Tenemos que irnos», dijo el Abuelo. «Es hora de partir», dije al héroe. «Dale las gracias una vez más.» «Dice que gracias», dije yo. «Yo también os doy las gracias.» Ella lloraba de nuevo. Lloraba cuando llegamos, lloraba al vernos partir, pero no lloró mientras estuvimos allí. «¿Puedo hacerle una pregunta?», pregunté. «Por supuesto», dijo ella. «Yo soy Sasha, como ya sabe, y él es Jonathan, y la perra es Sammy Davis, Junior, Junior, y él, el Abuelo, es Alex. ¿Quién eres tú?» Se quedó en silencio durante un momento. «Lista —dijo. Y luego dijo—: ¿Puedo hacerte una pregunta?» «Por supuesto.» «¿Ha acabado ya la guerra?» «No entiendo.» «Estoy», dijo ella, o empezó a decir, pero entonces el Abuelo hizo algo que no esperaba. Tomó la mano de Augustine entre la suya y le dio un beso en los labios. Ella rotó hacia la casa, alejándose de nosotros. «Debo entrar a cuidar a mi bebé —dijo—. Me echa de menos.»

ENAMORARSE, 1934-1941

Subvencionado todavía por la congregación de los Oblicuos, que se había convertido sin saberlo en algo parecido a un servicio de acompañantes para viudas y ancianas solitarias, mi abuelo prosiguió con sus actividades a domicilio varias veces por semana, consiguiendo ahorrar suficiente dinero como para empezar a plantearse la posibilidad de fundar una familia propia, o para que su familia empezara a plantearse la posibilidad de que fundara su propia familia.

Me complace ver tu ética de trabajo, le dijo su padre una tarde antes de que saliera en dirección a la pequeña casa de ladrillo de la viuda Golda R, cerca de la Sinagoga Vertical. *No has resultado ser el gitano holgazán que temíamos.*

Estamos muy orgullosos de ti, dijo su madre. Pero, en contra de lo que él esperaba, esas palabras no estuvieron selladas por un beso. *Es por Padre*, pensó él. *Si no estuviera delante, me habría besado.*

Su padre fue hacia él, le dio unas palmaditas en el hombro, y dijo, sin saber de qué estaba hablando: *No decaigas.*

Golda cubría todos los espejos antes de hacer el amor con él.

Leah H, dos veces viuda, a cuyo hogar regresaría tres veces por semana (incluso después de contraer matrimonio), no le pedía más que seriedad al tratar con su envejecido cuerpo: que nunca se riera de sus pechos caídos o de la calvicie de sus órganos genitales, que no se fijara en las varices de sus piernas, que nunca se estremeciera ante su olor, que era, ella lo sabía, como el del vino agrio.

Rina S, viuda de Kazwel L, el único miembro de los Anillos de Ardisht que fue capaz de colgar los hábitos y descender de los tejados de Rovno para iniciar una vida en tierra firme —para acabar muriendo, como la Esfera, víctima del molino de harina—, clavaba los dientes en el brazo muerto de Safran cuando hacían el amor, para asegurarse de que él no sentía nada.

Elena N, viuda del director de pompas fúnebres Chaim N, había visto a la muerte cruzar mil veces las puertas del sótano de su casa, pero nunca pudo imaginar la profundidad del dolor que experimentaría cuando la dama de la guadaña decidiera esconderse en el interior y atacar a su propietario. Le pidió que hicieran el amor bajo la cama, en una tumba subnupcial poco profunda, para así borrar parte del dolor, para hacer las cosas algo más fáciles. Safran, mi abuelo, el padre de mi madre a quien nunca llegué a conocer, complacía las fantasías de todas.

Pero antes de que el retrato adquiera tintes demasiado halagadores, debería mencionar que las viudas constituían solo la mitad de las amantes de mi abuelo. Él vivía una doble vida: amante de las afligidas, sí, pero también de mujeres a las que la cruel zarpa del dolor apenas había rozado, aquellas que estaban más cerca del nacimiento que de la muerte. Hizo el amor a cincuenta y dos vírgenes en todas las posturas que había aprendido gracias a una obscena baraja de cartas que le proporcionó ese amigo al que siempre abandonaba en el teatro: sesentaynueveando a la jack bizca Tali M, de prietas coletas y con un parche de tela doblado en el ojo malo; tomando por detrás al dos de corazones Brandil W, a la que su débil, y único, corazón la hacía cojear y llevar gafas de gruesos cristales y que murió antes de la guerra (demasiado pronto; en el momento justo); sexo oral con la reina de diamantes Mella S, todo tetas y nada de trasero, hija única de la familia más rica de Kolki (quienes, según contaba la gente, jamás usaban una cubertería en más de una ocasión); montado por el as de espadas Trema O, la más diligente en el campo, cuyos chillidos, estaba seguro, los delataron en todo el *shtetl*. Ellas le amaban y él las follaba —diez, jack, reina, rey, as—: el intercambio más directo y espléndido posible. Y así, él disponía de dos manos: una con cinco dedos y la otra con cincuenta y dos jovencitas, que no podían, o no querían, negarle nada.

Y, por supuesto, también tenía una vida por encima de la cintura. Iba al colegio y estudiaba con los demás chicos de su edad. Destacaba especialmente en aritmética, y su tutor, el maestro Oblicuo Yakem E, propuso a mis bisabuelos que enviaran a Safran a un colegio para niños superdotados que había en Lutsk. Pero nada aburría más a mi abuelo que los estudios. *Los libros son para quienes carecen de una vida real*, pensaba. *Y ni siquiera son un buen sustituto.* La escuela a la que asistía era pequeña, cuatro profesores y cuarenta estudiantes. La jornada se dividía entre las materias religiosas, impartidas por el Casi-Rubio Rabino y uno de los fieles de la congregación Vertical, y las materias seculares, también llamadas útiles, impartidas por tres (a veces dos, a veces, cuatro) Oblicuos.

Todos los estudiantes aprendían la historia de Trachimbrod, de un libro escrito originalmente por el Venerable Rabino —*Y SI DESEAMOS ALCANZAR UN FUTURO MEJOR, ¿NO DEBERÍAMOS EMPEZAR POR CONOCER Y RECONCILIARNOS CON NUESTRO PASADO?*— y revisado constantemente por un comité formado tanto por Verticales como por Oblicuos. El *Libro de antecedentes* comenzó siendo un registro de acontecimientos importantes: batallas y tratados, hambrunas, movimientos sísmicos, inicios y finales de regímenes políticos. Pero no transcurrió mucho tiempo antes de que se incluyeran en él, con todo lujo de detalles, eventos de menor trascendencia —festividades, matrimonios y muertes relevantes, registros de la construcción en el *shtetl* (entonces no había destrucción)—, de manera que el librito de mano no tardó en convertirse en un juego de tres volúmenes. No mucho después, ante la petición de los lectores —que incluía a toda la población del *shtetl*, tanto Verticales como Oblicuos—, el *Libro de antecedentes* incluyó un censo bianual, donde constaban los nombres de todos los ciudadanos y una breve semblanza de sus vidas (las mujeres fueron incluidas después de la escisión de la sinagoga), crónicas de los eventos más intrascendentes, y comentarios acerca de lo que el Venerable Rabino había dado en llamar *VIDA, Y LA VIDA DE LA VIDA*, que incluían definiciones, parábolas, usos y costumbres para llevar una vida digna, y un buen número de refranes, bonitos, aunque sin mucho sentido. Las ediciones posteriores, que ya ocupaban la totalidad de un estante, fueron aún más detalladas, ya que los ciudadanos contribuyeron con recuerdos de familia, retratos, documentos importantes y diarios personales, de manera que todo escolar podía averiguar sin dificultad lo que su abuelo había tomado para desayunar un jueves concreto cincuenta años atrás, o qué hizo su tía abuela cuando llovió sin descanso durante cinco meses. El *Libro de antecedentes*, antes actualizado una vez al año, sufría ahora constantes modificaciones, y cuando no había nada de lo que dejar constancia, el comité dejaba constancia de su constancia, solo para mantener el libro en movimiento, hacerlo crecer, convertirlo en algo más parecido a la vida: *Escribimos... escribimos... escribimos...*

Incluso los peores alumnos leían el *Libro de antecedentes* sin saltarse una coma, ya que sabían que algún día ellos también poblarían sus páginas; que, si pudieran hacerse con una edición posterior, hallarían en ella el recuento de sus errores (y quizá evitarlos), y de los errores de sus hijos (y asegurarse de que no llegaran a suceder), y el surgimiento de futuras guerras (para así prepararse para la muerte de sus seres queridos).

Y estoy seguro de que mi abuelo no fue una excepción. También él debió devorar con fruición un tomo tras otro, página a página, buscando...

LA INFAMANTE CUENTA DE YANKEL D

Acusado de ciertas actividades vergonzosas, el desgraciado usurero Yankel D compareció ante el Alto Tribunal Vertical en el año 1741. El citado usurero, tras ser declarado culpable de haber cometido las vergonzosas actividades antes mencionadas, fue condenado por una proclama del *shtetl* a llevar la incriminatoria cuenta de ábaco colgada de una cuerda blanca alrededor del cuello. El registro quiere hacer mención expresa de que el acusado la llevaba incluso cuando nadie miraba, incluso cuando iba a acostarse.

TRACHIMDAY, 1796

Una mosca portadora de una peste particular picó en los cuartos traseros al caballo que tiraba de la carroza de Rovno en el citado *Trachimday*, provocando que la desafortunada yegua corcoveara y lanzara la efigie de su investigador al Brod. El desfile de carrozas tuvo que detenerse durante treinta minutos mientras algunos hombres fuertes emprendían el rescate de la empapada efigie. La mosca culpable fue capturada por la red de un escolar sin identificar. El chico levantó la mano para aplastarla, consciente de que el castigo debía ser ejemplar, pero cuando el puño inició su letal descenso, la mosca dobló una de sus alas sin alzar el vuelo. El chico, sensible muchacho, quedó abrumado por la fragilidad de la vida y dejó libre a la mosca. La mosca, igualmente abrumada, murió de gratitud. Que su tragedia os sirva de ejemplo.

BEBÉS ENFERMOS
(*Véase* DIOS.)

CUANDO LLOVIÓ SIN PAUSA DURANTE CINCO MESES
El peor de los temporales tuvo lugar durante los dos últimos meses de 1914 y los tres primeros de 1915. No tardaron en llenarse las macetas de los alféizares. Las flores se abrieron y perecieron ahogadas. Se rea-

lizaron orificios en los techos, directamente sobre las bañeras... Debe hacerse notar que la lluvia sin pausa coincidió con el período de ocupación rusa,[2] y que no importaba cuánta agua cayera, siempre había quien seguía proclamando su sed. (*Véase* GITTLE K, YAKOV L.)

EL MOLINO DE HARINA

Sucedió que en el undécimo año de un siglo remoto, el pueblo elegido (nosotros) escapó de Egipto bajo el liderazgo del sabio profeta Moisés. En el apresuramiento de la huida no había tiempo para aguardar a que subiera el pan, y como Dios Nuestro Señor, que su nombre llene de ilusión nuestros corazones, perseguidor de la perfección en todas y cada una de sus criaturas, no quería un pan imperfecto, dijo a su pueblo (a nosotros, no a ellos): *NO HAGÁIS NINGÚN PAN QUE SEA GOMOSO, DURO, DE MAL SABOR, O CAUSE ESTREÑIMIENTO PROLONGADO*. Pero los elegidos tenían mucha hambre y decidieron jugársela con algo de buena levadura. Lo que hornearon a sus espaldas no era en absoluto perfecto, ni mucho menos crujiente, suave o ayuda para un correcto funcionamiento intestinal. Y Dios, que Su nombre persista en nuestros apretados labios, se enfadó mucho. Debido a este pecado ancestral, un miembro de nuestro *shtetl* ha muerto cada año en el molino de

---

2. Tras enterarse de que fue un judío quien inventó el poema de amor, el indeseable magistrado Rufkin S, que su nombre se pierda entre los cojines, descargó una lluvia de fuego y cristales rotos sobre nuestro pobre *shtetl*. (No fue el judío, claro, quien inventó el poema de amor, sino al contrario.)

harina, desde su fundación en 1713. (Para la lista de los fallecidos en el molino, *ver* APÉNDICE G: MUERTES PREMATURAS.)

LA EXISTENCIA DE LOS GENTILES
(*Véase* DIOS.)

LA TOTALIDAD DEL MUNDO COMO LO CONOCEMOS O LO IGNORAMOS
(*Véase* DIOS.)

LOS SEIS SENTIDOS DE LOS JUDÍOS
Vista, oído, olfato, tacto, gusto... y memoria. Así como los gentiles experimentan y procesan el mundo a través de los sentidos tradicionales, recurriendo a la memoria solo en segunda instancia y como mera fuente de interpretación de los hechos, para los judíos la memoria no es menos primordial que la constatación del pinchazo de una aguja, su brillo plateado, o el sabor de la sangre procedente del dedo. Cuando un judío se pincha con una aguja, recuerda otras agujas, y solo a través de ese retroceso hacia el pasado —aquella tarde que su madre intentó montarle la manga del abrigo con su brazo dentro, cuando los dedos de su abuelo sufrieron una rampa tras acariciar durante horas la húmeda frente de su bisabuelo, cuando Abraham probó el filo del cuchillo para asegurarse de que Isaac no sufriría ningún dolor— es capaz de saber por qué duele.

Cuando un judío se encuentra una aguja, pregunta: *¿A qué me recuerda?*

EL PROBLEMA DEL MAL: POR QUÉ A PERSONAS INCONDICIONALMENTE BUENAS LES SUCEDEN HECHOS INCONDICIONALMENTE MALOS

No hay casos.

LA ERA DE LAS MANOS TEÑIDAS

La era de las manos teñidas comenzó poco después de los suicidios erróneos, cuando el panadero especialista en bollos Herzog J advirtió que, en cuanto perdía de vista los bollos, estos tendían a desaparecer. Repitió la operación en numerosas ocasiones, distribuyendo los bollos en distintos lugares de la panadería, señalando incluso su precisa ubicación con un lápiz de carbón, y en todas ellas, cuando se descuidaba un solo segundo y volvía a mirar, se encontraba únicamente la marca del lugar donde habían estado los bollos.

Me roban, declaró.

Llegados a este momento de nuestra historia, el Eminente Rabino Fagel F (*véase también* APÉNDICE B: LISTADO DE RABINOS DE LA CONGREGACIÓN VERTICAL) era también el encargado de ejecutar las leyes. De manera que, con el fin de llevar a cabo una exhaustiva investigación del hecho, ordenó que todos los habitantes del *shtetl* fueran considerados sospechosos, culpables hasta que se demostrase lo contrario. TEÑIREMOS LAS MANOS DE CADA UNO DE LOS CIUDADANOS DE UN COLOR DISTINTO, dijo, Y DE ESTE MODO DESCUBRIREMOS QUIÉN HA ESTADO HURGANDO EN LA PANADERÍA DE HERZOG.

Las de Lippa R fueron teñidas de rojo sangre. Las de Pelsa G del mismo verde esmeralda de sus ojos. Las de Mica P de un sutil tono púrpura, como la línea del horizonte cuando se recorta sobre las siluetas de los árboles del bosque de Radziwell en la puesta de sol del tercer *Sabbat* del mes de noviembre. Ni una sola mano escapó a la prueba. Para ser justos, se tiñeron incluso las de Herzog J, de rosa, el color de una especie singular de mariposa, la *Troides helena*, que resultó haber muerto en la mesa de trabajo de Dickie D, el químico inventor del producto que no podía lavarse pero dejaba marcas en todo aquello que tocaban las manos teñidas con él.

El resultado fue que un simple ratón, que el destino le haya condenado a una eternidad en las proximidades de un culo maloliente, era el culpable de la desaparición de los bollos, y jamás se vio ni un solo color por el mostrador de la panadería.

Pero sí en muchas otras partes.

Shlomo V halló restos de gris plateado entre las piernas de su esposa, Chebra, que su conducta no se repita en esta ni en la otra vida, y no dijo nada: se limitó a teñir de verde sus pechos y luego bañarlos de semen blanco. La sacó desnuda a las calles grises de luna, empujándola de casa en casa, magullándose los nudillos hasta dejarlos de un negro violáceo de tanto llamar a las puertas. La obligó a contemplar cómo le cortaba los testículos a Samuel R, quien, con los dedos plateados unidos pidiendo clemencia, clamaba, ambiguamente, *Ha sido un error*. Colores por todas partes. Las huellas índigo del Eminente Rabino Fagel F aparecieron en numerosas publicaciones no religiosas. El acerado morado labial de la llorosa viuda Shifrah K manchaba la tumba de su marido en el cementerio del *shtetl*, como un dibujo infantil. Todos se apresuraron a acusar a Irwin P de frotar sus manos marrones por toda la figura de la

Esfera. *¡Egoísta!*, le gritaron. *Acaparador de milagros.* Pero no eran *sus* manos, sino las de todos, un arcoíris multicolor compuesto por las manos de todos los ciudadanos del *shtetl* que habían rezado para tener hijos hermosos, prolongar sus vidas, guarecerse de los relámpagos y conseguir el amor.

El *shtetl* quedó decorado por los actos de sus ciudadanos, y ya que se usaron todos y cada uno de los colores —a excepción del color del mostrador, por supuesto— resultaba imposible decidir qué había sido alterado por las manos ajenas o qué conservaba su aspecto original. Se rumoreaba que Getzel G había acariciado en secreto todos los violines del violinista —¡a pesar de que no sabía tocar el violín!— ya que las cuerdas tenían el color de sus dedos. La gente murmuraba que Gesha R debía tener la habilidad de una acróbata: ¿cómo si no podía explicarse que la línea de error judío-humana hubiera adquirido exactamente el tono amarillo que mostraban las palmas de sus manos? Y cuando el rubor en las mejillas de una colegiala fue confundido con el color púrpura de los dedos de un hombre sagrado, fue la niña la insultada: *puta, ramera, furcia.*

EL PROBLEMA DEL BIEN: POR QUÉ A PERSONAS INCONDICIONALMENTE MALAS LES SUCEDEN COSAS INCONDICIONALMENTE BUENAS
(*Véase* DIOS.)

EL *CUNNILINGUS* Y LAS MUJERES MENSTRUANTES
Los arbustos quemados no son aptos para el consumo. (Para un listado completo de la normativa relativa a ya sabéis qué, *ver* APÉNDICE X.)

LA NOVELA, CUANDO TODOS ESTABAN CONVENCIDOS DE LLEVAR UNA DENTRO

La novela es la forma artística más susceptible al fuego. Sucedió que, a mediados del siglo xix, todos los ciudadanos del *shtetl* —hombres, mujeres y niños— estaban convencidos de llevar una novela dentro. La causa de esta epidemia literaria habría que buscarla probablemente en el vendedor gitano que se personaba en la plaza del *shtetl* el tercer domingo de meses alternos con un carro lleno de libros, anunciando su producto como *Apreciados mundos llenos de palabras; mundos de belleza sin par.* ¿Qué otra cosa podían pensar los miembros del pueblo elegido más que *Yo puedo hacerlo*?

Entre 1850 y 1853 se escribieron más de setecientas novelas. Una empezaba así: *Ha pasado tanto tiempo desde que pensé por última vez en esas mañanas azotadas por el viento.* Otra así: *Dicen que todo el mundo recuerda su primera vez, pero no es mi caso.* Otra: *El asesinato es un acto brutal, seguro, pero cuando se comete sobre la persona de un hermano es sin duda el crimen más repugnante que un hombre puede cometer.*

Había 272 pseudobiografías, 66 novelas de crímenes y 97 historias bélicas. En 107 de las novelas un hombre mataba a su hermano. En todas menos 89 se cometían infidelidades. Parejas enamoradas se preguntaban por su futuro en 29; 68 acababan con un beso; en todas menos 35 aparecía la palabra *infamia*. Los que no sabían leer ni escribir confeccionaron novelas visuales: collages, dibujos a lápiz, acuarelas. Se añadió una sala especial a la Biblioteca de Yankel y Brod para dar cabida a todas las novelas, aunque años después de haber sido escritas solo un reducido puñado seguían leyéndose.

Un día, casi un siglo más tarde, un joven iba rebuscando por los estantes.

Busco un libro, dijo a la bibliotecaria, que había cuidado de las novelas de Trachimbrod desde que era una niña y era el único ciudadano que las había leído todas. *Lo escribió mi bisabuelo.*

¿Cómo se llamaba?, preguntó la bibliotecaria.

Safranbrod, pero creo que lo firmó con un pseudónimo.

¿Sabes el título del libro?

No lo recuerdo. Solía hablar de ello todo el tiempo. Me contaba historias antes de acostarme.

¿De qué trata?

De amor.

Ella soltó una carcajada. *Todas tratan de amor.*

ARTE

El arte es aquello que tiene que ver solo consigo mismo: el resultado del fructífero esfuerzo de confeccionar una obra de arte. Desgraciadamente, no hay ejemplos de arte, ni ninguna razón que nos lleve a pensar que llegue a haberlos jamás. (Todo lo realizado ha sido realizado con un propósito, con un fin existente ajeno a la obra en sí, por ejemplo, *Quiero venderlo* o *Quiero que esto me haga famoso y admirado*, o *Quiero que esto me llene,* o aún peor, *Quiero que esto llene a los otros.*) Pero reincidimos en la composición, la pintura, la escultura y la escritura. ¿No es una locura por nuestra parte?

IFICIO
Dícese de aquello con un propósito, cuya creación responde a motivos funcionales y que mantiene una relación con el mundo. Todo, en mayor o menor medida, es un ejemplo de ificio.

EFACTO
Dícese de aquel hecho perteneciente al pasado. Por ejemplo, muchos creen que, tras la destrucción del primer templo, la existencia de Dios se convirtió en un efacto.

ARTIFICIO
Un artificio es aquello que fue arte en su concepción e ificio en su ejecución. Mirad a vuestro alrededor. Veréis ejemplos por doquier.

ARTEFACTO
Un artefacto es el resultado de un fructífero esfuerzo de convertir un hecho pasado en un objeto hermoso, inútil y carente de sentido. Nunca puede ser arte y nunca puede ser hecho. Los judíos son artefactos del Edén.

EFACTIFICIO
La música es bella. Desde el origen del tiempo, nosotros (los judíos) hemos intentado hallar una nueva forma de comunicarnos. A menudo recurrimos a la existencia de terribles malentendidos para explicar el trato que hemos recibido a lo largo de la historia. (Las palabras nunca quieren decir lo que nosotros queremos que digan.) Si nos comunicáramos con algo tan abstracto como la música, los malentendi-

dos desaparecerían. Este fue el origen de los cánticos de la Torá y, con toda probabilidad, también del yiddish: el idioma más onomatopéyico del mundo. Es también la razón por la que nuestros ancianos, en especial aquellos que sobrevivieron a una de las atroces persecuciones, tararean con tanta frecuencia, mostrándose incapaces de dejar de tararear, como si prefirieran la muerte antes que el silencio o el significado lingüístico. Sin embargo, hasta que alguien descubra esta nueva forma de hablar, hasta que consigamos encontrar un vocabulario sin sentido con el que comunicarnos, las palabras que no significan nada son lo mejor que tenemos. Efactificio es una de ellas.

LA PRIMERA VIOLACIÓN DE BROD D

La primera violación de Brod D tuvo lugar durante las celebraciones que siguieron a la decimotercera fiesta del *Trachimday*, el 18 de marzo de 1804. Regresaba Brod a su casa de la carroza de flores azules —sobre la que, haciendo gala de sobria belleza, había permanecido tantas horas, saludando con su cola de sirena solo cuando debía, arrojando al río que llevaba su mismo nombre los pesados sacos solo cuando el Rabino se lo indicaba con un gesto—, cuando se le acercó el hacendado loco Sofiowka N, cuyo nombre ha dado nombre a nuestro *shtetl* en mapas y registros del censo mormón.

Lo he visto todo, dijo él. ¿Sabes? Contemplé el desfile desde un punto tan alto, tan alto, tan por encima de los vulgares lugareños y sus vulgares diversiones, en las cuales, debo confesar, habría estado encantado de participar. Te vi en la carroza... ¡Oh! Eras tan poco vulgar. Natural entre tanta falsedad.

Gracias, dijo ella, y siguió caminando, recordando el consejo de Yankel: si se lo permitías, Sofiowka podía hablar hasta reventarte los tímpanos.

Pero ¿adónde vas? No he terminado, dijo él, asiéndola de su delgado brazo. *¿Tu padre no te enseñó a escuchar cuando se habla, con, contra, de, desde, según, sin o sobre ti?*

Preferiría irme a casa, Sofiowka. Prometí a mi padre que comeríamos piña juntos, y llego tarde.

No hiciste tal cosa, dijo él, obligando a Brod a mirarle. *Ahora me mientes.*

Claro que lo hice. Acordamos que después del desfile volvería a casa y comería piña en su compañía.

Has dicho que lo prometiste a tu padre. Quizá estés usando ese término de manera poco estricta, quizá ni siquiera sabes lo que significa, pero si persistes en permanecer plantada ante mí y decirme que prometiste algo a tu padre, yo, plantado ante ti, debo repetirte que me estás mintiendo.

Estás diciendo tonterías. Brod dejó escapar una risa nerviosa y emprendió de nuevo el camino a casa. Él la siguió de cerca, pisándole los extremos de la cola de sirena.

Me pregunto quién dice tonterías aquí, Brod.

La detuvo de nuevo, y la obligó a mirarle.

Mi padre me llamó Brod en honor del río porque...

¡Insistes en tus mentiras!, exclamó él, moviendo los dedos desde los hombros de Brod hasta el nacimiento de sus cabellos, despojándola de la tiara azul de Reina del Cortejo. *No está bien que las niñas mientan.*

Quiero irme a casa, Sofiowka.
Vete, pues.

No puedo.

¿Por qué no?

Porque me tienes cogida por los cabellos.

Oh, ahora tienes razón. No me había dado cuenta. Es tu pelo, ¿verdad? Y yo te tengo cogida por él, impidiendo que puedas irte a casa o a ningún otro lugar. Podrías gritar, supongo, pero ¿de qué serviría? Todo el mundo grita esta noche, todos gritan de placer. Grita de placer, Brod. Venga, puedes hacerlo. Dedícame un pequeño grito de placer.

Por favor, ella comenzó a debatirse. *Sofiowka, por favor. Solo quiero irme a casa, sé que mi padre me espera...*

¡Maldita puta! ¡Ya estás mintiendo otra vez! ¿No crees que ya hemos tenido suficientes mentiras por esta noche?

Sacó una navaja del bolsillo y cortó con ella los tirantes del traje de sirena.

Ella se bajó el traje, hasta quitárselo, y luego se sacó las bragas, asegurándose, con el brazo que Sofiowka no le retorcía, de que la cola no se ensuciara de barro.

Esa misma noche, más tarde, después de que hubiera regresado a casa y encontrado el cadáver de Yankel, el resplandor de un relámpago iluminó la silueta del Kolker en la ventana.

¡Márchate!, gritó ella, cubriéndose el pecho desnudo con los brazos y volviéndose hacia Yankel, protegiendo sus cuerpos de la mirada del Kolker. Pero él no se marchó.

¡Márchate!

No me iré sin ti, le gritó él a través de la ventana.

¡Márchate! ¡Márchate!

No sin ti. La lluvia le goteaba los labios.

¡Me mataré!, exclamó ella.

Entonces me llevaré tu cuerpo, las palmas de las manos contra el cristal.

¡Márchate!

¡No!

Un espasmo sacudió el cuerpo de Yankel, y el movimiento golpeó la lámpara de aceite, que cayó al suelo dejando la estancia completamente a oscuras. Sus mejillas se estiraron esbozando una sonrisa férrea, revelando su satisfacción a las sombras prohibidas. Brod dejó que los brazos le cayeran a los lados y se volvió hacia el Kolker: era la segunda vez que mostraba su cuerpo desnudo en sus trece años de vida.

Entonces hay algo que debes hacer por mí.

A la mañana siguiente, encontraron a Sofiowka ahorcado en el puente de madera. Las manos, amputadas, colgaban de sus pies con cuerdas y en el pecho podía leerse, escrito con el pintalabios rojo de Brod: BESTIA.

LO QUE JACOB R TOMÓ PARA DESAYUNAR
LA MAÑANA DEL 21 DE FEBRERO DE 1877

Patatas fritas con cebolla. Dos rebanadas de pan negro.

PLAGIO

Caín mató a su hermano por plagiar uno de sus poemas breves preferidos, que decía más o menos así:

Los sauces envejecen, los álamos palpitan
Brisa tenue, crepúsculo frío

Y la ola sigue su curso eterno
En la isla cercana al río.

Incapaz de contener la furia del poeta burlado, incapaz de seguir escribiendo sabiendo que el fruto de su labor caería en manos de piratas sin escrúpulos, incapaz de suprimir la pregunta *Si esos cuatro versos no me pertenecen, ¿qué es mío?*, él, el incapaz Caín, puso punto final a las felonías literarias para siempre. O, al menos, esa era su idea.

Pero, ante su sorpresa, fue Caín el azotado, Caín el condenado a trabajar la tierra, Caín quien tuvo que llevar esa terrible marca, Caín quien, por ese triste e ingenioso verso, caía rendido cada noche sin conocer a nadie que hubiera leído ni una sola página de su obra magna.

¿Y por qué?

Dios ama al plagiador. Y así está escrito: «Dios creó al hombre a su imagen y semejanza». Dios es el primer plagiador. Ante la falta de fuentes de quienes robar la inspiración —¿a imagen de qué podía crear al hombre?, ¿de los animales?—, la creación del hombre constituyó un acto de plagio reflexivo: Dios saqueó el espejo. Cuando plagiamos, por tanto, estamos creando *a imagen de*, y participando así en el complejo proceso de la Creación.

¿Acaso soy la materia prima de mi hermano?
Por supuesto, Caín. Por supuesto.

LA ESFERA
(*Véase* ÍDOLOS FALSOS.)

EL TODO HUMANO

El Pogromo de los Golpes en el Pecho (1764) fue malo, pero no fue pésimo, y vendrán, no cabe duda, momentos peores. Llegaron a caballo. Violaron a nuestras mujeres embarazadas y atravesaron con hoces a nuestros hombres más fuertes. Mataron a palos a nuestros hijos. Nos hicieron renegar de nuestros textos más sagrados. (Era imposible distinguir los llantos de los adultos de los llantos de los bebés.) Inmediatamente después de su partida, Verticales y Oblicuos se unieron y trasladaron la sinagoga hasta los Tres Cuartos Humanos, formando, durante una sola hora, el Todo Humano. Sin saber por qué, nos golpeamos el pecho, de la misma forma que cuando expiamos los pecados en el Yom Kippur. ¿La oración que entonamos decía: *Perdona a nuestros opresores por lo que han hecho*? ¿O, *Perdónanos por lo que nos han hecho*? ¿O, *Perdónate a Ti mismo por lo inescrutables que son tus caminos, oh, Señor*? (ver APÉNDICE G: MUERTES PREMATURAS).

NOSOTROS, LOS JUDÍOS

Los judíos son esas cosas amadas por Dios. Ya que las rosas son bellas, debemos asumir que Dios las ama. Por tanto, las rosas son judías. El mismo razonamiento puede aplicarse a las estrellas y los planetas, a todos los niños, a las bellas «artes» (Shakespeare no era judío, pero Hamlet sí); el sexo, en aquellas ocasiones en que es practicado por un hombre y una mujer en la postura adecuada, también es judío. ¿La Capilla Sixtina es judía? Es mejor pensar que sí.

LOS ANIMALES
Los animales son aquellas cosas que disfrutan del aprecio de Dios pero no de su amor.

OBJETOS QUE EXISTEN
Los objetos que existen son aquellas cosas que ni siquiera gustan a Dios.

OBJETOS QUE NO EXISTEN
Los objetos que no existen, no existen. Si tuviéramos que imaginarnos algo cuya existencia es inexistente, tendríamos que definirlo como algo que Dios odia. Este constituye el argumento más sólido en contra de los agnósticos. Si Dios no existiera, tendría que odiarse a sí mismo, y eso es, obviamente, un absurdo.

LAS 120 BODAS DE JOSEPH Y SARAH L
La joven pareja contrajo matrimonio por primera vez el 5 de agosto de 1744, cuando Joseph tenía ocho años y Sarah seis, y pusieron punto final a ese matrimonio seis días más tarde, cuando, ante la frustración de Sarah, Joseph se negó a creer que las estrellas fueran clavos dorados que sujetaban un velo negro sobre el cielo. Volvieron a casarse cuatro días más tarde, después de que Joseph deslizara una nota bajo la puerta de la casa de los padres de Sarah: *He considerado todo lo que me dijiste, y ahora sí que creo que las estrellas son clavos dorados.* Este segundo matrimonio finalizó un año después, con nueve y siete años respectivamente, debido a una discusión acerca de la naturaleza del fondo del río Brod. Una semana más tarde volvían a casarse, incluyendo en

los votos nupciales la promesa de amarse hasta la muerte, independientemente de la existencia del fondo del Brod, de la temperatura de dicho fondo (caso de que existiera), y la posible existencia de peces dorados en ese dudoso fondo. En los siguientes siete años pusieron punto final a su matrimonio en treinta y siete ocasiones, contrayendo sendos nuevos matrimonios, cada vez con una lista de votos más larga. Se divorciaron en dos ocasiones cuando Joseph tenía veintidós años y Sarah veinte, en cuatro a los veinticinco y veintitrés, respectivamente, y en ocho (permaneciendo un año separados en el divorcio más prolongado) a los treinta y veintiocho. Su última boda, celebrada con sesenta y cincuenta y ocho años respectivamente, se produjo tres semanas antes de que Sarah muriera de un fallo cardíaco y Joseph se suicidara ahogándose en la bañera. Su contrato nupcial aún sigue colgado en la puerta de la casa que compartieron en períodos irregulares de sus vidas, clavado en el poste superior por encima de la alfombrilla de bienvenida del *SHALOM*:

> Es con eterna devoción que nosotros, Joseph y Sarah L, unidos por el indestructible lazo del matrimonio, prometiéndonos amor eterno, aceptando ambos que las estrellas son clavos dorados en el cielo, y con independencia de que exista o no el fondo del río Brod y de cuál sea su temperatura (caso de existir) o la posible presencia de peces en el citado y posible lecho del río, pasando por alto si fue o no accidental el derramamiento del jugo de uva, accediendo a olvidar que Joseph se fuera a jugar a bolos con sus amigos cuando prometió ayudar a Sarah a

enhebrar la aguja para la colcha que ella cosía, colcha que era supuestamente para Joseph y no para un amigo, desestimando como irrelevantes ciertos detalles relativos al *Trachimday*, como si fue Chana o Hannah la primera en ver los objetos curiosos que subían a la superficie del río, haciendo caso omiso al hecho, puro y simple, de que Joseph ronca como un cerdo y de que tampoco es que sea un gran placer dormir con Sarah, admitiendo que ambos comparten cierta tendencia a admirar a ciertos miembros del sexo opuesto, quitándole importancia al hecho de que Joseph sea tan descuidado y deje la ropa tirada en el mismo sitio donde se le ocurre quitársela esperando que sea Sarah quien la recoja y la coloque en el lugar que le corresponde, y al hecho de que Sarah dé tanta importancia a cosas tan intrascendentes como el sentido en que gira el papel higiénico o a solo cinco minutos de retraso en la cena, porque, digamos las cosas claras, es Joseph quien coloca el puto rollo de papel higiénico en el baño y la cena en la mesa, obviando si tiene más vitaminas la remolacha o el repollo, dejando a un lado los problemas derivados de la obstinación y la incapacidad crónica de razonar, tratando de borrar de la memoria aquel rosal que, se suponía, alguien iba a regar mientras su esposa estaba en Rovno visitando a su familia, aceptando el compromiso con cómo hemos sido, cómo somos y cómo probablemente seremos... prometemos vivir juntos, si nos lo permite el sólido amor y la buena salud. Amén.

EL LIBRO DE LAS REVELACIONES

(Para el listado completo de revelaciones, *véase* APÉNDICE Z32. Para el listado completo de génesis, *véase* APÉNDICE Z33.)

El fin del mundo ha llegado a menudo, y sigue llegando con la misma frecuencia. Inmisericorde, inexorable, cubriendo la oscuridad de oscuridad, el fin del mundo es algo con lo que hemos llegado a familiarizarnos, nos hemos acostumbrado a él y lo hemos convertido en un ritual. Está en nuestra religión tratar de olvidarlo en su ausencia, reconciliarnos con él cuando resulta innegable, y devolverle el abrazo cuando finalmente viene a por nosotros, como hace siempre.

Sin embargo, tiene que llegar el humano que sobreviva a un período de la historia sin al menos un fin del mundo. El hecho de si los fetos están sujetos a las mismas revelaciones ha sido objeto de un amplio debate académico: ¿podríamos decir que han vivido sin fin? Dicho debate, por supuesto, nos plantea una cuestión mucho más profunda: *¿Qué fue primero, la creación o la destrucción del mundo?* Cuando Dios Nuestro Señor soltó su afrento en el universo, ¿fue un génesis o una revelación? ¿Esos siete días habría que contarlos de delante hacia atrás o de atrás hacia delante? ¿A qué sabía la manzana, Adán? ¿Y ese medio gusano que hallaste en esa pulpa dulce y amarga era la mitad de la cabeza o de la cola?

QUÉ FUE, EXACTAMENTE, LO QUE HIZO YANKEL D
(*Véase* LA INFAMANTE CUENTA DE YANKEL D.)

LAS CINCO GENERACIONES ENTRE BROD Y SAFRAN

Brod y el Kolker tuvieron tres hijos, todos llamados Yankel. Los dos mayores murieron en el molino de harina, víctimas, como su padre, de la sierra de disco. (*Véase* APÉNDICE G: MUERTES PREMATURAS.) El tercer Yankel, concebido a través del agujero tras el destierro del Kolker, tuvo una larga y fructífera vida, que incluyó numerosas experiencias, sentimientos, y pequeñas porciones de conocimientos acumulados, de los cuales nunca sabremos nada. Este Yankel engendró a Trachimkolker. Trachimkolker engendró a Safranbrod. Safranbrod engendró a Trachimyankel. Trachimyankel engendró a Kolkerbrod. Kolkerbrod engendró a Safran. Por eso está escrito: *Y SI LUCHAMOS POR MEJORAR EL FUTURO, ¿ACASO NO DEBEMOS EMPEZAR POR CONOCER Y RECONCILIARNOS CON NUESTRO PASADO?*

LAS 613 TRISTEZAS DE BROD

El listado que aparece a continuación fue hallado en el cuerpo de Brod D. Las 613 tristezas originales, escritas en su diario, correspondían a los 613 mandamientos de nuestra Torá (no de la del resto). Abajo recuperamos lo que pudo salvarse después de recobrar el cuerpo de Brod. (Las húmedas páginas de su diario imprimieron las tristezas por todo su cuerpo. Solo una pequeña parte [55] resultaban legibles. Las otras 558 tristezas se han perdido para siempre. Esperamos, pues, que, sin saber en qué consisten, nadie llegue nunca a experimentarlas.) El diario del que procedían nunca fue hallado.

TRISTEZAS DEL CUERPO: Tristeza del espejo; Tristeza de [parecerse] o no al padre de uno; Tristeza de saber si tu cuerpo es normal; Tristeza de no saber si tu [cuerpo no] es normal; Tristeza de la belleza; Tristeza del ma[qui]llaje; Tristeza del dolor físico; Tristeza de las [agu]jetas; Tristeza de la ropa [*sic*]; Tristeza del párpado tembloroso; Tristeza de la costilla perdida; Tristeza aprecia[ble]; Tristeza de que nadie te aprecie; Tristeza de tener genitales que no son como los de tu amante; Tristeza de tener genitales que son como los de tu amante; Tristeza de las manos...

TRISTEZAS DEL ALMA: Tristeza del amor de Dios; Tristeza de la espalda de Dios [*sic*]; Tristeza del hijo predilecto; Tristeza de es[tar] triste ante los ojos de Dios; Tristeza de lo opuesto a creer [*sic*]; Tristeza del ¿Y si?; Tristeza de Dios solo en el cielo; Tristeza de un Dios que no necesite que la gente Le rece...

TRISTEZAS DE LA MENTE: Tristeza de ser incomprendido [*sic*]; Tristeza del humor; Tristeza del amor [enca]denado; Tri[st]eza de ser listo; Tristeza de no conocer suficientes palabras como para [expresar lo que quieres decir]; Tristeza de tener opciones; Tristeza de desear la tristeza; Tristeza de la confusión; Tristeza de los pájaros en[jaul]ados; Tristeza de [ter]minar un libro; Tristeza de recordar; Tristeza de olvidar; Tristeza de ansiedad...

TRISTEZAS INTERPERSONALES: Tristeza de estar triste ante tu padre; Tr[iste]za del falso amor; Tristeza del amor [*sic*]; Tristeza de la amistad; Tristeza de una mala con[ver]sación; Tristeza de lo que pudo haber sido; Tristeza secreta.

TRISTEZAS DEL SEXO Y EL ARTE: Tristeza de excitarse estando en un estado físico poco habitual; Tristeza de sentir la necesidad de crear algo hermoso; Tristeza del ano; Tristeza del contacto humano durante la felación y el *cunnilingus*; Tristeza de los besos; Tristeza de los movimientos demasiado rápidos; Tristeza de la ausencia de movi[mi]ento; Tristeza de la modelo desnuda; Tristeza del arte del retrato; Tristeza del único texto remarcable de Pinchas T, «Al polvo: del hombre vienes y en hombre te convertirás», donde aducía la posibilidad, teórica, de invertir vida y arte...

Escribimos... es-

cribimos... escri-

bimos... escribi-

mos... escribimos...

24 de diciembre de 1997

Querido Jonathan:
He pensado que lo mejor es que dejemos de mencionar las historias que escribimos. Yo te enviaré mi porción, y ruego de ti (al igual que Pequeño Igor) que sigas enviándome la tuya, pero abstengámonos de hacer correcciones o ni siquiera observaciones. No nos juzguemos. Ya estamos más allá de eso.

Ahora, Jonathan, estamos hablando juntos y no por separado. Estamos uno con otro, trabajando en la misma historia, estoy seguro de que tú también puedes sentirlo. ¿Sabes que yo soy la niña gitana y tú eres Safran, que yo soy el Kolker y tú eres Brod, que yo soy tu abuela y tú el Abuelo, que yo soy Alex y tú eres tú, y que yo soy tú y tú eres yo? ¿No entiendes que podemos darnos seguridad y paz? ¿No lo sentiste aquella noche, bajo las estrellas de Trachimbrod? No me cuentes no verdades. No a mí.

Y aquí, Jonathan, viene una historia que apreciarás. Una historia sincera. Anoche informé a Padre de que iba a un famoso club nocturno. Él dijo: «Supongo que no volverás solo». Si quieres saber lo que tenía en la boca, pues lo que tenía en la boca era vodka. «No es esa mi intención», dije. «Vas a tener mucho trato carnal», me dijo riendo. Me tocó en el hombro, y te diré que sentí como si me tocara el diablo. Me avergoncé de nosotros. «No —dije—, solo voy a bailar y a divertirme con mis amigos.» «Shapka, Shapka.» «¡Cállate! —le dije, agarrándole de la muñeca. Te informaré de que esta fue la primera vez que le dije algo parecido, y la primera ocasión en que me moví hacia él con violencia—. Lo siento», dije, soltando su muñeca. «Más vas a sentirlo», dijo él. Tuve suerte, porque llevaba tanto vodka dentro que luego se le olvidó pegarme.

No fui a ningún club famoso, claro. Como ya he mencionado, a menudo informo a Padre de que voy a un famoso club nocturno, pero luego me voy a la playa. No voy a ningún club famoso para así poder depositar mi dinero en la caja de galletas, y así, algún día, mudarme a América con Pequeño Igor. Pero debo informarte de que también es porque no me gustan los clubes nocturnos. Me hacen sentir infeliz y abandonado. ¿Aplico la palabra en su sentido correcto? ¿Abandonado?

La playa estaba hermosa, pero esto no me sorprendió. Me gusta sentarme en el borde de la tierra y sentir cómo el agua me roza y luego se va. A veces me quito los zapatos y pongo los pies donde creo que el agua puede tocarlos. He intentado pensar en América en función de mi lugar en la playa. Imagino una línea, una línea blanca, pintada en la arena y sobre el océano, desde mí hacia ti.

Yo estaba sentado en el borde del agua, pensando en ti, en nosotros, cuando oí algo. Ese algo no era agua, ni viento, ni insectos. Volví la cabeza para ver lo que era. Alguien caminaba hacia mí. Esto me asustó mucho, porque nunca he encontrado a nadie en la playa por la noche. No había nada próximo, nada a qué acercarse excepto yo. Me puse los zapatos y comencé a alejarme de esa persona. ¿Sería un policía? La policía a menudo se aprovecha de las personas que están sentadas a solas. ¿Era un delincuente? Yo no tenía mucho miedo de los delincuentes, porque no tienen armas primordiales y no pueden infligir demasiado. A no ser que el delincuente sea policía. Oí cómo la persona seguía acercándose. Di pasos más veloces. La persona me persiguió con rapidez. No me volví para visionar quién era porque no quería que la persona supiera que estaba al corriente de su presencia. Mis orejas oyeron sus pasos más cerca. Estaba a punto de atraparme, así que salí corriendo.

Entonces oí: «¡Sasha!». Y terminé de correr. «Sasha, ¿eres tú?»

Me volví. El Abuelo estaba doblado con la mano en el estómago. Pude ver que exhalaba grandes alientos. «Te estaba buscando», dijo. No entendí cómo sabía que debía buscarme en la playa. Como te informé, nadie está al corriente de que yo voy a la playa por las noches. «Estoy aquí», dije, lo cual me sonó raro, pero no sabía qué otra cosa decir. Él se desdobló y dijo: «Quiero pedirte algo».

Era la primera vez que yo recordase que el Abuelo

se dirigía a mí sin algo entre ambos. Ni Padre, ni héroe, ni perra, ni televisión, ni comida. Solo nosotros dos. «¿Qué es?», pregunté, porque percibí que no sería capaz de formular su petición sin ayuda. «Tengo que pedirte algo, pero tienes que comprender que te lo pido solo prestado, y también debes comprender que puedes negarte y yo no estaré herido ni pensaré nada malo de ti.» «¿Qué es?» No podía pensar en nada que yo poseyera que el Abuelo pudiera desear. No podía pensar en nada en el mundo que el Abuelo pudiera desear.

«Me gustaría que me prestaras tu dinero», dijo él. En verdad me sentí muy avergonzado. Él no trabajó toda su vida para terminar pidiendo dinero prestado a su nieto. «Sí», dije. Y no debería haber dicho nada más, haber dejado que ese «sí» hablara por todo lo que siempre he tenido que decir al Abuelo, que ese «sí» expresara todas mis preguntas, y todas sus respuestas a mis preguntas, y todas mis respuestas a esas respuestas. Pero esto no era posible. «¿Por qué?», pregunté.

«¿Por qué qué?»

«¿Por qué quieres mi dinero?»

«Porque no tengo suficiente.»

«¿Suficiente para qué? ¿Para qué necesitas el dinero?»

Volvió la cabeza hacia el agua sin decir nada. ¿Era esa su respuesta? Movió su pie sobre la arena y dibujó un círculo.

«Estoy convencido de que puedo encontrarla —dijo él—. En cuatro días, quizá cinco. No más de una semana. Estuvimos muy cerca.»

Yo debería haber dicho «sí» de nuevo, y no haber dicho nada más. Debería haber valorado que el Abuelo es mucho mayor que yo, y por eso es más sabio, y si no, al menos merece que no le hagan preguntas. Pero, en su lugar, dije: «No. No estuvimos cerca».

«Sí que lo estuvimos.»

«No. No nos separaron cuatro días, nos separaron cincuenta años.»

«Es algo que debo hacer.»

«¿Por que?»

«No lo entenderías.»

«Sí, claro que sí.»

«No, no podrías.»

«¿Por Herschel?»

Dibujó otro círculo con el pie.

«Entonces llévame contigo», dije. No pretendía decir eso.

«No», dijo él.

Deseé decirlo de nuevo, «llévame contigo», pero sabía que habría respondido otra vez «no», y no creo que pudiera haber oído eso sin romper a llorar, y sé que no puedo llorar delante del Abuelo.

«No es necesario que lo decidas ahora —dijo él—. No esperaba que lo decidieras enseguida. Esperaba que dijeras que no.»

«¿Por qué esperabas que dijera que no?»

«Porque tú no lo entiendes.»

«Sí.»

«No.»

«Es posible que diga que sí.»

«Te daré cualquier cosa mía que desees. Puede ser tuya hasta que te reembolse el dinero, y eso será pronto.»

«Llévame contigo», dije, y de nuevo no pretendía

decirlo, pero se me salió de la boca, como los artículos del carro de Trachim.

«No», dijo él.

«Por favor. Será menos rígido conmigo. Puedo ayudarte mucho.»

«Necesito encontrarla solo», dijo él, y en ese momento supe con certeza que si le daba el dinero al Abuelo y le permitía irse, nunca volvería a verle.

«Llévate a Pequeño Igor.»

«No —dijo él—. Solo. —Sin palabras. Y luego—: No informes a Padre.»

«Claro que no», dije, porque estaba claro que no iba a informar a Padre.

«Será nuestro secreto.»

Es esta última cosa que dijo la que dejó una huella más permanente en mi cerebro. No se me había ocurrido hasta que lo dijo, pero tenemos un secreto. Tenemos entre nosotros algo que nadie más en el mundo conoce o podría conocer. Un secreto juntos, no un secreto uno de otro.

Le informé de que pronto le daría una respuesta.

No sé qué hacer, Jonathan, y desearía que me dijeras qué crees que es correcto. Sé que no es necesario que haya una respuesta correcta. Puede haber dos. Tal vez no haber. Consideraré tu opinión, te lo prometo, aunque no puedo prometerte que armonice con ella. (Y además, claro, para cuando recibas esta carta yo ya habré tomado una decisión. Siempre nos comunicamos fuera de tiempo.)

No soy tonto. Sé que el Abuelo nunca podrá reembolsarme el dinero. Eso significa que nunca podré mudarnos, a mí y a Pequeño Igor, a América. Nuestros sueños no pueden existir al mismo tiempo. Yo soy tan joven, y él tan mayor, y ambos hechos deberían hacernos merecedores de cumplir nuestros sueños, pero no es posible.

Sé lo que me vas a decir. Me vas a decir: «Ya te presto yo el dinero». Dirás: «Ya me lo darás cuando lo tengas, o no me lo des y nunca volveremos a mencionarlo». Sé que es esto lo que dirás porque eres una buena persona. Pero no es aceptable. Por la misma razón que el Abuelo no puede llevarme en su viaje, yo no puedo coger tu dinero. Se trata de elegir, ¿lo entiendes? Por favor, inténtalo. Eres la única persona que ha entendido un ápice de mí, y te diré que yo soy la única persona que ha entendido un ápice de ti.

Espero tu carta con esperanza.

<blockquote>Con todo mi candor,
Alexander</blockquote>

OBERTURA A LA ILUMINACIÓN

Para cuando llegamos al hotel ya era muy tarde, casi muy temprano. El propietario estaba desplomado en recepción. «Vodka —dijo el Abuelo—. Deberíamos tomar una copa los tres juntos.» «Los cuatro», corregí, señalando a Sammy Davis, Junior, Junior, que se había comportado cual tumor benigno todo el día. De manera que los cuatro nos dirigimos al bar del hotel. «Habéis vuelto —dijo la camarera al visionarnos—. Y con el judío», dijo. «Cierra la boca», dijo el Abuelo, y no lo dijo como un chillido, sino en voz baja, como si que ella cerrara la boca fuera un hecho simplemente natural. «Disculpadme», dijo ella. «No te preocupes», le dije, porque no quería que se sintiera inferior por un nimio error, y al mismo tiempo podía verle el escote al agacharse. (¿Para quién he escrito esto, Jonathan? Ya no quiero volver a ser desagradable. Y tampoco quiero ser divertido.) «Sí que importa —dijo el Abuelo—, y deberías pedirle perdón al judío.» «¿Qué pasa? —preguntó el héroe—. ¿Por qué no entramos?» «Exhibe tus excusas», dijo el Abuelo a la camarera, que era solo una niña, más joven aún que yo. «Me disculpo por llamarle judío», dijo ella. «Se está disculpando por llamarte judío», expliqué al héroe. «¿Y cómo lo sabía?» «Lo sabía porque yo se lo dije antes, durante el desayuno.» «¿Le dijiste que era judío?» «En ese momento era una información pertinente.» «Me estaba tomando un mokaccino.» «Debo corregirte. Era café.» «¿Qué dice este ahora?», preguntó el Abuelo. «Quizá lo mejor —dije yo— sería adquirir una mesa y pedir una gran cantidad de bebida y también comida.» «¿Qué más ha dicho ella de mí? —preguntó el héroe—. ¿Dijo algo más? Joder, cuando se agacha se le ven las tetas.» (Eso lo dijiste tú, te lo recuerdo. No me lo he inventado, así que no se me puede echar la culpa.)

Perseguimos a la camarera hasta nuestra mesa, que estaba en la esquina. Podíamos ocupar cualquier mesa porque éramos los clientes exclusivos. No sé por qué nos puso en la esquina, pero tengo una liviana idea. «¿Qué les traigo?», preguntó. «Cuatro vodkas —dijo el Abuelo—. Uno en un cuenco. ¿Y tenéis algo de comer que no lleve carne?» «Cacahuetes», dijo ella. «Excelente —respondió el Abuelo—, «pero nada de cacahuetes para Sammy Davis, Junior, Junior, porque la ponen muy enferma. No pueden ni rozarle los labios.» Informé de esto al héroe porque pensé que lo encontraría humorístico. Él se limitó a sonreír.

Cuando la camarera regresó con las bebidas y la ración de cacahuetes, ya estábamos conversando sobre el día pasado y haciendo esquemas de futuro. «Debe estar presente para el tren de las 19.00, ¿no?» «Sí —dije—, tendríamos que salir del hotel a la hora de comer, solo para ubicarnos en una franja de tiempo razonable.» «Quizá nos dé tiempo a buscar más.» «No lo creo

—dije yo—. Además, ¿dónde íbamos a buscar? No hay nada, ni nadie a quien preguntar. Recuerda lo que dijo ella.» El héroe no nos dedicaba atención, ni preguntó de qué conversábamos. Estaba siendo sociable con los cacahuetes. «Sería más sencillo sin él», dijo el Abuelo, mirando al héroe. «Pero es su búsqueda», dije yo. «¿Por qué?» «Porque era su abuelo.» «No estamos buscando a su abuelo. Buscamos a Augustine. No es más suya que nuestra.» Yo no lo había pensado desde este punto de vista, pero era cierto. «¿De qué habláis? —preguntó Jonathan—. ¿Y podrías pedirle más cacahuetes a la camarera?»

Dije a la camarera que nos sirviera más cacahuetes, y ella respondió: «Lo haré, aunque el dueño ha ordenado que nadie debe recibir nunca más de una ración de cacahuetes. Y lo haré porque me siento desolada por llamar judío al judío». «Gracias —dije—, pero no hay razón para sentirse desolada.» «¿Y qué haremos mañana? —preguntó Jonathan—. Yo tengo que estar en la estación a las 19.00, ¿verdad?» «Exacto.» «¿Y qué vamos a hacer hasta esa hora?» «No estoy seguro. Debemos partir muy temprano, porque debes estar en la estación dos horas antes de que salga el tren, y el viaje hasta la estación dura unas tres horas, eso si no nos extraviamos.» «Si lo pones así, deberíamos salir ya», dijo él, riéndose. Yo no me reí, porque sabía que la razón de que partiéramos temprano no era en verdad por esas justificaciones, sino porque ya no había nada que buscar. Habíamos fracasado.

«Echemos un vistazo a POR SI ACASO», dijo el Abuelo. «¿Qué?», pregunté. «La caja. Veamos qué contiene.» «¿No será mala idea?» «Claro que no —dijo él—. ¿Por qué iba a serlo?» «Quizá deberíamos dejar que

Jonathan la investigue confidencialmente, o quizá nadie debería investigarla.» «Ella se la dio con algún propósito.» «Lo sé —dije—, pero quizá ese propósito no tenía nada que ver con investigar en ella. Quizá el propósito era que nunca se abriera.» «¿No eres una persona curiosa?» «Lo soy.» «¡Eh! ¿De qué estáis hablando?» «¿Te gustaría investigar el interior de POR SI ACASO?» «¿Qué quieres decir?» «La caja que te dio Augustine. Podríamos escarbar en ella.» «¿Crees que es buena idea?» «No estoy seguro. Yo hice una pregunta idéntica.» «Tampoco veo nada malo en ello. Al fin y al cabo, por algo me la dio.» «Eso ha dicho el Abuelo.» «¿Se te ocurre alguna buena razón para no hacerlo?» «No puedo pronosticar ninguna.» «Ni yo tampoco.» «Pero.» «¿Pero?» «Pero nada», pronuncié. «Pero ¿qué?», insistió. «Pero nada. La decisión es tuya.» «Y tuya.» «Descerrad la caja de una vez, coño», dijo el Abuelo. «Dice que descierres la caja de una vez, coño.» Jonathan excavó la caja de debajo del asiento y la colocó sobre la mesa, por si acaso estaba escrito en un lado, y desde más de cerca, percibí que las palabras habían sido escritas y borradas muchas veces, escritas, borradas y luego de nuevo escritas. «Hum», dijo él, haciendo muecas al lazo rojo que rodeaba la caja. «Es solo para mantenerla cerrada», dijo el Abuelo. «Es solo para mantenerla cerrada», le dije yo. «Probablemente», dijo el. «O —perseveré— para disuadirnos de abrirla.» «Ella no dijo que no la abriéramos. Y lo habría comentado si hubiera deseado que la dejásemos cerrada, ¿no crees?» «Supongo que sí.» «¿Tu abuelo cree que deberíamos abrirla?» «Sí.» «¿Y tú?» «No estoy seguro.» «¿Qué quieres decir con que no estás seguro?» «Creo que abrirla no sería ninguna tropelía. Si hubiera querido que siguiera inviolada, ella nos habría dicho algo al respecto.» «Abre la jodida caja», dijo el Abuelo. «Dice que abras la jodida caja.»

Jonathan desalojó el lazo, que estaba enredado en muchas vueltas en torno a POR SI ACASO, y la abrió. Quizá esperábamos que fuera una bomba, porque cuando no explotó quedamos estupefactos. «No ha sido tan malo», dijo Jonathan. «No ha sido tan malo», dije al Abuelo. «Ya os lo decía yo —me dijo este—. Os dije que no sería tan malo.» Miramos hacia el interior de la caja. Sus ingredientes parecían muy similares a los de la caja de restos, con la excepción de que allí había quizá más. «Pues ya está abierta», dijo Jonathan. Me miró y se rio, y entonces yo me reí, y luego se rio el Abuelo. Nos reíamos porque sabíamos que, antes de abrirla, habíamos tenido los huevos por corbata. Y también nos reíamos porque todavía había muchas cosas que no sabíamos, y sabíamos que había muchas cosas que no sabíamos.

«Escarbemos —dijo el Abuelo, moviendo la mano hacia la caja como si fuera un niño a punto de abrir un regalo. Excavó un collar—. Mirad», dijo. «Creo que son perlas —dijo Jonathan—. Perlas auténticas.» Las perlas, si es que eran perlas auténticas, estaban muy sucias y amarillentas, y tenían fragmentos de suciedad incrustada entre ellas, como comida entre los dientes. «Parece muy antiguo», dijo el Abuelo. Se lo expliqué a Jonathan. «Sí —armonizó—. Y sucio. Apuesto a que estuvo sepultado.» «¿Qué significa sepultado?» «Bajo tierra, como un cadáver.» «Ah, ya sé. Como el anillo de la caja de restos.» «Exacto.» El Abuelo acercó el collar a la luz de la vela que había sobre la mesa. Las perlas, si es que eran perlas auténticas, tenían muchas manchas y ya no despedían ningún brillo. Intentó limpiarlas con el pulgar, pero siguieron sucias. «Es un bonito collar —dijo él—. Yo adquirí uno muy parecido para tu abuela cuando nos enamoramos. Fue hace muchos años, pero recuerdo que era como este. Tuve que poner todo el dinero que tenía para adquirirlo, ¿cómo iba a olvidarme?» «¿Dónde está ahora? —pregunté—. ¿En casa?» «No —dijo él—, todavía lo lleva. Ella lo quiso así. —Dejó el collar sobre la mesa, y percibí que el collar no le ponía melancólico, como yo esperaba, sino que parecía muy contento—. Ahora tú», me dijo, pegándome en la espalda, sin intención de hacerme daño pero doliendo igual. «Dice que ahora yo debería excavar algo», expliqué a Jonathan, porque deseaba descubrir cómo respondería a la idea de que el Abuelo y yo compartiéramos con él el privilegio de escarbar en la caja. «Adelante», dijo. De manera que inserté la mano en el interior de POR SI ACASO. Palpé muchas cosas anormales, y no podría decir qué eran. No lo decíamos, pero parte del juego era que no pudieras visionar el interior de la caja cuando seleccionabas lo que ibas a excavar. Algunas cosas que toqué con la mano eran finas, como mármol o piedras de la playa. Otras eran frías como el metal, o cálidas como la piel. Había muchos pedazos de papel. Podía estar seguro sin visionarlos. Pero no podía saber si estos papeles eran fotografías, o notas, o páginas de un libro, o una revista. Excavé lo que excavé porque fue lo más grande que encontré en la caja. «Aquí está», dije, sacando un trozo de papel que estaba enrollado y atado con una cuerda blanca. Quité la cuerda y desenrollé el papel sobre la mesa. Jonathan sujetó un extremo y yo el otro. Llevaba un título: MAPA DEL MUNDO, 1791. Incluso aunque las formas de la tierra eran bastante distintas, se parecía bastante al mundo que conocemos ahora. «Es un objeto primordial», dije. Un mapa como ese debe valer cientos, y con suerte, hasta miles de dólares. Pero más que eso, es un recuerdo del tiempo anterior a que nuestro planeta fuera tan pequeño. Cuando se hizo este mapa, pensé, podías vivir sin saber dónde vivías. Esto me hizo pensar en Trachimbrod, y en que Lista, la mujer que tanto habíamos deseado que fuera Augustine, nunca había oído hablar de América. Es posible que ella fuera la última persona de la tierra, razoné, que no supiera nada de América. O al menos era un bonito pensamiento. «Me encanta», dije a Jonathan, y debo confesar que no tenía ninguna liviana idea al decírselo. Era solo que me encantaba. «Puedes quedártelo», me dijo. «No es verdad.» «Quédatelo. Disfrútalo.» «No puedes dármelo. Estas cosas tienen que seguir juntas», le dije. «Es tuyo», repitió. «¿Estás seguro?», pregunté, porque no quería que se sintiera gravado a regalármelo. «Venga. Será un memento de este viaje.» «¿Un memento?» «Algo que te recordará el viaje.» «No —dije—. Si te parece aceptable, se lo daré a Pequeño Igor», porque sabía que el mapa sería algo que a Pequeño Igor le encantaría. «Dile que lo disfrute —dijo Jonathan—. Puede ser su recuerdo.»

«Ahora tú», dije a Jonathan, porque había llegado su turno de escarbar en POR SI ACASO. Insertó la mano sin mirar hacia el interior. No necesitó mucho tiempo. «Veamos», dijo, y extrajo un libro. Lo colocó sobre la mesa. Parecía muy viejo. «¿Qué es?», pregunté, quitando el polvo de la tapa. Nunca había visionado un libro parecido. Había letra en ambas tapas, y, al abrirlo, vi que la letra seguía en el interior de ambas tapas, y, por supuesto, en todas las páginas. Era como si el libro no tuviera suficiente espacio para sí mismo. A lo largo del lado decía: *Libro de los hechos pasados.* Se lo traduje a Jonathan. «Léeme algo de él», dijo. «¿El principio?» «Lo que quieras, no importa.» Abrí el libro por la mitad y seleccioné un fragmento que estaba en el centro de la página. Era muy difícil, pero lo fui traduciendo al inglés mientras leía. «"El *shtetl* quedó decorado por los actos de sus ciudadanos —leí—, y como se usaron todos y cada uno de los colores, resultaba imposible decidir qué había sido alterado por las manos ajenas o qué conservaba su aspecto original. Se rumoreaba que Getzel G había acariciado en secreto todos los violines del violinista —¡a pesar de que no sabía tocar el violín!— ya que las cuerdas tenían el color de sus dedos. La gente murmuraba que Gesha R debía tener la habilidad de una acróbata: ¿cómo si no podía explicarse que la línea de error judío-humana hubiera adquirido exactamente el tono amarillo que mostraban las palmas de sus manos? Y cuando el rubor en las mejillas de una colegiala fue confundido con el color púrpura de los dedos de un hombre sagrado, fue la niña la insultada."» Cerró el libro y lo examinó mientras yo le contaba al Abuelo lo que había leído. «Es maravilloso», dijo Jonathan, y debo confesar que lo observaba de la misma forma que el Abuelo había observado la fotografía de Augustine.

(Puedes considerarlo como un regalo mío, Jonathan. Y, como yo te salvo a ti, tú puedes salvar al Abuelo. Estamos a solo dos párrafos. Por favor, trata de encontrar otra opción.)

«Ahora usted», dijo Jonathan al Abuelo. «Dice que ahora tú», le expliqué. Apartó la cabeza de la caja e insertó la mano. Éramos como tres niños. «Hay tantas cosas —dijo— que no sé cuál coger.» «No sabe cuál coger», expliqué a Jonathan. «Tenemos tiempo para todas», dijo Jonathan. «Quizá esta —dijo el Abuelo—. No, esta. Es suave y parece bonito. No, esto. Esto tiene piezas que se mueven.» «Hay tiempo para todas», le dije, porque recuerda en qué momento de la historia estamos, Jonathan. Todavía creíamos que poseíamos tiempo. «Ya está —dijo el Abuelo, excavando una fotografía—. Vaya, no es nada. Que mala suerte. Pensé que era algo distinto.»

Colocó la fotografía encima de la mesa sin mirarla. Yo tampoco la miré, porque para qué, razoné. El Abuelo estaba en lo cierto, parecía muy simple y corriente. Seguro que en la caja había cien fotos como aquella. La rápida mirada que le lancé no me mostró nada anormal. Eran tres hombres, o quizá cuatro. «Ahora tú», me dijo, y yo volví la cabeza e inserté la mano en la caja. Como tenía la cabeza vuelta para no visionar la caja, pude ver a Jonathan mientras mi mano escarbaba. Algo blando. Algo áspero. Jonathan se llevó la fotografía a la cara, no porque estuviera interesado en ella, sino porque no tenía nada mejor que hacer mientras yo escarbaba en la caja. Lo recuerdo así. Comió un puñado de cacahuetes, dejando caer unos cuantos junto a Sammy Davis, Junior, Junior. Dio un pequeño sorbo de vodka. Apartó la mirada de la foto durante un momento. Palpé una pluma, y también un hueso. Y, lo recuerdo, entonces volvió a visionar la fotografía. Yo toqué algo blando. Minúsculo. Él apartó la mirada de la foto. La volvió a mirar. La apartó. Algo duro. Una vela. Algo cuadrado. La punta de un alfiler.

«Dios mío», dijo, acercando la fotografía a la luz de la vela. La bajó y la volvió a subir, y esta vez la puso cerca de mi cara para así poder observar a la vez la fotografía y mi cara. «¿Qué hace?», preguntó el Abuelo. «¿Qué haces?», le pregunté. Jonathan dejó la fotografía encima de la mesa. «Eres tú», dijo.

Retiré la mano de la caja.

«¿Quién es yo?» «El hombre de la foto. Eres tú.» Me dio la fotografía. Esta vez el escrutinio fue severo. «¿Qué pasa?», preguntó el Abuelo. Había cuatro personas en la foto, dos hombres, una mujer, y un niño en sus brazos. «El de la izquierda», dijo Jonathan. Puso el dedo bajo la cara del hombre, y confieso que no pude más que admitir que se parecía a mí. Era como un espejo. Y lo digo en sentido propio. «¿Qué pasa?», preguntó el Abuelo. «Un momento», dije, sosteniendo la fotografía ante la luz de la vela. El hombre incluso tenía el mismo modo potente de estar de pie que yo. Sus mejillas eran como las mías. Sus ojos parecían los míos. El pelo, labios, brazos, piernas, todo era como yo. Ni siquiera como los míos. *Eran* los míos. «Dime —dijo el Abuelo—, ¿qué pasa?» Yo le exhibí la fotografía, y ahora me es imposible escribir el final de esta historia.

Al principio la examinó para ver qué era. Como tenía la mirada clavada en la fotografía, que estaba sobre la mesa, no pude leer qué decían sus ojos. Levantó la cabeza para observarnos, a Jonathan y a mí, y sonrió. Incluso subió un poco los hombros, como hacen los niños a veces. Exhaló una pequeña risa y después cogió la fotografía. Con una mano la acercó a su cara y con la otra acercó la vela a su cara. La llama dibujó muchas sombras en los pliegues de la piel, que eran mucho más numerosos de lo que yo había observado antes. Esta vez pude ver cómo sus ojos viajaban de un lado a otro de la fotografía, deteniéndose en cada persona. Observando a cada persona de la cabeza a los pies. Entonces volvió a levantar la cabeza, y sonrió de nuevo hacia Jonathan y hacia mí, y también movió los hombros, como un niño, una vez más.

«Se parece a mí», dije yo.

«Sí», dijo él.

No miré a Jonathan porque estaba seguro de que él me miraba. Así que miré al Abuelo, quien perseveraba en escrutar la fotografía, aunque estoy seguro de que podía sentir que lo estaba mirando.

«Es exactamente igual que yo —dije—. Él también lo ha observado», dije refiriéndome a Jonathan, porque no quería ser el único en observarlo.

(Aquí continuar casi se hace prohibido. He escrito este punto muchas veces, y he corregido lo que me dijiste, y he incluido más bromas y más invenciones, y la he escrito como si fueras tú quien la escribe, pero cada vez que intento perseverar, me tiemblan tanto las manos que no puedo sujetar el bolígrafo. Hazlo por mí. Por favor. Ahora es tu turno.)

El Abuelo ocultó la cara detrás de la fotografía.

(Y esto no me parece un acto de cobardía, ¿no crees, Jonathan? Nosotros también esconderíamos la cara, ¿no? En verdad, estoy seguro de eso.)

«El mundo es tan pequeño», dijo él.

(Se rio en ese momento, ¿te acuerdas?, pero no puedes incluir eso en la historia.)

«Se parece tanto a mí», dije yo.

(Y aquí él colocó las manos bajo la mesa, seguro que lo recuerdas, pero ese es un detalle que le hace parecer más débil, ¿y no es suficiente ya con estar escribiendo esto?)

«Como una combinación de tu padre, tu madre, Brézhnev, y tú.»

(No estuvo mal colocar una broma aquí. Era lo que tocaba hacer.)

Sonreí.

«¿Quién crees que es?», pregunté.

«¿Quién crees *tú* que es?», preguntó él.

«No lo sé.»

«No tienes por qué contarme no verdades, Sasha. No soy un niño.»

(Pero lo hago. Es lo que siempre fracasas en entender. Cuento no verdades con el fin de protegerte. Es por eso que trato inflexiblemente de ser una persona divertida. Todo lo hago para protegerte. Existo solo por si acaso necesitas mi protección.)

«No te entiendo», dije. (Entiendo.)

«¿No?», preguntó. (Sí.)

«¿Dónde se hizo la foto?», pregunté. (Debe haber alguna explicación.)

«En Kolki.»

«¿Donde naciste?» (Siempre dijiste que Odessa... Para hacer el amor...)

«Sí. Antes de la guerra.» (Así son las cosas. En verdad, así son.)

«¿Conoces a la abuela de Jonathan?»

«No sé cómo se llama, y no quiero saberlo.»

(Debo informarte, Jonathan, de que yo soy una persona muy triste. Siempre estoy triste, al menos eso creo. Quizá esto significa que no estoy triste en absoluto, porque la tristeza supone estar algo más bajo de tu disposición normal, y yo siempre estoy igual. Quizá sea la única persona del mundo que nunca se pone triste. Quizá tengo esa suerte.)

«No soy una mala persona —dijo él—. Soy una buena persona que vivió en una mala época.»

«Lo sé», dije. (E incluso si fueras mala persona, seguiría sabiendo que eres bueno.)

«Debes informarle de todo, igual que yo te voy a informar a ti», dijo, y eso me sorprendió mucho, pero no pregunté por qué, ni nada. Solo hice lo que me mandó. Jonathan abrió su diario y empezó a escribir. Escribió todas y cada una de las palabras que se dijeron. Aquí está lo que escribió:

«Todo lo que hice, lo hice porque pensé que era lo que debía hacer».

«Todo lo que hizo, lo hizo porque pensó que era lo que debía hacer», traduje.

«Ya sé que no soy ningún héroe.»

«No es un héroe.»

«Pero tampoco soy una mala persona.»

«Pero no es malo.»

«La mujer de la fotografía es tu abuela. El niño de sus brazos es tu padre. El hombre que está junto a nosotros era nuestro mejor amigo, Herschel.»

«La mujer de la fotografía es mi abuela. Tiene a mi padre en brazos, y el otro hombre era su mejor amigo, Herschel.»

«Herschel lleva un solideo porque era judío.»

«Herschel era judío.»

«Y era mi mejor amigo.»

«Era su mejor amigo.»

«Y yo le maté.»

ENAMORARSE, 1934-1941

La última vez que hicieron el amor, siete meses antes de que ella se suicidara y él se casara con otra mujer, la niña gitana preguntó a mi abuelo cómo ordenaba los libros.

Ella había sido la única a la que él regresó voluntariamente. Se encontraban en el bazar, donde él, orgulloso y expectante, la observaba hechizar a las serpientes con la ayuda de la frenética música de la grabadora. Se encontraban en el teatro o frente a la choza del tejado de paja, en el poblado gitano, al otro lado del Brod. (Ya que, claro está, ella no podía ser vista por las inmediaciones de su casa.) Se encontraban sobre el puente de madera, o bajo el puente de madera, o cerca de las pequeñas cascadas. Pero la mayor parte de las veces acababan en el extremo petrificado del bosque Radziwell, contándose chistes y relatos, llenando de risas las tardes hasta el anochecer, haciendo el amor —que pudo, o no, haber sido amor— bajo doseles de piedra.

¿Crees que soy fantástica?, le preguntó ella un día en que ambos se hallaban recostados sobre el tronco de un arce petrificado.

No, dijo él.

¿Por qué?

Porque hay muchas chicas fantásticas. Puedo imaginar cómo cientos de hombres han llamado fantásticas a las mujeres que aman, y eso que solo es mediodía. Nunca podrías ser algo que puede aplicarse a la vez a cientos de mujeres.

¿Estás diciendo que soy antifantástica?

Exactamente.

Ella recorrió con su dedo el brazo muerto. *¿Crees que soy bella?*

Eres insólitamente antibella. Eres lo más alejado posible a la belleza.

Ella le desabrochó la camisa.

¿Soy lista?

No. Claro que no. Yo nunca te definiría como lista.

Ella se arrodilló para desabrocharle los pantalones.

¿Soy sexy?

No.

¿Divertida?

Eres la antidiversión.

¿Te causa placer?

No.

¿Te gusta?

No.

Ella se desabrochó la blusa y se recostó sobre el pecho.

¿Quieres que siga?

Supo que ella había estado en Kiev, en Odessa, e incluso en Varsovia. Había vivido con los Anillos de Ardisht durante un año cuando su madre cayó mortalmente enferma. Ella le contó viajes a bordo de barcos que la habían llevado a lugares de los que él jamás había oído hablar, e historias que él sabía falsas, ya que, incluso como no verdades eran malas, pero se limitaba a asentir, tratando de convencerse de su convencimiento, tratando de creerla, porque sabía que en el origen de toda historia yace siempre una ausencia y él quería que ella viviera entre presencias.

En Siberia, le contó, *hay parejas que hacen el amor a cientos de kilómetros de distancia, y en Austria vive una princesa que se tatuó el cuerpo de su amante en su propio cuerpo, para verle al mirarse al espejo, y y y... ¡Al otro lado del mar Negro hay una mujer de piedra —yo no la he visto, pero mi tía me lo contó— que cobró vida gracias al amor del hombre que la esculpió!*

Safran le regalaba flores y bombones (presentes que las viudas le hacían a él) y componía en su honor poemas de los que ella siempre se reía.

¡Qué tonto puedes llegar a ser!, decía ella.
¿Por qué?
Porque las cosas más fáciles de dar son para ti las más difíciles. Las flores, los bombones y los poemas no significan nada para mí.
¿No te gustan?
No de ti.
¿Qué querrías de mí?

Ella se encogió de hombros, no por confusión, sino por rubor. (Él era la única persona que lograba ruborizarla.)

¿Dónde guardas tus libros?, preguntó ella.
En mi habitación.
¿En qué lugar de tu habitación?
En unos estantes.
¿Cómo están ordenados?
¿Por qué te interesa eso?
Porque quiero saber.

Ella era gitana. Él, judío. Cuando ella le cogía de la mano en público, algo que él sabía que ella sabía que él odiaba, buscaba una razón para desasirse —peinarse, señalar el lugar preciso de la orilla donde su tatara-tatara-tatarabuelo esparció las monedas de oro cual vómito dorado del saco— y luego la metía en el bolsillo, poniendo punto final a la situación.

Sabes lo que necesito ahora mismo, dijo ella, colgándose de su brazo muerto mientras paseaban por el bazar dominical.

Dímelo y es tuyo. Lo que sea.

Quiero un beso.

Puedes tener tantos como quieras, dondequiera que los pidas.

Aquí, dijo ella, colocándose el dedo índice sobre los labios. *Y ahora.*

Él hizo señas en dirección a un callejón cercano.

No, dijo ella. *Quiero el beso aquí*, se llevó el dedo a los labios, *y ahora.*

Él se rio. *¿Aquí?* Señaló con el dedo sus propios labios. *¿Ahora?*

Se rieron juntos. Risa nerviosa. Empezando con risillas sofocadas. Cobrando fuerza. Risa en voz alta. Multiplicándose. Aún más fuerte. Rota. Risa entre jadeos. Risa incontrolable. Violenta. Infinita.

No puedo.

Lo sé.

Mi abuelo y la niña gitana hicieron el amor durante siete años, al menos dos veces por semana. Se confesaron todos sus secretos; se explicaron mutuamente, de la mejor manera que supieron, el funcionamiento de sus cuerpos; fueron fuertes y pasivos, ávidos y generosos, habladores y silenciosos.

¿Cómo ordenas los libros?, preguntó ella mientras yacían desnudos sobre un lecho de guijarros y duro suelo.

Ya te lo he dicho: están en estantes, en mi habitación.
Me pregunto si te imaginas la vida sin mí.
Claro que me la imagino, pero no me gusta.
No es agradable, ¿verdad?
¿A qué viene esto?
Es solo una pregunta que me vino a la mente.

Ni uno solo de sus amigos —si es que podía decirse que los tuviera— sabían de la existencia de la niña gitana, ni ninguna de sus otras mujeres sabía de la niña gitana, ni, por supuesto, tampoco sus padres. Ella constituía un secreto tan bien guardado que a veces creía que ni siquiera él estaba al corriente de su relación. Ella sabía de sus esfuerzos por ocultarla del resto de su mundo, por mantenerla enclaustrada en una cámara privada a la que solo podía accederse por un pasadizo secreto, por construir un muro ante su existencia. Ella sabía que él no la amaba, aunque se engañara a sí mismo pensando lo contrario.

¿Dónde crees que estaré dentro de diez años?, preguntó ella, levantando la cabeza de su pecho.
No lo sé.
¿Dónde crees que estaré? El sudor de ambos, mezclado y seco, había dado lugar a una capa pegajosa entre los dos.
¿Dentro de diez años?
Sí.
No lo sé, dijo él jugando con sus cabellos. *¿Dónde crees que estaré yo?*
No lo sé.
¿Dónde crees que estaré?

No lo sé, dijo ella.

Siguieron en silencio, inmersos en sus pensamientos, cada uno tratando de adivinar los que corrían por la cabeza del otro. Se estaban convirtiendo en dos extraños, el uno sobre el otro.

¿Por qué me lo has preguntado?

No lo sé, dijo ella.

Bien, entonces, ¿qué es lo que sabemos?

No mucho, respondió ella, recostando de nuevo la cabeza en su pecho.

Intercambiaban notas, como hacen los niños. Mi abuelo hacía las suyas con retazos de periódicos y se las dejaba caer en las cestas de mimbre, donde estaba seguro que solo ella se atrevía a meter la mano. *Ven a encontrarte conmigo bajo el puente de madera y te mostraré cosas que nunca, nunca, has visto antes*. La «V» venía de los avances del ejército que segaría la vida de su madre: LAS TROPAS ALEMANAS AVANZAN HACIA LA FRONTERA SOVIÉTICA; el «en» de sus victorias en el mar: LOS BARCOS NAZIS HUNDEN A LA FLOTA FRANCESA EN LE-SACS; la «a» era la letra final de la península que se disponían a atacar: LOS ALEMANES ACECHAN CRIMEA; el «en» de lo que llegó demasiado tarde, demasiado escaso: ENVÍOS DE AYUDA PROCEDENTES DE AMÉRICA LLEGAN A INGLATERRA; el «con» de las acciones del mayor perro del mundo: HITLER CONDENA A EUROPA A LA GUERRA..., y así sucesivamente, cada nota el collage de un amor que no debía existir, y de una guerra que existió.

La niña gitana tallaba cartas de amor en los árboles, llenando los bosques de notas para él. *No me traiciones*, grabó en la corteza de un árbol bajo cuya sombra habían dormido una tarde. *Respétame*, talló en el tronco de un roble petrificado. Compuso unos mandamientos nuevos, mandamientos que ambos pudieran compartir, que regularan una vida juntos y no les separaran. *No llevar a nadie en el corazón más que a mí. No tomar mi nombre en vano. No matarme. Observarme, y hacer de mí tu imagen sagrada.*

Dentro de diez años me gustaría estar donde tú estés, escribió él en un papel amarillo con fragmentos de los titulares del periódico. *¿No te parece una bonita idea?*

Una idea preciosa. La respuesta la encontró en un árbol en uno de los recodos del bosque. *¿Y por qué solo es una idea?*

Porque, la tinta le manchaba las manos; se leía a sí mismo en sí mismo, *diez años es mucho tiempo.*

Tendríamos que huir, tallado dentro de un círculo en el tronco de un arce. *Dejemos atrás todo lo que no sea tú y yo.*

Es una posibilidad, compuso él con retazos de noticias sobre la guerra inminente. *Y una bonita idea, en cualquier caso.*

Mi abuelo llevó a la niña gitana junto a la Esfera y allí le relató la trágica vida de su tatara-tatara-tatara-buela, prometiendo contar con ella para el día que intentara escribir la historia de Trachimbrod. Le explicó la historia del carro de Trachim, cuando las jóvenes gemelas W fueron las primeras en ver los restos curiosos que ascendían a la superficie: aros serpenteantes de cuerda blanca, un guante aplastado con los dedos extendidos, carretes de hilo vacíos, unos quevedos, frambuesas y otras moras, heces, encajes, fragmentos de un vaporizador hecho trizas, tinta roja sangrando de una lista de buenos propósitos: *Voy a... voy a...* Ella le habló con sinceridad de los abusos de su padre, y le mostró las magulladuras que no eran visibles ni siquiera en su cuerpo desnudo. Él le explicó su circuncisión, las alianzas, el concepto de ser parte del pueblo elegido. La niña gitana le contó lo sucedido el día en que su tío se corrió sobre ella, y por qué era capaz, desde hacía ya años, de tener un hijo. Él le explicó que se masturbaba con la mano muerta, para hacerse la ilusión de que hacía el amor con otra persona. Ella le confesó que había considerado la posibilidad del suicidio, como si fuera algo que pudiera decidir. Él le confió su más profundo secreto: que, a diferencia de los otros chicos, su amor por su madre nunca había disminuido, ni siquiera un poco, desde su niñez, y por favor no te rías cuando te lo cuente, por favor no pienses mal de mí, pero me gustan más sus besos que nada de lo que haya en el mundo. La niña gitana rompió a llorar, y cuando mi abuelo le preguntó qué le pasaba, no le dijo *Tengo celos de tu madre; quiero que me ames así*, sino que se mantuvo en silencio y se rio como quien dice: ¡qué bobo! Ella le dijo que deseaba introducir un nuevo mandamiento, el undécimo: *No cambies*.

Salvo sus relaciones amorosas, salvo las mujeres que se desnudaban por él ante la presencia de su brazo inerte, él no tenía otros amigos, y no podía imaginarse una existencia más solitaria que vivir sin ella. Era la única que podía afirmar con propiedad que le conocía, la única a quien echaba de menos cuando no estaba cerca, a la que añoraba incluso antes de que se fuera. Era la única que quería de él algo más que su brazo.

No te amo, le dijo él un día mientras yacían desnudos sobre la hierba.

Ella le besó en la frente y dijo: *Lo sé. Y estoy segura de que sabes que yo tampoco te amo.*

Por supuesto, dijo él, aunque la noticia fue para él una gran sorpresa: no que no le amara, sino que se lo dijera. En esos siete años de hacer el amor había oído la palabra muchas veces: de los labios de viudas y niños, de prostitutas, amigos de la familia, viajeros y esposas adúlteras. Las mujeres le habían dicho *Te amo* sin que él hablara de amor. *Cuanto más amas a alguien*, llegó a pensar, *más duro te resulta decírselo*. Le sorprendía que los extraños no se pararan unos a otros por la calle para decir *Te amo*.

Mis padres han buscado una esposa.
¿Para ti?
Una chica llamada Zosha. De mi shtetl. *Ya tengo diecisiete años.*
¿Y tú la quieres?, preguntó ella sin mirarle.

Él partió su vida en sus partes más pequeñas, las examinó como un relojero, y luego volvió a unirlas.

Apenas la conozco. También evitó el contacto visual, porque como Pincher P, que vivía en la calle gracias a la caridad tras haber dado hasta su última moneda a los pobres, sus ojos lo habrían dicho todo.

¿Vas a seguir adelante?, preguntó ella, dibujando círculos en la tierra con su dedo de caramelo.

No tengo elección, dijo él.
Claro.
Ella seguía sin mirarle.
Tendrás una vida muy feliz, dijo ella. *Siempre serás feliz.*
¿Por qué haces esto?
Porque eres muy afortunado. Tienes en tus manos la felicidad real, duradera.
Para, dijo él. *No estás siendo justa.*
Me gustaría conocerla.

Ni se te ocurra.

Sí que me gustaría. ¿Cómo has dicho que se llama? ¿Zosha? Me gustaría mucho conocer a Zosha y contarle lo feliz que va a ser. ¡Qué chica tan afortunada! Debe ser muy hermosa.

No lo sé.

La has visto, ¿no?

Sí.

Entonces sabes si es guapa o no. ¿Es guapa?

Supongo que sí.

¿Más guapa que yo?

Para.

Me gustaría asistir a la boda, para verla con mis propios ojos. Bien, no a la boda, claro. Una niña gitana no puede entrar en la sinagoga. Al banquete. Sí. ¿Me invitarás?

Sabes que no puede ser, dijo él, dando media vuelta.

Ya sé que no puede ser, dijo ella, consciente de que le había presionado demasiado, había sido demasiado cruel.

No puede ser.

Te he dicho que ya lo sé.

Tienes que creerme.

Te creo.

Hicieron el amor por última vez, sin saber que no se cruzarían una sola palabra en los siete meses siguientes. Él la vería muchas veces, y ella a él —habían llegado a encantar los mismos lugares, a caminar por los mismos senderos, a dormirse bajo la sombra de los mismos árboles—, pero siempre fingieron no conocerse. Ambos deseaban con todas fuerzas retroceder siete años, hasta su primer encuentro en el teatro, para repetirlo entero, pero en esta ocasión *sin* advertir la presencia del otro, *sin* hablar, *sin* abandonar juntos el teatro, ella llevándole de la mano por el laberinto de callejas enfangadas, por delante de los puestos de dulces junto al viejo cementerio, por la línea de error judío-humana, y así hasta llegar a la oscuridad. Durante siete meses, fingieron no verse en el bazar, en la fuente de la sirena postrada, convencidos de que podrían seguir fingiéndolo siempre y en todo lugar, de que podrían llegar a convertirse en absolutos extraños. Pero la verdad se hizo evidente la tarde en que él llegó a su casa y se cruzó con la niña gitana, que salía por la puerta.

¿Qué estás haciendo aquí?, preguntó él, con más miedo ante la posibilidad de que hubiera revelado su relación —a su padre, que le propinaría una paliza, o a su madre, que quedaría desolada— que verdadera curiosidad por averiguar la razón de su visita.

Tus libros están ordenados según el color de los lomos, dijo ella. *¡Qué estúpido!*

Su madre estaba en Lutsk, recordó, como todos los martes a esta hora de la tarde, y su padre estaba fuera, tomando un baño. Safran fue a su habitación para asegurarse de que todo seguía en orden. Su diario seguía bajo el colchón. Sus libros estaban convenientemente agrupados, en función del color. (Extrajo uno del estante, al azar, solo por tener algo en la mano.) La foto de su madre, sobre la mesita de noche, dibujaba el ángulo correcto en relación con su cama. No había ninguna razón para pensar que ella hubiera tocado algo. Registró la cocina, el estudio, incluso los baños, en busca de cualquier rastro que pudiera haber dejado. Nada. Ni un solo cabello. Ni marcas de dedos en el espejo. Ni notas. Todo estaba en orden.

Fue al dormitorio de sus padres. Las almohadas formaban rectángulos perfectos. Las sábanas eran tan suaves como el agua, recogidas por ambos lados. La habitación parecía no haber sido tocada en años, desde una muerte, quizá, como si quisieran preservarla como fue una vez, cual cápsula del tiempo. Ignoraba cuántas veces habría venido ella. No pudo preguntárselo porque no volvió a hablarle, y no pudo preguntárselo a su padre porque eso habría significado confesarlo todo, y no pudo preguntárselo a su madre porque, si llegaba a descubrirlo, eso la mataría, y eso le mataría a él, y, por insoportable que estuviera volviéndose su vida, no estaba aún preparado para acabar con ella.

Corrió hacia la casa de Lista P, la única amante que le hizo bañarse. *Déjame entrar*, dijo con la cabeza apoyada en la puerta. *Soy yo, Safran. Déjame entrar.*

Pudo oír un rumor de pasos cansados que se arrastraban hacia la puerta.

¿Safran? Era la madre de Lista.

Hola, dijo él. *¿Está Lista en casa?*

Lista está en su cuarto, dijo ella, pensando lo amable que era el chico. *Sube a verla.*

¿Qué pasa?, preguntó Lista al verle en la puerta. Parecía haber envejecido mucho en los tres años que habían transcurrido desde el día del teatro, y eso le hizo preguntarse si era ella o él quien había cambiado. *Pasa. Pasa. Siéntate aquí. ¿Qué te sucede?*

Estoy solo, dijo él.

No estás solo, dijo ella, acogiendo la cabeza del muchacho en su pecho.

Lo estoy.

No estás solo. Solo te sientes solo.

Sentirse solo es estar solo. Exactamente lo mismo.

Te prepararé algo de comer.

No quiero comer nada.
Una bebida, entonces.
No quiero beber nada.

Ella le acarició la mano muerta, recordando la última vez que la había tocado. No era la muerte lo que la había atraído tanto, sino lo desconocido. Lo inalcanzable. Él nunca podría amarla completamente, no con todo su ser. Nunca podía ser poseído por completo, ni podía poseer a nadie de forma total. Esa frustración del deseo había encendido en ella el deseo.

Vas a casarte, Safran. Esta misma mañana he recibido la invitación. ¿Es esto lo que te preocupa?

Sí, dijo él.

Pero no tienes motivo para preocuparte. Todo el mundo se pone nervioso antes de su boda. Yo lo estaba. Y también mi marido. Pero Zosha es una chica encantadora.

No la conozco, dijo él.

Bien, pues es una chica encantadora. Y muy guapa.

¿Crees que le gustaré?

Sí.

¿La amaré?

Es posible. En el amor no se pueden hacer predicciones, pero es definitivamente posible.

¿Me amas?, dijo él. *¿Me amaste alguna vez? Aquella noche, con tanto café.*

No lo sé, dijo ella.

¿Crees posible que me amaras?

Él le acarició la mejilla con la mano buena, y la deslizó hasta el cuello, y luego por dentro del escote de su camisa.

No, dijo ella, sacándose la mano de encima.

¿No?

No.

Pero yo lo deseo. De verdad. No es por ti.

Por eso no podemos, dijo ella. *Nunca habría sido capaz de hacerlo si hubiera creído que lo deseabas.*

Él apoyó la cabeza en su regazo y se durmió. Esa tarde, antes de marcharse, dio a Lista el libro —*Hamlet*, con el lomo violeta— que había cogido al azar de su casa solo para tener algo en las manos.

¿Quieres que te lo guarde?, preguntó ella.

Ya me lo devolverás algún día.

Mi abuelo y la niña gitana no sabían nada de esto mientras hacían el amor por última vez, mientras él le acariciaba la cara y la piel suave de su cuello, mientras le prestaba la atención que recibe la esposa de un escultor. *¿Así?*, preguntó él. Ella frotó las pestañas contra su pecho, recorriendo con besos de mariposa su torso desnudo, por el cuello, hasta llegar al lugar donde la oreja izquierda se unía a la mandíbula. *¿Así?*, preguntó ella. Él le quitó la blusa azul por la cabeza, abrió los cierres de sus collares, pasó la lengua por sus axilas, suaves, húmedas de sudor, y recorrió con el dedo la distancia que separaba el cuello del ombligo. Con la lengua dibujó círculos alrededor de sus pechos de caramelo. *¿Así?*, preguntó él. Ella asintió y echó la cabeza hacia atrás. Él lamió sus pezones, sabiendo que todo estaba mal, completamente mal, que desde el mismo instante de su nacimiento hasta el momento presente todo estaba saliendo mal; no al revés, sino peor: casi. Ella usó las dos manos para desabrocharle el cinturón. Él levantó el culo del suelo para que ella pudiera sacarle los pantalones y los calzoncillos. Ella tomó el pene con la mano. Deseaba con tanta intensidad que él se sintiera bien. Estaba segura de que nunca se había sentido bien de verdad, y quería ser la causa de su primer y único placer. *¿Así?* Él colocó su mano sobre la de ella y la guio. Ella se quitó la falda y las bragas, cogió la mano muerta y la apretó contra sus piernas. Su espeso y negro vello púbico dibujaba rizos lacios, como olas. *¿Así?*, preguntó él, aunque era ella quien guiaba su mano, como si intentara trazar un mensaje en un tablero ouija. Se guiaron mutuamente, sobre el cuerpo del otro. Ella obligó a sus dedos muertos a penetrarla y sintió, por un momento, su insensibilidad, su parálisis. Sintió cómo la muerte la penetraba y la atravesaba. *¿Ya?*, preguntó él. *¿Ya?* Ella rodó sobre él y abrió las piernas hasta rodear sus rodillas, se echó hacia atrás y usó la mano muerta para guiar al pene hacia su interior. *¿Te gusta?*, preguntó él. *¿Te gusta?*

Siete meses más tarde, el 18 de junio de 1941, cuando la primera descarga de bombas llenó de electricidad los cielos de Trachimbrod, en el mismo momento en que mi abuelo sentía su primer orgasmo (su primer y único placer, causado por otra), ella se cortó las venas con la hoja de un cuchillo, roma de tallar cartas de amor. Pero siete meses antes, allí, él durmiendo apoyado en su seno, ella no reveló lo que iba a hacer. No dijo: *Vas a casarte.* Ni añadió: *Me mataré.* Solo preguntó: *¿Cómo ordenas los libros?*

26 de enero de 1998

Querido Jonathan:

Ya sé que prometí que no volvería a mencionar las porciones, porque pensaba que ya estábamos más allá de eso. Pero ahora debo romper mi promesa.

¡Podría odiarte! ¿Por qué no permites que tu abuelo se enamore de la niña gitana y le muestre su amor? ¿Quién te manda escribir de esa forma? Tenemos tantas oportunidades de hacer el bien, y una y otra vez tú insistes en lo malo. No pienso leer esta contemporánea porción a Pequeño Igor, no la considero digna de sus oídos. No, esta porción se la entregué a Sammy Davis, Junior, Junior, quien le dispensó el trato que se merecía.

Debo hacerte una pregunta simple: ¿Qué diablos te pasa? Si tu abuelo ama a la niña gitana, y estoy seguro de que así es, ¿por qué no se marcha con ella? Ella podría hacerle feliz. Y, sin embargo, él rechaza la felicidad. Esto no es razonable, Jonathan, ni bueno. Si yo fuera el escritor, haría que Safran demostrase su amor a la niña gitana y se la llevara consigo al *Shtetl* de Greenwich en Nueva York. O bien haría que Safran se suicidara, que es la otra única opción sincera, aunque entonces tú no nacerías, con lo cual esta historia no podría escribirse.

Eres un cobarde, Jonathan, y me has decepcionado. Nunca te comandaría que escribieras una historia que es como si ocurriera ahora, pero sí te comandaría que escribieras una historia sincera. Eres un cobarde por la misma razón que Yankel es un cobarde, y Brod es una cobarde, y Safran es un cobarde. ¡Toda tu familia es una familia de cobardes! Todos sois cobardes porque, con la excepción de ti, vivís en un mundo que «ya no existe». No siento ningún aprecio por nadie de tu familia, quizá solo por tu abuela, porque todos estáis cerca del amor y todos lo dejáis escapar. Te incluyo el último dinero que me enviaste.

Claro que, en cierto sentido, entiendo lo que intentas realizar. En el amor hay cosas que, seguro, no pueden existir. Si yo informara a Padre, por ejemplo, de cómo entiendo el amor y de a quién deseo amar, me mataría, y no es una frase hecha. Todos actuamos a favor de ciertas cosas, y también actuamos en contra de otras. Yo quiero ser la clase de persona que elige <u>a favor</u> de algo más que elegir <u>en contra</u>, pero, como Safran y como tú, me descubro una y otra vez eligiendo en contra de lo que estoy seguro que es bueno y correcto, y contra lo que estoy seguro de que merece la pena. Elijo lo que no haré, en lugar de lo que haré. No me es fácil decir nada de todo esto.

Al final no le di el dinero al Abuelo, pero fue por razones muy diferentes a las que sugeriste. No quedó sorprendido cuando se lo dije: «Estoy orgulloso de ti», me dijo.

«Pero ¿deseabas que te lo diera?»

«Mucho —dijo él—. Estoy seguro de que podría encontrarla.»

«¿Entonces cómo puedes estar orgulloso?»

«Estoy orgulloso de ti, no de mí.»

«¿No estás enfadado conmigo?»

«No.»

«No quiero decepcionarte.»

«No estoy enfadado, ni decepcionado.»

«¿Te pone triste que no te dé el dinero?»

«No. Eres una buena persona, que hace lo que está bien y debe hacer. Estoy contento.»

¿Por qué, entonces, sentí que era una acción patética y cobarde, y que yo era un cobarde patético? Deja que te explique por qué no le di mi dinero al Abuelo. No es porque esté ahorrando para ir a América. Ese es un sueño del que ya he despertado. Yo nunca veré América, ni tampoco la verá Pequeño Igor, ahora lo sé. No di el dinero al Abuelo porque no creo en Augustine. No, no es eso lo que quiero decir. No creo en la Augustine que busca el Abuelo. La mujer de la fotografía está viva. Estoy seguro. Pero también estoy seguro de que ella no es Herschel, como el Abuelo quiere que sea, ni tampoco mi abuela, como él quiere que sea, ni tampoco Padre, como él quiere que sea. Si le diera el dinero, la encontraría y vería quién es en realidad, y eso le mataría. No lo digo metafóricamente. Le mataría.

Pero era un juego imposible de ganar. Las opciones

entre lo posible y lo que queríamos eran cero. Y aquí debo comunicarte una noticia terrible. El Abuelo murió hace cuatro días. Se cortó las manos. Era de noche, muy tarde, y yo no podía dormir. Oí un ruido procedente del baño, así que fui a investigar. (Ahora que soy el hombre de la familia, es responsabilidad mía comprobar que todo está en orden.) Encontré al Abuelo en el baño, lleno de sangre. Le dije que dejara de dormir porque todavía no entendí lo que estaba pasando. «¡Despierta!» Entonces le sacudí violentamente, y le pegué en la cara. Le pegué tan fuerte que me hice daño en la mano. No sé por qué lo hice. Para ser sincero, yo nunca había pegado a nadie antes, solo había recibido los golpes. «¡Despierta!», grité, y le pegué de nuevo, esta vez en el otro lado de la cara. Pero supe que no iba a despertar. «¡Duermes demasiado!» Mis gritos despertaron a mi madre, y ella corrió hacia el baño. Tuvo que arrastrarme por la fuerza lejos del Abuelo, y más tarde me dijo que pensó que yo le había matado, por lo mucho que le pegaba y la mirada de mis ojos. Inventamos una historia acerca de un accidente con las pastillas para dormir. Es lo que explicamos a Pequeño Igor, para que nunca tenga que saber la verdad.

Había sido ya toda una tarde. Los volúmenes habían subido, como suben ahora, como seguirán subiendo. Por primera vez en mi vida dije a mi padre exactamente lo que pensaba, como ahora te diré a ti, por primera vez, exactamente lo que pienso. Como a él, te pido perdón.

                           Con todo mi amor,
                           Alex

ILUMINACIÓN

«Dejaba a Herschel al cuidado de tu padre cuando yo tenía cosas que hacer, o cuando tu abuela estaba enferma. Estuvo siempre enferma, no solo al final de su vida. Herschel se ocupaba del bebé y lo cogía en brazos como si fuera su propio hijo. Incluso le llamaba hijo.»

Expliqué todo esto a Jonathan al mismo tiempo que el Abuelo me lo explicaba, y él lo escribió todo en su diario. Escribió:

«Herschel no poseía familia propia. No era una persona muy sociable. Le gustaba mucho leer, y también escribir. Era un poeta, y me exhibía muchos de sus poemas. Los recuerdo. Quizá los encontrarías tontos, trataban de amor. Él siempre estaba en su habitación, escribiendo esas cosas en lugar de estar con gente. Solía decirle: ¿Para qué poner tanto amor sobre un papel? Deja que sea el amor el que escriba en ti. Pero era obstinado. O quizá solo era tímido».

«¿Eras su amigo?», pregunté, aunque él ya había dicho que era amigo de Herschel.

«Nos dijo un día que éramos sus únicos amigos. Tu abuela y yo. Cenaba con nosotros, y en ocasiones se quedaba hasta muy tarde. Incluso fuimos juntos de vacaciones. Al nacer tu padre, los tres paseábamos al bebé. Cuando necesitaba algo, acudía a nosotros. Cuando tenía un problema, acudía a nosotros. Una vez me pidió permiso para besar a tu abuela. Por qué, le pregunté, y la verdad es que no me gustó que deseara besarla. Porque me temo, dijo, que nunca besaré a una mujer. Eso, Herschel, le dije yo, es porque nunca intentas besar a ninguna.»

(¿Estaba enamorado de la Abuela?)

(No lo sé.)

(¿Era una posibilidad?)

(Era una posibilidad. La miraba, y le llevaba flores y regalos.)

(¿Esto te molestaba?)

(Les amaba a los dos.)

«¿La besó?»

«No —dijo él. (Y recordarás, Jonathan, que en este momento se rio. Fue una risa corta y severa)—. Era demasiado tímido para besar a nadie, ni siquiera a Anna. No creo que nunca hicieran nada.»

«Era tu amigo», dije yo.

«Era mi mejor amigo. Entonces todo era distinto. Judíos, no judíos. Todavía éramos jóvenes, y teníamos mucha vida por delante. ¿Quién podía saber...? (Lo que intento decir es que no sabíamos. ¿Cómo íbamos a saber?)»

«¿A saber qué?», pregunté.

«¿Quién podía saber que vivíamos en el filo de una navaja?»

«¿Una navaja?»

«Un día Herschel está cenando con nosotros, y le canta canciones a tu padre, acunándole en sus brazos.»

«¿Canciones?»

(Y entonces él cantó la canción, Jonathan, y yo sé cuánto te gusta insertar canciones en medio de la historia, pero no puedes pedirme que lo escriba. He intentado con todas mis fuerzas desplazar esa canción de mi cerebro, pero siempre está allí. Me oigo cantarla mientras ando, y en mis clases de la universidad, y antes de dormirme.)

«Pero éramos unos estúpidos —dijo él, y de nuevo examinó la fotografía y sonrió—. ¡Éramos tan estúpidos!»

«¿Por qué?»

«Porque creíamos en cosas.»

«¿Qué cosas?», pregunté, porque no lo sabía. No entendía nada.

(¿Por qué haces tantas preguntas?)

(Porque no estás hablando claro.)

(Estoy muy avergonzado.)

(No tienes que sentir vergüenza a mi lado. La familia son personas que nunca deben hacerte sentir vergüenza.)

(Te equivocas. La familia son las personas que deben hacerte sentir vergüenza cuando la mereces.)

(¿Y tú la mereces?)

(Sí. Eso es lo que intento decirte.) «Fuimos unos estúpidos al creer en cosas.»

«¿Y eso por qué es estúpido?»

«Porque no hay nada en lo que creer.»

(¿El amor?)

(No existe el amor. Solo el final del amor.)

(¿La bondad?)

(No seas idiota.)

(¿Dios?)

(Si Dios existe, no merece que creamos en Él.)

«¿Augustine?», pregunté.

«Soñé que tal vez existiera —dijo él—. Pero me equivoqué.»

«Quizá no te equivocaste. No la encontramos, pero eso no significa que no puedas creer en ella.»

«¿Qué sentido hay en creer algo que no puedes hallar?»

(Te diré, Jonathan, que llegados a este punto de la conversación ya no hablaban Alex y Alex, abuelo y nieto, sino dos personas distintas, dos personas que podían visionarse a los ojos una a otra y decir cosas que no se dicen. Cuando le escuchaba, no era al Abuelo a quien escuchaba, sino otra persona, alguien a quien nunca había conocido antes pero a quien conocía mejor que al Abuelo. Y la persona que escuchaba a esta persona no era yo, sino alguien diferente, alguien que yo nunca había sido antes pero a quien conocía mejor que a mí mismo.)

«Cuéntame más cosas», dije.

«¿Más?»

«Herschel.»

«Era uno más de la familia.»

«Dime lo que sucedió. ¿Qué le ocurrió?»

«¿A él? A él y a mí. Nos sucedió a todos, no te equivoques. Solo porque yo no fuera judío, no significa que no me sucediera a mí también.»

«¿El qué?»

«Tenías que elegir, con la esperanza de elegir el mal menor.»

«Tenías que elegir —dije a Jonathan—, con la esperanza de elegir el mal menor.»

«Y yo elegí.»

«Y él eligió.»

«¿Qué eligió?»

«¿Qué elegiste?»

«Cuando entraron en la ciudad...»

«¿Kolki?»

«Sí, pero no se lo digas. No hace falta decírselo.»

«Podríamos ir por la mañana.»

«No.»

«Quizá te fuera bien.»

«No —dijo él—. Mis fantasmas no están allí.»

(¿Tienes fantasmas?)

(Claro que tengo.)

(¿Cómo son tus fantasmas?)

(Están en el interior de mis párpados.)

(Ahí es donde residen mis fantasmas también.)

(¿Tú tienes fantasmas?)

(Claro que tengo.)

(Pero si eres un niño.)

(Ya no.)

(Pero no has conocido el amor.)

(Esos son mis fantasmas, espacios en blanco de amor.)

«Podrías revelarnos dónde es —dije—. Podrías llevarnos al lugar donde viviste en el pasado, y donde vivió su abuela.»

«No tiene ningún sentido —dijo él—. Esas personas no significan nada para mí.»

«Su abuela.»

«No quiero saber su nombre.»

«Dice que no tiene sentido que regresemos a la ciudad donde nació —expliqué a Jonathan—. No significa nada para él.»

«¿Por qué se marchó?»

«¿Por qué te marchaste?»

«Porque no quería que tu padre creciera tan cerca de la muerte. No quería que la conociera, y viviera con ella. Es por eso que nunca le informé de lo que sucedió. Deseaba que tuviera una buena vida, sin muerte, sin elecciones y sin vergüenza. Pero debo informarte de que no he sido un buen padre. Fui el peor padre posible. Deseaba apartarle de todo lo que era malo, pero en su lugar le di maldad tras maldad. Un padre siempre es responsable de cómo es su hijo. Debes entenderlo.»

«No te entiendo. No entiendo nada de esto. No entiendo que seas de Kolki y que nunca nos lo hayas dicho. No entiendo por qué viniste a este viaje si sabías lo cerca que estaríamos. No entiendo cuáles son tus fantasmas. No entiendo cómo había una foto tuya en la caja de Augustine.»

(¿Recuerdas lo que hizo entonces, Jonathan? Examinó de nuevo la fotografía, y después volvió a dejarla sobre la mesa y dijo: Herschel era una buena persona, y yo también, y por eso lo que sucedió no está bien, nada estuvo bien. Y yo le pregunté: ¿Qué fue lo que pasó? Él devolvió la fotografía al interior de la caja, ¿te acuerdas?, y nos contó la historia. Exactamente así. Depositó la fotografía en la caja y nos lo contó todo. Sin dejar de mirarnos, sin esconder las manos bajo la mesa. Yo maté a Herschel, dijo. Lo que hice fue igual que matarlo. ¿Qué quieres decir?, pregunté, porque lo que acababa de decir era demasiado potente. No, no es verdad, Herschel habría sido asesinado conmigo o sin mí, pero aun así es como si le hubiera matado. ¿Qué pasó?, pregunté. Llegaron en el momento más oscuro de la noche. Venían de otro pueblo, y después iban hacia otro.

Sabían lo que hacían, actuaban con lógica. Recuerdo con mucha precisión cómo tembló mi cama cuando llegaron los tanques. ¿Qué es esto? ¿Qué es esto?, preguntó la Abuela. Me levanté de la cama y miré por la ventana. ¿Qué viste? Vi cuatro tanques. Puedo recordar todos los detalles. Eran cuatro tanques verdes, y había hombres andando a ambos lados. Hombres armados que apuntaban hacia nuestras puertas y ventanas por si alguien intentaba huir. Estaba oscuro, pero aun así lo vi todo. ¿Tuviste miedo? Sí, aunque sabía que no era a mí a quien buscaban. ¿Cómo lo sabías? Lo sabíamos. Todos lo sabíamos. Herschel lo sabía. No creíamos que llegara a sucedernos. Ya te lo dije, éramos estúpidos, creíamos en cosas. ¿Y entonces? Entonces le dije a la Abuela que cogiera al bebé, a tu padre, y lo llevara al sótano, y que no hiciera ruido pero que tampoco se mostrara aterrada, porque no era a nosotros a quienes buscaban. ¿Y entonces? Entonces detuvieron todos los tanques, y por un momento fui lo bastante estúpido como para pensar que todo había acabado, que habían decidido volver a Alemania y terminar la guerra, porque a nadie le gusta la guerra, ¿no?, ni siquiera aquellos que sobreviven a ella ni siquiera a los que la ganan. ¿Pero? Pero no claro ellos solo habían detenido los tanques delante de la sinagoga y salieron de los tanques y nos colocaron en filas muy lógicas. El General de pelo rubio se llevó un micrófono a la boca y habló en ucraniano, dijo que todos debían acudir a la sinagoga todos sin excepción. Los soldados golpearon todas las puertas con las pistolas y registraron las casas para asegurarse de que todos estuviéramos delante de la sinagoga. Dije a la Abuela que volviera arriba con el niño porque temí que la descubrieran en el sótano y los mataran pensando que se escondían. Herschel pensé Herschel debe escapar cómo puede escapar debe correr corre ya piérdete en la oscuridad quizá ya se ha ido quizá ha oído los tanques y ha escapado pero cuando llegamos a la sinagoga vi a Herschel y él me vio a mí y nos quedamos juntos porque eso es lo que hacen los amigos cuando se hallan ante el dolor o ante el amor. Qué va a pasar me preguntó y yo le dije no sé lo que va a pasar aunque todos sabíamos que iba a ser malo. Los soldados estuvieron mucho tiempo registrando las casas era muy importante para ellos asegurarse de que no quedara nadie que no estuviera delante de la sinagoga. Tengo tanto miedo dijo Herschel creo que voy a llorar. Por qué pregunté por qué no hay nada por lo que llorar no hay motivo para llorar pero te diré que también yo quería llorar y también yo tenía miedo pero no por mí ni por la Abuela ni por el bebé. ¿Qué hicieron? ¿Qué sucedió después? Nos colocaron en fila y yo tenía a Anna a un lado y a Herschel al otro lado algunas mujeres lloraban porque tenían pánico de las pistolas que sostenían los soldados y pensaban que íbamos a morir todos. El General de ojos azules se llevó el micrófono a la cara. Debéis escuchar atentamente dijo y hacer todo lo que se os comande o moriréis. Herschel me susurró tengo tanto miedo y yo quería decirle corre tienes más posibilidades si corres está oscuro corre no tienes ninguna posibilidad si te quedas pero no pude decirle esto porque tuve miedo de que me mataran solo por hablar y también tuve miedo de que admitir el miedo provocara la muerte de Herschel ten valor le dije con el menor volumen que pude debes tener valor lo cual ahora sé que era una estupidez la cosa más estúpida que podía decir porque tener valor para qué. Quién es el rabino preguntó el General y el rabino levantó la mano. Dos guardias agarraron al rabino y le empujaron al interior de la sinagoga. Quién es el ayudante del rabino preguntó el General y el ayudante del rabino levantó la mano pero no aceptó la muerte tan silenciosamente como el rabino lloraba y decía no a su mujer no no nononono y ella levantó la mano hacia él y dos guardias la agarraron y la metieron también en la sinagoga. Quiénes son los judíos preguntó el General por el micrófono que todos los judíos den un paso al frente pero nadie dio un paso al frente. Que todos los judíos den un paso al frente dijo de nuevo y esta vez gritó pero nadie se movió y te diré que si yo hubiera sido judío tampoco me habría movido el General fue a la primera fila y dijo por el micrófono señalarás a un judío o serás considerado judío la primera persona a la que se dirigió fue un judío llamado Abraham. Quién es judío preguntó el General y Abraham tembló Quién es judío preguntó otra vez el General apoyando el cañón de la pistola en la cabeza de Abraham Aaron es judío y señaló a Aaron que estaba en la segunda línea junto a nosotros. Dos guardias cogieron a Aaron y él se resistía mucho así que le dispararon en la cabeza y fue entonces cuando sentí la mano de Herschel sobre la mía. Haced lo que se os manda gritó al micrófono el General de la cicatriz en la cara o. Fue a la segunda persona de la fila que era un amigo mío Leo y dijo quién es judío y Leo señaló a Abraham y dijo ese hombre es judío lo siento Abraham dos hombres escoltaron a Abraham al interior de la sinagoga una mujer de la cuarta fila intentó escapar con su bebé en brazos pero el General gritó algo en alemán que es el idioma más terrible horrible abyecto vil y monstruoso y uno de los guardias le disparó en la cabeza mientras corría y la cogieron a ella y al bebé que aún estaba vivo y los echaron dentro de la sinagoga. El General fue al siguiente hombre y al siguiente y todos señalaban a un judío porque nadie quería que le mataran un judío señaló a su primo y otro se señaló a sí mismo porque no quiso señalar a nadie. Llevaron a la sinagoga a Daniel y también a Talia y a Louis y a todos los judíos que había por alguna razón que yo nunca sabré nadie señaló a Herschel quizá porque yo era su único amigo y él no era muy sociable y muchos ni siquiera sabían que existía yo era el único que lo sabía y podía señalarle o quizá porque estaba tan oscuro que nadie le veía. No pasó mucho tiempo antes de que fuera el único judío que quedaba fuera de la sinagoga el General estaba ahora en la segunda línea y dijo a un hombre porque no sé por qué solo preguntaba a los hombres quién es judío y el hombre dijo ya están todos en la sinagoga porque no conocía a Herschel o no sabía que Herschel fuera judío el General ledisparóenlacabeza y sentí la mano de Herschel suavemente sobre la mía y me aseguré de no mirarle el General fue a la persona siguiente quién es judío preguntó y esta persona dijo están todos en la sinagoga debe creerme no estoy mintiendo por qué iba a mentir pueden matarlos a todos no me importa pero por favor déjeme por favor no me mate y el General ledisparóenlacabeza y dijo ya me estoy cansando de esto y fue al siguiente hombre de la fila que era yo quién es judío preguntó y sentí de nuevo la mano de Herschel y supe que esa mano decía porfavorporfavor Eli por favor no quiero morir no me señales tengo miedo a morir tengo tanto miedo a morir tengo tan tomiedoamorir tengotantomiedoamorir quién es judío preguntó el General otra vez y sentí en mi otra mano la mano de la

Abuela y supe que ella sostenía en brazos a tu padre y te sostenía en brazos a ti y tú sostenías a tus hijos tengo tanto miedo a morir tengo tanto miedoamorir tengotantomiedoamorir tengotantomiedoamorir y yo dije él es judío quién es judío preguntó el General y Herschel se aferró a mi mano con mucha fuerza y él era mi amigo era mi mejor amigo yo le habría dejado besar a Anna e incluso hacerle el amor pero yo soy yo y mi esposa es mi esposa y mi hijo es mi hijo entiendes lo que te digo yo señalé a Herschel y dije él es judío este hombre es judío por favor me dijo Herschel y él lloraba diles que no es verdad por favor Eli por favor dos guardias le cogieron y él no se resistió pero lloró más y con más fuerza y gritó diles que ya no hay más judíos nomásjudíos y que tú solo dijiste que yo era judío para que no te mataran te lo ruego Eli eresmiamigo no me dejes morir tengo tanto miedo a morir tengotantomiedo todo irá bien le dije todo irá bien no me hagas esto dijo él haz algo haz algo hazalgo hazalgo todo irá bien todoirábien a quién le decía eso haz algo Eli hazalgo tengotantomiedoamorir tengo tantomiedo sabes lo que me van a hacer eresmiamigo le dije aunque no sé por qué dije eso en ese momento y los guardias le metieron en la sinagoga con el resto de judíos y todos nos quedamos fuera y oímos el llantodelosniños y el llantodelosadultos y vimos la chispa negra cuando un hombre que no sería mayor que yo o Herschel o tú ahora encendió el primer fósforo iluminando a todos los que no estaban en la sinagoga todos los que no iban a morir y lo lanzó a las ramas que habían colocado ante la sinagoga lo peor era la lentitud y cómo el fuego seextinguía solo muchas veces y tenía que ser encendido de nuevo yo miré a la Abuela y ellamebesóenlafrente y yo labeséenlaboca y nuestras lágrimas se reunieronennuestroslabios y entonces beséatupadre muchas veces le cogí de los brazos de tu Abuela y le sostuveconfuerza con tanta fuerza que se echó a llorar le dije te quiero te quiero te quiero te quiero tequiero tequiero tequiero tequiero tequiero tequiero tequiero tequiero tequierotequierotequierotequiero y supe que tenía que cambiarlo todo dejarlo todo atrás y supe que nunca podía dejar que averiguara quiénsoy y loquehice porque fue por él que hiceloquehice fue por él que señalé a Herschel y por él murió Herschel y por eso ahora es así y es así porque un padre siempre es responsable de su hijo y yo soy yo soy soyresponsable no por Herschel sino por mi hijo porque le sostuve contantafuerzaquerompióallorar porque le quería tanto que hiceimposibleelamor y lo siento por ti y lo siento por Iggy y eres tú quien debe perdonarme nos dijo estas cosas Jonathan dónde vamos ahora y qué hacemos con lo que sabemos el Abuelo dijo que yo soy yo pero no era verdad la verdad es que yo también señaléaHerschel y también dije esjudío y te diré que también tú señalasteaHerschel y dijiste esjudío y más que el Abuelo también meseñalasteamí y dijiste esjudío y le señalasteaél y dijiste esjudío y también tu abuela y Pequeño Igor y todos nos señalamosmutuamente por qué si no qué podía haber hecho eraloúnicoquepodíahacer pero lo que hizo es perdonable puedeperdonárseleal- gunavez a ese dedo aloquehizosudedo lo que sudedoseñaló y noseñaló y por loquetocóensuvida y loquenotocó ¿es aún culpable lo soy yo lo soy yo losoyyo losoyyo?)

«Y ahora —dijo él—, debemos dormir.»

¡EL BANQUETE NUPCIAL FUE TAN EXTRAORDINARIO!
O
EL FIN DEL MOMENTO QUE NUNCA FINALIZA, 1941

Después de satisfacer meticulosamente a la hermana de la novia contra un inmenso y vacío anaquel —*¡Oh, Dios!*, gritó ella, *¡Oh, Dios!*, las manos en el Cabernet fantasma—, y de quedar él tan meticulosamente insatisfecho, Safran se abrochó los pantalones, subió por la escalera de caracol —apretando la mano deliberada y meticulosamente contra la barandilla de mármol— y saludó a los invitados, que entonces comenzaban a tomar asiento después del revuelo causado por la terrorífica ventolera.

¿Dónde estabas?, preguntó Zosha, cogiendo la mano muerta entre las suyas, algo que ardía en deseos de hacer desde que la viera por primera vez, cuando el compromiso se hizo oficial, hacía más de seis meses.

Abajo, cambiando de...

Oh, yo no quiero que cambies, dijo ella, creyéndose ocurrente. *Para mí eres perfecto.*

Solo de ropa.

Pero has tardado tanto...

Él señaló con un gesto su brazo muerto y observó

cómo los labios de su nueva esposa transformaban la pregunta en un sonoro beso que aterrizó en su mejilla.

La Casa Doble resplandecía en un organizado estruendo. Hasta el último minuto, hasta pasado el último minuto, se seguían colgando los adornos colgantes, se aliñaban las ensaladas, se ceñían y anudaban las fajas, se quitaba el polvo de los candelabros y se colocaban las alfombras... Era extraordinario.

La novia debe estar tan contenta por su madre:

Siempre lloro en los banquetes, pero en este se me van a acabar las lágrimas.

Es extraordinario, extraordinario.

Mujeres morenas de blanco inmaculado comenzaban a servir la sopa de pollo cuando Menachem golpeó el vaso con el tenedor y dijo: *Me gustaría robarles un minuto de su tiempo.* El silencio se propagó con rapidez por la estancia, todo el mundo se puso en pie ante el brindis del padre de la novia —como mandaban los cánones— y mi abuelo reconoció, por el rabillo del ojo, la mano de caramelo que le servía el plato de sopa.

Dicen que los tiempos están cambiando. Las fronteras que nos rodean varían bajo la presión de la guerra; lugares que hemos conocido desde que nos alcanza la memoria llevan ahora nuevos nombres; jóvenes a los que amamos se hallan ausentes de esta celebración, por estar cumpliendo su deber con la patria; y, para poner una nota de mayor alegría, estamos encantados de anunciar que dentro de tres meses nos será entregado... ¡el primer automóvil de Trachimbrod! (Información que fue recibida con un respingo colectivo y por un ensordecedor aplauso.) *Bien*, prosiguió, dirigiéndose hacia los novios para poner una mano en el hombro de su hija y la otra en el de mi abuelo, *dejad que conserve este momento, esta preciosa tarde del 18 de junio de 1941.*

La niña gitana no dijo una palabra —aun en el supuesto de que hubiese odiado a Zosha, su deseo no era arruinarle la boda—, pero apretó su cuerpo contra el lado izquierdo de mi abuelo, y agarró, por debajo de la mesa, su mano buena. (¿Deslizó una nota entre sus dedos?)

Dejad que lo guarde en un relicario sobre mi corazón, continuó el orgulloso padre con la copa de cristal vacía ante él, *y lo lleve allí para siempre, porque nunca he sido más feliz en toda mi vida, y moriría satisfecho si alguna vez llego a experimentar la mitad de esta felicidad, hasta la boda de mi otra hija, por supuesto. En realidad,* dijo acallando las risas, *aunque nunca más haya un momento como este, no me quejaré. Que este sea el momento eterno.*

Mi abuelo estrujó los dedos de la niña gitana, como si quisiera decirle: *No es demasiado tarde. Aún hay tiempo. Podríamos huir, dejarlo todo atrás, no mirar a la espalda, salvarnos.*

Ella le devolvió el apretón, como si quisiera decirle: *No te perdono.*

Menachem prosiguió, tratando de contener las lágrimas: *Por favor, alzad los vasos conmigo. ¡Por la vida de mi hija y mi nuevo hijo, por la de los niños que tendrán, y la de los hijos de esos niños!*

L'chaim!, corearon voces desde las filas de mesas.

Pero antes de que el padre de la novia volviera a sentarse, antes de que los vasos tuvieran tiempo de entrechocar las sonrisas de esperanza reflejadas unas con otras, otra corriente fantasmal barrió la casa. Las tarjetas volaron de nuevo por los aires, y los centros florales cayeron por segunda vez, esparciendo la tierra sucia sobre los blancos manteles y sobre casi todos los regazos. Las gitanas se apresuraron a limpiar el desaguisado, y mi padre susurró al oído de Zosha, que para él era el de la niña gitana: *Todo saldrá bien*.

La niña gitana, la *auténtica* niña gitana, deslizó una nota en la mano de mi abuelo, pero, en medio de la conmoción, el papel cayó al suelo, siendo sucesivamente pateado —por Libby, por Lista, por Omeler, por el pescadero sin nombre— hasta alcanzar el extremo opuesto de la mesa, donde fue a descansar bajo un vaso de vino volcado que lo mantuvo a salvo bajo sus faldas hasta la noche, cuando un grupo de gitanas recogieron el vaso y barrieron la nota (junto con los restos de comida, la tierra de los centros de flores y las montañas de polvo), arrojándolo todo a una inmensa bolsa de papel que otra gitana se encargó de colocar en la puerta de la casa. A la mañana siguiente, la bolsa de papel fue recogida por el basurero obsesivo-compulsivo Feigel B, llevada a un campo al otro lado del río —campo que sería, en poco tiempo, el escenario de la primera ejecución en masa de Kovel— y quemada junto con centenares de bolsas, que, en tres cuartas partes, contenían basura de la boda. Las llamas, dedos amarillos y rojos, alcanzaron el cielo. El humo se extendió cual dosel sobre los campos próximos, causando que muchos Anillos de Ardisht tosieran, porque cada humo es distinto y requiere un proceso de habituación. Parte de la ceniza que quedó fue tragada por el suelo. El resto se lo llevó la lluvia hacia el fondo del Brod.

Esto es lo que decía la nota: *Cambia*.

LAS PRIMERAS BOMBAS, Y LUEGO EL AMOR, 1941

Esa noche mi abuelo hizo el amor por primera vez a su nueva esposa. Mientras realizaba el acto que había practicado hasta la perfección, pensó en la niña gitana: calibró de nuevo los argumentos que le impulsaban a huir con ella, abandonar Trachimbrod sabiendo que nunca podría volver. Amaba a su familia —mejor dicho, a su madre—, pero ¿cuánto tardaría en dejar de echarles de menos? El mero pensamiento sonaba terrible, pero, se preguntaba, ¿acaso había algo que él no pudiera dejar atrás? Se entregó a pensamientos terribles pero ciertos: si muriera el mundo entero, excepto su madre y la niña gitana, él podría seguir viviendo; todos los momentos de su vida, excepto los que había pasado con su madre y la niña gitana, eran insuficientes e indignos de ser vividos. Estaba a punto de convertirse en alguien que ha perdido la mitad de aquello por lo que había vivido.

Pensó en las múltiples viudas de los últimos siete años: Golda R y sus espejos cubiertos, la sangre de Lista P, destinada a otro. Pensó en todas las vírgenes y vio que el producto de su suma era la nada. Mientras echaba sobre el lecho nupcial el tembloroso cuerpo virgen de su nueva esposa, pensó en Brod, autora de las 613 tristezas, y en Yankel y su cuenta de ábaco. Mientras le explicaba que solo le haría daño la primera vez, pensó en Zosha, a quien apenas conocía, y en su hermana, que le hizo prometer que aquel encuentro posnupcial no sería flor de un día. Pensó en la leyenda de Trachim, en el destino de su cuerpo y en el lugar de donde procedía. Pensó en aquel carro: los serpenteantes aros de cuerda, el guante de terciopelo arrugado con dedos extendidos, los buenos propósitos: *voy a... voy a...*

Y entonces sucedió algo extraordinario. La casa tembló con una violencia tan intensa que redujo las molestias del día a la categoría de eructo de un bebé. *¡KABOOM!*, a lo lejos. Se acercaba. *¡KABOOM!* La luz se coló por las grietas de las láminas de la puerta de la bodega, llenando el lugar con el cálido y dinámico resplandor de las bombas alemanas que explotaban en las colinas cercanas. *¡KABOOOM!* Zosha aullaba de miedo —miedo al sexo, a la guerra, al amor, a la muerte— y mi abuelo se sintió lleno de una energía coital de tal magnitud que, cuando se soltó —*¡KA-BOOOOOOOOOO-OOOOOOOOM! ¡KABOOOO OOOOOOOOOOOOOOOOO-OOOOOOOOOOOM! ¡KA-KA-KA-KA-KA-KA-KA-BOOOOO OOOOOOOOOOOOOOOOOOOOOOOOM!*—, precipitándole desde la humanidad civilizada hacia el abismo del instinto animal, haciéndose (en siete segundos eternos) mayor que la suma de los 2.700 actos sexuales perpetrados sin consecuencias, inundando a Zosha con un diluvio irreprimible, liberando en el universo una luz copulativa tan poderosa que, de haber podido ser atrapada y utilizada en lugar de malgastada, habría acabado de un fogonazo con los alemanes, él se preguntó si no sería que una de las bombas había ido a parar a su lecho nupcial, introduciéndose entre el cuerpo estremecido de su esposa y el suyo propio, y arrasando hasta el menor rincón de Trachimbrod. Pero cuando advirtió que seguía vivo, cuando los siete segundos de bombardeo finalizaron y su cabeza se hundió en la almohada, húmeda de las lágrimas de Zosha y manchada con su propio semen, comprendió que lo que acababa de atravesar no era el umbral de la muerte, sino del amor.

LA MANÍA DE LA MEMORIA, 1941

De la misma forma que el primer orgasmo de mi abuelo no iba dirigido a Zosha, las bombas que lo inspiraron no iban dirigidas a Trachimbrod, sino a un emplazamiento en las colinas de Rovno. Tendrían que pasar nueve meses —hasta el día de la celebración del *Trachimday*, por supuesto— antes de que el *shtetl* fuera objetivo directo del ataque nazi. Pero aquella noche las aguas del Brod arañaron las riberas con el mismo fervor que habrían puesto en la guerra, el viento quebró la estela expansiva con el mismo estruendo y la población del *shtetl* tembló como si la tierra estuviera tatuada en sus cuerpos. A partir de ese momento —9.28 de la noche del 18 de junio de 1941— todo cambió.

Los Anillos de Ardisht dieron la vuelta a sus cigarrillos, colocando la punta encendida en el interior de sus bocas, para evitar que el resplandor les delatara ante el enemigo.

Los gitanos del poblado desmontaron las tiendas, desmantelaron las chabolas, y vivieron al raso, pegados a la tierra como una capa de musgo humano.

Una extraña sensación de apatía invadió Trachimbrod. Los ciudadanos, que en aquella ocasión tocaron tantas cosas que al final era imposible saber cuál era su color original, languidecían sentados sin hacer nada. La actividad fue reemplazada por el pensamiento. La memoria. Cualquier cosa recordaba algo a alguien, lo cual al principio —cuando el olor de una cerilla apagada traía a la mente la ilusión de los primeros cumpleaños, o el sudor de la mano la sensación del primer beso— parecía entrañable, pero que no tardó en revelarse como un proceso agotador. El recuerdo engendraba recuerdo. Los ciudadanos se convirtieron en encarnaciones de aquella leyenda que habían escuchado tantas veces, del loco Sofiowka, cubierto de cuerda blanca, usando la memoria para recordar la memoria, ligados por un orden concreto, luchando en vano para recordar el principio o el fin.

En un intento de dar sentido a ese alud de recuerdos, los hombres los dispusieron en forma de esquema (que en sí mismos no eran más que el recuerdo de los árboles genealógicos). Intentaron trazar la línea que les unía al pasado, como Teseo para salir del laberinto, pero lo único que consiguieron fue meterse aún más en él.

Las mujeres lo tenían peor. Al no tener la posibilidad de compartir esos retazos de memoria en la sinagoga o en el lugar de trabajo, se vieron obligadas a sufrirlas solas, sobre las pilas de ropa sucia o de cacharros por fregar. No hubo quien las ayudara en la búsqueda de un inicio, nadie a quien preguntar qué tenía que ver la sémola de frambuesas con una quemadura de vapor, o por qué el barullo de niños jugando a orillas del Brod hacía que sus corazones diesen un vuelco en su pecho y saltasen al suelo. Se suponía que la memoria llenaba el tiempo, pero lo que hizo fue convertirlo en un agujero vacío que debía ser llenado. Cada segundo eran quinientos metros que había que caminar, que reptar. La siguiente hora estaba tan lejos que uno no podía verla. El mañana estaba al otro lado del horizonte, y hacía falta un día entero para alcanzarlo.

Pero los más afectados por la nueva situación fueron los niños, ya que, aunque les acosaban menos recuerdos, la comezón de la memoria era tan fuerte como la de los más ancianos del *shtetl*. Las cuerdas ni siquiera eran suyas, sino que habían sido atadas en torno a ellos por padres y abuelos. Cuerdas carentes de punto de apoyo colgando lacias desde la oscuridad.

Lo único más doloroso que ser un olvidador activo es ser un recordador inerte. Safran yacía en cama intentado formar un hilo coherente con los acontecimientos de sus diecisiete años, algo que él fuera capaz de entender, con un orden establecido en las imágenes y un simbolismo inteligible. ¿Dónde estaban las simetrías? ¿Las grietas? ¿Que significaba lo sucedido? Por haber nacido con dientes su madre dejó de amamantarlo, y por eso le quedó el brazo muerto, y por eso las mujeres le amaron, y por eso hizo lo que hizo, y por eso era quien era. Pero ¿por qué nació con dientes? ¿Y por qué su madre no se limitó a echar la leche en una botella? ¿Y por qué fue un brazo lo que le quedó muerto en lugar de una pierna? ¿Y por qué alguien iba a amar a un miembro inerte? ¿Y por qué hizo lo que hizo? ¿Y por qué era quien era?

No podía concentrarse. Su amor le había atrapado desde el interior, como un virus. Cayó víctima de una diarrea terrible, que llegó acompañada de náuseas y de una sensación de flaqueza. En el reflejo del agua del nuevo lavabo de porcelana vio un rostro que no pudo reconocer: carrillos hundidos cubiertos de una barba blanca, bolsas bajo los ojos (llenas, supuso, de todas las lágrimas de alegría que no lloraba), los labios agrietados, hinchados.

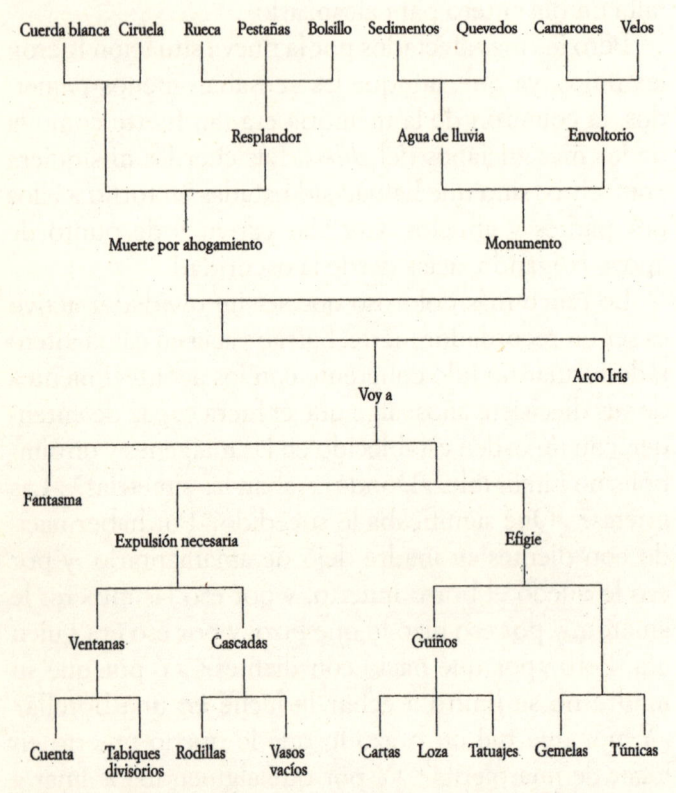

```
Cuerda blanca  Ciruela    Rueca  Pestañas  Bolsillo    Sedimentos  Quevedos    Camarones  Velos
     └────┬────┘             └──────┼──────┘                └────┬────┘            └────┬────┘
       Resplandor                                         Agua de lluvia             Envoltorio
           └──────────────┬──────────────┘                        └──────────┬──────────┘
            Muerte por ahogamiento                                       Monumento
                          └──────────────────────┬──────────────────────────┘
                                               Voy a                                    Arco Iris
              ┌──────────────────┼──────────────────┐
          Fantasma
                        Expulsión necesaria                        Efigie
                         ┌────────┴────────┐                ┌────────┴────────┐
                      Ventanas         Cascadas          Guiños
                     ┌───┴───┐        ┌───┴───┐      ┌──────┼──────┐
                  Cuenta  Tabiques  Rodillas  Vasos  Cartas  Loza  Tatuajes  Gemelas  Túnicas
                         divisorios          vacíos
```

Pero no era la misma imagen que había visto la mañana anterior, cuando se observó el rostro en los ojos de cristal de la Esfera. Su envejecimiento no seguía un proceso natural, sino que era producto del amor, que, en sí mismo, no tenía más de un día. Era un joven que había perdido la juventud, un hombre que no había alcanzado la hombría. Estaba atrapado en algún lugar entre el último beso de su madre y el primero que daría a su hijo, entre la guerra pasada y futura.

La mañana que siguió al bombardeo se convocó una reunión del *shtetl* en el teatro —la primera tras el debate sobre el iluminado eléctrico que tuvo lugar varios años antes— para discutir las implicaciones de una guerra cuyo rastro parecía desembocar directamente sobre Trachimbrod.

RAV D
(*Agitando una hoja de papel sobre la cabeza.*) Mi hijo, que lucha con valor en el frente polaco, me ha escrito diciendo que los nazis están cometiendo atrocidades inenarrables y que Trachimbrod debería prepararse para lo peor. Me dice que deberíamos (*mira la hoja de papel, como si leyera*) «hacer algo, todo, inmediatamente».

ARI F
¡Qué dices! Lo que deberíamos hacer es unirnos a los nazis. (*A gritos, moviendo el dedo índice por encima de su cabeza.*) ¡Son los ucranianos los que acabarán con nosotros! ¡Ya habéis oído lo que hicieron en Lvov! (Eso me recuerda a mi nacimiento) [como sabéis, nací en el suelo de la casa del Rabino] (mi nariz aún recuerda esa mezcla de placenta y judaica [tenía unos candelabros preciosos] (de Austria [si no me equivoco (o Alemania)])])])...

RAV D
(*Perplejo, fingiendo perplejidad.*) ¿De qué estás hablando?

ARI F

(*Sinceramente perplejo.*) No me acuerdo. Los ucranianos. Mi nacimiento. Velas. Sé que había alguna relación. ¿Por dónde comencé?

Y esto era lo que sucedía cuando alguien trataba de hablar: su mente quedaba confundida por la telaraña de recuerdos. Las palabras se convirtieron en riadas de pensamiento sin principio ni fin, que ahogaban al hablante antes de poder llegar al bote salvavidas: al punto que deseaba expresar. Era imposible recordar lo que uno quería decir, lo que pretendía explicar tras aquel aluvión de palabras.

Los primeros días vivieron aterrados. Las reuniones del *shtetl* se celebraban diariamente, las noticias de la guerra (8.200 MUERTOS A MANOS DE LOS NAZIS EN LA FRONTERA CON UCRANIA) examinadas con el celo de un editor, los planes diseñados y desechados, los grandes mapas abiertos sobre la mesa como pacientes a la espera de una operación. Pero poco a poco las reuniones fueron aplazándose, primero a días alternos, luego cada tres días, y después cada cinco, hasta llegar a una vez por semana y convertirse en algo más parecido a un encuentro entre solteros que a una reunión de emergencia. Solo dos meses más tarde, sin el espolón de nuevos bombardeos, la mayoría de los habitantes de Trachimbrod había perdido ya toda chispa del terror que les invadió aquella noche.

No lo habían olvidado, pero se acostumbraron. La memoria ocupó el lugar del terror. En sus esfuerzos por recordar aquello que tan intensamente se esforzaban en recordar, lograron por fin sobreponerse al miedo a la guerra. Los recuerdos de nacimientos, infancias y adolescencias sonaban con mayor volumen que los de las bombas.

De manera que no se hizo nada. No se tomó decisión alguna. No se preparó ninguna maleta, ni se vaciaron las casas. No se construyeron trincheras ni se blindaron los edificios. Nada. Esperaron como tontos, sentados como tontos, hablando, como tontos, sobre aquella vez en que Simon D hizo aquello tan divertido con la ciruela, y se pasaban horas riendo de una historia que, en realidad, nadie podía recordar del todo. Aguardaban la llegada de la muerte, y no podemos culparles, porque nosotros habríamos hecho lo mismo, *hacemos* lo mismo. Bromeaban y se reían. Pensaban en las velas de cumpleaños y aguardaban a la muerte, y debemos perdonarles. Envolvían la trucha de Menachem con papel de periódico (LOS NAZIS SE ACERCAN A LUTSK) y llevaban galletas de carne en cestas de mimbre a meriendas campestres que se celebraban bajo los altos doseles de ramas cerca de las pequeñas cascadas.

En cama desde su orgasmo, mi abuelo no pudo asistir a la primera reunión del *shtetl*. Zosha llevó el suyo con mayor dignidad, quizá porque no lo tuvo, o quizá porque, pese a que le encantaba la idea de ser una mujer casada y tocar ese brazo muerto, el amor aún no había hecho mella en ella. Cambió las sábanas manchadas de semen, preparó café y tostadas para el desayuno de su marido, y le llevó para comer un plato con pollo que había sobrado del banquete nupcial.

¿Qué te pasa?, preguntó ella, tomando asiento a los pies de la cama. *¿Hice algo mal? ¿No estás contento conmigo?* Mi abuelo recordó que ella no era más que una niña: tenía quince años, y aparentaba aún menos. Com-

parada con él, sus experiencias eran inexistentes. No había sentido nada.

Estoy contento, dijo él.

Puedo hacerme un moño si crees que eso me favorece.

Estás preciosa así. De verdad.

Y anoche. ¿Te gustó? Aprenderé. Estoy segura.

Estuviste maravillosa, dijo él. *Es solo que no me encuentro bien. No tiene nada que ver contigo. Tú eres maravillosa.*

Ella le besó en los labios y dijo: *Soy tu mujer*, como si quisiera confirmar sus votos, o recordárselos a sí misma, o a él.

Aquella noche, cuando hubo reunido fuerza suficiente como para asearse y vestirse, Safran regresó a la Esfera por segunda vez en dos días. La escena, sin embargo, era bastante distinta. Austera. Vacía. Sin cánticos. La plaza del *shtetl* estaba aún cubierta de harina blanca, aunque la lluvia la había barrido al interior de las grietas que separaban los adoquines, reemplazando la sábana por un complejo entramado. La mayor parte de las banderas de las festividades del día anterior habían sido arriadas, pero algunas seguían en el aire, colgadas de los alféizares de las ventanas más altas.

Tatara-tatara-tatarabuelo, dijo él, arrodillándose (con gran dificultad). *Siento que es tan poco lo que pido.*

Dado que nunca vienes a hablar conmigo, dijo la Esfera (con los inmóviles labios de un ventrílocuo), *lo que dices es cierto. Nunca escribes, nunca...*

Nunca he querido molestarte.

Tampoco yo he querido molestarte a ti.

Pero lo has hecho, tatara-tatara-tatarabuelo. Lo has hecho. Mira cómo estoy, el rostro flácido. Aparento una edad cuatro veces mayor a la que tengo. Tengo el brazo muerto, la guerra, el problema con la memoria. Y ahora estoy enamorado.

¿Qué te hace pensar que tengo algo que ver con esto? Soy una víctima del azar.

¿Y la niña gitana? ¿Qué ha sido de ella? Era bonita.
¿Quién?
¿La niña gitana? La chica a quien amabas.
No es a ella a quien amo. Es a mi chica. Mi *chica.*

Oh, dijo la Esfera, dejando que ese *Oh* cayera sobre los adoquines y se hundiera en la harina de las grietas antes de proseguir. *Amas al bebé que Zosha lleva en su vientre. Los demás se están retirando, y tú avanzas.*

¡En ambas direcciones!, dijo él, viendo los desechos del carro, las palabras del cuerpo de Brod, los pogromos, las bodas, los suicidios, las cunas artesanas, los desfiles, y también las alternativas posibles de su futuro: la vida con la niña gitana, la vida en solitario, la vida con Zosha y el bebé, el fin de la vida. Las imágenes de sus infinitos pasados y de sus infinitos futuros le invadieron mientras aguardaba, paralizado, en el presente. Él, Safran, marcaba la división entre lo que era y lo que sería.

¿Y qué es lo que deseas de mí?, preguntó la Esfera.

Que el bebé nazca sano. Que nazca sin enfermedad, sin ceguera, con el corazón fuerte, con los miembros vivos. Que sea perfecto.

Silencio, y después: Safran vomitó la tostada del desayuno y los restos de la comida sobre los rígidos pies de la Esfera, formando una densa papilla de amarillos y parduzcos.

Al menos no lo he pisado, dijo la Esfera.

¡Ves! Rogó Safran, apenas capaz de sostener su cuerpo arrodillado. *¡Así es!*

¿Así es el qué?

El amor, dijo Safran. *Así es.*

¿Sabes que, después de mi accidente, tu tatara-tatara-tatarabuela entraba en mi cuarto por las noches?

¿Qué?

Ella se acostaba conmigo, que Dios bendiga su alma, sabiendo que yo la atacaría. Se suponía que debíamos dormir en habitaciones separadas, pero ella venía a verme cada noche.

No lo entiendo.

Cada mañana, ella me limpiaba los excrementos, me bañaba, me vestía y me peinaba como si estuviera bien, aunque ello significara arriesgarse a un codazo en la nariz o a una costilla rota. Sacaba brillo a la hoja. Llevaba sobre su piel las marcas de mis dientes como otras mujeres llevan las joyas. El agujero nunca importó. No le prestamos atención. Compartíamos habitación. Ella estuvo conmigo. Hizo todas esas cosas y muchas otras más, cosas que nunca contaré a nadie, y nunca me amó. Eso es amor.

Deja que te cuente una historia, prosiguió la Esfera. *La primera casa que habitamos tu tatara-tatara-tatarabuela y yo cuando nos casamos daba a las pequeñas cascadas, al final de la línea de error judío-humana. Tenía el suelo de madera, largas ventanas, y espacio suficiente para albergar a una familia numerosa. Era una bonita casa. Una buena casa... Pero esa agua, decía tu tatara-tatara-tatarabuela, apenas consigo oír mis propios pensamientos. Tiempo, le dije. Dale tiempo. Y permite que te diga, a pesar de que la casa sufría una humedad casi insoportable, y el patio principal estaba perpetuamente empapado del vapor de agua, a pesar de que los muros debían repararse cada seis meses, y que pedazos de pintura caían del techo cual copos de nieve en cualquier estación, lo que dicen acerca de las personas que viven en las cascadas es rigurosamente cierto.*

¿Qué es lo que dicen?, preguntó mi abuelo.

Dicen que quienes viven cerca de las cascadas no oyen el agua.

¿Eso dicen?

En efecto. Por supuesto, tu tatara-tatara-tatarabuela tenía razón. Al principio era terrible. No podíamos soportar estar en el interior de la casa durante más de unas cuantas horas. Las primeras dos semanas estuvieron llenas de noches en vela y gritos para hacernos oír por encima del agua. Luchamos mucho, solo para recordarnos que lo que nos unía era el amor y no el odio. Pero la cosa fue mejorando durante las semanas siguientes. Ya pudimos dormir un número razonable de horas cada noche y comer en la casa sintiendo una ligera molestia. Tu tatara-tatara-tatarabuela seguía maldiciendo al agua (cuya personificación se había refinado anatómicamente hablando), pero cada vez con menor frecuencia y menor furia. Sus ataques hacia mí también menguaron. Es culpa tuya, me decía. Tú quisiste vivir aquí.

La vida continuó, como continúa la vida, y el tiempo pasó, como pasa el tiempo, y, tras poco más de dos meses: ¿Oyes eso?, le pregunté en una de las pocas mañanas en que nos sentamos juntos a la mesa. ¿Oír qué? Dejé el café sobre la mesa y me puse en pie. ¿Oyes eso?

¿El qué?, preguntó ella.

¡Exacto!, dije yo, corriendo al exterior para señalar con la mano la cascada. *¡Exacto!*

Bailamos, lanzando puñados de agua por el aire, sin oír nada. Alternamos los abrazos de perdón con gritos de alegría al haber triunfado sobre el agua. ¿Quién ha ganado? ¿Quién ha ganado, eh, cascada? ¡Nosotros! ¡Nosotros!

Y así es como se vive junto a un salto de agua, Safran. Todas las viudas se despiertan una mañana, quizá tras años de sufrir el tormento de un dolor puro e indestructible, y se dan cuenta de que han dormido toda la noche, y de que podrán desayunar, y de que el fantasma de su marido ya no está con ellas todo el tiempo, sino solo en algunos momentos. Su dolor queda reemplazado por una tristeza útil. Lo mismo sucede a los padres que han perdido a un hijo. El timbre comienza a desvanecerse. El núcleo se endurece. La herida afloja. Todo amor está tallado en la pérdida. El mío lo estuvo. El tuyo lo está. El de tus bisnietos lo estará. Pero aprendemos a vivir en ese amor.

Mi abuelo asintió con la cabeza, como si comprendiera.

Pero la historia no acaba ahí, continuó la Esfera. *Me di cuenta de ello cuando intenté por primera vez susurrar un secreto sin poder hacerlo, o silbar una melodía sin despertar pánico en los corazones de quienes se hallaban a una distancia de quinientos metros, cuando mis compañeros del molino de harina me rogaban que bajara la voz, porque, ¿Quién es capaz de pensar contigo gritando así? A lo cual yo pregunté: ¿DE VERDAD ESTOY GRITANDO?*

Silencio, y después: el cielo se oscureció, las nubes se rasgaron, aplaudieron las manos del trueno. El universo se derramó en una explosiva embestida de vómito celestial.

Aquellos que aún estaban despiertos y fuera de sus casas corrieron en busca de cobijo. El periodista viajero Shakel R se cubrió la cabeza con un ejemplar del *Lvov Daily Observed* (LOS NAZIS VAN HACIA EL ESTE). El famoso autor teatral Bunim W, cuya versión tragicómica de la historia de Trachim —*¡Trachim!*— había sido recibida con entusiasmo por parte del público e indiferencia por parte de la crítica, saltó al Brod para protegerse. Al principio la lluvia divina cayó del firmamento en pequeñas gotas, para luego convertirse en una sábana de agua que empapó Trachimbrod hasta los cimientos, tiñendo de naranja las aguas del Brod, llenando hasta los bordes la fuente de la sirena postrada, cubriendo las grietas del desvencijado pórtico de la sinagoga, abrillantando los álamos, ahogando a los insectos, y embriagando de placer a las ratas y buitres que vivían a orillas del río.

EL PRINCIPIO DEL MUNDO LLEGA A MENUDO, 1942-1791

Aquella tarde, 18 de marzo de 1942, doseles de cuerda blanca corrían sobre las estrechas y adoquinadas arterias de Trachimbrod, como lo habían hecho en cada *Trachimday* durante ciento cincuenta años. La idea de conmemorar la negativa del carro a salir a la superficie había que atribuírsela al buen pescador Bitzl Bitzl R. El extremo de una de las cuerdas en el mando del volumen de una radio (LOS NAZIS INVADEN UCRANIA, Y AVANZAN HACIA EL ESTE A TODA PRISA) situada sobre un estante inseguro en la única habitación de la cabaña de Benjamin T, y el otro alrededor de un candelabro de plata de la mesa del comedor de la casa de ladrillos que el Más-o-Menos Respetado Rabino tiene en la fangosa calle Shelister; fina cuerda blanca como hilo de tender que va desde el trípode del primer y único fotógrafo de Trachimbrod hasta el do del piano más apreciado de la tienda de Zeinvel Z al otro lado de la calle Malkner; cuerda blanca que une al periodista autónomo (LOS ALEMANES PRESIONAN, SEGUROS DE SU INMINENTE VICTORIA) al electricista por encima del plácido y expectante lecho del río Brod; cuerda blanca que parte del monumento a Pinchas T (tallado en mármol, a escala natural) y pasa por una de las novelas (de amor) originarias de Trachimbrod, hasta acabar en la urna de cristal llena de serpenteantes aros de cuerda blanca (mantenida a 56 grados en el Museo de Arte Popular), formando un triángulo escaleno que se refleja en los ojos de cristal de la Esfera que se yergue majestuosa en el centro de la plaza del *shtetl*.

Mi abuelo y su embarazadísima esposa disfrutaban del desfile desde el prado cercano, sentados sobre una manta. En primer lugar, como marcaba la tradición, iba la carroza de Rovno: pequeña, con marchitas mariposas amarillas cubriendo sin el menor atisbo de modestia la madera astillada de la efigie de un campesino, que ya no tenía muy buen aspecto el año anterior y había empeorado desde entonces. (Se podía ver el armazón en los huecos entre las alas.) Las bandas de Klezmer precedían a la carroza de Kolki, que cojeaba sobre los hombros de individuos de mediana edad, debido a que los jóvenes se encontraban en el frente y los caballos se necesitaban en una mina cercana que aprovisionaba al ejército de carbón.

¡OH!, rio Zosha en voz alta, incapaz de controlarse. *¡ME ACABA DE DAR UNA PATADA!*

Mi abuelo apoyó la oreja contra su vientre y recibió un golpe tan fuerte en la cabeza que salió volando, yendo a aterrizar, de espaldas, a unos metros de distancia.

¡ESTE NIÑO ES EXTRAORDINARIO!

Había menos hombres apuestos reunidos a lo largo de la orilla que cualquier otro año, desde el primero en que todo empezó, cuando Trachim quedó o no aprisionado por su carro y se precipitó al río. Los hombres apuestos estaban luchando en una guerra cuyas ramificaciones nadie entendía todavía, ni nadie llegaría nunca a entender. La mayor parte de los participantes en la prueba eran lisiados, o cobardes que se habían lisiado —rompiéndose una mano, quemándose un ojo, fingiendo sordera o ceguera— con el fin de evitar el alistamiento. Eran, pues, un montón de lisiados y de cobardes sumergiéndose en busca de un absurdo saco de oro. Trataban de creer que la vida seguía igual, sana, que la tradición podía cerrar las heridas, que la felicidad era aún posible.

Carrozas y acompañantes recorrieron el camino que unía la boca del río con los puestos de juguetes y dulces situados junto a la oxidada placa que conmemoraba el lugar desde donde el carro saltó, o no, para hundirse en las aguas:

ESTA PLACA SEÑALA EL LUGAR
(O UN LUGAR CERCANO AL LUGAR)
DESDE DONDE EL CARRO DE UN TAL
TRACHIM B
(CREEMOS)
CAYÓ AL AGUA
Proclama del shtetl, *1791*

Cuando las primeras carrozas pasaron por debajo de la ventana del Más-o-Menos Respetado Rabino (desde la cual él hizo su imprescindible gesto de aprobación), hombres con uniformes verdes grisáceos estaban muriendo en profundas trincheras.

Lutsk, Sarny, Kovel. Sus carrozas iban adornadas con miles de mariposas, representando aspectos de la historia de Trachim: el carro, las gemelas, los nervios del paraguas y las llaves de hueso, la letanía sangrante en tinta roja: *Voy a... voy a...* En otro lugar, sus hijos morían clavados en los espinos de su propia alambrada, morían víctimas de bombas que les partían en pedazos mientras se arrastraban por el lodo como animales, morían víctimas del fuego amigo; morían, en ocasiones sin saber que estaban a punto de morir, cuando una bala perdida les agujereaba el cráneo mientras bromeaban con un compañero de armas.

Lvov, Pinsk, Kivertsy. Sus carrozas marchaban siguiendo la orilla del Brod, adornadas con mariposas de color rojo, marrón y púrpura, mostrando sus armazones como feas verdades. (Y es en este punto cuando uno desearía levantarse y gritarles: *¡MARCHAOS! ¡CORRED MIENTRAS PODÁIS, LOCOS! ¡CORRED!*)

Las bandas seguían, trompetas y violines, trompetillas y violas, mirlitones caseros hechos con papel de cera.

¡OTRA PATADA!, rio Zosha. *¡Y OTRA!*

Y de nuevo mi abuelo acercó la oreja a su vientre (colocándose de rodillas para poder llegar), y de nuevo fue derribado.

¡ESE ES MI NIÑO!, gritó él, con el ojo derecho absorbiendo el morado como si fuera una esponja.

La carroza de Trachimbrod iba cubierta de mariposas negras y azules. Sobre una plataforma elevada, en el centro, se sentaba la hija del electricista Berl G, llevando una tiara azul de neón con un cable de cientos de metros de distancia que la unía al enchufe que había sobre su cama. (Ella contaba con ir enrollándolo durante el camino de regreso al final del desfile.) La Reina del Cortejo iba rodeada por las jóvenes princesas del *shtetl*, vestidas de encaje azul, que iban dibujando en el aire olas con los brazos. Un cuarteto de violinistas tocaba canciones nacionales polacas desde su puesto, delante de la carroza, y otro, en la parte trasera, se encargaba de las melodías tradicionales ucranianas.

En las márgenes del río, los hombres sentados en sillas de madera rememoraban sus viejos amores, las chicas que nunca besaron, los libros que nunca leyeron ni escribieron, y aquella vez que Fulano hizo eso tan divertido con el cómo-se-llama, y las heridas, y las cenas, y cómo habrían lavado el cabello de mujeres que nunca conocieron, y las excusas, y si Trachim quedó o no aplastado bajo el carro después de todo.

La tierra se dobló en el cielo.

Yankel se dobló en la tierra.

La hormiga prehistórica del pulgar de Yankel, que había permanecido inmóvil en la piedra color miel desde el curioso nacimiento de Brod, se alejó del cielo y escondió la cabeza entre sus múltiples patas, muerta de vergüenza.

Mi abuelo y su joven y tremendamente embarazada esposa caminaron hacia la orilla para presenciar la prueba.

(Aquí ya casi resulta imposible seguir, porque sabemos lo que va a suceder, y nos preguntamos por qué ellos no. O, peor aún, nos estremecemos al pensar que, tal vez, sí lo sabían.)

Cuando la carroza de Trachimbrod alcanzó los puestos de juguetes y dulces, el Rabino indicó con un gesto a la Reina del Cortejo que lanzara los sacos al agua. Las bocas se abrieron. Las manos se separaron en lo que sería la primera mitad de un aplauso. Los cuerpos vibraron. Fue casi como en los viejos tiempos. Una celebración que desafiaba a una muerte inminente.

Una muerte inminente que desafiaba a una celebración. Ella los lanzó por los aires ....
....
.... Ellos permanecieron allí ....
....
....
....
....
....
....
....
....
.......................Colgados como si las cuerdas los sujetaran
....
....
....
....
....
....
....
....
....
.... La Esfera avanzó de puntillas por los adoquines como una figura de ajedrez y se ocultó bajo los pechos de la sirena postrada ....
....
....
....
....
....
....
....
.... Aún queda tiempo ....

....
....
....
....
....
....
....
....
....
....
....
....

Cuando terminó el bombardeo, los Nazis entraron en el *shtetl*. Colocaron en fila a todos los que no se habían ahogado en el río. Desplegaron ante ellos un pergamino de la Torá. «Escupid —dijeron—. Escupid o...» Entonces metieron a todos los judíos en la sinagoga. (Era lo mismo en todos los *shtetls*. Sucedió cientos de veces. Había sucedido en Kovel solo unas horas antes, y sucedería en Kolki apenas unas horas después.) Un joven soldado destrozó los nueve volúmenes del *Libro de los sueños recurrentes* arrojándolos a la hoguera de judíos, sin advertir, llevado por el ansia de destruir, que una de las páginas se soltaba de uno de los libros y emprendía el vuelo, hasta ir a parar, como si de un velo se tratara, sobre el rostro carbonizado de un niño.

9:613–*El sueño del fin del mundo.* bombas vertidas desde el cielo explotando por trachimbrod en destellos de luz y calor los que veían la fiesta gritaban corrían frenéticamente saltaron al agua viva burbujeante no en pos del saco de oro sino para salvarse se quedaron abajo tanto como pudieron regresaron a la superficie en busca de aire y buscar a sus seres queridos mi safran recogió a su mujer y la llevó como un recién casado hasta el agua que parecía el lugar más seguro entre los árboles caídos y el estruendo de explosiones cientos de cuerpos cayeron al brod el río que lleva mi nombre yo les acogí en mis brazos venid a mí venid a mí quería salvarlos a todos salvar a todos de todos el cielo llovía bombas y no eran las explosiones o la pólvora lo que sería nuestra muerte ni los residuos sarcásticos sino todos aquellos cuerpos cuerpos hundiéndose y aferrándose a otros cuerpos buscando algo a que agarrarse mi safran perdió de vista a su mujer arrastrada al fondo por la marea de cuerpos los quejidos silenciosos viajando en burbujas hasta la superficie POR FAVOR POR FAVOR POR FAVOR POR FAVOR el pataleo se hizo más fuerte en el vientre de zosha POR FAVOR POR FAVOR el bebé se negaba a morir así POR FAVOR las bombas bajaban cacareando ardiendo y mi safran pudo librarse de la masa humana y flotar corriente abajo hacia las pequeñas cascadas a aguas más claras zosha se hundió POR FAVOR y el bebé se negaba a morir así y algo le tiró hacia arriba y hacia afuera tiñendo de rojo las aguas ella salió a la superficie como una burbuja a la luz al oxígeno a la vida BUA BUAAA BUAAA lloró era una niña perfectamente sana y habría vivido de no ser por el cordón umbilical que la arrastraba hacia su madre que estaba apenas consciente pero era consciente del cordón e intentó romperlo con las manos y luego morderlo con los dientes pero no pudo no se rompía y murió con su bebé perfectamente sano y sin nombre en los brazos lo acunó contra su pecho la multitud tiró de sí misma hacia sí misma hasta mucho después de que el bombardeo terminara la confusa la desesperada la aterrada masa de bebés niños adolescentes adultos viejos todos tirando de otros para sobrevivir pero hundiéndose en mí en su intento matándose mutuamente los cuerpos comenzaron a salir uno a uno hasta que me ocultaron por completo piel azul blancos ojos abiertos yo era invisible bajo ellos yo era el armazón ellos eran las mariposas de ojos blancos y piel azul esto es lo que hemos hecho hemos matado a nuestros propios bebés para salvarlos

22 de enero de 1998

Querido Jonathan:

Si estás leyendo esta carta es porque Sasha la encontró y la tradujo para ti. Esto significa que estoy muerto, y que Sasha está vivo.

No sé si Sasha te contará lo que ha sucedido aquí esta noche, y lo que está a punto de suceder. Es importante que sepas qué clase de hombre es, así que voy a contártelo.

Todo sucedió así. Dijo a su padre que se ocuparía de Madre y de Pequeño Igor. Le hizo falta decirlo para saber que era cierto. Por fin estaba listo. Su padre no podía creerlo. ¿Qué?, preguntó. ¿Qué? Y Sasha le dijo otra vez que él se ocuparía de la familia, y que entendería si su padre tenía que irse y no volver nunca, y que eso no le haría menos padre. Dijo a su padre que le perdonaba. Ah, su padre se enojó tanto, fue tal la ira que le invadió, que dijo a Sasha que le mataría, y Sasha le dijo que le mataría, y ambos se sacudieron violentamente, y su padre dijo: Mírame a la cara cuando lo digas, no al suelo, y Sasha dijo: Tú no eres mi padre.

Su padre se levantó y cogió una bolsa del armario de debajo del fregadero. Llenó la bolsa con cosas de la cocina, con pan, botellas de vodka, queso. Aquí tienes, dijo Sasha, cogiendo dos puñados de dinero de la caja de galletas. Su padre preguntó de dónde salía aquel dinero y Sasha le dijo que lo cogiera y no regresara más. No necesito tu dinero, dijo su padre. No es un regalo, dijo Sasha. Es en pago a todo lo que dejas atrás. Cógelo y no vuelvas.

Dímelo a los ojos y te prometo que lo haré.

Cógelo, dijo Sasha, y no vuelvas.

Madre e Iggy estaban tan tristes. Iggy le dijo a Sasha que era un estúpido, que lo había arruinado todo. Lloró la noche entera, ¿y sabes lo que es oír llorar a Iggy toda la noche? Pero es muy joven. Espero que algún día sea capaz de entender lo que hizo Sasha, y perdonarle, y también darle las gracias.

Esta misma noche, después de que su padre se fuera, he hablado con Sasha, y le he dicho que estaba orgulloso de él. Le he dicho que nunca había estado tan orgulloso, o tan seguro de quién era.

Pero Padre es tu hijo, dijo él. Y también mi Padre.

Eres un buen hombre. Has hecho lo que debías.

Puse la mano en su mejilla y recordé cuando mi mejilla era como esa. Dije su nombre, Alex, que ha sido también mi nombre durante cuarenta años.

Trabajaré en Turismo Ancestral, dijo. Cubriré la ausencia de Padre.

No, dije yo.

Es un buen trabajo, y ganaré dinero suficiente para cuidar de Madre y de Pequeño Igor y de ti.

No, dije yo. Haz tu propia vida. Es así como mejor puedes cuidarnos.

Le acosté en su cama, algo que no había hecho por él desde que era un niño. Le cubrí el cuerpo con mantas, y le peiné los cabellos con la mano.

Intenta vivir de manera que siempre puedas decir la verdad, le dije.

Lo haré, dijo él, y yo le creí, y eso fue suficiente.

Después fui a la habitación de Iggy, y él ya dormía, pero le besé en la frente y le bendije. Recé en silencio para que fuera fuerte, y conociera la bondad, y nunca conociera la maldad ni la guerra.

Y entonces vine aquí, a la sala de la televisión, a escribirte esta carta.

Todo es por Sasha y por Iggy, Jonathan. ¿Lo entiendes? Lo daría todo para que ellos vivan sin violencia. Paz. Es todo lo que querría para ellos. Ni dinero, ni siquiera amor. Todavía es posible. Ahora lo sé, y eso me causa una gran felicidad. Deben empezar de nuevo. Deben cortar todas las cuerdas, ¿no? Contigo (Sasha me ha dicho que no volveréis a escribiros), con su padre (que se ha marchado para siempre), con todo lo que han conocido. Sasha ha empezado, y ahora soy yo quien debe terminarlo.

En la casa todos duermen excepto yo. Escribo esto ante la luz de la televisión, y lamento que resulte difícil de leer, Sasha, pero me tiembla mucho la mano. No es por debilidad que ahora, mientras todos dormís, voy a ir al cuarto de baño, ni tampoco porque no pueda resistirlo. ¿Me comprendes? Estoy repleto de felicidad, y es lo que debo hacer, y voy a hacerlo. ¿Me comprendes? Voy a caminar sin hacer ruido, voy a abrir la puerta a oscuras y voy a

ÍNDICE

Obertura al comienzo de un viaje muy rígido. . . . 9
El principio del mundo llega a menudo 19
El sorteo, 1791 28
Obertura al encuentro con el héroe, y luego
    encuentro con el héroe 47
El libro de los sueños recurrentes, 1791 59
Enamorarse, 1791-1796 67
Otro sorteo, 1791 78
Avanzando hacia Lutsk 86
Enamorarse, 1791-1803 111
Secretos recurrentes, 1791-1943 126
Un desfile, una muerte, una petición,
    1804-1969 132
La muy rígida búsqueda. 154
La esfera, 1941-1804-1941 174
Enamorarse. 212
¡El banquete nupcial fue tan extraordinario!
    o Todo decae después de la boda, 1941 232
Víctima del azar, 1941-1924. 238
El espesor de la sangre y del drama, 1934. 245

Lo que vimos cuando vimos Trachimbrod
o enamorarse 261
Enamorarse, 1934-1941 279
Obertura a la iluminación 316
Enamorarse, 1934-1941 329
Iluminación............................. 348
¡El banquete nupcial fue tan extraordinario! o
El fin del momento que nunca finaliza, 1941. . 360
Las primeras bombas, y luego el amor, 1941..... 364
La manía de la memoria, 1941............... 367
El principio del mundo llega a menudo,
1942-1791 380